Alyson Richman

Der italienische Garten

Alyson Richman

Der italienische Garten

Roman

Aus dem Englischen von Charlotte Breuer
und Norbert Möllemann

DIANA

Zitatnachweis:
Das Zitat auf Seite 393 ff. stammt aus dem Gedicht *In Limine* aus: Eugenio Montale, *Gedichte. 1920–1954*, übertragen von Hanno Helbling.

MIX
Papier aus verantwortungsvollen Quellen
FSC® C014496
www.fsc.org

Verlagsgruppe Random House FSC® N001967

Deutsche Erstausgabe 03/2016

Die Originalausgabe erschien 2014 unter dem Titel
The Garden of Letters bei The Berkley Publishing Group,
published by The Penguin Group LLC,
a Penguin Random House Company, New York

Redaktion: Lisa Scheiber
Umschlaggestaltung: t.mutzenbach design, München
Umschlagmotiv: © shutterstock
Satz: Leingärtner, Nabburg
Druck und Bindung: GGP Media GmbH, Pößneck
Printed in Germany

ISBN 978-3-453-35858-4

www.diana-verlag.de

Für Katia Galvetto,
die mir Verona geschenkt hat.

Für Zachary, Charlotte und Stephen,
die ich immer aus ganzem Herzen
lieben werde.

»Die Menschen haben diese Wahrheit vergessen«,
sagte der Fuchs. »Aber du darfst sie nicht vergessen.
Du bist zeitlebens für das verantwortlich,
was du dir vertraut gemacht hast.
Du bist für deine Rose verantwortlich …«

Antoine de Saint-Exupéry, *Der kleine Prinz*

1

Portofino, Italien

Oktober 1943

Ihr Rucksack enthält ihr Leben, auf kleine Dinge reduziert. Obwohl sie alle leicht sind, empfindet sie alles, was sie trägt, als schwere Last. Immer wieder streicht sie ihren Rock glatt, aber der Wind, der von der Bucht her weht, ist erbarmungslos und bläht den Rock auf wie einen Fallschirm.

Sie schließt die Augen und versucht sich vorzustellen, wie sie vom Deck gehoben wird, durch die kühle Luft segelt und von dort oben auf das Schiff hinabblickt, das durch das Wasser pflügt. Genua, Rapallo und die italienische Westküste zeichnen sich gegen das Wasser wie eine Messerschneide ab. Vom Schiff aus sieht sie die verblassten Fassaden der Villen, die sich an die steilen Berghänge klammern, und die alten Hotels mit Blick aufs Meer.

Sie ist erst vor wenigen Tagen aufgebrochen, aber es kommt ihr vor, als wäre sie schon seit Monaten unterwegs. Mit ihrem grauen Kopftuch, das ihr dunkles Haar bedeckt, und in ihrem einfachen, unauffälligen marineblauen Kleid könnte sie irgendeine normale Italienerin Anfang zwanzig sein.

Ihr knurrt der Magen. Um das Hungergefühl zu verdrängen, beobachtet sie ihre Mitreisenden. Auf dem Boot befinden sich an die dreißig Personen, unter ihnen sieben deutsche Soldaten und eine Handvoll alte Frauen in schwarzer Witwentracht. Der Rest sind namenlose Männer und Frauen, nichtssagende Gestalten.

Ebenso nichtssagend, wie sie selbst zu erscheinen hofft.

Der Krieg hat sie gelehrt, sich unsichtbar zu machen: unscheinbar und zu unbedeutend, um auf der Straße angehalten zu werden. Sie kann sich nicht mehr daran erinnern, wann sie das letzte Mal ein buntes Kleid oder ihre Lieblingsseidenbluse getragen hat, die mit den weißen Blumen. Schönheit, so viel weiß sie inzwischen, ist eine Waffe, die man besser verdeckt trägt und nur hervorholt, wenn es unumgänglich ist.

Instinktiv legt sie die Hände an den Bauch, als das Schiff anlegt. Es überrascht sie, so viele Deutsche an der Anlegestelle zu sehen, denn sie hatte geglaubt, hier endlich in Sicherheit zu sein. Sie ist ihnen seit Wochen möglichst aus dem Weg gegangen, und jetzt warten sie auf dem Kai, um die Ausweise zu überprüfen.

Ihr wird ganz übel. Sie nimmt den Rucksack ab und umklammert ihn vor der Brust.

Mit zitternden Knien steht sie auf. Sie reibt sich die Wangen, damit die Farbe ins Gesicht zurückkehrt und man ihr die Angst nicht ansieht.

Aus Furcht, die Soldaten könnten ihren Rucksack durchwühlen, nimmt sie ihren gefälschten Ausweis heraus und hält ihn an den Körper gedrückt. Sie geht langsam hinter einer der Witwen her, die so ein breites Kreuz hat, dass sie hofft, dahinter Schutz zu finden – oder dass die Soldaten zumindest zeitweilig von ihr abgelenkt werden.

Sie geht vorsichtig über die Landungsbrücke. Die weißen Häuser hoch oben auf dem Hügel sehen aus wie Zähne. Auf Terrassen ranken Bougainvilleen, und Hibiskusblüten öffnen sich wie Schirme zur Sonne hin; sie atmet den Duft von Jasmin ein, und doch werden ihre Schritte vor Angst immer unsicherer.

»Ausweis!« Die Deutschen bellen ihre Befehle und entreißen nervösen Händen die Papiere.

Elodie ist als Nächste dran. Ihre Hände umklammern den gefälschten Ausweis. Vor Wochen hat sie ihren alten Ausweis vernichtet, der über ihre wahre Identität Auskunft gab. Elodie Bertolotti heißt jetzt Anna Zorzetto.

Anna. Anna. Sie versucht sich auf ihren neuen Namen zu konzentrieren. Ihr Herz klopft wie verrückt.

»Der Nächste! Sie da!« Einer der Deutschen greift so ungestüm nach ihrem Ausweis, dass er ihre Hand dabei berührt. Sie erschaudert.

»Name!«, faucht der Deutsche so scharf, dass sie vor Schreck keinen Ton herausbringt.

»Name!«

Sie öffnet den Mund, aber es kommt nichts heraus. Als sie schließlich zu stammeln beginnt, ertönt wie aus dem Nichts eine Stimme.

»Kusine! Da bist du ja!«, ruft jemand aus der Menge heraus, die sich auf dem Kai versammelt hat.

»Liebe Kusine! Endlich bist du da. Gott sei Dank. Ich warte schon seit Tagen auf dich!« Ein kräftiger Mann mit breitem Brustkorb schiebt sich an den anderen Leuten vorbei und nimmt sie in die Arme.

»Sie gehört zu mir«, erklärt er dem deutschen Soldaten.

»Meinetwegen … Nehmen Sie sie mit«, grummelt der Soldat und greift schon nach dem Ausweis der nächsten Person in der Schlange.

Der Mann, den Elodie noch nie gesehen hat, packt sie am Arm und schiebt die Leute aus dem Weg, damit sie ihm bequem durch die Menge folgen kann.

Er schaut über die Schulter und zeigt in Richtung der Hügel. »Hier lang«, sagt er leise. »Ich wohne da oben.«

Sie bleibt einen Moment stehen. Sie kann noch die Geräusche des Hafens hören: die Deutschen, die ihre Befehle blaffen, die Rufe der Menschen, die einander suchen, das Weinen müder Kinder.

»Ich bin nicht Ihre Kusine«, sagt sie schließlich zu ihm. »Sie müssen mich verwechseln.« Sie bemüht sich, langsam und deutlich zu sprechen. Ihr ist aufgefallen, dass die Sprache des Mannes korrekter ist als der Dialekt, den sie auf dem Kai gehört hat, und dass er offenbar gebildet ist. Aber Elodie möchte, dass ihre Worte richtig verstanden werden.

Ihr Kopftuch hat sich gelockert, und die grauen Stofffalten geben ihr Gesicht frei wie zurückweichendes Wasser einen polierten Stein. Der Mann ist sofort fasziniert von ihren grünen Augen, von der Intensität ihres Blicks. Er sieht sie wortlos an, bis er sich dazu durchringt, etwas zu sagen. »Ich weiß, dass Sie nicht meine Kusine sind.«

»Und wieso haben Sie mich gerettet?«

Sie hört, wie ihm ein Seufzen entweicht.

»Alle paar Monate komme ich her und rette einen Menschen.«

Sie sieht ihn verwirrt an. »Aber wieso haben Sie ausgerechnet mich ausgesucht?«

Er mustert ihr Gesicht und sieht bestätigt, was er schon wusste.

»Warum? Ganz einfach. Ich suche denjenigen aus, der am meisten Angst hat.«

2

Portofino, Italien

Oktober 1943

Er fragt sie, ob er ihren Rucksack tragen soll. Sie sagt Nein. »Den trage ich selbst.« Er besteht nicht darauf. Er kann sie noch nicht richtig einschätzen. Er riecht nur ihre Angst. Es ist wie der Geruch eines gejagten Tiers. Sie ist unruhig und misstrauisch. Ihr Gesicht entspannt sich nicht, während sie die engen Straßen zu seinem Haus entlanggehen. Sie hält den Blick geradeaus gerichtet und hat kein Auge für die ursprüngliche Schönheit des Dorfs oder des Meers.

Er geht mal voraus, mal bleibt er zurück. Manchmal spürt er den Verrat seines Körpers. Seinen dicken Bauch, seine kurzen Beine, die Fußverletzung, die ihn vor dem Krieg bewahrt hat. Als sie vorausgeht, bemerkt er ihren kräftigen Körper. Ihre Wadenmuskeln, die straffen Hüften, ihre festen Arme.

»Wir sind fast da«, sagt er.

Sie dreht sich zu ihm um und schaut ihn an. Diesen Blick – das verzweifelte Bemühen, stark zu wirken – hat er im vergangenen Jahr unzählige Male gesehen.

»Sie können mir vertrauen«, sagt er.

Erneut sieht sie ihn an. Einer der Träger des Rucksacks rutscht ihr von der Schulter, und sie schiebt ihn wieder hoch.

»Wie heißen Sie?«, fragt er.

Sie ist so müde, dass ihr beinahe »Elodie« herausrutscht, aber sie reißt sich im letzten Moment zusammen. »Anna«, erwidert sie. »Anna Zorzetto.«

»Anna. Ich bin Arzt. Der einzige hier im Dorf. Ich versichere Ihnen, Sie haben von mir nichts zu befürchten.«

Sie scheint seine Erklärung zwar zu registrieren, aber sie wirkt nicht beruhigt. Er bemerkt, dass stattdessen das genaue Gegenteil passiert, als würde ihr Körper sich bei jedem Wort ein Stück mehr anspannen.

Sie mustert ihn. Den Ausdruck seiner Augen, die Falten in seinem Gesicht, die sowohl Traurigkeit als auch Ernsthaftigkeit vermitteln.

Sie wendet sich ab, als wollte sie noch einmal einen Blick auf den Hafen unten werfen. Sie kämpft immer noch mit der Panik, die sich ihrer erst einige Minuten zuvor bemächtigt hatte, als zu befürchten war, dass die Echtheit ihres Ausweises angezweifelt, oder schlimmer noch, ihr Rucksack durchsucht werden würde.

»Also gut«, sagte sie schließlich, »ich werde Ihnen wohl oder übel vertrauen müssen. Was bleibt mir anderes übrig?«

Sie steigen weiter den Hügel hinauf, begehen einen engen Pfad, vorbei an Natursteinmauern, die die Terrassen begrenzen, bis sie einen kleinen Torbogen erreichen, der unter Weinranken verborgen liegt. Inmitten eines Dschungels aus Blumen und Sträuchern steht ein weißes Haus mit einer schweren hölzernen Eingangstür, die in einer glänzend grünen Farbe gestrichen ist. Hier wachsen Zitronen- und Feigenbäume, und die Luft ist erfüllt vom Duft des Jasmins. Ihr wird schwindlig. Dies sind nicht die Bäume ihrer Kindheit in Norditalien, wo es frisch roch, nach Pinien und Wacholderbeeren. Hier hat sie das Gefühl, aus einem Traum aufzuwachen. Der Dialekt ist ihr fremd. Die Haut der Menschen hier ist wettergegerbt, die Kleidung weniger elegant.

Wie viele Tage mögen vergangen sein, seit sie das letzte Mal tief geschlafen hat? Die Erschöpfung macht sie bleischwer, und sie will nur noch schlafen. Alles, was sie tut, bedeutet einen Kraftakt, erschwert durch das Bemühen, nicht erschöpft und verletzlich zu wirken.

Im Haus bietet er ihr ein Glas Wasser an. Sie trinkt es gierig aus, und er füllt es nach. Und dann noch einmal. Er geht in die Küche und schneidet drei Scheiben Brot ab. Er füllt Honig in eine Schale. Er entfernt den Stiel von einer Kakifrucht, schneidet sie in vier Teile und löffelt das weiche Fruchtfleisch auf einen Teller.

Sie gibt nur einen Löffel Honig auf das Brot, obwohl sie eigentlich mehr möchte. Und sie nimmt auch nur ein bisschen von dem Fruchtfleisch. Sie will sich nicht anmerken lassen, wie ausgehungert sie ist. Aber das dritte Glas Wasser trinkt sie bis auf den letzten Tropfen aus.

»Sie müssen müde sein von der Reise«, sagt er. »Ich habe ein Gästezimmer, wo Sie sich ausruhen können.«

Er führt sie in ein kleines Zimmer mit weiß gestrichenen Wänden, bunten Bodenfliesen und einem Fenster mit Blick aufs Meer. Der Wind bläht die durchscheinenden Vorhänge auf, was sie daran erinnert, wie ihr Rock durch die Meeresbrise aufgebauscht wurde.

»Ja, ich muss schlafen«, erwidert sie.

Er schließt die Tür hinter ihr, und sie wartet, bis sich seine Schritte entfernen. Im Schloss steckt ein Schlüssel. Sie dreht ihn um und hört das Schließgeräusch. Jetzt, wo sie endlich in Sicherheit ist, zumindest vorerst, stellt sie ihren Rucksack aufs Bett und packt ihn aus.

Im Rucksack befinden sich neben den zu erwartenden auch einige ungewöhnliche Dinge.

Sie nimmt die erste Lage heraus. Das einfache blaue Kleid, den Unterrock, die Unterwäsche. Dann den Pullover von Luca; sie hält ihn sich ans Gesicht und atmet seinen Duft ein.

Mit klopfendem Herzen holt sie die zweite Lage heraus. Eine kleine Kulturtasche, die ihre Zahnbürste, ein Stück Seife und ihren Kamm enthält.

Als Nächstes kommt ihr Nachthemd, dann der kleine Beutel mit dem Amulett an einer Lederschnur, den sie mit den Händen umschließt. Und schließlich zieht sie von ganz unten ein Buch hervor, so dünn wie ein Schreibheft. Einen Moment hält sie inne. Sie lässt die Hand auf dem abgewetzten Deckblatt liegen. Dann, ganz langsam und mit größter Andacht, schlägt sie das Buch auf. Zwischen den Seiten liegt ein zusammengefaltetes Blatt Papier. Aber es ist nicht etwa mit einem Code beschrieben, den sie nicht versteht. Und es ist auch nichts, was sie irgendwo abliefern soll wie während ihrer Zeit als Kurierin im Widerstand. Sie faltet es auseinander. Es ist ein Notenblatt.

Sie schließt die Augen und hört das Stück, das darauf niedergeschrieben wurde.

Wie hört man Noten? Ist es der Rhythmus einer wortlosen Sprache? Ein unübersetzbarer Code?

Elodie hört die Noten in ihrem Kopf wie Wassergeräusche. Es beginnt wie ein leichtes Plätschern. Sie hört die Musik auch in Farben. Ein Aquarell in Blassblau, oder der Schimmer eines weißen Steins. Mal besänftigend, dann wieder anschwellend. Lange ineinander verschlungene Linien, die sie über einen ganz anderen Kanal erreichen. Nicht über den Kopf, sondern über den Bauch.

Sie schließt die Augen und denkt an ihr Cello in Verona. An das berühmte Konservatorium, wohin sie ihr Instrument jeden Morgen getragen hat, in dem schwarzen Koffer, der fast genauso groß war wie sie.

Sie erinnert sich, wie sie das Cello zwischen den Beinen gehalten hat. Die Knie zum Fixieren auf der unteren Wölbung, einen Arm um den Hals gelegt, den Bogen in der anderen Hand. Mit jedem Strich ihres Bogens brachte ihr Körper das Instrument zum Singen.

Aber jetzt nimmt sie nur das Notenblatt mit ins Bett und legt ihre gefalteten Hände darauf. Sie entspannt sich, als die Noten durch sie hindurchfließen. Der Schlaf übermannt sie schließlich, bis nichts mehr in ihrem Kopf ist außer der Melodie des Lieds.

Ihre Eltern hatten ihr das erste Instrument geschenkt, als sie sieben war. Einige Monate zuvor hatte sie sie beim Einschlafen diskutieren hören, welches Instrument sie erlernen sollte. Ihre Mutter war für die Flöte, während ihr Vater auf die Geige drängte. Aber Elodie wollte unbedingt ein Cello. Sie hatte sich während eines Konzerts an der Schule ihres Vaters in den Klang des Instruments verliebt. Die Studenten hatten das Konzert für Violoncello von Dvořák gespielt, und sie war völlig verzaubert gewesen.

Auf dem Weg nach Hause schwang sie ihren eigenen imaginären Bogen durch die Luft. Sie hörte die Musik noch in ihrem Kopf, jede Note war ihr präsent. Der Tanz des Cellisten hatte sich in jede Muskelfaser und in jede Zelle eingeprägt.

Der Tag, an dem sie schließlich ihr erstes Cello geschenkt bekam, und der Anblick ihres Vaters, der den dunklen Lederkoffer auf den Esstisch legte, gehören zu Elodies kostbarsten Erinnerungen; alle Bilder sind wie Noten, die eine Melodie ergeben. Nie wird sie vergessen, wie ihr Vater den Koffer öffnete. Das Instrument war in ein schönes rotes Seidentuch gewickelt, um den Lack vor Kratzern durch den Bogen zu schützen, und als ihr Vater das Tuch abnahm, stockte Elodie der Atem.

»Es ist ein Dreiviertelcello«, erklärte ihr Vater. »Wenn du ein bisschen größer bist, wirst du ein Vierviertelinstrument spielen.«

Mit klopfendem Herzen nahm sie das Instrument von ihm entgegen. Etwas derart Schönes hatte sie noch nie in der Hand gehalten.

»Und der Bogen, Elodie ...« Ihr Vater nahm den Bogen aus dem Koffer und reichte ihn ihr.

»Sie kommt nach ihrem Vater«, sagte Orsina, die spürte, dass ihre Tochter keine Probleme haben würde, wenn sie erst die notwendige Technik beherrschte. »Ich kann es kaum erwarten, sie spielen zu hören.«

Elodie begann langsam mit dem Üben, weil ihr Vater darauf bestand, dass sie alles von Anfang an richtig lernte. Als Erstes brachte er ihr bei, ihr Cello zu streicheln.

Es komme darauf an, so erklärte er seiner kleinen Tochter, sich nicht zu verkrampfen. Man müsse eine natürliche Haltung finden, in der man das Instrument umarme. »Du musst eins mit ihm werden«, sagte er.

Er nahm ihre Hände und legte sie auf die Schultern des Cellos. Dann führte er Elodies Hände langsam über die Wölbungen und Zargen, um sie jede Rundung fühlen zu lassen.

Das Holz unter ihren Händen zu spüren war wohltuend. Jeder einzelne Teil des Instruments rief andere taktile Empfindungen hervor: der Lack, die Länge des Griffbretts, die Verzierungen in der Schnecke.

Ihr Vater zeigte ihr, wie sie die Knie benutzen musste, um den Stachel des Cellos auf dem Boden zu sichern, damit es nicht wegrutschte. Er nahm den Bogen vom Tisch. »Ein Cellist hält den Bogen ein wenig unbequemer als ein Geiger«, sagte er. »Ganz im Gegenteil zum Rest der Haltung, die beim Geigenspielen anstrengender ist.« Lachend gab er eine kleine pantomimische Einlage zum Besten und ahmte die Haltung eines Geigers nach, den verdrehten linken Arm, der das Instrument hält, und den schrägen Kopf, um die Geige zwischen Kinn und Schlüsselbein zu klemmen.

In den folgenden Wochen lernte sie, ihrem Cello Töne zu entlocken. Sie spürte, wie ihre Arme sich veränderten. Sie kamen ihr nicht länger wie zwei unbedeutende Anhängsel vor, sondern wie ein mit einer ganz besonderen Kraft ausgestatteter Teil von ihr. Wie die Flügel eines Vogels konnten sie sich heben und ausbreiten. Auch ihr

Handgelenk lernte, sich zu biegen und zu strecken, um ihrem Spiel Schönheit und Eleganz zu verleihen. Sie lernte zu warten. Erst Luft zu holen, dann den Bogen über dem Steg zu halten und schließlich den Strich zu führen. Sie saugte die Anweisungen ihres Vaters mit einer Auffassungsgabe auf, die ihrem Alter weit voraus war.

»Ein guter Musiker muss die Kunst der Interpretation beherrschen«, erklärte ihr Vater. »Die Notenlinien sind wie eine Straßenkarte. Du liest die Noten, du spielst sie so, wie der Komponist sie aufgeschrieben hat, aber das Gefühl ... das ist es, was die Musik zu deiner eigenen macht.«

Sie sah ihn mit großen Augen an und legte den Bogen auf den Beinen ab.

»Du musst immer genau hinhören, was dein Lehrer dir erklärt, und es dann interpretieren ... zeigen, dass es nicht nur darum geht, die Noten zu spielen. Verstehst du, Elodie?«

Elodie nickte. »Obwohl du noch so jung bist, sehe ich dein Talent an der Art, wie du erspürst, was unter der Musik versteckt liegt.« Er nahm ihr den Bogen aus der Hand und legte ihn auf den Notenständer. Dann ergriff er ihre Hand.

»Als du gerade ein paar Monate alt warst, habe ich dich in meinen Armen gehalten. Ich habe gleich gesehen, dass du die mandelförmigen Augen und den Mund von deiner Mutter geerbt hast. Aber die Hände hattest du von mir.« Er öffnete ihre Hand. »Du hast die gleichen langen Finger, die gleiche weite Spreizung.« Er schloss ihre Hand und drückte sie an seine Lippen. »Es ist dir bestimmt, eine große Cellistin zu werden; ich spüre, dass du dein Cello zum Leben erwecken willst.«

Wie ihr Vater es vorhergesehen hatte, entwickelte Elodie ein inniges Verhältnis zu ihrem Cello. Das Instrument schien nach und nach zu einem Teil von ihr zu werden, und diese Verbindung wurde mit der Zeit immer intensiver. Manchmal, wenn sie ihr Cello hielt, schien der Resonanzkörper zu pulsieren. Es kam ihr nicht in den Sinn, dass es ihr eigener Herzschlag war, den sie hörte.

Einige Jahre später bekam sie ein Vierviertel-Cello geschenkt, das ihr Vater einem pensionierten Lehrer am Konservatorium abgekauft hatte. Sie übte täglich auf dem honigfarben lackierten Instrument aus Ahornholz, und schon bald verfügte sie über ein umfangreiches Repertoire. Sie spielte die Cellosonate in e-Moll von Brahms und Vivaldis Sonate No. 5 mit zunehmender Begeisterung. Sie bewältigte die Tarantella, ein Stück, das ihre ganze Ausdauer erforderte, aber sie übte sie so lange, bis die Noten so sauber und strahlend wie Sonnenschein erklangen.

Kurz vor ihrem siebzehnten Geburtstag, nur vier Monate vor den Aufnahmeprüfungen für das Liceo Musicale, das Konservatorium in Verona, kam ihr Vater mit einem vorzeitigen Geburtstagsgeschenk nach Hause.

»Es ist ein venezianisches Cello«, sagte er. Diesmal war das Instrument mit einem großen gelben Tuch bedeckt. Ihr Vater schien einen Augenblick lang zu meditieren, als würde er ein stilles Gebet sprechen. Dann nahm er mit großer Geste das Tuch weg und enthüllte das neue Cello für seine Tochter.

»Es ist großartig!«, rief Elodie aus. Die beiden Celli, die sie bisher gespielt hatte, waren schöne Instrumente gewesen, aber dieses neue war unbeschreiblich. Es war anders als jedes Cello, das sie je gesehen hatte. Der Lack war nicht braun, sondern leuchtete rötlich. Ein topasfarbener Schimmer loderte wie ein Feuer unter der glänzenden Oberfläche.

Elodie konnte es kaum erwarten, es endlich in den Händen zu halten.

»Zu Ehren deiner Mutter musste es ein venezianisches Cello sein.«

Ihr Vater überreichte es ihr, und instinktiv begann Elodie, es zu streicheln. Sie ließ ihre Hände über die Rundungen und Zargen gleiten, so wie sie es Jahre zuvor mit ihrem ersten Cello getan hatte. Sie merkte sofort, dass die Proportionen anders waren. Der untere Teil war bauchiger, die Form wirkte üppiger. Selbst die Verzierungen an der Schnecke waren anders. So als hätte der Geigenbauer sich mehr von einer Laune leiten lassen als von der Tradition.

»Papa«, sagte sie, während sie alles abtastete, so als traute sie ihren Augen nicht, »das muss dich ein Vermögen gekostet haben!«

»Seine Reise in unser Wohnzimmer ist eine lange und komplizierte Geschichte«, sagte er leise. »Aber ich habe seinem Vorbesitzer versichert, dass du das Instrument behandeln wirst, als wäre es ein Teil von dir.«

Ihr Vater drehte sich zu dem Koffer um. Er schob die leuchtend gelbe Seide beiseite und nahm einen langen, schlanken Bogen aus dunklem Tropenholz heraus.

»Er hat gesagt, dass es mit diesem Bogen gespielt werden muss, damit es seinen Klang voll entfalten kann.« Als sie den Bogen in die Hand nahm, spürte sie sein geringes Gewicht.

»Der ist ja leicht wie eine Feder«, sagte sie.

Sie setzte sich aufrecht hin und begann, den Bogen vorzubereiten. Zuerst spannte sie ihn, dann strich sie ihn über die Saiten.

Ihr Vater nahm seine Geige und gab ihr den Kammerton a vor, damit sie das Instrument stimmen konnte. Sie neigte ihr Ohr zur Saite hin und strich sie. Mit geschlossenen Augen überprüfte sie den Ton noch einmal. Erst als Elodie das Cello präzise gestimmt hatte, begann sie zu spielen.

Während der nächsten Monate ließ sich Elodie immer mehr von ihrem neuen Cello inspirieren. Die Intensität und die Leidenschaft ihres Spiels ließen ihre Zuhörer allein am Vibrato erkennen, dass sie ein Ausnahmetalent erlebten. Mit ihren beinahe siebzehn Jahren hatte sie einen fraulichen Körper, sie war schlank und kräftig. Um sie auf eine Zukunft mit größerem Publikum vorzubereiten, lud ihr Vater häufig Freunde vom Liceo Musicale ein.

Sie bezauberte sowohl mit ihrer musikalischen als auch mit ihrer körperlichen Präsenz. Wenn sie den Bogen über den Steg des Cellos strich und ihn dann zurückzog, um eine einzelne lange Note zu halten, war sie wie eine Tänzerin. Professor Moretti ließ sich eines Abends zu der Bemerkung verleiten, dass sie einem Schwan ähnle, der durch jeden noch so reißenden musikalischen Fluss gleiten konnte.

Jeden Nachmittag nach der Schule klappte Elodie den Koffer auf und nahm ihr Cello heraus. »Es singt erst, wenn du es in den Händen hältst«, sagte ihre Mutter eines Tages, als Elodie zu spielen begann. Sie betrachtete ihre Tochter, die mit der Schläfe gegen das schwarze Griffbrett des Cellos lehnte. Der bernsteinfarbene Lack schien sich wellenförmig im Sonnenlicht zu kräuseln, und der Resonanzkörper warf einen langen Schatten auf den Boden der Wohnung.

Orsina konnte es jeden Tag kaum erwarten, Elodie spielen zu hören. Sie war regelrecht süchtig danach. Mit ihrer Musik brachte ihre Tochter Schönheit in ihr Leben. Sie konnte immer wieder nur darüber staunen, dass es ausgerechnet ihrem Kind gelang, tief in ihr schlummernde Gefühle zu wecken. Voller Geduld hatte sie gelauscht, wie Elodie als Kind Tonleitern geübt hatte, dann als junges Mädchen Arpeggien und schließlich kompliziertere Etüden spielte. Und jetzt war sie erwachsen und spielte Sonaten und vollständige Konzerte. Ihr Spiel wurde nuancierter, und auch sinnlicher. Ihre Finger tanzten über die Saiten, selbstbewusst, präzise, schnell. Der Bogen wechselte von langen, entschlossenen Strichen zu sanfter Liebkosung der Saiten.

Elodie hatte sich inzwischen die Haare lang wachsen lassen. Wenn sie sich voller Leidenschaft ihrem Spiel hingab, lösten sich manchmal die Spangen, und dann verschwand ihr Gesicht hinter einem Vorhang aus Haaren. Aber wenn ihre Hochfrisur intakt blieb, war sie eine beeindruckende Erscheinung. Sie hatte die helle Haut und die grünen Augen ihrer venezianischen Mutter. Und wenn sie vor Publikum spielte, wirkte sie engelgleich.

»Sie ist nicht nur eine begnadete Musikerin«, sagte ihr Vater zu ihrer Mutter. »Sie hat auch die sehr seltene Gabe, die Noten im Kopf zu behalten.«

Ihre Mutter verstand zuerst nicht. »Was meinst du denn damit, Pietro?«

»Ich will damit sagen, dass sie die außergewöhnliche Fähigkeit besitzt, sich ganze Partituren zu merken.« Er schüttelte den Kopf. »Von mir hat sie das nicht, Orsina.«

Elodies Gedächtnis war ihrer Mutter schon früh aufgefallen. Das Mädchen hatte sich kaum einmal etwas aufschreiben müssen. Sie konnte sich sogar deutlich daran erinnern, was sie an einem bestimmten Tag getragen hatte, selbst noch Jahre später. Wenn sie ein Buch einmal gelesen hatte, konnte sie sich an den gesamten Inhalt erinnern, ohne nachschlagen zu müssen.

»Das ist ihr venezianisches Erbe«, sagte Orsina. Sie wusste, dass das hervorragende Gedächtnis ihrer Tochter von der Seite ihrer Familie kam. Die Venezianer waren seit Jahrhunderten darin geübt, sich in einem schwimmenden Labyrinth zurechtzufinden. Dazu musste man sich Pfade, Orientierungspunkte und Geschichten besonderer Orte merken können.

Orsina konnte sich nicht den Inhalt kompletter Bücher merken, aber sie verfügte über ein gutes visuelles Gedächtnis, das sie offenbar ihrer Tochter vererbt hatte. Schon im Alter von vier Jahren hatte Elodie ihre Mutter nach Hause dirigiert, ihr erklärt, beim Lebensmittelladen müssten sie links abbiegen, am Park rechts, und an der Straße mit der Eisdiele geradeaus gehen. Orsina hatte sich darüber gefreut, dass ihre Tochter ihr den Weg wies, so wie sie selbst es bei ihrer Mutter und die wiederum bei ihrer Mutter getan hatte.

Aber Elodies Gedächtnis ging weit über das übliche

Maß hinaus, und Orsina wusste, dass es ihrer Tochter bei der Musik zugutekommen würde.

»Das wird sie von ihren Kommilitonen unterscheiden«, sagte Pietro zu seiner Frau. »Ihre Professoren werden sie für ihre Streichquartette oder für Duette mit Klavier engagieren. Es sieht einfach beeindruckend aus, wenn man bei einem Auftritt keinen Notenständer vor sich hat.«

Seit ihrem zehnten Lebensjahr nahm Elodie nach der Schule Unterricht im Konservatorium an der Ecke Via Roma und Via Manin. Mit achtzehn begann sie dort ihr Musikstudium. Jeden Tag trug sie ihren Cellokoffer in die Abgeschiedenheit des Liceo. Alles an dem Ort prägte sich ihr ein. Die blaugrauen Gipswände, die schlichten Übungsräume. Der Geruch von trockenem Laub, das auf feuchte Luft traf.

Ihr Gedächtnis war wie weicher roter Lehm. Ein Gesicht auf der Straße. Die Farben eines Kleids. Alles, was ihr begegnete, blieb in ihrem Kopf gespeichert, wie ein Netz aus bleibenden Fingerabdrücken.

Sie spielte Vivaldi, Albinoni, Beethoven, Bach und Dvořák, deren Musik durch sie hindurchfloss; ihr Körper wurde Teil des Instruments und saugte jede Note auf. Ihre muskulösen Beine hielten das Instrument, und in ihren schlanken Armen lag die ruhige Kraft einer Tänzerin.

Wenn sie spielte, schloss sie die Augen. Sie hörte das Feuer. Sie fühlte das Wasser. Ihr Bogen war wie ein Blitz. Markant. Aufleuchtend. Manchmal ruhte er eine Weile, um im nächsten Moment wieder mit Elan vor und zurück zu streichen. Sie hatte nicht die geringste Angst, wenn sie spielte.

Außerhalb der Mauern des Liceo verdüsterte sich die Welt jedoch durch den Krieg, der sich immer weiter ausbreitete. Sie spürte ihn wie einen Schatten, wenn sie die Übungsräume des Liceo oder ihr Zuhause verließ. Die Frauen in der Schlange vor dem Laden, die ihre Lebensmittelkarten umklammerten; die streikenden Fabrikarbeiter, die in den Straßen demonstrierten. Die schwarzen, sich aufblähenden Hemden der faschistischen Polizisten auf ihren Motorrädern. Es war keine Angst, die in einer einzelnen Note saß, sondern eher wie eine unübersichtliche Orchestrierung, die sie nicht entziffern konnte.

Sie wurde mit drei anderen Studenten für ein anspruchsvolles Streichquartett ausgewählt. Auch Lena, die die Viola spielte, war dabei. Die Mehrheit der Mädchen am Liceo Musicale spielte Klavier oder Flöte. Elodie und Lena gehörten zu den wenigen, die sich für ein Streichinstrument entschieden hatten.

Die beiden Mädchen wirkten sehr gegensätzlich. Elodie mit ihrem tiefschwarzen Haar, ihrem sehnigen Körper und ihren grünen Augen. Lena war eher ein nordischer Typ. Ihr Körper war weicher und runder. Blondes Haar, blaue, runde Augen. Und sie spielte die Viola mit derselben Sinnlichkeit wie Elodie ihr Cello.

Die beiden freundeten sich schnell an und lernten schon bald, das Spiel der anderen zu ergänzen. Lena lachte gern, und nach dem Unterricht nahm sie Elodie oft auf einen Espresso mit in die Cafés. Allerdings hatte sie nicht Elodies Gedächtnis. Wie die beiden anderen Studenten im Quartett musste sie die Noten vor Augen haben. Immer wieder ließen sich die männlichen Mitspieler von Lenas Schönheit ablenken.

»Franco hat dir heute während der Probe dauernd in den Ausschnitt gestarrt«, scherzte Elodie. »Ein Wunder, dass er nicht den Faden verloren hat …«

»Er ist ein Dummkopf«, schnaubte Lena. »Selbst wenn er drei Hände hätte, würde er es nicht schaffen, meinen BH aufzumachen.«

Elodie war erstaunt über die Schlagfertigkeit ihrer Freundin, die im völligen Gegensatz zu ihrem engelhaften Aussehen und der sittsamen Fassade stand, die sie in der Schule an den Tag legte.

Lena verachtete Mussolinis Allianz mit den Deutschen. »Diese Schweine«, so bezeichnete sie die Deutschen. »Der letzte Dreck. Du wirst schon sehen … Wenn wir nicht aufpassen, wird es uns wie den Tschechen ergehen; sie werden uns überrollen und unser Land beherrschen.«

Sie zogen Blicke auf sich, als Lena so lautstark mit ihren Gefühlen herausplatzte.

»Du solltest nicht so laut reden«, flüsterte Elodie. »Sonst landen wir noch auf der Polizeistation.«

»Wovor hast du Angst? Die Polizei sieht uns nicht als Gefahr. Du bist einfach nur ein Mädchen mit einem Cello. Die sind doch zu blöd, uns überhaupt wahrzunehmen.«

Als Elodie sich umsah, stellte sie fest, dass Lena recht hatte. Auf der Piazza wimmelte es von Frauen mit Kinderwagen, nur einige wenige Männer waren zu sehen, die auf dem Weg zur Post waren. Sie waren wirklich nur zwei Mädchen mit ihren Instrumenten, die nicht weiter auffielen. Niemand nahm auch nur die geringste Notiz von ihnen.

3

Verona, Italien

April 1943

Schon als Kind war Elodie immer mit Musik im Kopf eingeschlafen. Und wenn sie morgens aufgewacht war, hatte sie sie schon wieder gehört. »Bei den Engeln schlafen«, so nannte ihr Vater es, wenn Träume von Musik untermalt waren. Aber Elodie konnte sich an keine Zeit erinnern, in der sie nicht im Schlaf Musik gehört hätte. Ihr Vater spielte noch oft bis spät in die Nacht, wenn er alle im Schlaf wähnte. Leise und ruhig spielte er eine Nocturne oder hin und wieder auch eine Romanze.

Er stand immer an den hohen Fenstern, die zur Straße hinausgingen, das weiße Hemd am Kragen aufgeknöpft, die Geige unter das Kinn geklemmt.

Sein Geigenspiel war das Wiegenlied ihrer Kindheit. Wenn er Mozart spielte, dann tat er das aus Freude über gute Neuigkeiten; wenn er nervös war, spielte er Brahms; und wenn er Vergebung von ihrer Mutter suchte, spielte er Dvořák. Sie kannte ihren Vater besser durch seine Musik als durch seine Worte.

Wie sie, sprach auch er sehr wenig. Es war nicht so, dass er keine Gedanken oder Gefühle hatte. Eher hatte er von beidem im Überfluss. Er besaß keinen kühlen Kopf. Er empfand die Dinge zu tief. Musik war für ihn schon in frühester Jugend zu einem Elixier geworden, und er hatte drei Instrumente perfekt spielen gelernt: Geige, Cello und Klavier.

Elodies Mutter war selbst keine Musikerin, aber sie hatte sich in ihn verliebt, als sie ihn auf der Bühne gehört hatte.

Er war eingeladen worden, in ihrer Geburtsstadt zu spielen, einem Labyrinth im Wasser. Ein Ort, wo im Winter der Nebel aus dem Meer stieg. Orsinas Vater besaß ein Hutgeschäft in Venedig, er war Spezialist für Vogelfedern, damit verdiente er seinen Lebensunterhalt. Er reiste drei Monate im Jahr bis nach Afrika, um seltene Federn für seinen Laden zu sammeln, der ein Treffpunkt war für alle Modebewussten der Stadt, an einer Ecke der Piazza San Marco. Von jeder Reise brachte er eine Truhe voller Federn mit: Straußenfedern, Pfauenfedern und Federn von gelben und blauen Papageien, eine exotischer als die andere.

Orsina konnte den Anblick des wunderschönen Betts ihrer Mutter nicht vergessen, das über und über mit Federn geschmückt war. Seidige Federn, wohin man blickte; eine Federndecke in Türkis, Ultramarinblau und Grün. Ihre Mutter nahm sich der extravaganten Mitbringsel ihres Vaters an, verarbeitete sie zu den schönsten Hüten und stellte sie in den Schaufenstern des Geschäfts aus. Mit ihren flinken, schlanken Fingern nähte sie Saatperlen, seidene Ansteckbuketts und zarte Schleier an die Hüte. Orsina lernte von ihrer Mutter früh die Unterscheidung der verschiedenen Stile: Glockenhüte für die Damen und englischen Touristinnen, breitrandige Hüte für den Kirchgang und für Hochzeiten und die Flapper-Stirnbänder mit Perlen und weißen Federn für diejenigen, die gern tanzen gingen. In der Werkstatt ihrer Mutter lagen immer große Stapel Modemagazine, die Elodies Vater aus Paris schickte, damit seine Frau über den *dernier cri* auf dem Laufenden war. Orsina verbrachte ihre Tage damit, in den Magazinen zu blättern und sich von den Lagunen ihrer Kindheit weg nach Frankreich zu träumen, wo ein ganz anderes Licht herrschte. In Städte, die nicht schwammen, die dennoch schön waren. Sie stellte sie sich wie Zuckerwatte vor, leicht und luftig wie Gaze.

Orsina hätte sich nicht träumen lassen, dass ein Konzert in I Gesuiti sie dazu veranlassen würde, Venedig zu verlassen. Aber als ihre Eltern an einem Freitagabend kurz nach ihrem zwanzigsten Geburtstag das Geschäft vorzeitig schlossen und sie zu einem Konzert mitnahmen, erfuhr ihr Leben eine Wendung. Sie war hingerissen von dem jungen Geiger, der sie mit seiner Musik in eine andere Welt entführte.

Sie ging mit ihren Eltern in die Kirche, wo das Konzert stattfinden sollte, ihr Vater in einem dunklen Anzug, ihre Mutter in einem lavendelfarbenen Kleid und mit einem pflaumenfarbenen Glockenhut, der ihr Gesicht umrahmte. Orsina hatte etwas völlig anderes für sich gewählt; sie trug das Haar offen und ein gelbes Chiffonkleid.

Nachdem sie auf der hölzernen Kirchenbank Platz genommen hatten, schienen sich die Geräusche in der Kirche zu verschieben. Verschwunden war plötzlich die düstere Atmosphäre der Sonntagsmesse. Es war, als wären der blassgrüne Marmor mit seinen komplexen Mustern und die Steinfriese elektrisch aufgeladen. Freudige Erregung breitete sich in den heiligen Hallen aus. Niemand schenkte mehr seinem Gebetbuch Beachtung. Alle reckten die Hälse, um einen Blick auf den gut aussehenden Geiger zu erhaschen, der gerade sein Instrument stimmte.

Er stand auf, hielt die Geige neben sich und lächelte bescheiden, während der Chorleiter der Kirche ihn stolz als den kürzlich entdeckten Virtuosen aus Verona vorstellte. Das Publikum klatschte, und der junge Mann, der später Elodies Vater sein würde, begann zu spielen.

Elodie hörte immer wieder gern zu, wenn ihre Mutter von den ersten Tönen schwärmte.

»Wie Magie«, sagte sie. »Mein ganzes Leben lang hatte ich mit Federn zu tun, und seine Noten kamen mir vor wie Federn, die durch die Luft schwebten. Arabesken in Bewegung, die mich ganz schwindlig machten.« Ihr verschlug es jedes Mal die Sprache, wenn sie an den Moment zurückdachte, und die Erinnerung raubte ihr buchstäblich den Atem.

»Als er eine Romanze von Beethoven spielte, geriet das Publikum regelrecht in Verzückung. Mein Vater tätschelte mir das Knie und sagte: ›Das wirst du niemals vergessen‹, es ist das erste Mal, dass du ein Genie hörst!«

»Aber er brauchte mir nicht zu sagen, dass ich diesen Moment nie vergessen würde. Ich war völlig berauscht von der Musik.« Bei diesen Worten huschte jedes Mal ein Lächeln über ihr Gesicht. »Und ich wusste auch, dass ich einen Mann, der es vermochte, so viel Schönheit zu erschaffen, würde lieben wollen.«

Elodies Vater lachte und nahm die Hand seiner Frau.

»Ich bin froh, dass ich die Geige immer mit geschlossenen Augen gespielt habe ... Hätte ich deine Mutter in der ersten Reihe sitzen sehen, mit ihrem dunklen Haar, das ihr über die Schultern fiel, und diesen Augen, so grün wie Tulpenblätter, hätte ich auf der Stelle jede Note vergessen. Zum Glück habe ich sie erst nach dem Konzert gesehen.«

Orsina strahlte. »Ich habe deiner Großmutter gesagt, dass ich genauso spielen lernen wollte. Aber sie hat nur den Kopf geschüttelt und gemeint, dass man so etwas nicht lernen kann. Dass es ein Geschenk des Himmels ist.

Nach dem Konzert standen die Leute Schlange, um deinem Vater die Hand zu schütteln. Der Chorleiter musste ihn regelrecht vor der Menge abschirmen.« In Orsinas schwarzem Haar zeigten sich zwar mittlerweile graue Strähnen, aber wenn sie lachte, konnte Elodie sich genau vorstellen, wie ihre Mutter als junge Frau gewesen war.

»Du bist mir sofort aufgefallen, Orsina«, sagte ihr Vater. Und dann sah er sie wieder wie beim ersten Mal. Das blassgelbe Chiffonkleid, das pechschwarze Haar, die strahlenden Augen. Liebevoll erinnerte er sich daran, wie ihre Hände gezittert hatten, als sie ihm das Programm hingehalten hatte, um darauf ein Autogramm zu bekommen.

»Er hat mich von meiner schönen Lagune weggelockt«, sagte Orsina viele Jahre später. »Aber ich bereue es nicht.« Manchmal jedoch, in sehr heißen Nächten, bemerkte Elodie einen Anflug von Schwermut in der Stimme ihrer Mutter, die ausgedörrt und durstig klang. Und wenn der Sommer dann mit seiner erbarmungslosen Hitze zuschlug, hörte Elodie in den Worten ihrer Mutter traurige Sehnsucht.

»Es ist die trockene Hitze hier. Ich bin das nicht gewohnt …« Jeden Sommer stimmte sie dasselbe Klagelied an. Voller Mitgefühl beobachtete Elodie, wie sich ihre Mutter mit dem Taschentuch den Schweiß von der Stirn wischte. »Wo ich aufgewachsen bin, war rundherum nichts als Wasser. Tiefblau. Grün und schwarz. Wir haben die Jahreszeiten am Wasser festgemacht, am Nebel und am Dunst. Meine erste Erinnerung ist der Kontakt mit Wasser. Mein erster Geschmack war der des salzigen Meerwassers.«

Ihre Mutter hatte sich stets bemüht, an allen Dingen nur das Schöne wahrzunehmen. Sie sah das Leben durch ein einzigartiges Prisma. Sie hatte einen optimistischen Blick. Man brauchte nur die Perspektive ein wenig zu verschieben, schon konnte man eine neue Facette entdecken und sie zum Erstrahlen bringen.

Ihre Mutter hatte immer Blumen im Haus. Venezianische Vasen in allen möglichen Pastellfarben quollen über von Flieder im Frühjahr und Rosen im Sommer. Sie kochte die Speisen ihrer Kindheit: Baccalá, Polenta und Tintenfischrisotto, und zum Nachtisch gab es Burano-Kekse, die ihr Vater in süßen Wein tunkte. Aber die Musik überließ sie ihrem Mann und ihrer Tochter. Nur wenn ihre Mutter allein im Bad war, hörte Elodie sie singen.

Ob jeder Mensch sein Lied hatte? Elodie fragte sich manchmal, ob vielleicht auch bei den Menschen, die nicht mit musikalischem Talent gesegnet waren, eine sehr persönliche Melodie in ihrem Innern schlummerte. Ihre Mutter sang nur, wenn sie in der Badewanne lag. Die Stimme erschien Elodie wie sanftes Bienensummen. Sie schwebte in den Dunstschwaden des Badezimmers. Elodie sah ihre Mutter mit hochgestecktem Haar vor sich. Den langen Schwanenhals und ihre feingliedrigen Wangen. Sie hörte sie Lieder im venezianischen Dialekt singen. Liebeslieder und hin und wieder auch eine der melancholischen Balladen der Gondolieri.

Aber am meisten hatten es ihrer Mutter die neuesten französischen Chansons angetan. Ihr Faible für Paris war der Grund dafür, dass sie ihrer Tochter einen französischen Namen gegeben hatte. »Dein Name kam mir zugeflogen wie die Töne einer Harfe«, erklärte sie Elodie. Und lächelte, weil sie wusste, dass sie, obwohl sie diese andere Stadt der Brücken und des besonderen Lichts noch nie besucht hatte, selbst auch etwas mit einem eigenen Funkeln und von großer Schönheit geschaffen hatte.

Orsina war davon überzeugt, dass ihr Gesang ihr ganz persönliches Geheimnis war. Sie ahnte nicht, dass Elodie und ihr Vater bedeutungsvolle Blicke austauschten, wenn sie verkündete, sie wolle ein Bad nehmen, und die beiden die Bögen beiseitelegten, sobald das Badewasser rauschte. Dann lehnten sie sich auf ihren Stühlen zurück, schlossen die Augen und vermieden jedes Geräusch. Wie das Publikum im Konservatorium warteten sie darauf, dass Orsinas Stimme ertönte.

Sie klang beinahe wie eine Flöte. Jede Spur von Rauheit war in diesen Momenten aus ihrer Stimme verschwunden. Orsina sang in einer Sprache, die ihre Tochter nicht verstand. Aber Elodie begriff intuitiv jede Melodie. Der Gesang ihrer Mutter war geprägt von denselben Nuancen, mit denen Elodie ihre Partituren interpretierte. Sie begann zu verstehen, warum Orsina sich die Tränen abwischte, wenn sie oder ihr Vater spielten. Sie begriff, wie es war, einer Musik zu lauschen, die ein Mensch schuf, den man liebte.

4

Portofino, Italien

Oktober 1943

»Ich heiße Angelo«, sagt er. Ein sehr wohlklingender Name, wie Elodie findet.

Der Schlaf hat ihr gutgetan. Auf dem Tisch in dem kleinen Esszimmer liegen ein langes Brot und ein kleines Stück Käse. Daneben stehen eine Karaffe Wein und zwei Gläser mit Wasser.

Sie betrachtet die Bilder an den Wänden. Kleine, einfache Meerlandschaften. Ein Fischer mit seinem Netz, ein weißes Haus vor dem blauen Meer. Angelos Alter kann sie kaum schätzen. Sein Haar ist noch schwarz, aber die ersten grauen Strähnen zeigen sich. Er ist blasser als die anderen Männer im Hafen. Seine Augen sind rauchblau.

Überall sind Bücher. In den Regalen an der Wand. Auf dem kleinen Couchtisch liegen sie in Dreierstapeln, darauf sorgfältig angeordnete Muscheln. Auf der Kommode liegt ein offenes Buch, mit dem Gesicht nach unten, so als hätte er bis eben darin gelesen.

Der Anblick der Bücher beschwört Erinnerungen an ihre erste Begegnung mit Luca herauf, und sie unterdrückt ihre Tränen. Aber sie schnüren ihr die Kehle zu, und sie schluckt sie so heftig herunter, dass ihr übel wird.

Sie essen schweigend, und sie ist dankbar, dass er nicht das Bedürfnis hat, die Stille mit Worten zu füllen. Sie hört nur das Geräusch des Messers auf ihrem Teller oder das Knacken, als er etwas von dem Brot abbricht. Das leise Schlucken, als er von seinem Wasser trinkt.

Das alles sind Geräusche, die sie ertragen kann. Ihr Rhythmus ist sanft und klar, es beruhigt sie. Aus den Tiefen ihrer Erinnerung tauchen die venezianischen Melodien auf, die ihre Mutter singt. Sie schließt die Augen und versucht, mithilfe der Lieder ihre Ängste zu bezwingen.

Sie fragt sich, ob der Mann, der ihr gegenübersitzt, mitbekommt, dass sie in Gedanken ganz woanders ist. Dass sie zwar auch Stücke von dem Brot abbricht und kaut und aus ihrem Glas Wasser trinkt, genau wie er, aber die Anwesenheit ihres Körpers irreführend ist. Sie besetzt zwar einen Raum gegenüber von Angelo, spiegelt seine Anwesenheit in dem einfachen Ritual des Essens, aber in Gedanken ist sie weit weg.

Sie wandert durch Raum und Zeit. Löst ihren Geist von ihrem Körper, genauso wie sie immer wieder Musik aus einem Instrument hat aufsteigen lassen, das andernfalls geschwiegen hätte.

Immer wieder sieht sie Luca vor sich, wie er in seinem Buchladen steht. Mit seinem dunklen Haar und dem Leinenkittel, aus dessen Brusttasche zwei gespitzte Bleistifte ragen. Seine Finger verschmiert von Druckerschwärze. Der Geruch von Papier. Die von unzähligen Wörtern schwere Luft.

Sie bemüht sich mit aller Kraft, diese Gedanken aus

ihrem Kopf zu verbannen. Aber ihre Hand zittert, als sie den Salzstreuer vom Tisch nimmt. Sie blickt auf und stellt fest, dass ihr Gastgeber es auch bemerkt.

Sie würde ihm gern sagen, dass sie nicht zittert, weil sie nervös ist. Das hat sie längst hinter sich. Es liegt an ihrer unsäglichen Erschöpfung. Ob sich alte Menschen wohl so fühlen? So müde vom Leben, dass man beinahe ein instinktives Bedürfnis verspürt aufzugeben. Und endlich Ruhe zu finden.

Nach dem Abendessen fragt er sie, ob sie gern baden möchte, weil er spürt, dass sie immer noch erschöpft von der Reise ist. Still und respektvoll führt er sie in das kleine Bad mit dem tiefen hölzernen Waschzuber, der bereits zur Hälfte mit kaltem Wasser gefüllt ist.

Er bringt einen großen Topf mit heißem Wasser, und wiederholt die Prozedur zweimal, bis eine angenehme Badetemperatur erreicht ist; allein beim Anblick des in die Wanne fließenden Wassers entspannt sie sich. Nachdem er sie allein gelassen und die Tür hinter sich geschlossen hat, streift sie sich die Schuhe ab. Dann zieht sie sich Rock und Bluse und schließlich die Unterwäsche aus. Sie schaut nicht in den Spiegel über dem Waschbecken. Sie inspiziert nicht ihre Haut, die spannt und ganz blass ist. Vorsichtig taucht sie einen Fuß ins Wasser, dann steigt sie hinein und setzt sich mit angezogenen Knien in den Zuber. Sie schließt die Augen und dreht das Haar im Nacken zusammen. Dann beginnt sie, leise zu singen, denn niemand soll sie hören. Sie singt nicht aus Freude, sondern aus Sehnsucht. Aus dem Bedürfnis nach Trost. Wie es ihre Mutter all die Jahre getan hat.

5

Verona, Italien

April 1943

Seit ihrem achtzehnten Lebensjahr studierte Elodie Kammermusik, Musiktheorie und später Orchesterleitung am Konservatorium, wo sie auf den Fluren häufig ihrem Vater begegnete, der dort unterrichtete.

Aber nach und nach nahm sie Veränderungen an ihm wahr. In seinem sonst so heiteren Gesicht zeigten sich mehr und mehr Sorgenfalten. Er hatte das Liceo immer für einen sakrosankten Ort gehalten, einen der letzten Bereiche, die vor dem Faschismus sicher waren. Das Salutieren und die Märsche zur Unterstützung Mussolinis sowie die Politik überhaupt waren im Großen und Ganzen draußen geblieben. Aber die vier Jahre zuvor erlassenen antijüdischen Gesetze hatten alle jüdischen Professoren ihrer Stellung beraubt, und jüdische Studenten durften sich nicht mehr einschreiben. Elodie erinnerte sich noch gut an den Tag, als ihr Vater wutentbrannt nach Hause gekommen war und berichtet hatte, dass Professor Moretti nicht einmal mehr seine Unterlagen aus seinem Zimmer hatte holen dürfen.

Daran musste sie wieder denken, als Lena erwähnte,

dass Professor Moretti seit ihrem siebten Lebensjahr ihr Privatlehrer war. Die Morettis wohnten im selben Haus wie Lena und ihre Eltern, und die beiden Familien waren schon seit Jahren befreundet. Professor Moretti hatte als Erster Lenas musikalisches Talent entdeckt und die außergewöhnliche Spreizfähigkeit ihrer Finger bemerkt. Da sie außerdem in der Lage war, komplexe rhythmische Strukturen zu erfassen, hatte er ihren Eltern geraten, sie zu fördern. Mit den Jahren hatte Moretti Lena nach seinem Unterricht am Konservatorium alles beigebracht, was sie wissen musste: von den Anfängen, wie sie den Bogen halten musste, bis hin zum Spielen von Kammermusik. Selbst jetzt noch bezahlten ihr ihre Eltern Privatunterricht bei Moretti und verschafften ihm somit seit seinem Arbeitsverbot wenigstens ein bescheidenes Einkommen, damit er seine Familie ernähren konnte.

Eines Nachmittags nach dem Unterricht im Liceo wirkte Lena ziemlich aufgebracht.

»Was ist los?«, wollte Elodie wissen.

Lena schüttelte den Kopf. »Es wird immer schlimmer für die Morettis. Sie nagen am Hungertuch. Meine Mutter bringt ihnen immer wieder Suppe und ein bisschen Gemüse rauf, aber ihnen ist das Mitleid peinlich.«

Nach einer Weile flüsterte sie: »Ich gehe heute Abend mit Luigi zu einer Versammlung.«

Elodie wusste nicht, was Lena meinte. »Eine Versammlung?«

Lena sah sie an. »Von Leuten, die dafür kämpfen, dass das alles aufhört.« Sie holte tief Luft. »In ein paar Monaten wird Italien nicht mehr wiederzuerkennen sein. Wart's nur ab, Elodie, du wirst schon sehen.«

»Du bist doch noch keine neunzehn, Lena.« Elodie bemühte sich, vernünftig zu reagieren. »Du kannst doch nicht gegen die Faschisten kämpfen.«

»Also, ich werde jedenfalls nicht tatenlos zusehen, wie mein Professor und seine Familie abgeführt werden.«

»Aber du machst doch nichts Gefährliches, oder?« Elodie wollte lieber nicht daran denken, was die Polizei mit Lena machen würde, wenn man sie verhaftete.

»Gefährlich?« Lena lächelte, und ihre Augen blitzten. »Niemand wird mir helfen, falsche Papiere für die Morettis zu besorgen, solange ich mich nicht bewährt habe. Deshalb helfe ich mit, Flugblätter zu verteilen. Ich hoffe, dass ich sogar als Kurier eingesetzt werde. Das klingt doch nicht allzu gefährlich, oder?«

Elodie war zu schockiert, um zu antworten.

»Willst du nicht auch mitmachen?«

»Ich wäre froh, wenn ich es könnte, Lena.« Ihre Worte kamen ihr so lahm vor, dass sie sich schämte, nachdem sie sie ausgesprochen hatte.

»Es ist einfach so ... Meine Eltern setzen so große Hoffnungen in meine Zukunft als Musikerin. Und um mich in Gefahr zu bringen, fehlt mir der Mut.«

Elodie spürte regelrecht, wie Lena innerlich zusammenzuckte. Ihr Eingeständnis musste in den Ohren ihrer Freundin so hässlich klingen wie das Geräusch einer reißenden Saite.

Während der folgenden Wochen begann Lena sich zu verändern. Die Musik bedeutete ihr immer weniger, was sich auch in ihrem Spiel zeigte. Es fehlte die Verbindung zwischen Geist, Herz und Instrument; sie spielte die

Noten nur noch herunter. Die Hingabe, mit der sie sich zuvor ihrer Viola gewidmet hatte, galt jetzt ihren Aktivitäten für den Widerstand. Jeden Nachmittag verabschiedete sie sich nach dem Unterricht von Elodie und ging zum Atelier von Berto Zampieri, einem Mitglied der Gruppe.

»Ich wünschte, du würdest mitkommen. Bertos Skulpturen sind so schön – richtig sinnlich; so was habe ich noch nie gesehen. Brigitte Löwenthal ist seine Freundin und Muse. Die müsstest du mal sehen! Ganz kurze Haare und die Gesichtszüge so scharf geschnitten, dass sie aussieht wie ein Fuchs.«

»Klingt wie das genaue Gegenteil von dir, Lena ...« Elodie hob eine Braue. »Wenn sie bei der Gruppe der Fuchs ist, dann bist du wohl das Kätzchen?«

»Ach was!« Sie lachte, und Elodie fiel auf, wie lebhaft Lena wirkte, seit sie zu den Versammlungen ging. »Wirklich, die nehmen kaum Notiz von mir ... Brigitte ist die mit der dramatischen Geschichte. Sie stammt aus einer der reichsten jüdischen Familien in Verona. Sie sind aus Deutschland hergekommen.«

Elodie musterte ihre Freundin skeptisch. »Was du mir da erzählst, klingt, als würdest du einen Kunstsalon besuchen, und nicht zu einer antifaschistischen Versammlung gehen. Wahrscheinlich hältst du ihnen bald Vorträge über Musik und gibst ein Kammerkonzert.«

»Sei nicht albern! Ich versuche bloß, dir ein bisschen über die interessantesten Mitglieder der Gruppe zu erzählen. Es gibt auch noch andere, Beppe und seine Freunde von der Uni, und dann noch einen Buchhändler namens Luca; dem gehört der Laden Il Gufo in der Via Mazzini.

Wir alle haben nur ein Ziel: Italien von den Schwarzhemden zu befreien ...«

Luca, Berto, Beppe ... Diese Namen waren alle neu für Elodie.

»Natürlich sind auch ein paar Kommunisten in der Gruppe – sie haben immer Bücher von Marx und Lenin dabei. Sie geben sogar eine eigene Zeitung heraus; Brigitte hat ihnen über ihre Kontakte eine Druckerpresse besorgt. Aber sie brauchen noch mehr Frauen, die mithelfen – weil wir uns freier bewegen können. Jeder denkt, dass wir nichts anderes im Sinn haben als unsere Instrumente oder dass wir unterwegs nach Hause sind, um Wasser für die Pasta aufzusetzen.«

An diesem Nachmittag ging Elodie allein nach Hause, den schweren Cellokoffer auf den Rücken geschnallt. Sie musterte die Männer um sie herum. Die Schwarzhemden, die sich an der Ecke versammelten, die Polizisten, die jungen Männer, die im Café saßen und rauchten. Sie fragte sich, ob es stimmte, dass sie für die Leute unsichtbar war. Dass ihr Cello für andere keinerlei Bedeutung hatte. Ihr Gesicht war unauffällig und ihr Körper so zierlich, dass niemand sie beobachtete.

Ich bin unsichtbar, dachte sie. Und plötzlich fühlte sie sich – zu ihrer Überraschung – beschwingt von dieser Durchsichtigkeit. Sie verlieh ihr Kraft.

Lenas Worte gingen ihr nicht aus dem Kopf. Einerseits war sie beeindruckt von Lenas Mut, andererseits war sie besorgt um die Sicherheit ihrer Freundin. Was die faschistische Polizei ihr antun würde, sollte sie gefasst werden, war kein Geheimnis. Jeder in der Stadt wusste, dass sie weder vor Schlägen noch vor Folter zurückschreckte. Viele Leute waren nach ihrer Verhaftung spurlos verschwunden, während andere schwer misshandelt wieder nach Hause geschickt wurden, und ihre Narben waren ein sichtbares Zeichen dafür, wer in Italien das Sagen hatte. Grund genug, sich von allem fernzuhalten. Und außerdem konnte Elodie sich lebhaft vorstellen, dass ihre Eltern am Boden zerstört wären, falls ihr irgendetwas zustieß.

Während der folgenden Tage war Elodie in Gedanken bei Lenas geheimen Aktivitäten. Beim Abendessen bemühte sich ihr Vater, dem Elodies mangelnde Konzentration nicht entging, ihre Aufmerksamkeit wieder auf die Musik zu lenken.

»Elodie, du musst dieses Jahr noch mehr Zeit auf dein Studium verwenden. Du musst härter arbeiten als alle anderen, auch wenn dir die Musik zufliegt«, sagte er. »Du willst dir doch bestimmt nicht nachsagen lassen, du hättest einen Vorteil davon, dass ich am Liceo unterrichte.«

Elodie nickte, aber sie wusste genau, dass ihre Fahrigkeit mit Lena zu tun hatte. »Ich weiß.«

Sie bemühte sich, konzentriert zu wirken, doch ihr schwirrte der Kopf, und Lenas Worte kamen ihr immer wieder in den Sinn, wie ein Ohrwurm, den sie nicht loswurde. Zwar reagierten ihr Körper und ihre Stimme auf ihre Eltern, aber mit den Gedanken war sie ganz woanders.

»Du hast eine große Karriere vor dir. Für eine Frau mag das ja vielleicht ein bisschen ungewöhnlich sein, das ist uns bewusst, aber du bist mit einem außergewöhnlichen Talent gesegnet.«

»Mit mehreren sogar«, fügte Orsina hinzu.

»Ja. Ich wünschte, ich hätte dein Gedächtnis, Elodie«,

fuhr ihr Vater fort. Er staunte immer wieder darüber, dass seine Tochter selbst beim kompliziertesten Stück ihren Part immer auswendig wusste.

Wochenlang bemühte sich Elodie, sich wieder mehr auf die Musik zu konzentrieren, aber es wollte ihr nicht gelingen. Jeden Dienstag trennten sich nach dem Unterricht ihre und Lenas Wege; während ihre Freundin zu einer Versammlung des sich organisierenden Widerstands ging, eilte Elodie nach Hause, um mit ihren Eltern zu Abend zu essen und sich anschließend in Ruhe ihrem Cello zu widmen. Aber ihre Unruhe wuchs unaufhaltsam. Wenn sie durch die Straßen ging, nahm sie alles überdeutlich wahr. Das Balilla-Banner. Die Schwarzhemd-Horden mit ihren Motorradbrigaden, die überall Angst und Schrecken verbreiteten. Der Terror war allgegenwärtig, wenn man die Augen nicht verschloss und die Dinge sah, wie sie waren.

Auch ihr Vater wirkte zunehmend aufgebracht, wenn er nach Hause kam.

Aber es war nicht das Verhalten ihres Mannes, das Orsina alarmierte, sondern die Veränderung in Elodies Spiel. Darin lag eine Aufgewühltheit, die sie nie zuvor bei ihrer Tochter gehört hatte. Ruhelosigkeit.

»Hörst du das nicht, Pietro?«

»Wir sind alle verunsichert, Orsina. Wir befinden uns im Krieg. Die Faschisten regieren das Land, und Mussolini macht mit den Deutschen gemeinsame Sache. Meine jüdischen Kollegen sind festgenommen worden; einige haben sie schon in Arbeitslager abtransportiert. Wie soll da ihre Musik nicht ruhelos sein? Oder voller Angst?«

»Ob sie auch beim Studium mit den Gedanken woanders ist?«

Er seufzte. Offenbar bereitete ihm etwas anderes Sorgen.

»Ich habe Moretti heute in der Nähe der Piazza Erbe gesehen. Er war völlig ausgemergelt. Ich habe ihn kaum wiedererkannt.«

Orsina schien ihm nicht zuzuhören. »Meinst du, du könntest nach dem Unterricht mal sehen, ob sie sich vielleicht mit jemandem trifft? Womöglich hat sie einen Freund, von dem wir nichts wissen.«

»Hast du gehört, was ich eben gesagt habe, Orsina?«, fragte er ungläubig, fast schon wütend. »Ich habe dir gerade gesagt, dass einer meiner Kollegen, Professor Moretti, wie der Tod aussieht. Der Himmel weiß, wie es seiner Familie geht, seit man ihn gezwungen hat, seine Stelle aufzugeben! Was ist bloß los mit dir?«

Sein Gesicht war rot angelaufen. An den Schläfen traten die Äderchen hervor.

»Orsina, wo ist die Würde Italiens bloß geblieben? Ist uns jedes Ehrgefühl abhandengekommen?« Er schlug mit der Faust auf den Tisch.

Orsina sagte nichts. Die Intensität von Pietros Wut erschütterte sie. Sie hatte nicht teilnahmslos angesichts von Professor Morettis Notlage klingen wollen. Sie empfand durchaus Mitleid mit ihm. Mehr, als Pietro sich vorstellen konnte. Sie fühlte sich ebenfalls verraten vom Faschismus, aber im Gegensatz zu ihrem Mann hatte sie gelernt, diese Gedanken für sich zu behalten, aus Angst, jemand könnte mithören. Sie bekam es immer mit der Angst zu tun, wenn Pietro seine wahre Meinung laut äußerte. Wie viele Leute waren schon von Nachbarn oder Freunden denunziert worden, nur für eine bessere Arbeitsstelle oder eine größere Wohnung?

Nein, sie verabscheute die Faschisten ebenso wie Pietro. Seit mehr als zwanzig Jahren lebten die Italiener unter dem Faschismus, aber in den letzten fünf Jahren war die Situation unerträglich geworden. Wenn sie jetzt aktuelle Fotos von Mussolini mit kahlem Schädel und hervortretenden Augen sah, wenn er eine seiner Hetzreden hielt, konnte sie sich kaum mehr jene ersten Jahre vorstellen, als man noch hoffen konnte, er werde dem Land wieder zu Ruhm und Ehre verhelfen. Er hatte von einem vereinten Italien gesprochen – einem Italien der Effizienz und Stärke –, in dem die Frauen geehrt wurden als Stützen der Familie und als Hüterinnen der moralischen Werte des Landes. Aber Mussolinis Gier nach Macht war unersättlich. Zuerst sein Feldzug gegen Äthiopien, jetzt gegen Griechenland. Wie viele Mütter hatten ihre Söhne in den Krieg ziehen sehen und hinnehmen müssen, dass sie in Mussolinis Eroberungskriegen gefallen waren?

Und als wäre das nicht genug, hatte der Duce sich jetzt mit Hitler verbündet und lieferte die Juden aus, denen er zuvor versprochen hatte, sie seien in Italien in Sicherheit. Mussolini hatte diese Menschen schändlich verraten. Orsina wusste das alles, auch wenn Pietro es nicht glaubte.

In Wirklichkeit empfand Orsina tiefes Mitgefühl. Sie kannte mehrere jüdische Familien, die kaum über die Runden kamen. Sie erwähnte Pietro gegenüber nie, dass sie häufig Extraportionen Tortelli für Anna Bassanis Familie machte. Wenn sie mit ihrem Lebensmittelkorb dorthin ging, wunderte sich Orsina jedes Mal, wie Anna es schaffte, ihren Haushalt im Griff zu halten, obwohl die Familie so beengt wohnte und mit so wenig auskommen musste.

Aber das veränderte Verhalten ihrer Tochter war für

Orsina ein ganz neuer Grund zur Sorge. Vielleicht bemerkte Pietro ja deswegen nichts, weil es ihm ebenso erging wie ihrer Tochter. Er spielte neuerdings genauso unkonzentriert wie Elodie. Beiden gemeinsam war ihre Ungeduld, es war, als würden sie am liebsten mit ihrem Bogen auf die Saiten einschlagen.

Am folgenden Abend bemühte sich Orsina nach Kräften darum, Harmonie zu stiften. In der Hoffnung, die Erinnerung an Pietros Gefühlsausbruch am Abend zuvor vergessen zu machen, kochte sie ein venezianisches Menü aus den Lieblingsgerichten der beiden: Baccalá mit Polenta, Risotto mit Tintenfisch und Krabben, und als Nachtisch einen Kuchen, der in flüssigem Honig schwamm. Nach dem Abendessen gingen Elodie und ihr Vater ins Wohnzimmer, um sich ihren Instrumenten zu widmen. Doch schon bald wurden sie durch fürchterlichen Lärm gestört. Auf dem Platz vor dem Haus hatte sich das faschistische Kinderbataillon versammelt und übertönte ihre Musik mit Hurrageschrei und Trommeln.

Pietro trat ans Fenster, unter dem mehr als zwanzig Grundschüler in ihrer Balilla-Uniformen die »Giovinezza« und andere faschistische Lieder sangen.

»Minifaschisten!«, stieß Pietro angewidert hervor.

Elodie trat neben ihn, um einen Blick auf das Treiben auf dem Platz zu werfen. Die Jungen trugen Uniformen, die nahezu identisch waren mit denen der faschistischen Polizei: schwarze Hemden, Mützen mit dem Emblem der faschistischen Partei, dazu graugrüne Hosen und himmelblaue Halstücher.

Sie waren Mussolinis Kinderarmee, froh, für ein paar

Stunden von zu Hause verschwinden und sich lautstark austoben zu können.

»Man kann ja sein eigenes Wort nicht mehr verstehen!«

»Stimmt«, sagte Elodie und legte den Bogen weg. »Wie können sie so dumm sein und immer noch aus vollem Hals *›Duce! Duce!‹* schreien …«

Orsina war ins Wohnzimmer gekommen und löste ihre Küchenschürze. »Diese Jungen sollten eigentlich im Bett liegen und schlafen. Wo sind bloß ihre Mütter?«

»Ihre Mütter?« Pietro lachte.

Orsina schüttelte den Kopf. Sie war froh, dass sie eine Tochter hatte. Jeder Junge in Italien musste Mitglied sein in der Balilla, der Kinderorganisation der Gioventú Facista, der faschistischen Jugend.

Elodie und ihr Vater versuchten ihr Spiel wieder aufzunehmen, aber der Lärm war unerträglich. »Ich halte das nicht mehr aus! Schlimm genug, dass sie das Liceo Musicale ruiniert haben, jetzt verderben sie auch noch unsere Kinder!« Pietro stand auf und ging zum Plattenspieler. Im Regal darunter lag ein kleiner Stapel Schallplatten, von denen er eine aus der Hülle nahm.

Er hob den Tonarm, setzte die Nadel auf die Rille und drehte den Lautstärkeregler hoch.

Das Lied »Va, pensiero« aus Verdis Oper Nabucco setzte ein.

»Das ist zu laut«, ermahnte Orsina ihn.

»Was ist dir lieber?«, entgegnete Pietro. »Das hier oder der Krach der Balilla da draußen?«

»Die Antwort darauf kennst du, Mamma«, sagte Elodie selbstsicher.

Pietro lächelte. Dann stellte er die Musik noch lauter.

Am nächsten Tag kam Pietro nicht zur üblichen Zeit nach Hause, und Orsina schaute immer wieder ängstlich auf die Wanduhr neben dem Esszimmertisch.

»Dein Vater kommt nie zu spät«, sagte sie zu Elodie. »Ich fange an, mir Sorgen zu machen.«

Sie hatte recht. Ihr Vater war wie ein Uhrwerk. Er trank jeden Morgen zur selben Zeit seinen Kaffee, ging eine Stunde später aus dem Haus und kam jeden Abend um sechs Uhr wieder nach Hause.

»Ich habe sein Lieblingsrisotto gemacht, und es verkocht völlig, wenn er nicht bald kommt.« Orsina goss noch eine Tasse Brühe in den Topf und drehte die Flamme niedriger.

»Bestimmt kommt er gleich«, sagte Elodie, die versuchte, sich nicht von der Unruhe ihrer Mutter anstecken zu lassen. »Wahrscheinlich hat ihn jemand vor der Schule in ein Gespräch verwickelt.«

Als Pietro eine dreiviertel Stunde später immer noch nicht da war, wusste Orsina, dass irgendetwas nicht stimmte. Sie hatte die Flamme vor ein paar Minuten ausgeschaltet, das Risotto war mittlerweile eine klebrige Masse.

»Er hätte gestern die Musik nicht so laut abspielen sollen.« Sie setzte sich an den Tisch und stützte den Kopf in die Hände. »Das war eine Provokation. Wenn ihn nun jemand denunziert hat?«

»Ich glaube nicht, dass das jemand tun würde, Mamma. Es war doch nur eine Oper …«

Elodie sah, wie ihre Mutter ganz steif wurde. Ihre Gesichtszüge waren zum Zerreißen angespannt.

»Elodie …«, sagte Orsina in einem kaum hörbaren

Flüsterton. »Die Menschen würden ihre Nachbarn schon für ein paar Gramm Butter verraten.«

Elodie senkte den Blick. Sie schämte sich, weil sie so naiv gewesen war und die Ängste ihrer Mutter so schnell beiseitegewischt hatte. Weil sie sich nicht wie Lena einer Widerstandsgruppe angeschlossen hatte, die versuchte, der Angst etwas entgegenzusetzen, die sich jetzt auch ihrer Familie bemächtigt hatte. Und sie schämte sich, weil sie überhaupt nicht wusste, wie sie ihren Vater finden sollten.

Sie ging in der Wohnung auf und ab wie ein gefangenes Tier, das nicht wusste, was es mit seinem Bewegungsdrang anfangen sollte.

»Bitte, setz dich hin, Elodie.« Ihre Mutter gab sich Mühe, freundlich zu klingen, obwohl ihre Nerven blank lagen.

Um ihre Mutter wenigstens ein bisschen zu beruhigen, machte Elodie Kaffee. Sie häufte zwei Löffel Zichorie in die Tassen und goss sie mit heißem Wasser auf. Aber als sie am Tisch saßen, die Hände um die kleinen Porzellantassen gelegt, bekamen sie keinen einzigen Schluck herunter. Sie waren wie zwei Katzen, die im selben Raum saßen und in die Luft stierten.

Es schienen Stunden zu vergehen, während sie am Tisch sitzen blieben. Sie aßen nichts. Sie tranken nichts. Sie bewegten nur im Gleichklang die Köpfe, um einen Blick auf die Uhr zu werfen.

Sie schliefen ein, wo sie saßen, den Kopf auf den Armen, und als sie beim Morgengrauen aufwachten, war Pietro immer noch nicht gekommen.

»Ich rufe bei der Polizei an«, sagte Orsina mit gequälter

Miene und sah zum Fenster hinaus auf den Platz. Das erste Morgenlicht fiel ins Zimmer, und Elodie blinzelte. »Etwas Schreckliches ist passiert! Ich weiß es genau.«

Elodie wusste nicht, was sie darauf antworten sollte. Sie war ebenso erschöpft und besorgt wie ihre Mutter.

Orsina nahm den Telefonhörer und ließ sich von der Vermittlung mit der Polizei verbinden. Elodie bekam mit, wie ihre Mutter bettelte, sie anzuhören, und wie sie verzweifelt um Informationen flehte.

»Sie haben mir nichts gesagt. Sie haben mich beschimpft und mir geraten, ihn in den Bars oder Freudenhäusern zu suchen«, schluchzte sie.

Elodie schloss ihre Mutter in die Arme. »Er kommt bestimmt jeden Moment durch die Tür herein und will sein Frühstück haben.«

Ihre Mutter sah sie verzweifelt an. »Gebe Gott, dass du recht hast.«

Nach zwei Tagen des Bangens und Hoffens hörten sie ein leises Klopfen an der Tür.

Als Orsina öffnete, stand Pietro da, übel zugerichtet, gestützt von ihrem Nachbarn Giacomo.

Er konnte nur auf einem Bein stehen, und es war deutlich zu erkennen, dass das andere gebrochen war.

»O Gott«, stieß Orsina hervor und schlug sich die Hand vor den Mund. »Pietro!«

Giacomo brachte ihn ins Wohnzimmer.

»Ich habe ihn vor ein paar Minuten vor eurer Haustür gefunden. Sie haben ihn da einfach abgeladen und liegen gelassen.«

»Wer denn?«, fragte Orsina fassungslos. Sie konnte

einfach nicht glauben, dass irgendjemand ihrem liebenswürdigen Mann so etwas Grausames antun konnte.

Pietro sah mit geschwollenem Auge und blutiger Lippe zu ihr auf.

»Vier Schwarzhemden haben mir vor dem Liceo aufgelauert, als ich nach Hause wollte. Sie haben mir gesagt, dass gegen mich ermittelt würde. Dann haben sie mich an einen Ort in der Nähe vom römischen Theater gebracht. Es muss irgendwo auf der Via Redentore gewesen sein, wo sie mich verhört haben.

Sie haben mich an den Handgelenken gefesselt und mir die Augen verbunden. Und als Kommunisten beschimpft. Sie haben behauptet, ich würde nicht für mein Land einstehen – dass ich nie ein Abzeichen der faschistischen Partei an meinem Revers tragen würde.«

»Das ist doch blanker Irrsinn!«, rief Orsina aus. Sie schaute Giacomo und Elodie Bestätigung heischend an, doch die beiden warteten wie erstarrt darauf, dass Pietro weiter berichtete.

»Ich habe ihnen erklärt, dass meine einzige Sünde darin bestanden hat, eine Schallplatte abzuspielen. Ich habe versucht ihnen klarzumachen, dass das Musik von Verdi war – von einem der größten italienischen Komponisten.« Trotz seiner Wunden war sein Sarkasmus unüberhörbar.

»Ich habe immer wieder beteuert, dass ich kein Antifaschist bin. Dass ich nur ein Musiker bin, der sich Musik angehört hat. Aber ich konnte sagen, was ich wollte, sie haben es einfach ignoriert. Sie haben mich immer weiter verprügelt, und mir jedes Mal, wenn ich das Wort Musik in den Mund nahm, auf mein Ohr geschlagen …«

»Das sind Barbaren!«, rief Orsina.

»Orsina, bitte …«, flüsterte Giacomo. »Du willst doch nicht, dass die noch mal an deine Tür klopfen. Oder an meine, um Himmels willen …«

Orsina versuchte ihre Fassung wiederzugewinnen. »Nein, natürlich nicht.«

»Du solltest einen Arzt rufen«, sagte Giacomo. »Habt ihr einen, dem ihr vertraut?«

»Ja, ja, sicher. Doktor Tommasi ist schon ewig unser Hausarzt.«

»Gut«, sagte er. »Ruf ihn an, und kümmere dich um Pietro. Maria und ich können es kaum erwarten, wieder seine Geige zu hören …«

»Danke, dass du ihm geholfen hast. Giacomo, wir stehen in deiner Schuld. Wie können wir dir nur danken?«

»Schon gut, Orsina. Bring ihn in Sicherheit, und sorg dafür, dass er seinen Plattenspieler nicht anfasst.« Er küsste sie auf beide Wangen und drückte ihr die Hände.

»Ich muss jetzt nach Hause.« Er senkte niedergeschlagen die Stimme. »Das hier ist nicht mehr das Land meiner Kindheit … Einen unschuldigen Menschen derart zu verprügeln – das dreht mir den Magen um. Ich habe inzwischen auch Angst um mich und meine Familie.«

Orsina bedankte und verabschiedete sich. Nachdem Giacomo gegangen war, holte sie tief Luft und verriegelte die Tür.

6

Verona, Italien

Mai 1943

Seit seiner Rückkehr war Pietro ans Bett gefesselt. Sein Bein war in einem Gipsverband fixiert und auf Kissen hochgelegt. Er verbrachte den größten Teil des Tages schlafend.

»Er scheint mehr als je zuvor zu schlafen, Mamma … Es macht mir Sorgen, dass er überhaupt keine Anstalten macht herumzulaufen. Doktor Tommasi hat extra Krücken für ihn dagelassen, aber er benutzt sie gar nicht.«

»So übel, wie die ihn zugerichtet haben, hat er allen Grund, müde zu sein. Wenn der Körper erschöpft ist, braucht er Ruhe.«

Elodie wirkte nicht überzeugt. »Ich weiß, dass meine Hände ganz steif werden, wenn ich zwei Tage nicht übe. Ich finde, er sollte aufstehen und sich bewegen.«

»Lass ihm noch ein paar Tage Zeit, Elodie. Erst seit dieser Woche gehen die fürchterlichen Hämatome in seinem Gesicht zurück. Wenn er wieder mehr bei Kräften ist, sorgen wir dafür, dass er wieder auf die Beine kommt.«

Elodie nickte. »Vielleicht könnten wir heute Abend

mal sehen, ob er ein bisschen Geige spielen kann. Dazu braucht er ja nicht aufzustehen. Wir stopfen ihm ein paar Kissen in den Rücken, und dann bringen wir beide dir ein Ständchen.« Lächelnd umarmte sie ihre Mutter. »Es wird seine Lebensgeister wecken, wenn er wieder spielt.«

Elodie betrachtete ihren schlafenden Vater. Die blauen Flecken waren zwar schon zurückgegangen, aber jetzt konnte sie nicht länger die Augen vor der Brutalität der Faschisten verschließen, die die heile Welt ihrer Familie zerstört hatte.

Elodie bemühte sich, ruhig zu bleiben und ihrer Mutter so viel wie möglich zu helfen, doch sie wusste, dass dieses Ereignis ihr Leben grundlegend verändert hatte. Der Anblick ihres sanftmütigen Vaters, der von einem Nachbarn nach Hause gebracht worden war, sein Körper geschunden, ein Bein gebrochen und kraftlos wie das einer Marionette – das Bild würde ihr für immer ins Gedächtnis gebrannt bleiben.

Und als Elodie Lena wieder vor Guidos Café traf, war sie längst nicht mehr so ängstlich wie beim ersten Mal, als ihre Freundin sie zu einer Versammlung hatte mitnehmen wollen.

»Wann findet wieder eine Versammlung statt?«, fragte Elodie geradeheraus.

»Du bist also bereit, dich uns anzuschließen«, stellte Lena fest. Sie musterte Elodie intensiv und versuchte den Meinungsumschwung zu ergründen.

»Ja«, erwiderte Elodie. »Von ganzem Herzen. Sag mir einfach, wann und wo.«

Am nächsten Morgen nach dem Frühstück tat Elodie etwas, das sie bisher für unmöglich gehalten hatte. Sie sah ihren Eltern treuherzig in die Augen und belog sie zum ersten Mal.

»Es wird heute ein bisschen später, also wartet nicht auf mich. Ich möchte nicht, dass ihr euch Sorgen macht«, sagte sie in der Hoffnung, dass ihre Eltern nicht weiter nachfragen würden.

Orsina war noch im Nachthemd. Ihr Haar fiel ihr in einem langen, schwarzen Zopf, der von grauen Strähnen durchzogen war, über eine Schulter. Obwohl sie die ganze Nacht geschlafen hatte, sah sie müde aus.

»Natürlich werde ich mir Sorgen machen, wenn man sieht, was für Bestien derzeit abends unterwegs sind. Was hält dich denn auf?«

Elodie holte tief Luft.

»Ich muss mit Lena üben. Sie hat Probleme mit den Einsätzen, und Professor Olivetti wird uns den Kopf abreißen, wenn wir die bis zu unserem Frühjahrskonzert nicht sauber hinkriegen.«

Es war pure Erfindung, klang jedoch einigermaßen plausibel. Sie betrachtete ihre Mutter aufmerksam, um zu sehen, ob sie ihr die Geschichte abkaufte, aber Orsina schien die Erklärung glaubhaft zu finden.

Orsina seufzte. »Bleib nicht zu lange weg. Und bitte, sei vorsichtig.«

Elodie nickte und wandte den Blick ab. Es war leichter gewesen zu lügen, als sie sich vorgestellt hatte. Vielleicht zu leicht.

»Ja, Mamma, natürlich.«

Orsina blickte hinüber zu ihrem Mann, in der Hoffnung, er würde ebenfalls seine Sorge um die Sicherheit seiner Tochter zum Ausdruck bringen. Aber offensichtlich hatte er nicht einmal mitbekommen, dass sie mit Elodie gesprochen hatte, was sicherlich seinem Zustand zuzuschreiben war. Es hatte eine Zeit gegeben, dachte sie, da hatte er jeden Atemzug, jedes Flüstern gehört. Aber jetzt schien er kaum noch etwas wahrzunehmen.

An jenem Nachmittag ließen Elodie und Lena ihre Instrumente im Konservatorium. Sie waren fast identisch gekleidet: marineblauer Rock, Bluse, Riemchenschuhe. Die Haare hinter die Ohren gesteckt.

Lena erklärte ihr, dass die Versammlung in einem kleinen Buchladen in der Via Mazzini stattfand, von dessen Existenz Elodie bisher nicht einmal etwas wusste. Von außen sah man nur ein kleines Schaufenster voller Bücher. Über der Eingangstür hing ein schwarzes Schild mit dem Wort *LIBRI* in goldenen Lettern.

Elodie wünschte, sie hätte ihr Cello dabeigehabt, das ihr Sicherheit gab. Sie war so an den schweren Koffer gewöhnt, dass sie sich ohne ihn fühlte, als fehlte ihr ein Körperteil. Sie kam sich merkwürdig leicht vor, aber all ihre Sinne waren geschärft. Sie nahm alles um sich herum wahr: Schritte auf dem Gehweg, Vögel in der Luft, das Rascheln von Laub.

»Komm«, flüsterte Lena und deutete auf die Tür. Der kleine Laden war vom Boden bis zur Decke mit Büchern vollgestopft. Als Elodie die Buchrücken betrachtete, dachte sie, dass sie aussahen wie farbige Ziegel. Lederbände in Rot und Braun, einige in Waldgrün. Die goldenen Buchstaben der Titel schimmerten wie Sterne. Hinter einem

Tresen stand ein junger Mann von etwa Anfang zwanzig. Er war hochgewachsen, fast schlaksig, mit einer dichten schwarzen Mähne. Seine Augen waren bernsteinfarben. Etwas Ähnliches hatte Elodie noch nie gesehen. Sie dachte spontan an die Zigeuner, die Halsketten aus Bernstein herstellten, an die kostbaren goldgelben Fossilien, in denen ein Stück Leben eingeschlossen war. Er hatte ein schönes, ebenmäßiges Gesicht, und Elodie las darin sofort wie in einem Notenblatt, nahm die Kanten und Rundungen in sich auf, prägte sich die Höhen und Tiefen ein.

Die von Druckerschwärze verschmierten Hände hatte er auf dem Tresen abgestützt.

»Luca, ich habe eine Freundin mitgebracht«, verkündete Lena selbstbewusst. Luca betrachtete die beiden Mädchen, sein Blick ruhte jedoch länger auf Elodie. Er sagte nichts, sondern musterte sie nur intensiv. Schließlich wischte er sich die Hände an seinem Kittel ab und bedeutete ihnen, ihm zu folgen.

Er führte sie ins Hinterzimmer, und Elodie fiel zuerst der Geruch nach frischer Tinte und feuchtem Papier auf. In hohen Stapeln türmten sich Hunderte von Flugblättern. Jemand war dabei, sie in kleine Beutel zu packen. In dem Zimmer hielten sich mindestens dreißig junge Männer auf, die sich alle zu kennen schienen. Sie beäugten Elodie misstrauisch, als sie eintrat.

»Das ist meine Freundin«, erklärte Lena. »Sie spielt Cello, und sie hat ein Gedächtnis, wie ihr es noch nie erlebt habt.« Sie blickte allen nacheinander in die Augen. Ein leises Grummeln war zu vernehmen. Elodie hörte es und erschauderte. »Ihr könnt ihr vertrauen«, sagte Lena, ohne zu zögern. »Darauf gebe ich euch mein Wort.«

Zwei Frauen befanden sich noch in dem Raum; eine davon war unverkennbar Brigitte Löwenthal. Die kantigen Gesichtszüge, die teure Bluse. Sie musterte Elodie mit einem raschen Blick, als sie ins Zimmer kam, um sogleich ihre Aufmerksamkeit etwas zuzuwenden, das sie mehr interessierte. Elodie fiel auf, dass sie Berto ihre äußerst gepflegte Hand auf den Oberschenkel legte. Er hatte das Gesicht eines Künstlers, die Hände eines Bildhauers. Für einen Moment sah Elodie Brigitte nackt auf einer Liege vor sich, während Berto in glatten Konturen aus Ton ein Ebenbild von ihrem Körper erschuf.

In der hinteren Ecke des Raums stand die andere Frau. Elodie hörte, wie jemand den Namen Jurika erwähnte. Sie trug eine Hose und ein Männerhemd. Sie beäugte die beiden Mädchen noch misstrauischer, als es die Männer taten. An Lenas Reaktion konnte Elodie erkennen, dass auch sie die Frau noch nie gesehen hatte.

»Ihr beide solltet zu einer kirchlichen Gruppe gehen, wenn ihr unbedingt etwas tun wollt«, sagte die Frau zu ihnen. »Ich glaube nicht, dass ihr hier richtig seid.«

Lena hielt ihrem Blick stand. »Ich erfülle hier schon länger meine Pflicht. Die meisten Männer sind froh, dass ich abliefere, was sie mir anvertrauen.«

»Lena ist eine gute *staffetta,* Jurika«, bemerkte ein hochgewachsener Student in dunkler Kleidung.

»Und ich habe dich noch nie auf einer Versammlung gesehen«, sagte Lena herausfordernd zu der Frau.

»Ich war in den französischen Bergen, um Leute zu rekrutieren, du Grünschnabel.« Sie stand auf, und alle hielten die Luft an. »Ich nehme nicht an, dass man euch im Konservatorium den Umgang mit Waffen beibringt, oder?«

Elodie fing an zu zittern, aber Lena blieb unbeirrt. Auf der anderen Seite des Raums wandte Brigitte den Kopf in ihre Richtung. Sie nahm eine Zigarette heraus, und Berto gab ihr eilfertig Feuer. Elodie bemerkte, dass sich ihr gelangweilter Blick blitzschnell änderte und sie amüsiert wirkte.

»Nein«, sagte Lena mit einem breiten Lächeln. »Aber da du ja darin offenbar Expertin bist, könntest du ja mal bei uns Kurse anbieten, oder?«

Die Spannung im Raum löste sich augenblicklich auf, und alle, einschließlich Jurika, brachen in Gelächter aus.

»Du gefällst mir«, sagte Jurika und stand auf. Sie war wie eine Fackel; ihre kraftvolle Energie füllte den Raum. Einen Moment lang fühlten sich die beiden Mädchen geehrt, dass es ihnen gelungen war, diese Anführerin zum Lachen zu bringen.

Elodie und Lena bekamen Umhängetaschen mit auf den Weg, um die Flugblätter der Widerstandsgruppe zu transportieren. Luca begleitete sie zur Tür.

»Wir sehen euch beide nächsten Donnerstag zur selben Zeit. Und jetzt geht schön nach Hause zu euern Eltern.«

»Wir sind keine kleinen Schulmädchen«, fauchte Lena. »Wir sind alt genug, um heiraten zu können!«

»Und wie alt ist das?«

»Neunzehn«, antwortete Elodie anstatt ihrer Freundin.

»Fast zwanzig«, schoss Lena zurück.

»Na dann«, sagte er und lächelte beide an. »Dann habt ihr ja jetzt zwei Aufgaben: erst Flugblätter verteilen und dann einen Ehemann suchen.«

Er hob zwei große Stapel Flugblätter von einem Tisch hoch.

Elodie und Lena hielten die Arme auf und nahmen sie in Empfang.

»Was meint ihr«, sagte er, »was wäre wohl eine größere Verantwortung? Das hier oder ein Ehemann?«

Lena reagierte als Erste.

»Ein Ehemann, natürlich!« Sie musste lauthals lachen. »Die Flugblätter können wir unters Volk bringen, und dann sind wir sie los!«

Die drei blieben noch eine Weile lachend stehen; als Elodie wieder aufblickte, sah sie Jurika aus dem Versammlungsraum kommen. Sie sagte kein Wort zu Luca, und auch nicht zu Elodie oder Lena.

Mit einer raschen, konzentrierten Bewegung griff sie in ihre Tasche und nahm eine Schirmmütze heraus, setzte sie auf und zog sie tief in die Stirn. Ohne jede Spur von Weiblichkeit in ihrem Aussehen oder ihren Bewegungen drehte sie sich um und ging zur Tür hinaus.

In der Woche darauf, nachdem sie ihre Flugblätter erfolgreich verteilt hatten, suchten die beiden Mädchen Lucas Laden wieder auf.

Als sie eintraten, läutete eine kleine Glocke über der Tür. Luca kniete auf dem Boden und packte gerade eine Bücherkiste aus. Er blickte auf; sein Blick ging zu Lena und verharrte dann auf Elodie.

»Die Musikerinnen«, sagte er.

»Der Buchhändler«, antwortete Elodie.

Lena warf ihr einen Blick zu, überrascht von Elodies Antwort.

Luca stand auf. Er war größer, als sie ihn in Erinnerung hatte. Er trug denselben braunen Kittel wie bei ihrem ersten Besuch. In der Brusttasche steckte ein Notizblock, hinter seinem Ohr klemmte ein Bleistift.

»Tut mir leid. Wir sind uns letztes Mal gar nicht richtig vorgestellt worden.« Er hielt ihr die Hand hin. »Luca Bianchi.«

»Elodie Bertolotti«, antwortete sie. Sie spürte ein leichtes Kribbeln in ihren Fingern, als er ihr die Hand schüttelte.

»Elodie?« Er sah sie fragend an. »Diesen Namen habe ich noch nie gehört.«

»Ein französischer Name. Den hat meine Mutter ausgesucht.«

»Ist deine Mutter denn Französin?« Er lächelte wieder. »Wir könnten jemanden gebrauchen, der Französisch spricht. Wir versuchen so viel wie möglich von der Résistance zu lernen.«

Elodie lachte. »Nein, meine Mutter ist aus Venedig, und wenn du sie sehen würdest, würdest du sie nicht unbedingt für eine Vertreterin der Résistance halten.«

»Du würdest dich wundern«, antwortete er. Er hob eine Braue, und in seiner Stimme lag ein Anflug von Koketterie. »Bei uns machen sogar ein paar Gondolieri mit …«

Elodie nickte beeindruckt. »Das wusste ich nicht.«

»Wie auch immer, dein Name ist auf jeden Fall sehr schön. Er passt zu dir.«

»Danke«, sagte sie und errötete ein bisschen.

Aus dem Augenwinkel bemerkte Elodie, dass Lena die Augen verdrehte.

»Also, das ist ja alles sehr interessant …«, mischte

Lena sich ein. »Aber wir haben eine Menge zu berichten. Sind die anderen auch da?«

»Einige sind hinten, aber auf die meisten warten wir noch.«

Er schenkte Elodie ein Lächeln, sodass sie sich gar nicht losreißen konnte, während Lena schon Richtung Versammlungsraum unterwegs war.

»Willst du mir nicht erzählen, was für ein Instrument du spielst?«

Sie fühlte sich geschmeichelt von seinem Interesse. »Das Cello.«

»Schon wieder überraschst du mich.« Er lachte in sich hinein. »So ein großes und ernsthaftes Instrument.«

Sie spürte seine Hand an ihrem Rücken, als er sie sanft zum Versammlungsraum schob.

Die Männer schienen zufrieden zu sein mit dem, was Lena ihnen über die Verteilung der Flugblätter berichtete.

»Wir müssen unbedingt stärker in der Universität präsent sein«, sagte jemand. »Da gibt es wenigstens Leute, die keine Angst davor haben, gegen die Faschisten zu kämpfen.«

Einige Anwesende waren auch dieser Meinung; es wurde darüber diskutiert, wo noch mehr Unterstützung gefunden werden konnte.

Schließlich stand Luca auf und sagte, er habe eine Mitteilung zu machen.

»Unsere Führung hat uns wiederholt aufgefordert, neue, innovative Wege zu finden, wie wir unsere Informationen verbreiten können. In der Vergangenheit waren wir schon ziemlich findig. Aber unsere Reisewege werden immer länger. Eine Fahrt mit dem Rad, mit einem Flugblatt, das im Lenker versteckt ist, ist nur etwas für kurze Entfernungen. Wir brauchen jedoch eine sichere Möglichkeit, etwas über weitere Entfernungen zu transportierten, zwischen Städten …«

Der Geräuschpegel im Raum stieg.

»Hört mir bitte zu. Also, mir sind ein paar Ideen gekommen.«

Vor ihm lagen drei Bücher. Er nahm das oberste vom Stapel.

»Wir alle wissen, was das ist.« Luca legte ehrfürchtig eine Hand auf den Buchdeckel. »Seit Jahrhunderten benutzen Schriftsteller Bücher, um damit Ideen und Gedanken zu transportieren.« Er schlug das Buch in der Mitte auf. »Aber ich denke – und das wird jetzt viele von euch überraschen, dass es noch andere Möglichkeiten gibt, Bücher für unsere Sache zu benutzen, und zwar über die gedruckten Wörter hinaus.

Bei diesem Buch hier habe ich mit einem scharfen Messer in der Mitte zwanzig Seiten herausgeschnitten. Dann habe ich neue Seiten geschnitten, in genau derselben Größe, bedruckt mit Fantasiebotschaften, und habe sie ins Buch geklebt, sodass sie nahtlos zu den Originalseiten passen.«

Er klappte das Buch zu. »Ich gebe es jetzt herum, und ich möchte, dass ihr mir ehrlich sagt, ob ihr auf den ersten Blick die neuen Seiten bemerkt hättet.«

Stille breitete sich im Raum aus. Alle, die das Buch in die Hand nahmen und darin blätterten, taten sich schwer damit, die neuen Seiten zu finden.

»Man kann ein Buch auch dazu benutzen, einen geheimen Code zu übermitteln. In diesem Buch hier werdet ihr bemerken, dass ich unten auf jeder zehnten Seite einige Buchstaben hinzugefügt habe. Man könnte Buchstaben benutzen oder auch Zahlen – und sogar eine Kombination aus beiden –, und so wird dieses nach außen hin völlig unscheinbare Buch zum Überbringer geheimer Informationen.«

Luca schlug das Buch auf und zeigte, wie er die Botschaft *Il Gufo* im Buch versteckt hatte, indem er auf jeder zehnten Seite einen Buchstaben hinzugefügt hatte. »Hier ist es jede zehnte Seite, aber man kann genauso gut auf jeder fünfzigsten oder fünfundsiebzigsten Seite etwas einfügen.«

Elodie war wie elektrisiert von seinen Worten. Als das erste Buch, das er herumreichte, bei ihr ankam, legte sie die Hand auf den Buchdeckel, als könnte diese Geste sie irgendwie mit Luca verbinden.

Die anderen waren ebenfalls begeistert. »Das ist genial, Luca«, rief jemand. Es gab Beifall für Lucas Einfallsreichtum. Elodie spitzte die Ohren, um festzustellen, ob es jemanden gab, der nicht beeindruckt war. Aber allen machte Lucas Fantasie Mut.

»Das Beste habe ich mir für den Schluss aufbewahrt«, sagte er schließlich, um wieder für Ruhe zu sorgen. Nun lag das letzte der drei Bücher vor ihm, während die anderen beiden die Runde machten.

Es war größer und schwerer als die anderen. »Das habe ich aus einem Regal dahinten genommen …« Er zeigte auf ein raumhohes hölzernes Regal, in dem mehrere Reihen großer, schwerer Bände standen.

Er ließ einen Moment verstreichen, bevor er mit den

Daumen die mittleren Seiten teilte. Das Buch öffnete sich wie ein riesiger Schmetterling. Darin befand sich ein perfekt ausgeschnittener Hohlraum. Und darin eine Pistole.

»Dieses Buch hier wird natürlich auf keine Reise mitgenommen. Die Kontrollen sind zu streng, aber ich denke, dass wir auf diese Weise unsere Waffen verstecken können. Von diesen Büchern kann ich mehrere auf einem Regal hier in diesem Raum unterbringen.«

Es herrschte allgemeine Aufregung. Beppe kam nach vorn und nahm die Pistole aus dem Hohlraum.

Elodie traute ihren Augen nicht. Sie warf Lena einen Blick zu, die reglos auf ihrem Stuhl saß, wie gebannt von Lucas Demonstration.

Sie beugte sich zu Elodie hinüber und flüsterte ihr ins Ohr: »Also, er ist garantiert mehr als ein normaler Buchhändler.«

Elodie war sprachlos. Aber sie dachte genau dasselbe.

7

Verona

Mai 1943

Seit der Versammlung in Lucas Laden betrachtete Elodie Bücher mit ganz anderen Augen. Manchmal trat sie an die Bücherregale ihres Vaters, nahm ein Buch über die Geschichte der Seefahrt oder über das antike Rom heraus und fragte sich, ob man es für eine Botschaft oder als Versteck für eine Waffe benutzen konnte.

Lucas Waffe hatte ihr Angst gemacht. Sie hatte noch nie eine Pistole aus der Nähe gesehen. Die gefährlichsten Gegenstände in ihrem Elternhaus waren die Küchenmesser. Und selbst um die machte sie einen Bogen und deckte lieber den Tisch oder rührte die Polenta.

Sie war sehr behütet aufgewachsen. In italienischen Familien war es üblich, die Kinder vor allem Ungemach zu bewahren, vor allem die Mädchen. Wegen ihres musikalischen Talents war Elodie jedoch noch isolierter aufgewachsen. Ihre Eltern hatten dafür gesorgt, dass sie durch nichts abgelenkt wurde.

Aber jetzt durchströmte sie eine seltsame Energie. War es das Bedürfnis, ihren Vater zu rächen, geschürt durch die Leidenschaft dieser neuen Gruppe, deren Mitglieder unbedingt ihr Land aus den Klauen der Faschisten befreien wollten? Oder war es viel einfacher und von ihrer Seite gar nicht so ehrenhaft? Hatte es begonnen, als Luca sie das erste Mal angesehen hatte? Als er ihr gesagt hatte, sie habe einen schönen Namen? Oder als er ihr Gesicht gemustert und gesagt hatte, sie sei voller Überraschungen?

Sie konnte sich Luca bis in alle Einzelheiten vorstellen. Sie dachte an sein dichtes schwarzes Haar, die prägnanten Gesichtszüge und die bernsteinfarbenen Augen. Sie hatte die Sehnen an seinem Hals bemerkt. Die kleinen Muskelstränge, die blauen Adern direkt unter der Haut, die sie an die Saiten am Griffbrett ihres Cellos erinnerten. Wie mochte es sich wohl anfühlen, mit einem Finger darüberzugleiten und die Energie zwischen seiner und ihrer Haut zu spüren?

Sie hörte seine Stimme wie Noten in ihrem Kopf. Der sanfte Rhythmus seiner Worte, die Betonungen in seinen Sätzen, als er erklärt hatte, wie sich Bücher für die Zwecke der Gruppe nutzen ließen.

Es hatte sie angesprochen, wie er mit den Büchern umging. Der Respekt vor Dingen, die ihm offensichtlich viel bedeuteten. Es tat ihr gut zu sehen, dass er Bücher mit derselben Wertschätzung behandelte wie sie ihr Cello.

Sie schlief ein mit einer Melodie, die ihr neu war. Sie hörte sie in einer ganzen Farbpalette. So intensiv wie die Farbe des Lacks auf ihrem Instrument. Dunkelrot mit langen goldenen Strahlen.

8

Verona

Mai 1943

Sie befand sich in einem Erregungszustand wie damals, als sie unbedingt Cello hatte lernen wollen. Als die Musik in ihr so stark geworden war, dass es schon fast körperlichen Schmerzen oder Hunger gleichkam.

Elodie sagte Lena, sie könne die nächste Versammlung kaum erwarten, erwähnte jedoch nicht, dass sie auch deswegen hingehen wollte, weil sie die ganze Zeit an Luca denken musste.

An jenem Morgen stand sie früh auf und nahm ihr Cello aus dem Koffer. Als sie zu spielen begann, bekamen die Noten einen Klang, der ihr fremd war. Von ihrem Vater hatte sie gelernt, wie das Cello seufzen und weinen konnte, sodass das Publikum zu Tränen gerührt war. Aber diesmal spielte Elodie mit einer intensiven Sehnsucht. Sie spürte, wie das Instrument anschwoll und sich ausdehnte, als sie die Noten länger und tiefer zog. Zum ersten Mal mischte sich Begehren in ihr Spiel, die Sehnsucht nach etwas, das mehr war als nur Musik. Als Orsina von den Celloklängen aufwachte, hörte sie die Veränderung im Spiel ihrer Tochter. Es erinnerte sie daran, wie Pietro an jenem Abend vor vielen Jahren gespielt hatte, als sie ihn das erste Mal in I Gesuiti in Venedig gehört hatte. Als er mit der Schönheit seines Spiels ihr Herz erobert hatte.

An diesem Morgen fragte Elodie ihre Mutter, ob sie eines ihrer Kleider anziehen dürfe. Ihre eigenen Kleider kamen ihr plötzlich kindlich vor, sie wollte Luca nicht wieder in ihrer üblichen Schuluniform aus weißer Bluse und marineblauem Rock unter die Augen treten, sondern in einem Kleid ähnlich dem, das ihre Mutter damals getragen hatte, als sie Pietro kennenlernte. Hellgelb, wie der Sonnenschein. Wie die Forsythien im Frühjahr, goldfarben und leuchtend.

Orsina war Elodies plötzliches Interesse an ihrem Kleiderschrank nur recht. Sie glaubte jetzt zu verstehen, was die Veränderung in Elodies Cellospiel verursacht hatte, und war erleichtert, dass nichts Gefährliches dahintersteckte.

Sie öffnete den Schrank und ließ die Finger über ihre Kleider gleiten. Einige waren mit Erinnerungen verbunden, die ihr und Pietros Geheimnis waren. Das Kleid, das sie trug, als er ihr in der Kirche St. Marco einen Kuss geraubt hatte, oder das Kleid, das sie an dem Abend anhatte, als er ihr den Heiratsantrag machte. Sie hätte viele Geschichten erzählen können beim Anblick ihrer Kleider, und bei jedem Kleid wusste sie noch genau, wie es sich angefühlt hatte, als sie den Stoff zum ersten Mal auf der Haut getragen hatte. Ganz unten lag ihr roter Koffer, den sie immer benutzt hatte, wenn sie von Venedig nach Verona gefahren war.

Jetzt mit Elodie vor ihrem offenen Schrank zu stehen

war eine Art Initiationsritus, den sie sehr genoss. Er versetzte sie zurück in ihre Jugend, als sie selbst an der Schwelle zum Erwachsensein stand und eine neue Welt mit Ehe und Kindern vor sich hatte.

Sie war davon ausgegangen, dass Elodie diese Welt erst einige Jahre später betreten würde als ihre Altersgenossinnen. Dass ihr Cello sie von den eher einfachen Dingen des Herzens ablenken würde.

Sie beobachtete ihre Tochter, wie sie verträumt mit der Hand über die zarten Stoffe strich. Das zitronengelbe Chiffonkleid, das rote mit der gerippten Schärpe und das mit den Frühlingsblumen, Orsinas Lieblingskleid.

»Darf ich das gelbe anziehen?«, fragte Elodie. Aus ihrer Bitte sprachen die ersten Anzeichen weiblicher Reife. Eine Sehnsucht, Grenzen zu durchbrechen, ein bisschen verwegener zu sein.

»Ja, natürlich«, erwiderte Orsina, während sie das Kleid vom Bügel nahm. Sie musste über die Wahl lächeln, denn sie wusste sehr wohl, wie ein schönes Kleid eine Frau verändern konnte.

Im Konservatorium schienen sich alle Studenten nach Elodie umzudrehen, als sie in diesem Kleid über die Flure ging. Junge Männer, die sie bisher keines Blickes gewürdigt hatten, reckten die Hälse, um jetzt mehr als nur einen flüchtigen Blick auf sie zu erhaschen.

»Was ist denn mit dir heute los?«, fragte Lena. »Du siehst wunderschön aus, aber so anders als sonst.«

Elodie blieb vor einem der hohen Flurfenster stehen. Die Sonne hinter ihr beleuchtete nicht nur die Umrisse ihres Gesichts, sondern ließ ihre gesamte Erscheinung erstrahlen wie einen Engel.

»Ach, immer nur Blau und Weiß ist doch auf Dauer langweilig. Ich wollte mal was Neues ausprobieren.«

Lena nickte. Sie selbst trug ein sehr schlichtes graues Kleid.

»Aber du kannst nicht in einem gelben Chiffonkleid zur Versammlung erscheinen. Wir wollen möglichst wenig Aufmerksamkeit erregen.«

Elodie wirkte zerknirscht. »Natürlich«, sagte sie mit zitternder Stimme, bemüht, sich nicht anmerken zu lassen, wie peinlich ihr ihr Fehler war.

»Gelb steht dir gut«, sagte Lena und tätschelte ihrer Freundin den Rücken. »Aber nächste Woche kommst du besser wieder in Dunkelblau oder Grau.«

An diesem Nachmittag begleitete Elodie Lena nicht zum Buchladen. Sie wusste, dass ihre Freundin recht hatte. Schon während sie über den Platz ging, spürte sie Blicke von allen Seiten auf sich wie noch nie.

In den Schaufenstern sah sie ihr Spiegelbild. Das dunkle Haar, das ihr über die Schultern fiel. Die lange, locker am Hals gebundene Schleife, die weißen Knöpfe vom Ausschnitt bis zum Saum. Der zarte Stoff fühlte sich wunderbar an, machte sie aber auch verletzlich, und sie fragte sich, was wohl gefährlicher war, die Durchsichtigkeit eines Stoffs oder einer Seele? Elodie war sich sicher, dass Lena genau wusste, warum sie dieses Kleid ausgesucht hatte. Als Musikerin hatte sie die Spannung zwischen ihr und Luca bestimmt gespürt.

Lena hatte recht, sie konnte nicht in den Buchladen gehen in einem Kleid, das eher zu einer Teeparty passte. Sie würde auffallen und alle Blicke auf sich ziehen, nur nicht so, wie sie es sich erhoffte, sondern wie jemand, der nicht dazugehörte. Dennoch konnte sie sich nicht dazu durchringen, auf direktem Wege nach Hause zu gehen. Stattdessen zog es sie in die Richtung von Lucas Laden.

Ihr tat der Arm weh vom Tragen des schweren Instruments. Zum ersten Mal betrachtete sie ihr Cello mehr als Last denn als geliebten Begleiter, und sie fragte sich, ob sie vielleicht im Begriff war, einen riesigen Fehler zu machen.

Mehrmals blieb sie stehen, um sich auszuruhen. Ihr Kleid war inzwischen durchgeschwitzt. Mit beiden Händen nahm sie ihr dichtes Haar und flocht es zu einem Knoten auf dem Kopf.

Vor dem Schaufenster des Buchladens blieb sie stehen und betrachtete die sorgfältig arrangierten Bücher in der Auslage. Als sie ihr Spiegelbild sah, kam es ihr vor, als könnte es sich jeden Moment auflösen, niemand würde bemerken, dass sie da gewesen war, eine flüchtige Erscheinung vor den ausgestellten Büchern, die ganz real waren.

Sie fragte sich, was wohl im Laden vor sich ging, und ob Luca sich bei Lena erkundigen würde, warum sie nicht gekommen war. Sie stellte sich vor, wie Lena mit einem koketten Augenaufschlag irgendeine witzige Bemerkung über Elodies aufgedonnerte Aufmachung machte. Sie bemühte sich, die Szene aus ihrem Kopf zu bekommen, peinlich berührt von ihrer Dummheit. Sie würde die Woche darauf wiederkommen, sagte sie sich. Sie würde das Kleid zurück in den Schrank ihrer Mutter hängen und wieder ihre übliche Schuluniform anziehen. Sie würde nie wieder in einem hellgelben Chiffonkleid durch die

Stadt laufen. »Das ist die Farbe der Liebesgeschichte meiner Eltern«, sagte sie sich. »Vielleicht wird meine eher grau und blau sein.« Elodie nahm ihr Instrument, drehte sich um und machte sich auf den Heimweg.

9

Portofino

Oktober 1943

Angelo hat nun also erneut einem fremden Menschen in seinem Haus Zuflucht geboten. Während Elodie im Bad ist, nimmt er ein Buch zur Hand und beginnt zu lesen, in der Hoffnung, dort etwas Trost zu finden. Denn er weiß jetzt schon, dass ihre Geschichte viel komplexer und herzzerreißender sein wird als der Roman in seinen Händen.

Er nutzt die Gelegenheit, seinen verstümmelten Fuß zu inspizieren. Er beugt sich vor, schnürt den linken Schuh auf und zieht die Socke aus; er sieht die vier Zehen und den Stummel, wo der fünfte Zeh weggeschossen wurde. Eine Verletzung, die nicht aus diesem Krieg stammt, sondern von Mussolinis Afrika-Feldzug in Äthiopien, der vor acht Jahren stattgefunden hat. Er weiß, was es bedeutet, mit verborgenen Wunden zu leben. Seine ist ein erbärmlicher Stummel, von einer Socke verdeckt. Nachts pocht der Zeh. Er spürt die Nerven des Zehs, der längst nicht mehr da ist. Wie das Herz pocht auch der Zeh, trotz aller Traurigkeit über den Verlust immer weiter.

Nachdem Elodie gebadet und sich umgezogen hat, kommt sie wieder ins Zimmer.

Sie setzt sich. Ihre Haare sind feucht, sie hat sie sich hochgebunden. Im Gegensatz zu seiner Frau, die üppige Rundungen hatte, scheint Elodie nur aus Haut und Knochen zu bestehen.

»Sie lesen gern«, sagt sie. Es ist keine Frage, sondern eine Feststellung.

»Ja, sehr«, antwortet er.

»Wollen Sie mir etwas vorlesen?«, fragt sie sanft.

Die Frage verblüfft ihn. Damit hatte er überhaupt nicht gerechnet, und doch gefällt es ihm.

Er nimmt das Buch zur Hand, das er gerade erst weggelegt hat, und beginnt zu lesen.

Seine Worte spenden sowohl ihm als auch ihr Trost. Sie füllen den Raum mit Klang. Diese beiden Menschen, die nichts voneinander wissen, werden jetzt in eine Geschichte verwickelt, die mit keinem von beiden etwas zu tun hat.

Seine Stimme, seine Betonungen, auch seine Pausen, all das wird für Elodie zu Musik.

Er liest fast eine Stunde lang, und Elodie atmet seine Worte ein wie Luft. Sie verliert sich in Angelos Stimme, im Rhythmus seiner Sprache. Sie bemerkt nicht, dass seine Augen langsam müde werden und er sie reibt, wenn er eine Seite umblättert. Erst als sie *hört*, wie sich die Müdigkeit in seine Stimme einschleicht, blickt sie auf, und ihr wird bewusst, wie erschöpft er ist.

»Sie sollten jetzt aufhören«, sagt sie, und zum ersten Mal liegt etwas Liebenswürdiges in ihrer Stimme. »Es ist doch bestimmt sehr anstrengend, so lange vorzulesen.«

»Das macht mir nichts aus«, erwidert er. »Es ist schön, mal wieder Publikum zu haben.«

Sie lächelt, und plötzlich muss sie daran denken, wie oft sie selbst vor Publikum gespielt hat. Sie sieht die Männer und Frauen in der Menge, das Programmheft auf dem Schoß, die Blicke auf die Bühne gerichtet. Sie erinnert sich an den Applaus wie an einen fernen Donner. Etwas aus einem anderen Leben.

Sie wünscht, sie könnte ihm sagen, wie sehr seine Worte sie beruhigen. Dass sie wie eine verbale Umarmung sind. Aber sie schweigt und ruft sich in Erinnerung, wie ihr das letzte Mal etwas vorgelesen wurde, als sie in Verona war. Als es Bücher noch im Überfluss gab und Luca eine ganze Kiste davon entbehren konnte nur für die Sache des Widerstands.

Das Licht im Zimmer verändert sich. Schatten tanzen über die weißen Wände. Durch das Fenster mit Blick aufs Meer sieht man den Horizont. Ein tintenfarbener Pinselstrich, der über dem Wasser schwebt.

Sie glaubte, sie würde in Sicherheit sein in Ligurien, in der Nähe des Golfs der Dichter, wohin jahrelang Künstler und Schriftsteller vor dem Rest der Welt geflohen waren, und wo es im Winter nichts als die Einwohner und das Meer gab. Aber Elodie hat kein Gefühl mehr dafür, wo sie ist.

»Sie sind überaus liebenswürdig«, sagt sie und legt die Hände in den Schoß. »Ich werde nicht zu lange bleiben und Ihnen zur Last fallen. Ich werde versuchen, sobald wie möglich auf eine der Inseln zu gelangen.«

Elba, Sardinien; die Inseln weiter im Westen. Die drei jungen Männer, die vor ihr in seinem Haus waren, haben dasselbe gesagt. Je weiter weg, desto sicherer, glauben sie alle. Sie glauben, sie können sich im Sand verlieren, in der flirrenden Sonne. Angelo hat ihnen allen geholfen, nichts als Gegenleistung verlangt. Es würde immer wieder jemanden geben, wenn das Haus zu leer wurde und die Stille zu laut.

Elodie schließt die Tür ihres neuen Schlafzimmers ab. Als sie den Schlüssel umdreht, macht das Schloss einen gewaltigen Lärm, das knirschende Geräusch von Metall auf Metall. Wahrscheinlich wird Angelo das Geräusch als Zeichen ihrer Angst interpretieren, denkt sie. Aber nicht aus diesem Grund schließt sie die Tür ab. Sie tut es nicht aus Angst vor ihm, sondern damit er nicht sehen kann, was sie in ihrem Rucksack hat.

Sie weiß, dass er die Notenblätter nicht verstehen würde. Er würde weder das Ohr noch das musikalische Wissen haben, um die Noten auf diesen Seiten zu verstehen. Selbst wenn er Noten lesen könnte, wäre er nicht in der Lage, diese speziellen Seiten so zu lesen, wie sie es kann. Ihr erzählen die hastige Weise, mit der die Noten zu Papier gebracht wurden, und die zittrige Handschrift eine ganz andere Geschichte. Sie sieht die Angst in der Musik. Aber da sind noch das Amulett und das Buch, Dinge, die sie mit Luca verbinden.

Dies sind die Gegenstände, die sie bei sich hat. Die Geschichte, wie jeder einzelne in ihre Hände gelangte, ist immer noch tief in den hintersten Winkeln ihres Gedächtnisses verschlossen.

10

Verona

Juni 1943

So viel stand fest: Nachdem Lena sie wegen des gelben Kleids kritisiert hatte, würde Elodie ihre Mutter nie wieder fragen, ob sie sich etwas von ihrer Garderobe ausleihen dürfte. Sie eilte nach Hause und zog das Kleid sofort aus.

»Es fehlt mir, dich spielen zu hören«, sagte ihre Mutter sanft. »Dein Vater hat den ganzen Tag Schmerzen. Willst du mich nicht mit etwas Schönem auf andere Gedanken bringen?«

Um ein Haar hätte sie Nein gesagt. Sie brauchte nicht noch jemanden, der ihr sagte, was sie zu tun und zu lassen hatte; aber sie war immer noch so frustriert, dass ihr ganzer Körper angespannt war. Und sie wusste, dass Musik das Einzige war, das sie wieder beruhigen würde.

Elodie öffnete den Koffer, nahm ihr Cello heraus und setzte sich auf einen Stuhl. Einen Moment lang konzentrierte sie sich schweigend auf ihr Instrument, nach außen abgeschottet durch den Vorhang ihrer schwarzen Haare. Orsina hielt den Atem an, bis Elodie schließlich den Bogen hob.

Sie begann mit dem Thema des zweiten Satzes von Dvořáks Amerikanischem Streichquartett, den Kopf abgewandt und die Augen geschlossen, ohne dem beifälligen Blick ihrer Mutter zu begegnen.

Orsina hatte das Gefühl, von einer Strömung oder von unsichtbaren Gezeiten erfasst zu werden. In der Schärfe der Melodie spürte sie das Flehen des Komponisten um Frieden. Sie fragte sich, ob es weniger Kämpfe auf der Welt gäbe, wenn mehr Menschen etwas derart Schönes hören könnten? Würden die Kriege aufhören?

Wenn die Dinge doch nur so einfach wären!

Sie war den ganzen Nachmittag von den Zeitungsberichten abgelenkt worden. Die Alliierten hatten Sizilien bombardiert. Sie spürte es in den Knochen: Es würde noch mehr Blutvergießen geben.

Sie fragte sich, ob sie ihren Mann dazu überreden konnte, an einen sichereren Ort umzuziehen, vielleicht sogar zurück nach Venedig. Sie konnte sich nicht vorstellen, dass die Schwarzhemden, die ihn so übel zugerichtet hatten, sich in dem Gewirr der Kanäle und in dem Nebel zurechtfinden würden.

Die Zugfahrt von Verona nach Venedig dauerte eigentlich nicht besonders lange, nicht einmal drei Stunden. Aber seit dem Tod ihrer Eltern hatte Orsina ein Problem damit, an den Ort zurückzukehren, mit dem sie so viele Erinnerungen verbanden; und dennoch ließ die Stadt sie nicht los, vor allem, wenn sie sich verloren fühlte.

Sie hatte ihre Eltern beide während der Grippeepidemie von 1918 begraben, nur zwei Jahre nach ihrer Hochzeit mit Pietro, als sie im fünften Monat schwanger war.

Sie war nur zur Beerdigung in ihre Geburtsstadt zurückgekehrt. Es hatte ihr das Herz gebrochen, dass man ihr verboten hatte, sich um ihre Eltern zu kümmern, als sie noch lebten, weil das Risiko einer Infektion für sie und ihr Ungeborenes zu groß gewesen war.

Pietro hatte sie begleitet, auch wenn er es lieber gesehen hätte, wenn sie sich an die Tradition gehalten hätte, nach der schwangere Frauen nicht an Beerdigungen teilnahmen. Aber weil ihr Bruder schon als Säugling gestorben war, war Orsina das einzige Kind, und auf ihren Schultern lastete die ganze Verantwortung.

Der Gestank in der Stadt war entsetzlich gewesen. Jeden Tag fuhren die Boote vom Krankenhaus zum Friedhof, um die Toten abzuliefern.

Die Insel San Michele, auf der sich der alte Friedhof der Stadt befand, lag dem Krankenhaus direkt gegenüber. Ihr Vater hatte Orsina, bevor er selbst erkrankt war, in Briefen berichtet, wie die Gondolieri sich die Gesichter mit Nesselstoff umwickelten, wenn sie die Toten transportieren mussten.

Das Gefühl, vom Wasser getragen zu werden, das sie in Venedig immer gehabt hatte, war völlig verschwunden. Als sie und Pietro in der Stadt ihrer Kindheit eintrafen, schienen alle Menschen nach Luft zu ringen. Orsina fühlte sich, als würde sie untergehen, als hätte man sie in eine schwarze Wolke gestoßen.

»Wir hätten nicht herkommen sollen«, hatte Pietro ihr auf dem Boot ins Ohr geflüstert. Er legte seiner Frau ein Tuch um die Schultern und zog sie ganz nah an sich, wie um sie vor der unsichtbaren, ansteckenden Krankheit zu beschützen.

»Wie könnte eine Tochter nicht ihre Eltern beerdigen?«, hatte sie protestiert. Pietro schüttelte den Kopf. Er spürte, wie seine Frau zitterte. Ihr Körper war spindeldürr bis auf die leichte Wölbung ihres Bauchs. Neben ihrer Morgenübelkeit hatte die Verzweiflung, ihre Eltern nicht sehen und sie pflegen zu können, als sie im Sterben lagen, ihren Tribut gefordert.

»Ich werde es nicht zulassen, dass sie von irgendwelchen Fremden in einem Massengrab verscharrt werden.«

Er hatte einen hilflosen Versuch unternommen, ein Machtwort zu sprechen und ihr zu verbieten, nach Venedig zu fahren. Aber ihre Tränen und ihr Flehen hatten ihn weich werden lassen, obwohl er wusste, dass gerade geschwächte Menschen besonders anfällig waren für Infektionen.

»Aber nach der Beerdigung fahren wir sofort zurück«, war seine einzige Bedingung. »Es ist mir egal, ob wir einen Nachtzug nach Hause nehmen müssen. Es kommt nicht in Frage, dass du dort übernachtest.«

Sie nickte nur unter Tränen und brachte kein Wort hervor.

Am Nachmittag hatten sie an den Gräbern gestanden. Der Friedhof war voller Familien, lauter erschöpfte Menschen, vage vereint durch uralte Beerdigungsriten.

Der Priester in seiner schwarzen Robe hob das Kreuz über beide Gräber und sprach ein Gebet für die Toten. Zwei Ministranten verharrten neben dem Grab mit großen Schaufeln, die in ihren Kinderhänden völlig überdimensioniert wirkten.

Orsina wurde beinahe ohnmächtig, als die erste Schaufel Erde auf die schwarzen Särge ihrer Eltern prasselte.

Auf dem Weg nach Hause weinte sie sich die Seele aus dem Leib.

Sie kehrten erschöpft nach Verona zurück, und Orsina legte sich sofort ins Bett.

Sie schlief drei Tage und drei Nächte lang, wachte nur gelegentlich kurz auf, um etwas Wasser zu trinken und ein bisschen gekochten Reis zu essen. Dann setzte das Fieber ein.

»Es wäre ein Wunder, wenn sie es überleben würde«, sagte der Arzt mit ernster Miene draußen vor ihrem Zimmer.

Pietro, bleich und gramgebeugt, wurde kalkweiß. »Sie wird es schaffen. Und das Kind auch.«

»Das Kind?« Der Arzt wiegte skeptisch den Kopf. »Pflegen Sie Ihre Frau so gut Sie können. Waschen Sie sich immer die Hände, halten Sie Ihr Gesicht bedeckt. Sie soll möglichst viel trinken.« Er ließ seinen Arztkoffer zuschnappen. »Der Rest liegt in Gottes Hand.«

Tagelang wurde Orsina vom Fieber geschüttelt, das schwarze Haar schweißgetränkt.

Pietro hob alle zwei Stunden ihren Kopf an und flößte ihr ein bisschen Wasser ein. Zweimal am Tag schob er ihr einen befeuchteten Zuckerwürfel zwischen die Lippen.

Er war nie der Typ gewesen, der Gottes Gnade suchte, aber jetzt hängte er ein Kruzifix über ihr Bett und zündete in der Kirche Kerzen an. Er betete, dass seine Frau und ihr Kind durchkamen.

Nach fünf Tagen ging das Fieber zurück. Orsina setzte sich plötzlich im Bett auf, die angstvoll geweiteten Augen von einem ganz anderen Schmerz erfüllt.

Pietro eilte zu ihr, als er ihren Schrei hörte. Das Laken war mit Blutflecken übersät.

Als er es wegzog, stellte er fest, dass ihr Nachthemd blutdurchtränkt war.

Orsina war außer sich und drückte sich die Fäuste in den Bauch. Sie hatte entsetzliche Schmerzen.

»Ich rufe den Arzt«, sagte Pietro, hob sie aus dem Bett und trug sie ins Bad. Sie blieb stumm. Er musste ihr nicht erst sagen, was sie schon wusste: Der Blutstrom, der aus ihr floss, enthielt kein Leben mehr.

Orsina überlebte, aber sie hatten ihr Kind verloren. Die Tragödie traf sie beide so hart, dass sie kaum noch miteinander sprechen konnten.

Orsina versank in Trauer. So viel Tod, das war mehr, als sie verkraften konnte. Der Erste Weltkrieg war zu Ende, sie war plötzlich Waise und hatte ihr erstes Kind verloren. Sie hatte noch keine Gelegenheit gehabt, um ihre Eltern zu trauern, und jetzt musste sie mit ihrer Fehlgeburt zurechtkommen.

»Wir werden es wieder versuchen«, sagte Pietro, um sie zu trösten. »Wenn du so weit bist.«

Sie brachte kein Wort hervor, nur ein leises Stöhnen.

Sein Blick wanderte zu seinem Geigenkasten in der Zimmerecke. Zum Klavier, dessen Deckel geschlossen war, und zur Viola, die in der Ecke neben dem Fenster ruhte.

Er empfand nicht das geringste Bedürfnis zu spielen.

Im Frühjahr kehrte er mit Orsina nach Venedig zurück, um die Habseligkeiten ihrer Eltern zusammenzupacken und Blumen auf ihr Grab zu legen.

Das Hutgeschäft war geschlossen. Die Miete war schon seit mehreren Monaten nicht gezahlt worden, aber der Eigentümer war ebenfalls der Epidemie zum Opfer gefallen, und seine Frau, die schon seit Langem eine Liebhaberin der Hüte von Orsinas Mutter gewesen war, hatte Gnade walten lassen. Der Laden sollte bis Mai geräumt werden.

Eine junge Frau namens Valentina hatte Orsinas Mutter jahrelang im Laden ausgeholfen. Aber als Orsinas Eltern krank wurden, war Valentina mit der Pflege ihrer eigenen Mutter beschäftigt gewesen, und daher hatten sie sich fast ein Jahr nicht mehr gesehen. Nachdem die Epidemie die Stadt aus ihrem Griff entlassen hatte, war Valentina jedoch in den Laden zurückgekehrt und hatte Orsina dabei geholfen, die Restbestände zu verkaufen und den Laden aufzulösen.

Anfangs sprachen die beiden Frauen kaum miteinander, obwohl es Orsina ein großes Bedürfnis war, ihre Dankbarkeit für Valentinas Hilfe zum Ausdruck zu bringen. Aber nach einigen Tagen kamen sie einander näher.

»Was werden Sie jetzt tun?«, fragte Orsina.

»Ich würde gern einen eigenen Laden eröffnen.«

Die junge Frau nahm einen der Hüte und hielt ihn ins Licht.

»Ich werde nie die Fantasie Ihrer Mutter haben. Aber sie hat mir das Nähen beigebracht. Und einen Blick für Proportionen und Qualität.« Sie strich mit dem Finger über eine Feder an einem der Hüte.

»Bis ich hier angefangen habe, wusste ich gar nicht, wie eine Reiher- oder Straußenfeder aussieht.«

Orsina lächelte.

»Meine Mutter wollte jedem Hut eine besondere Note geben.«

»Ja, das stimmt«, sagte Valentina verträumt.

»Ich wünschte, ich könnte Ihnen einfach alles überlassen. Aber nehmen Sie wenigstens das hier als Andenken an meine Mutter.«

Orsina hielt ihr eine große Schachtel voller Rollen mit Samtbändern und Besätzen, Seidenblumen und Federn hin.

Valentina errötete.

»Die Federn kann ich nicht annehmen. Die sind viel zu teuer.«

»Doch, das können Sie«, beharrte Orsina. »Benutzen Sie sie so, wie meine Mutter es getan hätte. Sie würden mir damit eine Freude machen.«

Pietro und Orsina verließen Venedig in der Woche darauf. Mit dem Geld aus dem Verkauf der Ladenbestände bezahlten sie die Schulden ihrer Eltern. Und bevor sie abreisten, besuchten sie noch einmal ihre Lieblingskirche Santa Maria dei Miracoli in Cannareggio, um für ein Kind zu beten.

»Es ist mir gelungen, einen Musikerkollegen zu finden, der den Laden mietet«, sagte Pietro. »Valentina wird die restlichen Sachen deiner Eltern zusammenpacken und aufbewahren, bis du so weit bist, dich in Ruhe damit zu beschäftigen.«

Aber im nächsten Jahr war Orsina wieder schwanger, und keiner der beiden hatte nach den zwei Reisen ein großes Bedürfnis, nach Venedig zu fahren.

11

Portofino

April 1934

Angelo hatte schon als Kind gern Geschichten gehört und wusste, dass jeder Mensch tief in seinem Herzen etwas verbarg, das sich zu erzählen lohnte.

Seine eigene Geschichte hatte an der italienischen Felsküste begonnen, und zwei Frauen spielten darin die Hauptrollen. Die erste war seine Mutter. Die zweite war seine Frau, Dalia.

Er hatte Dalia in San Fruttuoso kurz vor dem Ende seines Medizinstudiums kennengelernt. Er war auf dem Weg in sein Elternhaus gewesen, um seine Mutter mit einem Besuch zu überraschen. Das Fährboot, in dem er saß, musste einen längeren Halt an dem kleinen Küstenort neben seiner Heimatstadt Portofino einlegen. Er ging von Bord und entdeckte gleich neben der Anlegestelle ein Café namens Fiorello Dolce. Angelo bestellte einen Kaffee und eine *sfogliatella,* ein dreieckiges Gebäckstück aus Blätterteig, gefüllt mit Ricotta und Orangenschale. Die Hitze war selbst für die dortigen Verhältnisse extrem. Er hatte seinen Stuhl in das einzige Stückchen Schatten geschoben, als er plötzlich eine ganz in Weiß gekleidete

Gestalt bemerkte. Eine junge Frau von vielleicht achtzehn Jahren trat aus einem der steinernen Torbögen, unter dem Arm einen Korb mit frisch geernteten Zitronen. Sie hatte sich eine weiße Gardenienblüte in das lange, schwarze Haar gesteckt. Angelo konnte den Blick nicht von ihr abwenden.

»Frische Zitronen! Frische Zitronen!«, rief sie, während sie über die Felsen auf das Café zuging. Angelos Herz begann zu pochen. »Frisch aus dem Garten meines Vaters.«

Angelo war wie elektrisiert. Er trank den letzten Schluck Kaffee und hob die Hand.

»*Signorina,* ja, *signorina,* hier ... Ich brauche Zitronen!«

Mit einem schüchternen Lächeln kam sie auf ihn zu.

Je näher sie kam, umso schöner erschien sie ihm. Er sah sie jetzt deutlicher: honigfarbene Haut, die Augen blassgrün wie römisches Glas.

»Wie viel kostet der ganze Korb?«

Sie zählte die Zitronen. »Wenn Sie das ganze Dutzend nehmen, dann bekommen Sie sie für fünf Lire.«

»Das ist doch viel zu wenig«, sagte er und strahlte sie an. »Ich kaufe sie Ihnen für acht ab.«

»Aber das ist doch viel zu viel«, entgegnete sie und konnte ein Lachen kaum unterdrücken. Er wusste, dass sie sich über den umgekehrten Handel amüsierte. Es war absurd. Ein Käufer, der darauf bestand, einen höheren Preis zu zahlen, während sie sich weigerte, den Preis anzunehmen. Aber sie wollte unbedingt ehrlich sein.

Er griff in den Korb und nahm eine Zitrone heraus. Der Duft war betörend.

»Also, ich glaube, dass ich mehr bezahlen muss, weil sie so herrlich duften. Ich habe noch nie so frische Zitronen gerochen.«

Diesmal lächelte auch sie, und wieder machte sein Herz einen Satz. Die Zähne in ihrem Mund mit den vollen roten Lippen waren perlweiß.

»Das liegt daran, dass Sie aus Genua kommen, wo man nichts als Ruß riecht«, sagte sie. »Hier bei uns duftet der ganze Garten nach Zitronen.«

»Wie kommen Sie darauf, dass ich aus Genua bin?«

»Das höre ich an Ihrem Dialekt. Das ist pures Genuesisch. Genauso reden die Leute da«, sagte sie und lachte wieder.

»Aber Sie irren sich«, sagte er und wechselte in seinen Heimatdialekt wie jemand, der nach der Arbeit die Schuhe auszieht und ganz selbstverständlich in seine Pantoffeln schlüpft.

Sie war überrascht. »Was? Das hätte ich nicht gedacht. Von wo sind Sie denn? Aus Portofino?«

»Sehr gut!«, sagte er grinsend, sichtlich beeindruckt. »Sie haben richtig geraten.«

»Aber Sie sehen gar nicht aus, als kämen Sie von hier.« Sie zeigte auf seinen Leinenanzug und die strahlend glänzenden Lederschuhe.

»Ich studiere in Genua Medizin und bin unterwegs nach Hause zu meinen Eltern«, sagte er lachend. »Ich dachte, ich könnte meine Mutter mit einem Korb Zitronen und dem Besuch ihres einzigen Sohns überraschen.«

»Das nächste Boot geht in einer Stunde«, fuhr er fort und sah auf die Uhr. »Nachdem ich Ihnen ja nun alle Zitronen abgekauft habe, würden Sie mir vielleicht auch noch die Ehre erweisen und sich auf einen Kaffee und ein Stück Kuchen zu mir gesellen?«

Er stand auf, nahm ihr den Korb vorsichtig vom Arm und zog dann mit einer Eleganz, die ihn selbst überraschte, einen der Caféstühle für sie heran. Normalerweise war er schüchtern in Gegenwart von Frauen, aber diese junge Frau war so erfrischend und bescheiden, dass er sich auf der Stelle in ihrer Gesellschaft wohlfühlte.

»Was möchten Sie denn?«, fragte er. Auf seinem eigenen Teller befanden sich nur noch ein paar Krümel.

»Einen Espresso und eine *sfogliatella*«, antwortete sie errötend. Angelo lächelte und bestellte ihr zwei.

Er blieb den ganzen Nachmittag mit ihr im Café und ließ die nächsten drei Boote nach Portofino aus.

»Meine Mutter rechnet nicht einmal mit mir«, sagte er. »Ob ich vor oder nach dem Abendessen komme, spielt keine Rolle. Sie wird in jedem Fall überrascht sein.«

»Aber meine Familie erwartet mich«, sagte sie. Ihre Wangen glühten immer noch von all der Aufmerksamkeit, mit der er sie bedachte. »Sie haben mich den ganzen Nachmittag zum Lachen gebracht …« Sie zeigte auf den Korb mit den Zitronen, den er ihr abnahm, als sie das Café verließen, und meinte, er sehe reichlich albern aus mit dem Korb über dem Arm.

»Das mache ich nur, um Dorfklatsch zu vermeiden«, antwortete er. »So sehe ich aus wie Ihr Helfer.«

»Sie sind ja wirklich ein galanter Arzt in spe. Zuerst bezahlen Sie mir zu viel für die Zitronen, dann tragen Sie noch meinen Korb.« Sie lachte.

Ihr Lachen klang in seinen Ohren wie die schönste

Musik. Er hätte am liebsten die Hände um ihr Gesicht gelegt wie um eine kostbare Perle und seine Lippen auf ihre gedrückt.

Er sah, dass die Blume in ihrem Haar verwelkte und die weißen Blütenblätter am Rand schon braun wurden. Als sie stehen blieb und ihm sagte, sie müsse jetzt nach Hause zurück, nahm er ihr die Blume aus dem Haar.

»Ihre perfekte Haut sollte nie etwas Welkes beleidigen.« Hinter dem Zaun, an dem sie stehen geblieben waren, befanden sich Hibiskussträucher. Er pflückte eine der leuchtenden rosafarbenen Blüten ab, um sie ihr hinters Ohr zu schieben.

Als sie die Blüte anfassen wollte, berührten sich ihre Finger zum ersten Mal.

»Ich würde Sie am liebsten heute Abend schon meiner Mutter vorstellen«, sagte er lächelnd.

»Das wäre bestimmt eine Überraschung für sie.«

»Aber sie wäre hocherfreut – und, ja, auch ein bisschen überrascht, weil Sie nämlich die erste Frau wären, die ich mit nach Hause bringen würde.«

»Nehmen Sie ihr stattdessen meine Zitronen mit. Kommen Sie morgen wieder her, und sagen Sie mir, wie sie sie fand.«

Er hätte die Berührung ihrer Finger gern länger ausgekostet, doch schließlich ließ sie die Hand sinken.

»Morgen Nachmittag wieder im Fiorello Dolce«, sagte sie.

Natürlich würde seine Mutter sich beklagen, wenn er so bald schon wieder gehen wollte, aber er konnte der Versuchung, diese Frau wiederzusehen, einfach nicht widerstehen.

»Abgemacht«, sagte er. »Ich werde am selben Tisch sitzen und auf Sie warten.«

»Und ich bringe Ihnen noch einen Korb Zitronen mit«, sagte sie mit einem Lächeln.

Mit klopfendem Herzen lief er los, um das letzte Boot zu erreichen.

In seinem Elternhaus angekommen, drückte Angelo seiner Mutter den Korb mit den Zitronen in die Hand.

»Du bringst mir Zitronen mit?«, fragte sie etwas perplex. »Wieso das denn? Die haben wir doch selbst im Garten.«

»Aber diese Zitronen sind etwas ganz Besonderes, Mamma«, sagte er.

»Etwas Besonderes?« Sie nahm eine aus dem Korb. »Sie sind schön und duften auch herrlich, Angelo, aber was soll das Besondere daran sein? Wir haben hier mehr als genug davon. Dafür hättest du dein Geld nicht zu verschwenden brauchen.«

»Ach, Mamma, ich habe sie dir mitgebracht, weil sie von der Frau gepflückt wurden, die ich heiraten werde.«

»Heiraten?«, sagte seine Mutter und schlug sich die Hände, an denen noch Mehl vom Ausrollen des Pastateigs klebte, vors Gesicht. »Madonna! Das ist ja etwas ganz Neues.«

»Für mich auch, Mamma«, sagte er, fasste sie um die Taille und hob sie hoch. »Aber warte erst, bis du sie siehst. Du wirst dich genauso schnell in sie verlieben wie ich!«

»Ach, Angelo! Du redest dummes Zeug.«

»Nein, Mamma. Ich bin jetzt ein Mann der Wissenschaft. Daher weiß ich, dass es eine Tatsache ist. Ich habe auf meinem Weg hierher ganz einfache Berechnungen angestellt. Ich werde ihr das nächste Jahr über jeden Tag schreiben. Dreihundertfünfundsechzig Briefe, in denen ich ihr erkläre, wie sehr ich sie liebe. Der Postesel wird zusammenbrechen unter dem Gewicht all meiner Briefe.«

Sie schüttelte den Kopf. »Du bist bestimmt hungrig von deiner Reise. Für heute hast du mir genug Überraschungen aufgetischt. Ich mach dir jetzt eine Pasta. Du bist ja ganz abgemagert.«

Seine Mutter war eine Hausfrau, die ihre Schürze erst abnahm, wenn sie ins Bett ging. Und hier gab es all die Gerüche, die er seit seiner Kindheit liebte, den Duft von Knoblauch in der Pfanne, nach frischem Basilikum und nach Olivenöl. Wie alle Frauen in dieser Gegend legte auch seine Mutter ihre ganze Liebe für ihre Familie in das Kneten des Pastateigs, den sie jeden Morgen ausrollte, in jedes Ei, das sie aus dem Hühnerstall holte, und in jede Tomate, die sie von den Sträuchern pflückte.

Sie konnte aus wenigen Zutaten etwas Wunderbares zaubern: Focaccia aus einem bisschen Mehl und Meersalz oder einen Teller mit gegrillten Sardinen, die in einer Lache aus Öl und Kräutern schimmerten. Sie füllte Zucchiniblüten mit Ricotta und abgeriebener Zitronenschale oder panierte kleine Fische mit Brotkrumen und geriebenem Käse. Zum Nachtisch gab es Obst aus dem Garten, und dazu servierte sie *torta di miele*. Als die Kinder größer wurden, ließ ihr Vater sie hin und wieder an der *Sciacchetra* nippen, einem bernsteinfarbenen Dessertwein, der am Ende eines langen Tages alles in ein besseres und weicheres Licht rückte.

Seine Mutter hatte ihr Leben dem Aufziehen ihrer

Kinder verschrieben. Während sie eins stillte, hatte sie ein anderes mit dem Löffel gefüttert. Angelo verehrte seine Mutter. Sieben Kinder hatte sie zur Welt gebracht, das erste mit siebzehn. Angelo war das fünfte in der Reihe, aber das erste mit einem Schulabschluss. Nur noch seine jüngste Schwester lebte zu Hause, aber es wurde schon darüber diskutiert, welchen Jungen aus dem Dorf sie heiraten sollte.

Als er sich auf der Terrasse mit Blick aufs Meer an den kleinen Tisch setzte, brachte ihm seine Mutter einen Teller mit kaltem Tintenfischsalat. »Iss«, forderte sie ihn auf und ging in die Küche, um ihm noch etwas anderes zuzubereiten. Er stach die Gabel in die festen Tentakel, die in Olivenöl und Zitrone glänzten. Er lächelte glücklich. Er liebte das Essen seiner Mutter und den Geschmack des Meers.

Nach einigen Minuten brachte sie ihm einen Teller mit Ravioli.

»Mamma«, sagte er. »Du fehlst mir so, wenn ich an der Uni bin.«

»Aha, ich fehle dir! Und was soll dann das Gerede von einer anderen Frau?« Sie stellte sich hinter ihn und legte ihm die Hände auf die Schultern.

»Mamma!« Er legte die Gabel weg und strahlte sie an.

»Angelo ... Wenn du schon heiraten musst, warum suchst du dir nicht ein nettes Mädchen von hier? Eine, die wir alle kennen, statt einer Fremden aus einem anderen Dorf.«

Er schloss die Augen und blieb ganz gelassen. Er maß der mangelnden Begeisterung seiner Mutter für seine erst kürzlich entdeckte Liebe keine große Bedeutung bei. Mit dieser Reaktion hatte er gerechnet. Stattdessen gab er sich den Erinnerungen an Dalia hin, wie sie den Korb mit Zitronen gehalten hatte, an ihre geschwungenen Lippen, wenn sie lächelte, und an den Geschmack der Ravioli, die seine Mutter ihm serviert hatte.

Nachdem er gegessen hatte, setzte sich seine Mutter zu ihm an den Tisch und nahm den Korb mit den Zitronen auf den Schoß.

»Angelo. Angelo. Mein Angelo«, sagte sie, und betonte seinen Namen jedes Mal mit einem mitleidigen Seufzer.

Sie langte in den Korb und nahm eine Zitrone heraus. Die große runde gelbe Frucht sah in ihrer Hand aus wie ein schlafender Kanarienvogel. Sie legte die Hände um die Zitrone, um die Schale anzuwärmen, dann roch sie daran. »Sie hat sie mit Liebe gepflückt, Angelo. Das rieche ich …«

Er lächelte.

»Nun gut«, sagte sie. »Du wirst es deinem Vater morgen sagen müssen. Er wird in aller Frühe zurückkommen. Die Männer sind heute Nacht zum Fischen rausgefahren.«

Angelos Vater, Giorgio, war fast zwanzig Jahre älter als Angelos Mutter. Er war ein weißhaariger Fischer mit runzligem Gesicht, in dem jedoch zwei leuchtend blaue Augen funkelten.

Angelo konnte sich nicht erinnern, dass sein Vater jemals länger als einen Tag an Land gewesen wäre. Wenn er nicht mit dem Boot auf dem Meer war, war er unten am Bootssteg, um seinen Fang auszuladen. Als Kind hatte Angelo immer ungeduldig darauf gewartet, dass sein

Vater nach seinem Tagwerk zurück in den Hafen kam. An guten Tagen, wenn Giorgio mit reicher Beute zurückkehrte – Netze voller Fische mit schlagenden Schwanzflossen und glänzenden Schuppen, Körbe voller Langusten und Seespinnen –, strahlte er übers ganze Gesicht.

Aber an Tagen, an denen das Meer nicht so großzügig gewesen war, sah Angelo die Enttäuschung in der Miene seines Vaters, noch ehe er die leeren Netze zu Gesicht bekam.

Schon damals hatte Angelo gelernt, in den Gesichtern der Menschen zu lesen. Verborgene Gefühle in ihren Augen wahrzunehmen.

Glück, Traurigkeit und Frustration waren leicht zu erkennen. Aber er hatte einen Blick für das entwickelt, was unter der Oberfläche lag. Um bei einem Patienten eine Diagnose stellen zu können, musste man eine Reihe von Beobachtungen anstellen und eine mit der nächsten in Verbindung setzen. Es faszinierte Angelo, erfassen zu können, ob jemand Geheimnisse mit sich herumtrug und sich bemühte, sich seine Angst nicht anmerken zu lassen.

Am nächsten Morgen wachte Angelo früh auf. Wenn er sich beeilte, würde er seinen Vater nach der Arbeit im Hafen antreffen und sich von einem der Fischer nach San Fruttuoso bringen lassen können.

»Papa!«, schrie er, als er das Boot seines Vaters im Hafen anlegen sah, und fuchtelte mit den Armen in der Luft, um die Aufmerksamkeit seines Vaters zu erregen.

Sein Vater blickte auf und erwiderte den Gruß. Als Angelo näher kam, rief sein Vater seinen Namen.

Angelo lächelte. »Sieht aus, als hättest du heute Nacht

Erfolg gehabt!« Er zeigte auf die vollen Netze, in denen die lebenden Fische zappelten.

»*Non male*«, erwiderte sein Vater lächelnd. Seine Zähne waren wie die Tastatur eines Klaviers mit abgebrochenen und fehlenden Tasten.

Er nahm Angelo in die Arme, der sein bestes blaues Hemd und eine frisch gebügelte Hose trug. Der salzige Geruch auf der Haut seines Vaters versetzte Angelo zurück in seine Kindheit.

»Wie geht's meinem Doktor?«

»Noch bin ich kein Doktor, Papa.«

Sein Vater schüttelte den Kopf. »Aber so gut wie – für mich jedenfalls! Was für eine Überraschung, dich zu sehen.«

»Ja, ich wollte Mamma überraschen. Ich komme heute Abend nach Hause.«

»Deine Schwestern werden sich freuen, dass du so gut aussiehst ...« Er klopfte seinem Sohn auf die Schulter.

»Ich bin heute zum Abendessen da. Aber jetzt muss ich nach San Fruttuoso.«

»Du gehst schon wieder? Gerade erst angekommen, und schon musst du wieder fort.«

»Ja, aber nur für ein paar Stunden. Ich wollte fragen, ob mich jemand hinbringen kann.«

»Was ist mit deinem Vater? Ich habe ein Boot.«

»Aber du bist müde, Papa. Ich kann doch auch jemanden fragen, der nicht die ganze Nacht draußen war.«

»Für meinen Sohn, den Doktor, bin ich nie zu müde ... Was gibt's denn in San Fruttuoso?«

»Ich bin verabredet, Papa.« Angelo bemühte sich, vage zu bleiben.

Sein Vater wiegte skeptisch den Kopf, dann musterte er seinen Sohn etwas genauer, und plötzlich huschte ein Lächeln über sein Gesicht.

»Verabredet?« Sein Vater lächelte. »Lass mich raten: mit einem Mädchen!«

Angelo nickte.

»Also dann«, sagte sein Vater. »Worauf wartest du noch? Auf geht's.« Er bedeutete seinem Sohn, ins Boot zu springen. Angelo trat in die Mitte, um sich nicht in den Netzen zu verfangen, die im Boot lagen.

»Papa«, sagte er. »Mit so viel Begeisterung habe ich ehrlich gesagt gar nicht gerechnet!«

Sein Vater grinste; seine Zahnlücken verstärkten den verschmitzten Gesichtsausdruck noch. »Angelo«, sagte er lachend. »Wir müssen los … Du wirst sie doch nicht warten lassen wollen!«

12

Portofino

April 1934

Während seiner einwöchigen Ferien setzte Angelo täglich von Portofino nach San Fruttuoso über. Sein Vater oder einer seiner Fischerkollegen brachten ihn bei Sonnenaufgang hin und holten ihn am späten Abend wieder ab. Er traf Dalia immer vor dem Café und brachte ihr Blumen aus dem Garten seiner Mutter mit. Und sie kam jedes Mal mit einem neuen Korb voller Zitronen.

Er verlor kein Wort darüber, dass sie ständig von einem ihrer Brüder beobachtet wurden, denn er hätte unter diesen Umständen bei seiner Schwester dasselbe getan. Er umwarb sie, so gut es möglich war, erzählte ihr Geschichten, brachte sie zum Lachen und spendierte ihr einen Espresso und eine *sfogliatella.* Aber über Händchenhalten hinaus machte er keinerlei Annäherungsversuche.

Als die Woche zu Ende ging und er wieder an die Uni musste, versprach er ihr, jeden Tag zu schreiben.

»Gibst du mir deine Adresse?«

Sie schob die Hände in den Rock und hob die Schultern, um ihm klarzumachen, dass sie weder Stift noch Papier bei sich hatte.

»Ich habe Schreibzeug!«, sagte er unverdrossen, stellte den Korb ab und griff in seinen Rucksack.

»So, schieß los«, sagte er mit erhobenem Stift.

»Ganz einfach«, erwiderte sie. »Dalia Orembelli. Unser Haus mit der Zitronenplantage liegt direkt an der Piazzetta Doria Pamphili. Wenn du das auf den Umschlag schreibst und dazu meinen Namen, dann kommt der Brief bei mir an.«

»Ich bin ein guter Briefschreiber«, sagte er. »Du wirst schon sehen.«

In ihrem Gesicht zeigte sich nicht die Reaktion, die er erwartet hatte. Ihre Augen wurden feucht, und ihr Kinn begann leicht zu zittern.

Ohne dass sie etwas sagen musste, wusste er auf der Stelle, was sie quälte: Sie konnte nicht lesen.

»Mach dir keine Sorgen, Dalia«, sagte er und wischte ihr mit dem Finger sanft eine Träne von der Wange.

Ihr schoss die Röte ins Gesicht, aber für ihn war es, als würde eine rote Rose noch intensiver leuchten.

Er nahm sie in die Arme, um ihr die Verlegenheit zu nehmen.

»Meine *limonina* … Du bist nicht nur schön. Du bist auch klug.«

Sie hob den Kopf von seiner Brust, um ihn anzusehen; er spiegelte sich in ihren feuchten Augen.

Er legte eine Hand an ihre Wange und flüsterte: »Lesen lernen ist gar nicht so schwer. Wenn ich über Weihnachten wieder herkomme, bringe ich es dir bei. Mit meinen Briefen wirst du es lernen.«

Und dann küsste er sie zum ersten Mal. Sollte ihr Bruder doch versuchen, ihn daran zu hindern!

Sie bewahrte alle seine Briefe auf. Genau wie er versprochen hatte, traf jeden Tag einer ein. Zwar konnte sie sie nicht lesen, doch wie er ihr aufgetragen hatte, legte sie alle in ein Kästchen und wartete auf seine Rückkehr.

Das Kästchen war einfach, grob aus Holz zusammengenagelt. Als Kind hatte sie darin ihre kostbarsten Schätze aufbewahrt. Als die ersten Briefe kamen, nahm sie, um Platz zu schaffen, die kleinen Dinge heraus, die ihr früher so wertvoll gewesen waren: den gläsernen Knopf, die kleine silberne Brosche, den Schildpattkamm.

Natürlich hätte sie sich gewünscht, die Worte ihres Liebsten lesen zu können, aber allein schon die Bögen in den Händen zu halten gab ihr Kraft. Hingebungsvoll betrachtete sie die perfekt gerundeten Buchstaben, die schwungvolle Handschrift, die akkurat geraden Zeilen, bis sie meinte, den Inhalt erspüren zu können.

Und so wartete Dalia und zählte die Tage, bis er wieder zu ihr kam, um sein Versprechen wahr zu machen.

Als es schließlich so weit war, gingen sie auf den höchsten Hügel, von wo aus man den schönsten Blick über die Halbinsel hatte; dort, im Schatten des Zitronenhains brachte er ihr das Lesen bei.

Er schrieb säuberlich die Vokale und die Konsonanten auf, und nachdem sie das Alphabet beherrschte, machten sie sich an die ersten einfachen Wörter.

»So, jetzt können wir mit meinem ersten Brief anfangen«, sagte er; er hatte ihn möglichst klar und einfach formuliert.

Sie nahm das Kästchen aus Zypressenholz und öffnete den Deckel. Sein erster Brief lag oben auf dem Stapel.

Sie zog den Briefbogen aus dem Umschlag.

Er konnte regelrecht sehen, wie sie die Laute in ihrem Kopf bildete, bevor sie sich ein Herz fasste und sie aussprach. Er sah ihr an, dass sie die drei Wörter lesen konnte. Die Bedeutung dieses einfachen Satzes ließ ihr Gesicht strahlen.

Lächelnd wandte sie sich ihm zu und küsste ihn auf die Wange.

»›Ich liebe dich.‹ Die Wörter sind zu einfach«, sagte sie und nahm seine Hand.

»Nein, sie sind überhaupt nicht einfach«, erwiderte er und sah ihr in die Augen. »Sie sind schön und kostbar.«

Schon nach wenigen Monaten fiel ihr das Lesen leicht. Wenn seine Briefe eintrafen, öffnete sie sie sofort und verschlang jedes einzelne Wort. Schließlich begann er, ihr Bücher zu schicken. Die Welt mit all ihren Möglichkeiten tat sich vor ihr auf, und jeden Morgen schlug ihr Herz höher, wenn sie den Postboten kommen sah.

Ihre Eltern, denen das Liebeswerben nicht verborgen geblieben war, freuten sich, dass ihre Tochter das Herz eines zukünftigen Arztes erobert hatte. Sie hatten so wenig Geld, dass an eine Mitgift gar nicht zu denken war, aber das schien den jungen Mann gar nicht zu interessieren.

»Mach dir keine Sorgen, *limonina*«, schrieb er ihr. »Ich will nur dich, und eine Familie mit dir gründen.«

Sie zählte die Tage bis zu seinem nächsten Besuch, stürzte sich in die Hausarbeit und las die mit Liebesbriefchen gespickten Bücher, die er ihr schickte.

Dann, eine Woche, bevor er zu den Semesterferien

kommen sollte, kam sein letzter Brief, in dem sich ein versiegelter Umschlag befand. Darauf stand: »Bitte mit mir gemeinsam öffnen und lesen.«

Als er endlich in San Fruttuoso eintraf, wirkte er ernster, als sie ihn in Erinnerung hatte. Sein Haar glänzte und war ordentlich frisiert; er trug ein hellblaues Hemd und eine weiße Leinenhose.

Wie immer trafen sie sich am Café. Sie trug einen weißen Bauernrock, eine Bluse, eine Blume im Haar und ihren Korb voller Früchte.

»Du siehst so anders aus«, sagte sie, als er zur Begrüßung ihren Arm berührte. Sie spürte, wie Angst von ihr Besitz ergriff.

»Lass uns in den Zitronengarten gehen«, sagte er. »Wo sind denn deine Brüder?«

»Die sind nicht da«, erwiderte sie. »Sind alle mit den Booten rausgefahren.«

Sie stiegen den felsigen Pfad zu ihrem geheimen Plätzchen hoch. Als sie unter den Zitronenbäumen angelangt waren, zog sie den letzten Brief hervor, den er geschickt hatte, ungeöffnet, so wie er es gewünscht hatte.

Der Brief war aus schwerem, handgeschöpftem Papier in der Farbe von ungebleichtem Leinen. Die Ränder fühlten sich so weich an wie Vogelfedern.

»Mach ihn auf«, sagte er leise.

Mit zitternden Händen riss sie den kleinen Umschlag auf.

Er sah, wie ihre Augen die Worte aufnahmen, die er geschrieben hatte, wie eine Woge der Zuneigung ihren Gesichtsausdruck veränderte und die Beklemmung, die sich anfänglich darin gespiegelt hatte, purer Freude wich.

Sie ließ den Briefbogen sinken, auf dem stand: »Willst du mich heiraten?«

»Jaaa!«, rief sie aus. »Ja, ja!«

Sie fiel ihm um den Hals, dann legte sie den Zeigefinger auf sein Herz und zeichnete auf das Hemd die Worte: »Ich liebe dich.« Sie küsste ihn so innig und drückte sich so fest an ihn, dass er das Gefühl hatte, ihre beiden Herzen würden sich zu einem verbinden.

Vier Monate später heirateten sie in der Abteikirche von San Fruttuoso. Seine Familie stieg die verwitterten Steinstufen zur Abtei im Gänsemarsch hoch. In der Luft lag der schwere Duft von Zitronenblüten und Jasmin.

Dalias Mutter hatte ihr ein Hochzeitskleid aus einfachem weißem Baumwollstoff genäht, und in das lange schwarze Haar hatte sie ihr eine Krone aus Eisenkraut geflochten.

Als Angelo sie in der Hochzeitsnacht in die Arme schloss und sein Kopf zwischen ihren Brüsten ruhte, fühlte er sich wie im Himmel.

Er bedeckte ihren ganzen Körper mit Küssen. Die rosafarbenen Brustwarzen, ihre runden Brüste. Alles an ihr wollte er entdecken. Berühren. Schmecken.

Mit Lippen und Zunge fuhr er ihr Brustbein entlang. Er hörte ihr Herz schlagen wie die Flügel eines Kolibris, so schnell, dass er dachte, sie werde gleich abheben. Hingebungsvoll erkundete er seine Braut, die bei jeder seiner Berührungen erschauderte und leise stöhnte.

»Dalia«, flüsterte er, als sie ihn mit den Beinen umschlang. »Wo fängst du an, und wo endest du?«

Ihr Körper war wie eine Landkarte verborgener Pfade, alle miteinander zu einem köstlichen Ganzen verbunden.

Seine Fingerspitzen wanderten von ihrem Knöchel zur Wade, verweilten in der Kniekehle, wagten sich zur Innenseite der Oberschenkel vor. Er hielt inne, kostete den Moment aus. Er atmete sie ein. Dann nahm er ihr Becken und wiegte es wie einen Korb mit duftenden Blüten.

»Meine Liebste«, sagte er und küsste sie.

Ihr Mund öffnete sich wie eine Orchidee.

Angelo kannte jetzt die Antwort auf die Frage, die ihm einmal ein Kommilitone gestellt hatte: »In welchem Moment ist eine Frau am schönsten? Wenn du zum ersten Mal ihren Körper siehst? Oder ihr Herz? Oder ihre Seele?«

Es war der seltene Moment, wenn man die Frau, die man liebte, in den Armen hielt und alle drei Dinge gleichzeitig sah.

13

Verona

Juni 1943

Elodie besaß nicht die Art von Schönheit, um die ihre Freundinnen sie beneidet hätten. Sie kleidete sich unauffällig und hatte keine weiblichen Rundungen; ihr auffälligstes Merkmal war die Intensität, die in ihrem Blick lag. Ihre Unscheinbarkeit war jedoch von Vorteil bei ihrer Arbeit für die Gruppe – ein Mantel der Unsichtbarkeit, der es ihr erlaubte, sich unbemerkt in den Straßen von Verona zu bewegen, da kein Mann ihr Beachtung schenkte. Für Lena war es viel schwieriger. Sie wurde ständig belästigt. Mit ihrem üppigen Busen, den runden Hüften und ihrem ausgeprägten Gesäß fiel sie immer auf. Deshalb trug sie schmucklose Kleider oder ihre Schuluniform mit weißer Bluse und marineblauem Rock. Dennoch zog sie die Blicke der Männer auf sich, die vor den Cafés saßen und hinter den Mädchen herriefen, als wäre es ein Zeitvertreib.

Die meisten anderen freiwilligen Helferinnen der Gruppe lieferten mit verschlüsselten Botschaften gespickte Bücher aus, so wie Elodie und Lena es anfangs getan hatten. Die Fahrradkuriere hatten andere Möglichkeiten, geheime

Botschaften zu transportieren. Zusammengerollte Zettel wurden in den Hohlraum des Lenkers geschoben, anschließend wurden die Griffe wieder montiert, und schon konnten die Frauen mit ihrer geheimen Fracht losfahren. Über den Inhalt der Botschaften erfuhren sie nichts.

»Es ist besser für euch, wenn ihr nicht eingeweiht seid«, bekamen sie von den Männern zu hören, wenn sie fragten. »Wir können nicht riskieren, dass ihr etwas ausplaudert, falls ihr mal verhört werdet. Es ist das Beste, euch im Unklaren zu lassen.«

Die Mädchen akzeptierten die Erklärung und taten, was ihnen aufgetragen wurde. Für eine gute Sache im Einsatz zu sein war eine aufregende Abwechslung. Zu Hause erwarteten ihre Mütter, dass sie im Haushalt halfen und ihre Schulaufgaben erledigten. Geheime Informationen zu überbringen, die wichtig waren, um Italien aus den Händen der Faschisten zu befreien, gab ihnen ein Gefühl von Freiheit und Macht.

Als Lena und Elodie einige Wochen später zur Versammlung im Hinterzimmer des Buchladens stießen, fanden sie sich inmitten einer hitzigen Diskussion wieder. »Wir haben von unseren Kameraden erfahren, dass im Herbst mit einer Invasion der Deutschen zu rechnen ist. Unsere Männer in den Bergen machen sich bereit. Wir müssen sie mit Waffen, Munition und Lebensmitteln versorgen«, sagte einer der Anwesenden.

Luca nickte. »Mein Bruder kundschaftet bereits gemeinsam mit Darno Maffini die Lage in den Bergen aus. Berto aktiviert unsere Kontakte in Frankreich. Wir hier in der Stadt müssen konzentriert und effizient arbeiten. Sie sind darauf angewiesen, dass wir ihnen das Nötige liefern.«

Ein stämmiger Mann in Latzhose trat vor, um seine Meinung kundzutun. »Ja … Luca hat recht. Wie müssen alles vorbereiten, bevor der Winter kommt und der Zugang zu den Verstecken in den Bergen erschwert wird.«

»Und was ist mit zusätzlichen Männern? Wir sind längst nicht genug …«

»Dann müssen wir eben mehr Frauen rekrutieren …«

»Zu gefährlich«, rief jemand. »Würdet ihr etwa eure Schwester in die Schusslinie schicken? Was glaubt ihr, was diese Schweine in einer Haftzelle mit Frauen machen?«

Beppe, einer der Wortführer der Gruppe, versuchte die Anwesenden zu beruhigen. »Also, Leute, wir können nicht leugnen, dass das, was wir tun, gefährlich ist. Das ist nun mal so. Aber wir wissen auch, dass die Frauen in Verona diesen Krieg satthaben.«

Irgendjemand im Raum kicherte. »Die Ehemänner können sie ihnen ja gerne nehmen, aber bitte nicht auch noch ihre Söhne.«

Beppe lächelte. »Richtig. Deshalb werden sie auch immer zorniger.« Er beugte sich über den vollgepackten Tisch. »Und jetzt Spaß beiseite. Unsere Mütter und Schwestern opfern sich seit Jahren für Italien auf. Aber allmählich verlieren sie die Hoffnung. Ihre Lebensbedingungen verschlechtern sich immer mehr. Die Lebensmittel werden rationiert, die Vorräte sind fast aufgebraucht. Sie wissen kaum noch, was sie ihren Kindern zu essen geben sollen. Mussolini hat ihnen ein starkes, geeintes Vaterland versprochen, und sie sind es leid, mit leeren Versprechungen abgespeist zu werden.

Unsere Kameradin Jurika, die als Partisanin in die

Berge gegangen ist, hat sich uns angeschlossen, weil ihr Bruder, der im Afrikafeldzug ein Bein verloren hatte und seine Familie nicht mehr ernähren konnte, sich eine Kugel in den Kopf gejagt hat, nur damit seine Mutter und seine Schwester seine Rente bekommen – die man ihnen dann auch noch staatlicherseits verweigern wollte, weil es Selbstmord war.«

»Es sind zwei Mädchen hier, die helfen wollen!«, rief jemand.

Alle Augen waren plötzlich auf Elodie und Lena gerichtet. Da Brigitte Löwenthal nicht da war, waren sie die einzigen Frauen im Raum. Luca hatte die anderen auf sie aufmerksam gemacht.

»Diese beiden Mädchen sind genauso bereit, Italien zu retten, wie wir!« Seine Stimme klang so leidenschaftlich, dass Elodie eine Gänsehaut bekam.

Als alle die Hälse reckten, um einen Blick auf Elodie und Lena zu erhaschen, erröteten beide vor Verlegenheit. Lena ergriff das Wort.

»Ja, das stimmt«, sagte sie selbstbewusst. »Ich bin bereit, für Italien zu sterben! Und meine Freundin musste erleben, wie die Faschisten ihrem Vater aufgelauert und ihn übel zugerichtet haben.«

Beppe stand auf und klatschte in die Hände, um für Ruhe zu sorgen.

»Wir werden die Aufgabe bewältigen. Wir werden unsere Leute mit Waffen versorgen. Wir werden die Gleise sabotieren und den Nachschub der Deutschen abfangen. Wir werden mit List und Tücke neue Möglichkeiten finden, ihnen immer einen Schritt voraus zu sein, auch wenn wir viel weniger Leute haben. Lasst uns die Köpfe zusammenstecken und unsere Fähigkeiten bündeln und dieses blutige Regime zu Fall bringen!«

Alle applaudierten und jubelten ihm zu.

»Die sollten lieber leiser sein«, sagte Elodie erschrocken zu Lena. »Was ist, wenn jemand den Lärm bemerkt und uns denunziert?«

Aber Lena hörte ihr nicht zu. Sie schien völlig hingerissen von Beppes Rede.

»Für den Mann würde ich jeden Abend Pasta kochen«, flüsterte Lena. »Wenn er bloß nicht immer in dieser Latzhose rumlaufen würde.«

Elodie lächelte. Die Vorstellung, Lena würde für irgendjemanden Pasta kochen, amüsierte sie.

»Vielleicht solltest du ihm mal ein Ständchen auf deiner Viola bringen. Ich glaube, du würdest sein Herz eher mit deiner Musik als mit deinen Kochkünsten gewinnen.«

Lena hob die Brauen. »Und Luca? Wirst du ihm ein Ständchen auf deinem Cello spielen?«

Elodie schaute Lena nicht an, aber ein Lächeln umspielte ihre Mundwinkel. »Ich werde es ihm nicht von mir aus anbieten. Aber ich werde alles tun, worum er mich bittet.«

Als der Sommer begann, waren Elodie und Lena bis über beide Ohren beschäftigt, selbst ohne ihren Unterricht am *Liceo Musicale*. Jeden Mittwoch gingen sie in den Buchladen, wo Luca sie am Tresen begrüßte. Wenn es Kunden gab, wartete er, bis sie weg waren, bevor er die Mädchen in den Versammlungsraum begleitete.

»Meine Musikerinnen«, scherzte er gern. Sein Blick verweilte dabei immer ein bisschen länger auf Elodie. »Zu schade, dass eure ganze Liebe euren Instrumenten gilt …«, sagte er diesmal.

Elodie hob eine Braue.

Lachend zog er den Vorhang vor dem Lagerraum beiseite, der ihnen mittlerweile so vertraut war.

Aber bisher kannte Elodie den Raum nur voller Menschen, und sie war überrascht, ihn jetzt so still und leer vorzufinden.

Sie folgten Luca zu den Regalen in der hinteren Ecke, vorbei an den Stühlen und Überresten der letzten Versammlung.

»Ich freue mich, dass ihr die ersten Tests bestanden habt«, sagte er.

»Tests? Was denn für Tests?«, fragte Elodie verwirrt.

»Die Briefumschläge, die wir euch mitgegeben haben, waren leer … Aber ihr habt sie an der richtigen Adresse abgeliefert. Jetzt wissen wir, dass wir euch auch größere Aufträge anvertrauen können.«

Lena verzog das Gesicht.

»Du brauchst gar nicht so beleidigt zu tun.« Er lachte. »Das machen wir bei allen.«

»Sie müssen eben vorsichtig sein«, sagte Elodie und legte Lena eine Hand auf den Arm. »Das ist doch nur vernünftig.«

»Ich wusste, dass du das verstehen würdest, Elodie. Danke«, sagte Luca.

»Also gut, jetzt, wo wir den Test bestanden haben, worin besteht unsere nächste Aufgabe?«

Luca stellte sich auf die Zehenspitzen und nahm zwei Bücher aus einem der oberen Regale.

»Beppe hat sie gestern Abend präpariert.«

Er sprach zuerst zu Lena.

»Bring das hier zum Café an der Piazza San Zeno. Dort sitzt ein Mann an einem der hinteren Tische und liest ein Buch mit einem grünen Einband. Setz dich an die Theke, und bestell dir ein Getränk. Er wird sich zu dir gesellen, sein Buch auf die Theke legen und so tun, als wollte er mit dir flirten. Du stehst auf, nimmst aus Versehen sein Buch und lässt deins liegen.« Er schwieg einen Moment lang. »Das ist alles. Hast du das verstanden?«

»Ja«, erwiderte Lena.

»Wiederhol es noch mal«, forderte Luca sie auf. »Langsam. Ich will ganz sicher sein, dass du alles genau verstanden hast.«

»Ich gehe mit diesem Buch in das Café an der Piazza Erbe ...«

»Halt!«, sagte Luca und unterbrach Lena.

»Was ist denn? Hast du nicht gesagt, das Café an der Piazza Erbe?«

»Ich habe gesagt an der Piazza San Zeno!«

»Oh.« Lena lief rot an. »Tut mir leid. Da muss ich mich verhört haben.«

Luca bemühte sich, seinen Ärger zu verbergen. »Fang noch mal an.«

»Ich gehe mit dem Buch in das Café an der Piazza San Zeno. Ich gehe nach hinten durch und halte Ausschau nach einem Mann, der ein Buch mit einem grünen Umschlag liest. Ich bestelle ein Getränk, und nach einigen Minuten nehme ich das Buch, das er auf den Tresen gelegt hat, und lasse meins liegen.«

»Ja. Genau.« Er gab Lena ein Buch mit einem roten Einband.

»Jetzt du.« Luca schaute Elodie in die Augen. Fasziniert sah sie, wie sein linkes Auge im Licht funkelte, während sein rechtes im Schatten lag.

»Du gehst in die Via Fogge Nummer sieben. Dort befindet sich eine kleine Schneiderei. Der Eigentümer wird vor seiner Nähmaschine sitzen und Kissenbezüge nähen. Du gehst zu ihm mit dem Buch in der Hand, und sagst, deine Mutter hat dich geschickt, um zu fragen, was es kostet, drei quadratische Kissenbezüge zu nähen, wenn sie ihm den Stoff bringt. Er wird dir den Preis nennen. Dann wird er dich nach dem Titel des Buchs in deiner Hand fragen, und ob es gut ist. Nenn ihm den Titel und antworte ihm, dass du bei Kapitel dreiunddreißig furchtbar weinen musstest. Nach dieser kurzen Unterhaltung legst du das Buch auf den Tisch neben ihm, nimmst einen der Kissenbezüge und machst eine Bemerkung darüber, wie schön er ist. Dann gehst du wieder und tust so, als hättest du das Buch einfach vergessen. So, und jetzt lass mal hören, ob du alles richtig mitbekommen hast.«

Elodie lächelte.

»Ich gehe in die Via Fogge Nummer sieben. Dort befindet sich eine Schneiderei. Der Eigentümer wird an einer Nähmaschine sitzen und Kissenbezüge nähen. Ich gehe mit dem Buch in der Hand zu ihm und erkläre ihm, dass meine Mutter gern den Preis für drei quadratische Kissenbezüge wissen möchte, wenn sie den Stoff liefert. Dann wird er mich nach dem Titel des Buchs fragen und wissen wollen, ob es gut ist. Ich werde ihm den Titel nennen« – Elodie hob das Buch hoch – »und sagen, dass ich in Kapitel dreiunddreißig furchtbar weinen musste. Dann lege ich das Buch auf den Tisch neben ihm, nehme eins der Kissen in die Hand und lasse eine Bemerkung darüber fallen, wie schön es ist. Dann gehe ich wieder und vergesse das Buch.«

»Perfekt!«, rief Luca begeistert. »Perfekt.«

Lena berührte ihre Freundin an der Schulter. »Was habe ich bei unserer ersten Versammlung gesagt? Elodie hat ein ausgezeichnetes Gedächtnis.«

Schon bald war Elodie in der ganzen Gruppe bekannt als *die mit dem phänomenalen Gedächtnis*. Die Cellistin. Die Schlanke mit den schwarzen Haaren und den grünen Augen. Das Mädchen, das nicht viel redete, aber alles präzise rezitieren konnte. Sie bestaunten Elodies Fähigkeit, ganze Passagen aus Dantes *Die göttliche Komödie* auswendig wiederzugeben, ein ganzes Kapitel wortwörtlich aufzusagen – bis auf die drei Wörter, die Beppe zugunsten eines Codes verändert hatte.

Elodie vergaß kein einziges Wort, das ihr je gesagt wurde, auch wenn der Inhalt für sie keinen Sinn ergab.

Einmal wurde sie aufgefordert, sich ein Gedicht von Lord Byron zu merken, in dem jedes dritte Wort durch ein anderes ersetzt worden war.

Sie tat es mit Leichtigkeit. Beppe klopfte Luca auf die Schulter und sagte: »Das Mädchen ist ein Glücksfall für uns.«

»Allerdings«, erwiderte Luca und lächelte Elodie an. In seinem Blick lag eine Mischung aus Freude und Sorge.

Sie empfand das seltsame Bedürfnis, ihn zu beeindrucken. So als wäre das, was sie bisher schon für die Gruppe geleistet hatte, nicht genug.

»Hast du schon mal daran gedacht, Botschaften mithilfe von Musik zu übermitteln?«, überlegte sie eines Abends. »Wenn es jemanden in der Gruppe gibt, der Noten lesen kann, könnten wir Dinge durch einen Code übermitteln, zum Beispiel eingearbeitet in Kadenzen.«

Eine Kadenz war häufig Bestandteil eines Konzerts, geschrieben entweder vom Komponisten oder vom Solisten, und diente dazu, die Virtuosität des Musikers zu demonstrieren.

»Frag mal rum«, sagte sie und sah Luca an. Sie war es gar nicht gewohnt, so offen zu sprechen, und sie spürte das Feuer in ihrem Innern und fragte sich, ob ihr die Erregung anzumerken war.

Sie sah Lucas Augen aufleuchten und erkannte, dass die Idee ihn faszinierte.

Es gab Elodie Auftrieb, in zwei Welten zu leben. Am Morgen und am frühen Nachmittag war sie Elodie, die hingebungsvolle Musikstudentin und brave Tochter. Aber am Spätnachmittag schlüpfte sie in eine neue, kompliziertere Rolle: als *staffetta* für die italienische Resistenza. Zweimal pro Woche verließ sie die Mauern des Liceo, um gemeinsam mit Lena an einer Versammlung teilzunehmen. Wenn sie anschließend nach Hause ging, stieg sie die Stufen zur Wohnung ihrer Familie hinauf, das Cello auf den Rücken geschnallt und den Kopf voll mit Lucas Ideen. Doch sobald sie die Wohnung betrat, traf sie die Stille zwischen ihren Eltern wie ein Pfeil ins Herz.

Ihr Vater hatte sich von den Misshandlungen nicht wieder erholt und musste nach wie vor seine Mahlzeiten im Bett zu sich nehmen. An einem Abend konnte Elodie ihn jedoch dazu überreden, seine Violine wieder hervorzuholen und gemeinsam mit ihr ein paar Stücke zu spielen.

Aber mit anzusehen, wie er zu spielen versuchte, nur um festzustellen, dass seine geschwollenen Finger unfähig waren, so über die Saiten zu gleiten wie zuvor, war deprimierend.

Elodie versuchte, das Zimmer mit doppelter Energie zu füllen, als würde sie für ihren Vater mitspielen. Der Kontakt zu Luca und die Energie der Widerstandsgruppe verliehen ihrem Spiel eine nie gekannte Leidenschaft. Von jetzt an wollte sie nur noch Musik spielen, die ihre innere Energie widerspiegelte. Keine melancholischen Etüden mehr oder schläfrige romantische Nocturnes. Sie sehnte sich nach kraftvollen, kühnen Stücken, die ihr das Gefühl gaben, stark zu sein.

Sie spielte mit einer solchen Inbrunst, dass ihre Mutter immer wieder ins Zimmer kam und sie ungläubig anschaute.

»Du bist wie ein Streichholz, Elodie. Als könntest du dein Cello in Brand stecken.« Orsina war beunruhigt. »Ich höre Veränderungen in deiner Musik.« Sie suchte nach Worten. »Das macht mir Angst.«

Elodie sah von ihrem Instrument auf. Sie runzelte die Stirn. »Ich verändere mich tatsächlich. Ich spüre plötzlich, dass ich alles um mich herum auf ganz andere Weise wahrnehme.«

Orsina bekam die Anspannung mit, die in den Worten ihrer Tochter lag.

Sie musterte Elodie. Sie sah tatsächlich anders aus. In ihren Augen war keine Spur kindlicher Unschuld mehr zu entdecken. Sie war spindeldürr. Wo sich Rundungen bilden sollten, waren nur Ecken und Kanten.

»Elodie, es wird immer schlimme Dinge auf der Welt geben. Das können wir nicht ändern. Wir können nur versuchen, ein bisschen mehr Gutes hinzuzufügen. Du beunruhigst uns mit dieser Art Gerede.«

»Wirklich? Weil ich zur Kenntnis genommen habe, dass unser Land sich der Brutalität unterworfen hat? Dass ein paar Schläger meinen Vater verhaften und misshandeln, weil er ein bisschen zu laut Verdi gespielt hat?«

»Ich möchte, dass du dich auf die Musik konzentrierst, und nicht auf die Politik!« Orsina zitterte. »Elodie, du hast ein großes Talent. Weißt du denn nicht, wie außergewöhnlich und selten das ist? Du darfst dich nicht davon ablenken lassen ...«

Elodie straffte sich, während ihre Mutter redete. Sie spürte, wie Wut in ihr hochstieg.

Als Orsina einen Schritt näher trat und ihrer Tochter eine Hand auf die Schulter legte, zuckte Elodie zurück.

»Elodie ...« Orsinas Stimme war jetzt sanfter. »Renata Santorelli hat dich neulich mit deiner Freundin Lena in eine Buchhandlung gehen sehen ... Was hast du dort gemacht?«

Elodie sah ihrer Mutter in die Augen, ohne mit der Wimper zu zucken.

»Was glaubst du wohl, Mamma. Ich habe mir ein paar Bücher angesehen.«

Orsina schüttelte den Kopf.

»Was ist, Mamma?«, sagte Elodie und wunderte sich, wie einfach es war zu lügen. »Ich kann nicht glauben, dass es dich stört, wenn ich lese.«

14

Portofino

September 1935

Angelo holte seine junge Ehefrau nach Portofino und wartete darauf, von der Regierung eine Stelle zugeteilt zu bekommen. Aufgrund einer frühen Initiative des faschistischen Regimes, die vorsah, dass in jedem italienischen Dorf die medizinische Versorgung gesichert sein sollte, hatte Portofino bereits einen Arzt.

In der Zwischenzeit verbrachte Angelo seine Nachmittage damit, Bücher über die Antike oder die Geschichte der Seefahrt zu lesen, die er sich während seines Medizinstudiums in Genua vom Lohn für die Arbeit als Aushilfe in einem Labor gekauft hatte.

Wenn er morgens neben Dalia aufwachte, hatte er immer das Gefühl, sich kneifen zu müssen. Er konnte es einfach nicht fassen, dass ein perfektes Exemplar menschlicher Schönheit auch noch mit einer perfekten Seele gesegnet war. Er versuchte immer schon vor ihr wach zu sein, um sie betrachten zu können, ihre braunen Arme und Beine, die aus dem weißen Nachthemd hervorlugten, und das lange, schwarze Haar, das ihr über die Schulterblätter fiel.

Als Erstes begrüßte er sie immer mit den Lippen, dann mit den Händen. Er küsste sie überall: auf die Wangen, den Hals, und auf seine Lieblingsstelle hinter dem Ohr. Er küsste ihre Schultern, und fuhr mit den Lippen die Arme entlang. Er nahm ihre Hände und küsste jeden einzelnen Finger. Wenn sie schließlich in seinen Armen aufgewacht war, knöpfte er ihr Nachthemd auf und liebkoste ihre Brüste; dann zog er ihr das Nachthemd aus, um ihre warme, feuchte Haut zu spüren.

Dalia lächelte selig, wenn Angelo sie in seinem Arm wiegte und ihr über die langen, braun gebrannten Schenkel streichelte.

Sie frühstückten auf der kleinen, gefliesten Terrasse. Unter ihnen leuchteten Blumenbeete in Magenta und Gold. Die Gärten des Dorfs überboten sich mit ihrer Blumenpracht. Und die gelbe Dorfkirche hob sich gegen die Hügel ab wie eine zweite Sonne.

Nach dem Frühstück begab sich Dalia in die Küche, um Angelos Mutter zur Hand zu gehen. Sie half ihr, den Pastateig zu dünnen Lagen auszurollen und diese auf feuchten Tüchern auf dem Tisch auszubreiten. Sie ging mit einem Korb in den Garten, um Zucchini, Tomaten und anderes Gemüse zu ernten.

Und wenn das Meer es gut mit ihnen meinte, setzten die beiden Frauen sich auf die Terrasse und nahmen Fische aus oder säuberten winzige Oktopusse. Angelos Schwestern, die vormittags mit ähnlichen Dingen bei ihren jeweiligen Schwiegermüttern beschäftigt waren, kamen häufig vorbei, um ein bisschen mit ihrer Mutter zu schwatzen.

Dalia schien von Tag zu Tag mehr aufzublühen. Sie las die Bücher, die Angelo für sie aussuchte. Und wenn sie sich abends ins Bett kuschelten, nahm er ihr den Roman, den sie gerade las, aus den zarten Händen und las ihr daraus vor.

Angelo besorgte ihr die neuesten Romane aus Amerika und hin und wieder eine Gedichtsammlung. Aber egal, was Dalia las, es klang immer unendlich viel schöner, wenn Angelo es ihr mit seiner wohlklingenden Stimme vorlas.

»Meine Mutter hat mir heute erzählt, wie sehr du ihr ans Herz gewachsen bist«, sagte Angelo zu seiner Frau, legte das Buch weg und nahm sie in die Arme.

»Sie meinte, dass sie anfangs skeptisch war, ob ein Mädchen aus San Fruttuoso in Portofino glücklich sein könnte. Sie war davon überzeugt, dass du die Touristen nicht leiden könntest, die im Sommer die Hotels bevölkern. Und wie voll es im Hafen in der Hochsaison wird …«

»Ich habe doch mein Glas mit Steinen und Muscheln, die mich an San Fruttuoso erinnern«, erwiderte Dalia und nahm Angelos Hand. »Und das ist alles, was ich brauche. Solange ich mit dir zusammen bin, kann ich überall glücklich sein.«

»Ich weiß, meine *limonina*. Ich weiß. Mir geht es genauso«, sagte er und streichelte sie.

»Meine Mutter hat auch gesagt, dass du treu ergeben und fromm bist, zwei wichtige Eigenschaften einer Ehefrau.«

»Ja, sie hat mich mit in die Kirche genommen, damit ich zur Madonna bete. Sie hat mir erzählt, dass sie eine Apfelsine dorthin gelegt hat, drei Tage bevor sie erfuhr, dass sie mit dir schwanger war.«

Angelo lächelte. Diese Geschichte hatte er schon so oft

gehört. Seine Mutter erzählte sie ihm an jedem Geburtstag und backte ihm einen Kuchen mit abgeriebener Apfelsinenschale.

»Und warst du auch in der Kirche und hast der Madonna eine Apfelsine gebracht?«

Dalia sprang auf ihn und küsste ihn auf die Stirn.

»Nein, mein Liebling. Ich habe ihr das gebracht, was auch uns beide zusammengebracht hat – einen Korb Zitronen.«

Drei Monate später geschahen zwei entscheidende Dinge. Erstens erhielt Angelo einen Einberufungsbefehl für den Feldzug in Äthiopien. Zweitens wurde Dalia schwanger.

Der Einberufungsbefehl kam nicht ganz überraschend. Viele von Angelos Altersgenossen waren eingezogen worden, nachdem Mussolini erklärt hatte, er wolle in der Wüste eine italienische Kolonie errichten.

Tausende Italiener wurden für den Krieg des Duce nach Afrika geschickt, und Ärzte wurden ebenso gebraucht wie Soldaten.

»Zwei Jahre höchstens, dann bin ich wieder zu Hause«, hatte Angelo Dalia erklärt und sich bemüht, optimistisch zu bleiben. »Wenn ich meine Pflicht erfülle, habe ich bestimmt bessere Chancen, die Stelle hier im Dorf zu bekommen. Doktor Pignone geht schon auf die siebzig zu. Hoffentlich wird er sich dann zur Ruhe setzen, dann kann ich ihn ablösen, und wir müssen nicht umziehen.«

Dalia brach in Tränen aus. »Ich will nicht, dass du fortgehst, Angelo. Ich kann nicht ohne dich leben.«

»Du bist doch nicht alleine hier«, sagte er, um sie zu beruhigen, aber auch ihm brach es das Herz.

Sie schluchzte in seinen Armen und zitterte am ganzen Körper.

»Meine Familie wird sich um dich kümmern. Ich schreibe dir jeden Tag, genau wie während meines Studiums. Und deine Eltern sind ja auch in der Nähe.«

Sie wand sich aus seiner Umarmung und schaute ihn an.

»Ich bin über die Zeit, Angelo.«

Er runzelte verwirrt die Stirn.

»Ich glaube, ich bin schwanger.«

»Wie kommst du darauf? Wie viele Wochen bist du denn über die Zeit?«

»Nur drei. Aber ich bin mir ziemlich sicher. Ist dir noch nichts an mir aufgefallen?« Sie umfasste ihre Brüste, um ihm zu zeigen, dass sie angeschwollen waren.

Er lächelte. Er hatte tatsächlich den Eindruck gehabt, dass sie neuerdings ein bisschen größer waren. Aber er hatte sich keine Gedanken über die Gründe gemacht, sondern sich nur darüber gefreut.

Angelo war zugleich beglückt über die unerwartete Neuigkeit und traurig über seine bevorstehende Abreise.

»Aber du hättest es mir gleich sagen sollen, als du den Verdacht hattest.«

»Ich hatte Angst, es wäre ein schlechtes Omen. Ich war zu glücklich. Alles schien zu wundervoll in unserem Leben. Und jetzt hat jemand uns mit dem bösen Blick bedacht.«

»Sei nicht albern!« Angelo wischte ihre Bedenken mit einer Handbewegung beiseite. Er hatte genug von diesem dörflichen Aberglauben seiner Mutter.

»Du bist gesund und kräftig. Du wirst einen strammen Sohn zur Welt bringen. Wenn ich heimkehre, werde ich ihn auf meinen Knien reiten lassen.«

Dalia sank wieder in seine Arme. Aber sie war plötzlich zutiefst verunsichert, als wäre sie von einer düsteren Wolke umgeben.

»Angelo«, flüsterte sie. »Ich wünschte, ich könnte ebenso zuversichtlich sein wie du.«

»Mach dir keine Sorgen, meine *limonina*«, beschwichtigte er sie noch einmal. Aber tief in ihrem Innern nagte etwas an ihr. Es war ihm nicht gelungen, sie mit seinen Worten zu besänftigen. Der Zweifel war geblieben.

15

Verona

Juli 1943

Etwas veränderte sich. Selbst Elodie spürte, dass sie anders behandelt wurde. Mit dem Erfolg, den sie und Lena bei ihren Missionen hatten, wuchs auch der Respekt, den die Männer ihnen entgegenbrachten. Und Lena hoffte, dass man ihr jetzt bald helfen würde, die notwendigen gefälschten Papiere für die Morettis zu bekommen.

Die Bedeutung der Resistenza war jetzt immer weniger abstrakt. In den Straßen sah man überall bange Gesichter. Die Angst, die Deutschen könnten jeden Moment einmarschieren, war fast mit Händen greifbar.

Berto Zampieri war soeben von einer geheimen Mission aus Paris zurückgekehrt, wo er Mitglieder der französischen Résistance getroffen hatte. Bei einer Versammlung in Lucas Buchladen berichtete er, dass die Deutschen bereits damit begonnen hatten, Truppen nach Italien zu verlegen.

»Wir können nicht länger warten«, erklärte Beppe. »Wir müssen uns organisieren. Leute in den Bergen in Stellung bringen. Vorräte bereitstellen. Kontakte zu den Dorfbewohnern oben herstellen, die bereit sind, uns zu helfen.«

Ein Raunen ging durch die Menge. »Ruhe!«, rief Luca. »Hört zu, was Beppe zu sagen hat.«

»Jeder von euch ist wichtig für unsere Mission. In den nächsten Tagen werden wir mit jedem Einzelnen darüber reden, wie eure Fähigkeiten und Verbindungen am besten zu unserem Vorteil genutzt werden können.«

Lena warf Elodie einen Blick zu und hob eine Braue. Ihre Augen leuchteten.

Elodie bemerkte, dass sie kein bisschen nervös war. Im Gegenteil, Lena sah aus, als stünde das Christkind vor der Tür. Sie strahlte übers ganze Gesicht.

Zwei Tage später traf sich Lena mit Beppe in einem Café in der Nähe. Sie kam allein. »Die Männer, die bereits in den Bergen sind, brauchen Munition und Granaten«, erklärte er ihr. Er fragte Lena, ob sie bereit sei, eine solche Aufgabe zu übernehmen.

Sie dürfe niemandem etwas davon erzählen. Man werde ihr einen kleinen Einkaufskorb mit Gemüse mitgeben, in dem Granaten versteckt seien. Sie werde mehrere Kilometer zurücklegen und Polizeiposten passieren müssen, die unter Umständen den Korb inspizieren wollten.

»Du riskierst nicht nur dein Leben, falls du entdeckt wirst«, erklärte Beppe ihr. »Bevor sie dich erschießen, könnten sie dir Dinge antun, die noch schlimmer sind als der Tod.« Er sah sie mit feierlichem Ernst an, ohne auch nur einmal mit der Wimper zu zucken. »Es ist absolut notwendig, dass du dir das Risiko bewusst machst, bevor du diese Aufgabe übernimmst.«

Lena hielt seinem Blick stand. »Ich tue es. Sag mir einfach, wann und wo.«

Ein paar Tage später übergab man ihr den Korb. Obenauf lagen ein Kopfsalat, Tomaten und ein Laib Brot. Darunter befanden sich acht Handgranaten. Der Korb hatte ein enormes Gewicht.

»Lena, du darfst dir auf keinen Fall anmerken lassen, dass der Korb schwer ist«, wies Beppe sie an. »Sonst kommt es noch so weit, dass irgendein Kerl dir anbietet, ihn für dich zu tragen. So, und jetzt möchte ich sehen, ob du ihn anheben kannst, ohne dich auch nur im Geringsten anzustrengen.«

Lena hob den Korb an. Es fiel ihr gar nicht so schwer.

»Das schaffe ich«, sagte sie. »Und wo soll ich ihn hinbringen?«

»Du gehst am Amphitheater vorbei über die Piazza Bra, dann die Via Roma bis zum Castelvecchio entlang. Dort überquerst du die Brücke über die Adige und gehst in den Park. Dort wirst du von einem Mann auf einer Parkbank erwartet, der in einer Ausgabe von Dantes *Die göttliche Komödie* liest. Du setzt dich auf die Bank neben ihn und stellst den Korb auf den Boden. Er steht kurz danach auf, nimmt den Korb und geht weg. Weil du den Kindern auf dem Spielplatz zusiehst, bist du zu abgelenkt, um es mitzubekommen. Sieh nicht in seine Richtung, bis er weg ist.

Er wird das Buch auf der Bank liegen lassen. Du nimmst es mit nach Hause und gibst es mir dann später.« Beppe räusperte sich. »Hast du das verstanden?«

Lena nickte. »Ja, ich habe verstanden, was ich zu tun habe.«

»Noch etwas«, sagte Beppe. Er wollte ihre Schulter berühren, doch sie drehte sich leicht zu ihm, sodass seine

Finger die Haut unter den kurzen Ärmeln ihrer Bluse streiften. Sie erschauderte.

»Ja?«

»Falls du verhaftet wirst, wird man dich verhören. Und sie werden zu brutalen Mitteln greifen …« Er musste es nicht weiter ausführen; sie war sich sehr wohl dessen bewusst, was man mit ihr machen würde. Es war unaussprechlich.

»Aber egal, was sie dir antun, du darfst auf keinen Fall etwas darüber preisgeben, in wessen Auftrag du handelst. Verstehst du?«

»Ich werde ihnen die Wahrheit sagen, Beppe.« Sie sah ihm offen in die Augen, und er spürte die Glut, die sie verströmte, so als könnte sie ihm mit ihrem Blick die Haut verbrennen. »Dass ich es aus freien Stücken und für Italien tue.«

Es kam ihr vor, als wäre sie schon eine Stunde lang unterwegs. Sie ächzte zwar unter dem Gewicht des Korbs, bemühte sich jedoch, sich die Anstrengung nicht anmerken zu lassen. Sie schleppte den Korb am Amphitheater vorbei, die Via Roma entlang und über die Adige. An der dritten Kreuzung stand ein Polizist und kontrollierte die Papiere der Passanten.

Sie stellte sich mit ihrem Korb in die Schlange. Der Kopfsalat begann schon zu welken, und die sonnengereiften Tomaten dufteten in der Hitze. Und die Granaten darunter wurden immer schwerer.

Sie hatte ein hellblaues Kleid an, und ihr blondes Haar war von der Sommersonne gebleicht.

»Wo wollen Sie hin, *signorina?*«, fragte der Polizist

grinsend. Mit seinem Gewehr zeigte er auf ihren Korb. Er sah sie an und grinste noch breiter. »Und was haben wir denn da drin?«

Sie lächelte kokett. »Was glauben Sie wohl? Bomben natürlich, ist doch klar!«

Er lachte und machte eine anzügliche Geste. *Bombe,* sagte er, ein italienischer Ausdruck für Brüste.

Aber Lena ließ sich nicht provozieren. Sie lachte herzhaft, was ihn noch mehr erfreute.

»Sie sind mir ja eine. Das gefällt mir! Wollen Sie nicht mal mit mir ins Kino gehen?«

Innerlich zitternd hielt sie den Arm mit seiner gefährlichen Last gerade und lächelte ihn an.

»Vielleicht«, sagte sie. »Aber ich muss das hier vor dem Mittagessen bei meiner Großmutter abliefern. Vielleicht ein andermal.«

»Ich werde hier auf Sie warten«, sagte er und winkte sie mit einem Augenzwinkern durch.

Lena ließ es sich nicht nehmen, Elodie von ihrem Auftrag zu berichten. Die Geschichte war so gut, dass sie sie einfach erzählen musste.

»Als ich ihm gesagt habe, ich hätte Bomben in meinem Korb, hat er nur gelacht.«

»Gott, hast du ein Glück gehabt, dass er nicht nachgesehen hat!«, sagte Elodie atemlos. Die Tollkühnheit ihrer Freundin schockierte sie. So etwas hätte sie nie fertiggebracht.

»Ich hatte sogar einen Plan B für den Fall, dass er es getan hätte«, erwiderte Lena lachend. Mit einer schnellen Bewegung öffnete sie den obersten Knopf ihrer Bluse.

»Ich hätte mich vorgebeugt und ihn was Interessanteres sehen lassen als das, was im Korb war.«

Elodie schüttelte den Kopf. »Ich würde in einer solchen Situation völlig die Nerven verlieren – und ich habe auch nicht solche Prachtexemplare, die mich zur Not retten könnten!« Sie zeigte auf den großzügigen Ausschnitt ihrer Freundin.

Sie mussten beide lachen, doch dann wurde Elodie plötzlich ernst.

»Wir sollten das nicht auf die leichte Schulter nehmen, Lena. Wir wissen schließlich beide, was passiert wäre, wenn du nicht sein Typ gewesen wärst. Die hätten dich glatt erschossen.«

Lena betrachtete ihre Freundin nachdenklich. »Im Nachhinein kommt es mir fast unwirklich vor. Eher wie ein Traum. Aber du hast natürlich recht.«

»Ich weiß, dass ich recht habe«, sagte Elodie. »Ich frage mich, ob man von mir auch verlangen wird, Granaten abzuliefern, oder ob man mir so etwas nicht zutraut …«

Lena sah ihre Freundin an. »Ehrlich gesagt glaube ich, dass die Männer dir zutrauen, noch wichtigere Dinge zu transportieren. Dein Gedächtnis ist von unschätzbarem Wert für sie, und das wissen sie. Überleg doch mal, wie viele verschlüsselte Informationen sie dir schon anvertraut haben.«

Elodie lächelte. »Wer hätte gedacht, dass meine venezianische Ader einmal so nützlich werden könnte …«

»Was hat das mit Venedig zu tun?«, fragte Lena verwundert.

Elodie zuckte die Achseln. »Weiß ich auch nicht so genau. Aber meine Mutter behauptet, dass die Venezianer nichts vergessen, was sie einmal gesehen haben.«

16

Verona

Juli 1943

Während sie auf eine Nachricht von Luca oder Beppe wartete, kümmerte Elodie sich um ihre Eltern. Als endlich der Gips vom Bein ihres Vaters entfernt wurde, waren Elodie und Orsina schockiert. Die Muskeln an seiner Wade hatten sich so stark zurückgebildet, dass der Unterschenkel so dünn war wie Elodies Arme.

»Sie müssen Ihre Krücken benutzen – und sich viel bewegen«, erklärte Doktor Tommasi ihm nach ein paar Tagen. »Wenn Sie so weitermachen, kommen Sie nie wieder ins Konservatorium.«

Auf dem Weg hinaus schalt der Arzt Orsina, dass sie kein Machtwort gesprochen hatte. »Sie müssen unbedingt dafür sorgen, dass er jeden Tag ein paar Schritte geht. Er wird jede Beweglichkeit verlieren, wenn er nicht aus dem Bett herauskommt.«

Orsina schüttelte resigniert den Kopf. »Ich hab's ja versucht, Herr Doktor, aber …«

»Ich weiß, dass es schwer ist, aber lassen Sie nicht nach in Ihren Bemühungen. Er kann von Glück reden, dass er noch lebt.«

Orsina wischte sich die Augen. »Sie haben ja recht. Ich werde dafür sorgen, dass er herumläuft, sobald es geht.«

»Gut. Genau das wollte ich hören.« Er verabschiedete sich mit einem Kuss auf beide Wangen. »Ich komme nächste Woche wieder, um nach ihm zu sehen.«

»Vielen Dank, Herr Doktor. Sie sind immer so freundlich«, sagte Orsina und begleitete ihn zur Tür. »Ich hoffe, dass es uns allen etwas besser geht, wenn Sie das nächste Mal kommen.«

Am folgenden Tag schleppte sich Pietro auf seinen Krücken vom Bett an den Küchentisch.

Elodie war zutiefst beunruhigt über den geschwächten Zustand ihres Vaters.

»Ich kann es gar nicht mitansehen«, sagte sie, trat hinter seinen Stuhl, auf dem er die Morgenzeitung las, und begann, ihm die Schultern zu massieren.

»Papa, was glaubst du, wann all das ein Ende haben wird?«

»Wenn man Mussolini erschießt«, antwortete ihr Vater.

»Pietro!«, flüsterte ihre Mutter erschrocken. »Sprich leiser. Ich sterbe, wenn sie dich noch mal einsperren.«

»Wir können nur hoffen, dass die Partisanen ihn möglichst bald erwischen«, sagte er und legte die Zeitung auf den Tisch. »Wer weiß denn, was in den nächsten Wochen passieren wird. Ich habe gehört, dass das Konservatorium geschlossen werden soll.«

»Ist das wahr, Papa?«, fragte Elodie ungläubig.

»Wenn die Situation hier sich weiter zuspitzt, ja, dann ist es denkbar.«

Elodie war fassungslos. Und zum ersten Mal in ihrem Leben fragte sie sich, ob es bei all diesen Kriegswirren überhaupt noch einen Platz für Musik geben konnte.

17

Verona

Juli 1943

Es war Luca, der Elodie den nächsten Auftrag erteilte.

»Ich glaube nicht, dass ich die Richtige bin, um Handgranaten irgendwohin zu bringen«, sagte sie und sah ihm in die Augen.

»Das würde ich nie von dir verlangen, Elodie.«

»Aber von Lena habt ihr es verlangt.«

»Das war etwas anderes. Es war ein Testauftrag. Wir wollten herausfinden, ob es gelingt, etwas an den Kontrollen vorbeizuschmuggeln. Maffini geht davon aus, dass wir uns auf eine deutsche Invasion einstellen müssen. Lena war die Richtige für diesen Auftrag.«

»Und ich? Bin ich die Falsche?«

Luca sah sie an und lächelte. Sie meinte zu sehen, wie seine Hände in ihre Richtung wollten, aber im letzten Moment zurückzuckten.

»Mit dir und deinen speziellen Fähigkeiten haben wir andere Pläne.«

»Und welche?«, wollte sie wissen.

»Du hast uns auf die Idee gebracht, verschlüsselte Informationen mithilfe von Noten zu übermitteln. Einer unserer

Kontaktleute ist professioneller Musiker. Jemand von Bedeutung. Wir möchten, dass du ihm eine Botschaft durch einen musikalischen Code überbringst.«

»Soll ich den Code auswendig lernen?«

»Zuallererst sollst du ihn in die Partitur eines Stücks hineinschreiben – in eine Kadenz, wie du es vorgeschlagen hast. Du suchst den Mann unter dem Vorwand auf, dass du eine Privatstunde bei ihm nehmen willst, und spielst ihm die Kadenz mit der verschlüsselten Botschaft vor. Du sagst ihm, dass es sich um eine eigene Komposition handelt, und bittest ihn um seine Meinung dazu. Schließlich übergibst du ihm das Notenblatt mit der Kadenz.«

Elodies Wangen glühten.

»Abgemacht, Luca, ich tue es. Es gibt nur ein Problem: Ich muss am Abend wieder zu Hause sein. Nach dem, was meinem Vater zugestoßen ist, darf ich nicht zu lange wegbleiben. Meine Mutter würde die Polizei benachrichtigen, wenn ich nicht rechtzeitig nach Hause käme.«

»Ich kenne deine Zwangslage, Elodie. Aber du bist die Einzige, die diese Aufgabe übernehmen kann.«

Lucas Vertrauen versetzte Elodie in helle Aufregung. Ihr wurde so heiß, dass sie ihn am liebsten um ein Glas Wasser gebeten hätte. Aber der Gedanke daran, dass er sie auch nur für einen Moment allein lassen könnte, hielt sie davon ab.

Sie konnte sich nicht erinnern, sich jemals so lebendig gefühlt zu haben, außer bei einem Cellokonzert. Fast wie in Trance nahm sie wahr, dass Luca ihr erklärte, sie sei wegen ihrer besonderen Fähigkeiten ausgewählt worden. Seine Stimme schwebte durch die Luft:

Deine Talente sind hier nicht unbemerkt geblieben. Wir möchten dein ungewöhnliches Gedächtnis und deine musikalischen Kenntnisse nutzen. Wir können es uns nicht erlauben, dass unsere Botschaften entdeckt oder abgefangen werden. Die Partisanen in den Bergen sind darauf angewiesen, dass wir ihre Botschaften an ihre Kontakte in der Stadt übermitteln.

Wenn Luca in ihrer Nähe war, waren all ihre Sinne besonders geschärft, so als würde sie ein neues Musikstück interpretieren. Sie wartete auf Pausen in ihrem Gespräch, auf Momente des Atmens, in denen er manchmal den Kopf hob und ihre Blicke sich trafen.

Sie fragte sich, wie es wäre, sein Gesicht zu den verschiedenen Tageszeiten zu sehen. Würden seine Augen mit dem veränderten Tageslicht eine andere Farbe annehmen, wie das Meer und der Himmel?

»Elodie ...« Er sprach ihren Namen laut aus. Und als er das tat, hatte sie das Gefühl, dass ihr Körper weich und leicht wie eine Feder wurde. Er sprach sehr langsam, als versuchte er ihr einzuschärfen, dass sie äußerst vorsichtig sein solle. In seiner Stimme schwang Besorgnis mit.

»Diese Mission ist mit einer ausgesprochen großen Gefahr verbunden, und etwas in mir lässt mich zögern, dich ihr auszusetzen.«

»Ist die Mission genauso gefährlich wie Lenas?«, fragte sie ernst.

»Lenas Mission war anders. Sie hatte eine gefährliche Fracht, die nicht in ihrem Kopf verborgen war. Wäre sie damit entdeckt worden, hätte man sie verhaftet und sofort erschossen.« Luca schwieg einen Augenblick. »Deine Mission ist anders, weil *du* anders bist, Elodie.«

Er sah sie eine Weile an, während beide schwiegen, aber der Raum schien sich mit Energie aufzuladen. Es war, als hielten beide gemeinsam den Atem an. Für Elodie war es wie eine Pause in einem Musikstück, nur dass es nicht Töne, sondern Worte waren, die in der Luft schwebten.

Sie spürte, dass auch er Mühe hatte, konzentriert zu bleiben. »Du wirst nichts Sichtbares bei dir tragen, was dich verraten könnte. Aber du wirst über wichtige Informationen verfügen, die wir normalerweise keiner *staffetta* anvertrauen.«

Staffetta, das italienische Wort für einen weiblichen Kurier.

»Wenn wir beide uns hinsetzen, um dieses Musikstück zu schreiben – diese Kadenz, werde ich dir Dinge mitteilen müssen, für die die Polizei dich foltern, sogar töten würde ...«

Elodie ließ sich nicht aus der Ruhe bringen. Sie las in seinen Augen wie in einer Partitur. Aber Luca war hin und her gerissen zwischen der Notwendigkeit, diese Botschaft zu übermitteln, und der Sorge um Elodies Sicherheit.

»Wenn dir das zu viel Angst macht, wird dir das niemand übel nehmen. Niemand erwartet, dass schöne junge Frauen für ihr Land sterben ...«

»Und wie sieht es mit unscheinbaren Frauen aus?« Sie lachte.

Luca lächelte. »Elodie, du hast ein fantastisches Gedächtnis und großes musikalisches Talent. Zwei notwendige Voraussetzungen für diese Mission.«

»Du hast mich ja noch kein Mal spielen hören.«

»Jetzt werde ich dich spielen hören«, sagte er. »Wir beide werden so lange an dieser Sache feilen, bis alles richtig sitzt. Und dein Spiel wird meine Belohnung sein.«

Luca hängte ein »Geschlossen«-Schild ins Schaufenster, damit Elodie und er ungestört arbeiten konnten. Er vertraute ihr die Einzelheiten der Mission an.

»Wir versuchen Munitionslieferungen aus England per Fallschirmabwurf zu organisieren. Bisher haben wir solche Informationen mit unsichtbarer Tinte aus Zitronensaft aufgeschrieben, die man über einer Flamme sichtbar machen kann. Aber einige Leute sind in letzter Zeit damit gefasst worden – wir brauchen also eine neue Methode.

Du wirst jede Woche eine neue Kadenz abliefern, jeweils zwei Tage vor dem vereinbarten Abwurf, sodass die Partisanen Zeit haben, sich vorzubereiten.«

Elodie nickte. »In Ordnung.«

»Gut«, erwiderte er. »Gestern hat mir eine andere *staffetta* ein Buch gebracht, das den Schlüssel für die kodierte Kadenz enthält, die du schreiben sollst.« Er ging in den vorderen Raum des Buchladens und kam mit dem Buch zurück.

»Irgendwo hier muss es sein«, sagte er, während er durch die Seiten blätterte. Ungefähr in der Mitte schien er das Gesuchte gefunden zu haben.

»Hier ist es«, sagte er und sah sie an. »Es beginnt auf Seite hundertzehn und geht von da ab jeweils auf jeder fünfzehnten Seite weiter.« Er nahm ein Blatt Papier und begann, die Instruktionen für sie aufzuschreiben.

»Ich verstehe nichts davon; das sind Anweisungen unter Musikern. Hier steht: ›Wenn die Tonart der Kadenz von D-Dur nach d-Moll wechselt, beginnt die verschlüsselte Information. Der erste Dreiklang in der Länge einer ganzen Note nach dem Tonartwechsel zeigt an, wo der Abwurf stattfinden wird. Wenn er auf einem a ist, dann findet der Abwurf in Zevio statt. Wenn es ein fis ist, dann geschieht er auf dem Monte Comune. Ein d steht für Vigasio. Die Anzahl der Sechzehntel-Noten in einer chromatischen Tonleiter gibt den Zeitpunkt des Abwurfs an. Zum Beispiel: Elf Sechzehntel bedeuten, der Abwurf findet um elf Uhr statt. Die Anzahl von Triolen bezeichnet die Menge der Munitionskisten, die abgeworfen werden. Vier Triolen hintereinander bedeuten also, dass es sich um vier Kisten handelt, und so weiter.‹ Kannst du damit etwas anfangen, Elodie?«

Sie sah ihn mit großen Augen an. Sie brachte kein Wort hervor. Der Schlüssel für den Code war genial.

»Ja, das ist klar verständlich«, erwiderte sie. »Wer sich das ausgedacht hat, muss ein Genie sein.«

»Sag das nicht unserem Kontaktmann, sonst bildet er sich noch was drauf ein.«

Elodie lachte.

»Wir haben also eine Menge Arbeit vor uns, Elodie. Du musst ein Konzert auswählen, in dem eine Kadenz vorgesehen ist. Das wird dann unsere Tarnung sein. Die Auswahl liegt ganz bei dir. Du bist die Expertin.«

Sie war in Gedanken schon bei den nächsten Schritten. Auch wenn die Komposition einer verschlüsselten Kadenz nichts war im Vergleich zur Komposition eines ganzen Konzerts oder auch nur einer Etüde, so wusste sie doch, dass diese Aufgabe ihre volle Konzentration erfordern würde.

»Lass mir ein paar Minuten Zeit, darüber nachzudenken, Luca.« Elodie schloss die Augen und sann darüber nach, welches Stück am ehesten in Frage kam. Es standen verschiedene zur Auswahl, aber Haydns Cellokonzert in D-Dur schien ihr die beste Wahl. Schließlich waren in den vergangenen Jahren schon eine ganze Reihe berühmter Kadenzen für das Stück geschrieben worden.

»Ich glaube, wir nehmen ein Stück von Haydn«, schlug sie vor, wusste jedoch bereits, als sie die Worte aussprach, dass ihre Entscheidung gefallen war.

»Bevor wir mit der Arbeit am Code beginnen, würdest du mir einen Teil des Stücks vorspielen?« In seiner Stimme lag eine Zärtlichkeit, die neu war.

Sie sah auf und hätte ihn am liebsten geküsst. Unsichtbare Fäden schienen sie zu ihm hinzuziehen. Doch von ihr als Frau wurde verlangt, sich züchtig zu verhalten, ihr Verlangen zu leugnen.

»Natürlich«, sagte sie. Und obwohl sich Elodie alles andere als schüchtern fühlte, vermied sie den Blickkontakt.

Sie stand auf, um das Cello aus dem Koffer zu nehmen.

Sie bemerkte, dass er ihr gespannt zuschaute. Lächelnd dachte sie daran, wie ihr Vater das Cello zum ersten Mal enthüllt hatte. Sie nahm den Stoff von dem Instrument und hob es aus dem Koffer.

»*Magnifico*«, flüsterte er. Der Anblick des rötlich schimmernden, glänzenden Cellos war atemberaubend, selbst für jemanden, der nichts mit Musik zu tun hatte.

»Es ist ein venezianisches Cello«, sagte sie, und wieder brachte der Gedanke an ihren Vater sie zum Lächeln. Die Männer, die ihn zusammengeschlagen hatten, würden für ihre Tat bezahlen, hatte sie doch jetzt eine Möglichkeit gefunden, sie mit dem Instrument zu besiegen, das ihr Vater ihr geschenkt hatte. Es war eine Art Gerechtigkeit, die fast etwas Poetisches hatte.

Luca verfolgte aufmerksam, was sich vor seinen Augen abspielte. Zunächst konzentrierte Elodie sich darauf, ihr Cello zu stimmen. Sie nahm den Bogen aus dem Koffer, strich ihn über das Kolophonium und wischte, was überflüssig war, mit einem weichen Tuch ab.

Sie rückte an die Stuhlkante, nahm das Instrument zwischen die Knie, schaute Luca kurz an und schloss die Augen.

In dem winzigen Moment zwischen dem Schließen ihrer Augen und dem Anheben des Bogens spürte Luca, wie sich etwas zwischen ihnen verschob. Es war, als würde er von dem Klang, den sie mit dem Bogen auf den Saiten erzeugte, zu ihr hingezogen.

Sie spielte mit so viel Gefühl und Intensität, dass ihm ganz schwindlig wurde und er alles um sich herum vergaß.

Mit geschlossenen Augen steigerte sie sich immer tiefer in die Musik hinein; vom Gedanken an Luca beseelt, führte sie den Bogen. Das Stück war eigentlich nicht dafür gedacht, *appassionata* gespielt zu werden, doch die Leidenschaft, die von Elodie Besitz ergriffen hatte, floss ganz und gar in ihr Spiel.

Erst gegen Ende öffnete sie die Augen und schaute Luca an. Er war wie verwandelt. Sein Mund stand offen. Die Haare schienen ihm zu Berge zu stehen. Sein Arm hob sich in ihre Richtung, verweilte aber auf halbem Weg.

Sie schloss die Augen wieder, um das Finale zu spielen. Ihre Haare hatten sich gelöst und hingen in wilden

Strähnen herunter. Es war ein Liebesakt ohne körperliche Berührung. Durch ihr Spiel, diese heiligste und intimste Handlung, hatte sie Luca ihren eigenen unsichtbaren Code übermittelt.

Nachdem der letzte Ton verklungen war, hob sie den Kopf und öffnete die Augen wieder. Luca konnte nur den Kopf schütteln.

»Du bist unglaublich, Elodie. Mehr als das. Du vereinst Liebe, Kunst, Göttliches – alles in einer Person.«

Nach einer Weile nahm er ihr das Cello ab. Sie saß erschöpft da, als wäre sie soeben aus einer Trance erwacht.

Sie war außer Atem. Ihre Finger hielten immer noch den Bogen umklammert, und ihr Rock war schweißdurchtränkt.

Er stand vor ihr in seinem weißen Hemd und mit seinem wohlgeformten Gesicht und legte seine Hand auf ihre; ihre Hände berührten sich am höchsten Punkt des Cellos, wo die Schnecke in einer Welle auslief.

»Was habe ich für ein Glück, dich spielen hören zu dürfen«, sagte er.

Sie spürte, wie ihr wieder warm wurde. Im Zwielicht des Hinterzimmers in Lucas Buchladen schimmerte ihre Haut so sehr, dass sie den ganzen Raum hätte erleuchten können.

Sie wussten, dass sie wegen Elodies zeitlicher Einschränkungen zielstrebig arbeiten mussten, und beide waren gleichermaßen konzentriert bei der Sache.

Jeder wollte den anderen beeindrucken: Luca mit seinem Wissen um die wichtigen Informationen, die übermittelt werden mussten, und Elodie mit ihrem Wissen über Musik und Komposition.

Innerhalb der nächsten zwei Stunden gelang es Elodie anhand des Schlüssels, den Luca erhalten hatte, eine Kadenz zu komponieren. Auch wenn sie teilweise fast atonal war, würde sie als eine akzeptable Kadenz einer Studentin durchgehen.

»Ich habe keine Ahnung, wie gut das klingen wird. Werde ich das der Person vorspielen oder ihr nur das Notenblatt übergeben?«

»Das liegt bei dir, Elodie. Sollte dich jemand fragen, dann besteht deine Tarnung darin, dass du eine Privatstunde nehmen willst, um herauszufinden, ob der Mann eventuell bereit ist, dein Privatlehrer zu werden. Aber selbst dem begabtesten Musiker wäre es unmöglich, den Code durch einmaliges Hören zu entschlüsseln; du musst ihm also auf jeden Fall das Notenblatt mit der kodierten Kadenz aushändigen.« Er räusperte sich. »Wenn die Mission erfolgreich verläuft, wollen wir versuchen, Verschlüsselungen zu entwickeln, die kein Notenblatt mehr erfordern.«

»Ich verstehe«, sagte Elodie. »Jedenfalls würde es die Glaubwürdigkeit der Unterrichtsstunde untermauern, ihm die Kadenz zuerst vorzuspielen, nur für den Fall, dass es irgendwelche neugierigen Nachbarn gibt«, überlegte sie.

»Ja«, sagte er lächelnd. Er war beeindruckt von ihrer Umsicht. Sie begann bereits, wie eine Untergrundaktivistin zu denken. Immer einen Schritt vorausplanen. Immer versuchen, die Gefahr vorherzusehen, bevor sie eintrifft.

18

Verona

Juli 1943

Am Dienstagnachmittag ging Elodie in den Buchladen, um die letzten Details ihrer Mission zu erfahren.

Luca saß bereits auf heißen Kohlen.

»Endlich!«, sagte er. »Es kommt mir vor, als hätte ich Stunden auf dich gewartet.«

»Stunden?« Elodie warf einen Blick auf ihre Armbanduhr. »Aber ich bin doch pünktlich.«

»Das mag ja sein, aber das ändert nichts daran, dass es so viel zu tun gibt.«

Er stützte sich auf dem Tresen ab. Die Druckerschwärze an seinen Händen färbte auf die Schreibtischunterlage ab. Als er die deutlich sichtbaren Fingerabdrücke bemerkte, wischte er sich hastig die Hände an seinem Kittel ab.

»Lass uns nach hinten gehen.« Er hängte ein Schild an die Eingangstür, mit einer Uhr und verstellbaren Zeigern, dem zu entnehmen war, dass er in einer Stunde wieder zurück sein würde.

Elodie schob den Vorhang beiseite und ging ins Hinterzimmer, das ihr inzwischen ganz vertraut war, und wartete mit klopfendem Herzen auf Luca.

»Diese Mission wirst du nicht unter deinem Namen durchführen«, erklärte Luca ihr, »sondern unter einem Decknamen.«

Elodie wusste, dass viele Partisanen und hochrangige Leute aus dem Widerstand ausschließlich unter Decknamen agierten: Ratte, Adler, Fuchs. Während der Versammlungen hatte sie von diesen Männern gehört, aber sie hatte keine Ahnung, wer sie wirklich waren.

»Und wie lautet mein Name?«

Er sah sie durchdringend an. Sie hatte das Gefühl, als würden sich seine Augen verengen und dann wieder neu fokussieren.

»Ich habe nach langem Grübeln einen Namen ausgesucht, der perfekt zu dir passt, wie ich finde: So ein Name muss schön sein, klar und treffend …«

»Na, sag schon.«

»Dein Codename für die Mission lautet ›Libelle‹.«

Während der nächsten Stunde legte er ihr den Plan dar. Er schrieb nichts auf, sondern erklärte alles langsam und deutlich, da er wusste, dass sie in der Lage war, sich jedes Wort zu merken.

»Der Mann, den du treffen wirst, wird der Wolf genannt. Er ist ein pensionierter Musiklehrer in Mantua. Er spielt sowohl Cello als auch Klavier und war vor dem Ersten Weltkrieg Berufsmusiker.«

»Vielleicht kennt er ja meinen Vater …«

»Danach darfst du ihn nicht fragen, Elodie. Und du darfst dich nur als Libelle vorstellen, falls er dich fragt. Es gibt keinen Grund, ihm deinen tatsächlichen Namen zu nennen und dadurch deine Familie zu gefährden.«

»Du hast recht; tut mir leid. Die Welt der Musik ist einfach so klein.«

»Klein, ja. Die Welt selbst ist klein, besonders wenn man bedenkt, dass verwandte Seelen voneinander angezogen werden. Aber der Wolf ist bedeutend älter als dein Vater, und außerdem wohnt er in Mantua. Er wohnt in der Via Cesare Battisti Nummer siebzehn, hinter der Kirche Sant'Andrea. Du klingelst bei Wohnung Nummer drei.«

Elodie erbleichte. Sie kannte sich in Mantua nicht besonders gut aus. Sie war nur ein paarmal mit ihrer Mutter zum Einkaufen dorthin gefahren, aber in Kriegszeiten war an solchen Luxus nicht mehr zu denken. Im Jahr zuvor war sie einmal im Teatro Bibiena aufgetreten, im Rahmen eines Gemeinschaftsprojekts mit dem Instituto Musicale von Mantua. Aber sie war nie allein dort gewesen. Sie konnte sich nur an das Panorama erinnern, wie sich die Stadt majestätisch aus einem See erhob, und an seine mittelalterliche Festung und seine steinernen Türme. Es war schon verblüffend, dass Mantua, das nicht viel mehr als dreißig Kilometer von Verona entfernt lag, ihr wie eine andere Welt erschien.

»Sieh zu, dass du morgen kurz nach Mittag dort eintriffst. Erzähl deinen Eltern, was du für nötig hältst, aber da du sowieso dein Cello mitnimmst, werden sie keinen Verdacht schöpfen, wenn du zum Beispiel sagst, du würdest den ganzen Tag mit deiner Freundin üben.«

Als er beim Hinausgehen den Vorhang für sie beiseiteschob, wurde sie von dem Licht geblendet, das ins Zimmer flutete. Sie hob eine Hand schützend vor die Augen.

Sie hörte ihr Blut in den Ohren rauschen. Sie fragte

sich, ob er spürte, dass sie unter ihrer beherrschten Fassade wie elektrisch aufgeladen war.

Elodie wollte Luca gegenüber ruhig und gefasst erscheinen; er sollte das Gefühl haben, dass die Mission in den besten Händen lag. Und so erwiderte sie nur ganz einfach und so knapp wie es ging: »Ich habe verstanden, Luca. Ich weiß, was ich zu tun habe.«

Luca sah ihr tief in die Augen, sie spürte die Wärme, die sein Körper verströmte.

»Sei gewieft, aber sei vor allem vorsichtig«, sagte er. Es war, als würde er sie am liebsten gar nicht gehen lassen. Oder bildete sie sich das nur ein?

»Keine Sorge, ich pass schon auf mich auf.« Sie nahm das Cello und ging zur Tür.

Sie spürte, wie seine Hand ihren Arm streifte und sie für einen ganz kurzen Moment festhielt.

»Ich wollte dir noch eins sagen, Libelle …«

»Ja«, sagte sie und sah ihn mit einem lodernden Blick an.

»Flieg sicher zu uns zurück.«

19

Verona

Juli 1943

Am nächsten Morgen brach Elodie zeitig auf. Ihren Eltern hatte sie erklärt, sie werde den ganzen Tag mit Lena und den beiden anderen Studenten ein Quartett einüben und erst gegen Abend nach Hause kommen.

Ihr Vater saß in seinem Morgenmantel am Frühstückstisch; ihre Mutter war in der Küche, um Kaffee zu machen.

Als sie gerade zur Tür hinaus wollte, winkte ihr Vater sie zu sich. Er hatte immer sich selbst in seiner Tochter erkannt. Ihre Hände waren seine Hände. Ihr musikalisches Talent hatte sie auch von ihm. Und er wusste, dass Elodie ein Geheimnis hüten konnte.

»Elodie«, sagte er. Er war zwar unrasiert, aber seine Augen leuchteten so lebendig, wie sie es nicht mehr getan hatten seit dem Tag, an dem er von der Polizei misshandelt worden war.

»Sei vorsichtig …«, flüsterte er und beugte sich zu ihr vor.

Sie wich zurück, bestürzt über seine Warnung.

»Elodie … Nein, sag nichts …« Er wandte den Kopf

schnell Richtung Küchentür, um sich zu vergewissern, dass Orsina außer Hörweite war, und dann sagte er leise: »Flieg, Gedanke, auf goldenen Schwingen, flieg, umschwebe die Hügel, die Höhen.«

Es war eine Textstelle aus Verdis *»Va, pensiero«*, für dessen lautes Abspielen er verhaftet worden war. Aber die Worte schwebten jetzt auf sie herab wie ein Segen.

»Papa, ich gehe doch nur –«

»Ich habe nichts weiter getan, als aus Protest eine Schallplatte abzuspielen ... Du bist mit viel mehr Mut geboren.«

Seine Worte trafen Elodie völlig unvorbereitet. Ihr erster Impuls war, alles abzustreiten, ihm zu sagen, dass er sich irrte. Doch bevor sie dazu kam, hob er einen Finger an seine Lippen, dann legte er ihn an ihre, als wollte er damit ein gemeinsames Geheimnis besiegeln.

»Ein Musiker kann immer zwischen den Zeilen lesen. Lass uns nicht mehr darüber reden.«

Eilig verließ sie die Wohnung, den seltsamen Segen ihres Vaters im Ohr.

Sie musste sich wieder auf ihre Aufgabe konzentrieren und sagte sich, dass sie im Gegensatz zu Lena nichts bei sich hatte, was sie belasten könnte.

In ihrem Cellokoffer transportierte sie lediglich ihr Instrument und die verschlüsselten Noten, die sie in Zusammenarbeit mit Luca geschrieben hatte.

Sie schaute zur Kirchturmuhr hoch. In einer Viertelstunde ging ihr Zug. Nach einer Stunde würde sie in Mantua eintreffen, wenn es nicht irgendeine Verspätung oder willkürliche Kontrollen gab. Von Mantuas Stadtzentrum aus waren es noch einmal fünfzehn Minuten zu Fuß bis zur Wohnung des Wolfs.

Am Bahnhof kontrollierten Polizisten die Ausweise. Sie beruhigte sich, indem sie sich immer wieder sagte, dass sie nichts Gefährliches dabeihatte, weder Bomben in ihrem Cellokoffer noch in den Saum ihres Kleids eingenähte Goldmünzen.

Am Bahnsteig mischte sie sich unter die wartenden Passagiere, hielt den Kopf gesenkt und ihren Cellokoffer umklammert. Ein Mann hinter ihr versuchte, eine witzige Bemerkung über die Größe ihres Instrumentenkoffers zu machen.

»Der ist ja fast so groß wie Sie, *signorina*. Haben Sie für den eine Extra-Fahrkarte gekauft? Das will ich zumindest hoffen, falls Sie vorhaben, ihn auf den Sitz neben sich zu stellen.«

Sie wusste nicht, wie sie reagieren sollte. Sie konnte ihm sagen, dass sie schon oft mit dem Zug gefahren war und noch nie eine Fahrkarte für ihr Cello gekauft hatte, dass der Koffer gut in die Gepäckablage passte.

Doch sie zog es vor, es bei einem Lächeln zu belassen und weiterzugehen.

Im Zug kontrollierte ein Polizist die Ausweise. Der Schaffner dirigierte Leute zur dritten Klasse.

»Elodie?«, fragte der Polizist grinsend. »Soll das italienisch sein?«

»Der Name ist französisch. Aber ich bin eine waschechte Italienerin.« Sie hob den Kopf und schenkte ihm ihr strahlendstes Lächeln.

Plötzlich spürte sie, welche Macht ihr Lächeln besaß.

Sie war nicht der Typ, der schnell lächelte, aber jetzt fragte sie sich, warum sie sich diese einfache Geste nicht schon früher zunutze gemacht hatte.

Sofort veränderte sich die Haltung des Polizisten ihr gegenüber. Er sah sie an und erwiderte ihr Lächeln.

»Also dann, eine gute Fahrt, *signorina.*«

Sie nahm ihren Ausweis wieder an sich, suchte sich einen Platz im Waggon und stellte das Cello neben sich ab.

In einer Stunde würde sie in Mantua sein.

Als der Zug sich in Bewegung setzte, lehnte sie den Kopf gegen die Fensterscheibe und richtete ihre Aufmerksamkeit auf den Rhythmus der Räder unter sich. Sie schloss die Augen und begann zu träumen.

Elodie rief sich ihre Anweisungen in Erinnerung. »Nimm die Via Roma. Geh vorbei an Sant'Andrea. An der Ecke mit dem Schuster rechts abbiegen. Die Wohnung liegt in der Via Cesare Battisti Nummer siebzehn. Drück auf die Klingel Nummer drei. Der Wolf erwartet dich.«

»Der Wolf erwartet mich? Vielleicht sollte ich ein rotes Käppchen tragen?«, hatte sie kopfschüttelnd gescherzt.

»Sehr lustig, Elodie. Aber versprich mir, dass du ihm einfach nur die Kadenz vorspielst und dann gleich wieder zurückfährst.«

Sie musste lächeln. Hätte ihr jemand ein Jahr zuvor gesagt, sie würde jemandem, der sich der Wolf nannte, eine geheime Botschaft überbringen und sich von einem Mann angezogen fühlen, der kein Musiker war, hätte sie ihn für verrückt erklärt. Aber sie hatte festgestellt, dass sie sich innerhalb einiger Wochen von einer jungen Musikstudentin in eine Geheimbotin verwandeln hatte können und dass sie es einfach bezaubernd fand, wie Luca die musikalischen Fachbegriffe ständig durcheinanderwarf.

Der Zug war zwar wundersamerweise pünktlich abgefahren, aber Elodies Nerven waren zum Zerreißen gespannt, weil immer noch alles Mögliche schiefgehen konnte. Im Jahr zuvor war sie mit Lena in Mantua gewesen, um im Teatro Bibiena aufzutreten. Aber sie waren nicht allein gefahren, sondern in Begleitung ihrer Eltern. Sie waren dritter Klasse gereist, alle in ihrem Sonntagsstaat. Die harten Sitze hatten sie nicht gestört, da die Fahrt sehr kurz war.

Mantua war ganz anders als Verona, wo es ein römisches Amphitheater gab, antike Grabstätten und das berühmte Haus von Romeo und Julia. Mantua dagegen war die pure Renaissance-Pracht. Umgeben von einem Wassergraben, erhob es sich wie eine Festung: salzgrauer Marmor und erodierter kalter Stein.

Sie ging die Straßen entlang, das Cello eng an sich gedrückt. Das Gewicht des Instruments beruhigte sie, es war wie eine Art Schutzschild. Aber in der Julihitze begann sie zu schwitzen.

An der Piazza Sordello blieb sie einen Moment stehen und betrachtete den Himmel. Ein Vogelschwarm kurvte über den Platz, verschwand hinter dem Palazzo Ducale und kehrte zwischen dessen Türmen hindurch wieder zurück. Beim Anblick all der flatternden Flügel hatte sie das Gefühl, auch ihr Herz könnte sich gleich in die Lüfte erheben.

Lucas Anweisungen folgend, ging sie weiter geradeaus, bis sie an der Kirche Sant'Andrea vorbeikam. Schließlich bog sie rechts ab in die Via Cesare Battisti. Bei Hausnummer siebzehn blieb sie einen Moment vor der riesigen hölzernen Eingangstür stehen, an der sich ein großer Klopfer aus Messing in der Gestalt eines Löwenkopfs befand.

Sie widerstand der Versuchung, ihn zu betätigen, und drückte stattdessen wie befohlen die Klingel der Wohnung Nummer drei.

Wie Luca gesagt hatte, betätigte der Wolf, ohne zu fragen, wer da war, den Türöffner.

Es gab keinen Aufzug, nur eine Wendeltreppe, die nach oben führte. Langsam stieg sie die Stufen hoch, vom Schleppen des Koffers war ihr der Arm schwer geworden.

Als sie auf der dritten Etage ankam, bemerkte sie, dass die Wohnungstür weit offen stand.

Es war ihr unangenehm, einfach einzutreten, ohne sich bemerkbar zu machen. Sie stellte den Cellokoffer ab und klopfte an.

»Ich habe sie für dich offen gelassen!«, rief eine Stimme von drinnen.

Ehe sie dazu kam zu antworten, rief die Stimme: »Bring dein Instrument mit rein!«

Als sie eintrat, schallte ihr Klaviermusik entgegen. Die Musik war ihr nicht vertraut; ein Stück, das sie nicht einordnen konnte. Sie lauschte, versuchte herauszuhören, von welchem Komponisten das Stück stammte. Doch sie kam nicht darauf, sondern hörte nur die unendliche Schönheit und Traurigkeit der Musik.

Sie blieb in der Diele stehen und wusste nicht, ob sie

sein Spiel unterbrechen und ihn begrüßen oder abwarten sollte, bis er geendet hatte.

Aus Respekt vor der Musik und dem Musiker beschloss sie zu warten. Sie konzentrierte sich auf die einzelnen Noten, um herauszufinden, ob sich in dem Stück irgendeine Art Code verbarg. Aber das Einzige, was sie heraushörte, hätte sie als Weinen bezeichnet. Das Ausklingen eines Herzens, das aufhörte zu schlagen.

Während sie im Flur wartete, versuchte sie sich das Gesicht eines Pianisten vorzustellen, das zu dieser melancholischen Musik passte.

Der Flur war lang gestreckt und düster. Zu ihrer Linken befand sich ein hoher Spiegel und darunter ein eleganter Tisch.

Als sie ihr Spiegelbild bemerkte, wandte sie den Blick abrupt ab. Sie wollte sich nicht in der Schuluniform sehen. Wollte kein junges Mädchen sein, sondern eine ernsthafte *staffetta* mit einer Mission, eine Person, der man zutraute, einer wichtigen Sache zu dienen.

Sie war verschwitzt von der Zugfahrt und erschöpft vom Gewicht ihres Cellokoffers, den sie vom Bahnhof bis hierher tragen hatte müssen. Sie strich ihr Haar und den Rock glatt und streckte ihren Rücken durch. Sie musste etwas gegen ihren aufgewühlten Zustand unternehmen. Also holte sie tief Luft und versuchte sich zu sammeln, so wie sie es schon vor Jahren gelernt hatte, um ihr Lampenfieber vor einem Auftritt in den Griff zu bekommen.

Aber diese Mission war so viel bedeutender als ein Konzert, und sie wusste, was auf dem Spiel stand. Sie zwang sich, erneut in den Spiegel zu schauen, aber diesmal betrachtete sie aufmerksam die junge Frau in der Schuluniform. Sie wollte sich vergewissern, dass sie mit jeder Faser – auch wenn es nicht das war, was sie empfand – gefasst und konzentriert wirkte.

Plötzlich hörte die Musik auf, und jemand kam in die Diele.

»Hallo?«, sagte eine Stimme vom anderen Ende. »Hallo. Danke fürs Warten.«

Instinktiv bückte Elodie sich, um ihr Cello aufzuheben. Sie stellte den Koffer, der nur etwas kleiner als sie selbst war, neben sich und wartete darauf, dass der Mann, der der Wolf genannt wurde, sich vorstellte.

Und plötzlich stand er vor ihr. Er entsprach überhaupt nicht dem Bild, das sie sich von ihm gemacht hatte. Wegen der Art, wie er Klavier spielte, hatte sie sich einen kleinen, dunkelhaarigen Mann mit traurigen Augen vorgestellt. Aber vor ihr stand jemand völlig anderes: Ein hochgewachsener Mann mit weißem Haar und einem freundlichen, würdevollen Gesicht.

Er trug ein hellblaues Hemd und eine weiße Hose. Er wirkte nicht wie ein Italiener; seine Haut war rosig, die Augen eisblau. Hätte sie raten gemusst, hätte sie auf einen Polen oder Russen getippt, aber auf keinen Fall auf einen Italiener.

Aber er sprach sie auf Italienisch an. »Ich habe dich erwartet«, sagte er. »Wie wirst du genannt?« Er sprach die Worte langsam aus, offenbar erwartete er, dass sie ihre Identität bestätigte.

Sie konnte den Blick nicht von ihm abwenden.

»Ich bin die Libelle.«

Ein Lächeln umspielte seine Lippen, er schien zufrieden

zu sein mit ihrer Antwort. »Ja, sehr gut«, sagte er und bedeutete ihr mitzukommen. »Hier entlang, bitte.«

Die Wohnung war wie ein Labyrinth. Elodie folgte ihm durch den langen Flur, an dessen Ende sich eine Doppeltür befand. Er stieß sie auf und führte sie in ein riesiges Wohnzimmer, wo das helle Sonnenlicht durch raumhohe Fenster ins Zimmer fiel.

Die Polstersessel waren mit einem gestreiften Seidenstoff bezogen, die Wände in einem zarten Korallenrot gestrichen, und an den Fenstern hingen Vorhänge aus schwerer weißer Seide.

»Ich habe keinen richtigen Kaffee«, sagte er entschuldigend, »nur dieses fürchterliche Zichorienzeugs ...«

Sie schüttelte den Kopf und hob abwehrend die Hand. »Nein, nein, danke.«

»Vielleicht ein Glas Wasser?«

Sie überlegte kurz. Sie hatte zwar Durst, wollte ihm jedoch eigentlich nur das Stück vorspielen, das Notenblatt übergeben und mit dem nächsten Zug nach Verona zurückfahren.

»Ist doch nur Wasser«, sagte er lächelnd. Wieder war sie fasziniert vom Blau seiner Augen.

»Also gut«, erwiderte sie. »Wenn es keine Umstände macht.«

Kurz darauf kam er wieder und reichte ihr ein Glas.

»Also, Libelle, wirst du mir etwas vorspielen?«

»Ja«, sagte sie, bevor sie sich mit dem kühlen Wasser die Kehle benetzte.

»Du bist also Cellistin. Ich spiele auch Cello. Lass dich nicht von meinem erbärmlichen Klavierspiel täuschen.« Ein Lächeln huschte über sein Gesicht. Sie hatte den

Eindruck, dass in seinen Augen ganz kurz Anerkennung aufflackerte. »Von Musiker zu Musiker«, schien es zu sagen.

»Lass uns in das andere Zimmer gehen. Da steht mein Klavier.« Er nahm ihr das Glas ab und stellte es auf einen Couchtisch.

Sie zögerte einen Moment und spürte, wie sie ganz steif wurde. Sie waren wie zwei Tiere in einem Käfig, jedes mit geschärften Sinnen, um die Bewegungen des anderen lesen zu können. Sie umklammerte den Griff des Cellokoffers, bis ihre Knöchel weiß wurden, und sie bemerkte, dass sein Blick von ihrem Gesicht zu ihren Händen wanderte.

Es ärgerte sie, dass ihre Angst so offensichtlich war.

»Ich könnte dein Großvater sein, meine Liebe. Es gibt keinen Grund, dir Sorgen zu machen.«

Sie erwiderte sein Lächeln nicht, sondern blieb bei ihrer ausdruckslosen Miene.

Sie durfte ihm nichts Persönliches verraten. Er sah nicht aus wie ein Italiener, obwohl er die Sprache fließend beherrschte, und nichts im Raum verriet irgendetwas über ihn.

Sie lauschte dem Klang seiner Stimme und versuchte seinen Akzent einzuordnen. Aber im selben Moment wurde ihr auch bewusst, warum es ihr nicht gelang: Er hatte keinen Akzent.

Plötzlich war sie völlig gefangen von der intensiven Farbe, die den Raum beherrschte. Die Wände waren in Pfauenblau gehalten. Zur Linken befand sich ein mit weißem Marmor verkleideter offener Kamin, darüber ein Spiegel mit vergoldetem Rahmen, und zu ihrer Rechten stand ein Flügel. An der hinteren Wand standen kleine Sofas. Unter ihren Füßen lag ein teurer Teppich.

»Mein Lieblingszimmer«, sagte er. »Ich kann es kaum erwarten, dich spielen zu hören.«

Er zog ihr einen Stuhl heran, und sie setzte sich, den Cellokoffer zu ihren Füßen.

Als sie aufblickte, fiel ihr ein kleines Gemälde, ebenfalls mit einem vergoldeten Rahmen, auf, das über dem Flügel hing. Es stellte eine junge Frau dar, die ein rotes Kopftuch trug. Ihre Augen waren dunkel, und ihr Blick intensiv und durchdringend.

»Das Bild da«, sagte sie und zeigte auf das Gemälde an der Wand. »Wer hat das gemalt?«

»Silvestre Lega«, antwortete er. »Gefällt es dir?«, fragte er dann lächelnd.

»Ja«, sagte sie, während sie sich hinkniete, um den Cellokoffer zu öffnen. »Sehr.«

»Ich habe es vor vielen Jahren für meine Frau gekauft.«

»Ist Ihre Frau auch Musikerin?«

»Ja. Aber ihre wahre Gabe war das Komponieren.« Er zeigte auf einen großen, mit Papieren übersäten Schreibtisch in der Zimmerecke. »Ihr Kopf war ein kompliziertes Labyrinth. In den Schubladen bewahre ich auf, was mir an Erinnerungsschätzen geblieben ist.«

Elodie schwieg, unsicher, wie sie reagieren sollte.

»Also«, sagte der Wolf unvermittelt, und seine Stimme brach das verlegene Schweigen zwischen ihnen. »Ich hätte dich nicht mit solchen persönlichen Details ablenken sollen. Du bist hergekommen, um für mich zu spielen; dann lass mal hören.«

Er setzte sich nicht an den Schreibtisch seiner Frau, sondern zog einen Rohrsessel hervor.

»Bitte«, sagte er ausgesprochen zuvorkommend. »Wann immer du so weit bist.«

Elodie öffnete den Koffer und nahm das seidene Tuch weg, das zum Schutz über dem Cello lag.

Dann hob sie das Instrument aus dem Koffer, wie sie es schon so viele Male getan hatte. Mit der einen Hand umfasste sie den Hals, während die andere den Resonanzkörper anhob. Als Elodie sich zu dem Mann, den sie den Wolf nannten, umdrehte, bemerkte sie seinen schockierten Gesichtsausdruck. Damit hatte sie nicht gerechnet.

»Dein Cello …«, stotterte er. Seine Stimme hatte plötzlich jede Sanftheit verloren.

»Ja?«

»Wo hast du das her? Wie kannst du auf einem Gofriller spielen?«

»Gofriller?«

»Ja.« Er stand jetzt vor ihr, und seine Hände liebkosten das Instrument zwischen ihnen. Elodie erschauderte am ganzen Körper, obwohl seine Hände gar nicht sie berührten.

»Ja, ein Matteo Gofriller. Wo hast du dieses Cello her?«

Sie war überhaupt nicht auf dieses Verhör eingestellt. Das war nicht Teil des Plans, den sie mit Luca besprochen hatte. Sie wurde kreidebleich und wusste nicht, wie viel sie preisgeben sollte.

»Das hat mein Vater mir zum siebzehnten Geburtstag geschenkt. Ich weiß nur, dass es aus Venedig stammt«, sagte sie mutlos. »Wie meine Mutter …«

Seine blauen Augen ruhten jetzt auf ihr. Als wären sie aus Eis.

Ihr wurde ganz heiß. Am liebsten hätte sie seine Hände von ihrem Instrument weggeschoben, weil er nicht aufhörte, es zu streicheln.

»Auf diesem Instrument habe ich früher gespielt. Vor mehr als zehn Jahren. Nicht weit von dieser Wohnung. Hier in Mantua«, stammelte er ehrfürchtig, als hätte er einen Geist gesehen. »Dein Cello hat einmal Enrico Levi gehört.«

»Der Name sagt mir nichts«, erwiderte sie.

»Die Familie ist weggegangen, als es hier immer schlimmer wurde. Sie haben alles verkauft, was sie besaßen. Sie waren kluge Juden.« Er schüttelte den Kopf. »Ich wünschte, Levi hätte *mir* das Cello verkauft anstatt deinem Vater.«

Er trat einen Schritt zurück und betrachtete das Instrument eingehend. »Ja, ich bin mir ganz sicher. Es ist Levis Gofriller-Cello.« Er schnalzte kopfschüttelnd mit der Zunge.

»So eine junge Frau spielt ein Gofriller. Es ist unglaublich – besser gesagt, bemerkenswert.« Er sah sie lächelnd an. »Bestimmt habe ich dich erschreckt mit meiner Aufregung.«

»Nein«, log sie. »Überhaupt nicht.«

»Nicht zu fassen, dass es die ganze Zeit bei dir verborgen war, seit Levi weggegangen ist … Wirklich verblüffend. Da taucht hier ein Mädchen mit einem unbezahlbaren Instrument auf. Und hat keine Ahnung, dass sie etwas von unschätzbarem Wert mit sich trägt.«

»Ich weiß, dass es wertvoll ist«, entgegnete sie. »Mein

Vater hat mir gesagt, dass es ein sehr seltenes venezianisches Cello ist.«

»Mach dir keine Gedanken, Libelle. Ich bin froh, dass du das Instrument hast. Das heißt, ich werde es bestimmt sein, sobald ich dich darauf spielen höre. Was für ein Glück, dass du es versteckt gehalten hast und niemand es zu Gesicht bekommen hat.« Er lachte. »Schließlich ist zu häufige Zurschaustellung der Tod der Schönheit. Jeder will Anteil haben an etwas, das geheim ist, will der Einzige sein, der etwas Wunderbares und Außergewöhnliches entdeckt hat.

Bei Frauen ist es dasselbe, kleine Libelle. Gib nie zu viel von dir preis. Diesen Rat solltest du immer befolgen. Selbst wenn dieser verdammte Krieg vorüber ist.«

»Das wird für mich wohl kein Problem sein.«

»Gut«, antwortete er. »Dann lass uns anfangen. Ich möchte dich unbedingt spielen hören.«

Er lehnte sich an die Wand, und das Gemälde im goldfarbenen Rahmen, das über seiner linken Schulter hing, wirkte wie eine Flagge. Sie holte tief Luft, setzte sich auf die Stuhlkante, das Instrument zwischen den Knien, und nahm ihren Bogen.

»Soll ich dir am Klavier ein a geben?«

Sie nickte. »Ja, bitte.«

Sie bemühte sich, ihre Fassung wiederzugewinnen, während sie ihr Instrument stimmte. Sie legte ihr Ohr nahe an die Saite und zupfte. Als sie fertig war, schaute sie den Wolf an.

»Ich bin so weit.«

»Prego«, sagte er. »Bitte.«

Elodie schloss die Augen und begann, das Cellokonzert von Haydn zu spielen.

Die Musik versetzte sie in Trance. Ihr Körper streckte und dehnte sich, während sie den Bogen über die Saiten führte. Das Cello ruhte an ihrer Brust wie ein Schutzschild; ihre Arme waren wie Flügel. Die Ellbogen hoben und senkten sich wie bei einem Vogel, der zum Flug ansetzt.

Als die Kadenz begann, hob sie zum ersten Mal für einen Moment den Blick, um die Reaktion des Wolfs zu sehen.

Die Noten klangen fremd und leicht dissonant in ihren Ohren. Merkwürdig, fast modern aufgrund des Mangels eines vertrauten Musters.

Schon bald näherte sie sich dem wichtigsten Teil ihres Spiels. Der erste Dreiklang in der Länge einer ganzen Note begann auf dem as, gefolgt von zwölf Sechzehntelnoten.

Den Tonartwechsel und die Beschleunigung des Tempos spielte sie mit äußerster Präzision, um sicherzugehen, dass alles so deutlich zu hören war, wie Luca es ihr aufgetragen hatte. Die ganze Situation erschien ihr absurd. Eine Kadenz diente eigentlich dazu, die individuelle Kreativität und das Können des Musikers unter Beweis zu stellen, aber diese hier sollte einzig und allein eine Botschaft übermitteln – von Menschen, die sie nicht einmal kannte.

Nach der kurzen und furiosen Kadenz, bei der die Noten der chromatischen Tonleiter in schneller Abfolge gespielt wurden, kam sie zum Schluss des Konzerts, das wie eine Welle ausklang, und beendete es langsam und respektvoll.

Sie hob den Kopf und öffnete die Augen.

Der Blick des Wolfs war nicht auf sie gerichtet, sondern auf die angelehnte Tür hinter ihr. Sie konnte regelrecht sehen, wie es in seinem Gehirn arbeitete. Dass er aus dem, was er soeben gehört hatte, die Botschaft zu entschlüsseln versuchte, die von großer Bedeutung war, nicht nur für ihn, sondern auch für viele andere.

Sie verstaute das Cello behutsam wieder im Koffer, strich sich das zerzauste Haar glatt und wünschte, sie hätte Haarnadeln dabeigehabt, um es hochstecken zu können.

Er schüttelte den Kopf, als wollte er die Kadenz zuerst in seinem Gedächtnis verankern, bevor er etwas sagte. »Das war sehr interessant, meine Liebe, und zwar auf verschiedenen Ebenen.« Er schwieg einen Moment lang. »Aber ich würde sagen, wir können von Glück reden, dass der alte Haydn nicht im Publikum saß und zugehört hat.«

Sie rutschte nervös auf ihrem Stuhl hin und her und fragte sich, ob er ihr Spiel meinte oder die atonale Qualität der Kadenz.

»Würdest du mir bitte die Noten geben?«, fragte er.

Sie hatte sie nicht gebraucht, um zu spielen; sie nahm das Blatt aus dem offenen Koffer und reichte es ihm mit zitternden Händen.

Er ging zu seinem Schreibtisch und legte das Blatt in die oberste Schublade.

»Es war nicht meine Absicht, ein schönes Stück zu komponieren«, sagte sie, ohne genau zu wissen, was sie eigentlich verteidigte.

Er gesellte sich wieder zu ihr und sah sie mit seinen eisblauen Augen an. »Ich scherze, meine kleine Libelle«, sagte er lächelnd. »In Zeiten wie diesen brauchen wir hin und wieder auch ein bisschen Heiterkeit. Deine Interpretation des Konzerts war ansonsten hervorragend.«

Sie lächelte und stellte überrascht fest, dass sie erleichtert war; ihr war aber nicht klar, ob es daran lag, dass ihre Mission jetzt beendet war, oder daran, dass ein erfahrener Musiker sie gelobt hatte.

»Danke, *signore*«, sagte sie. Als sie mit ihrem Cello aufstand, ließ sie den Blick noch einmal durch den Raum wandern und bemerkte ein Notenblatt auf dem Flügel.

Sie konnte ihre Neugier nicht verbergen. »Darf ich fragen, was Sie gespielt haben, als ich gekommen bin?«

Seine Augen wurden feucht.

»Es war das letzte Thema, das meine Frau komponiert hat«, sagte er. »Sie war in Paris, als sie verhaftet wurde.«

»War sie in der Résistance?«, fragte Elodie flüsternd.

»Nein«, antwortete er gepresst. »Sie und Enrico Levi hatten noch etwas anderes gemeinsam als die Musik. Sie waren beide Juden.«

20

Verona

Juli 1943

Als Elodie an diesem Abend nach Hause kam, war sie sowohl körperlich als auch mental völlig erschöpft von ihrer Mission. Sie stocherte ohne Appetit in ihrer Pasta herum und erklärte ihren Eltern, sie fühle sich nicht gut, sie habe sich wohl erkältet.

Ihr Vater bekam auch kaum einen Bissen hinunter. Er hob während des Essens hin und wieder den Kopf, um sie zu mustern. Sie spürte seinen Blick, aber in ihm lag weder Verurteilung noch Missbilligung, sondern etwas, das schwerer zu deuten war, eine Art stille Anerkennung, die sich lediglich in einem Blinzeln mitteilte.

Orsina war jedoch nicht besonders begeistert von der schweigenden Beredsamkeit zwischen Tochter und Ehemann. Sie war müde und ausgelaugt und in Sorge wegen der unruhigen politischen Situation. Ihr einst so idyllischer Haushalt voller Musik und einfacher Routine war überschattet von Ungewissheit. Ihr Mann hatte seine Kraft verloren und verbrachte die meiste Zeit im Bett. Sie spürte, dass auch ihre Tochter zunehmend beunruhigt war, und hegte die Befürchtung, dass sie zu viel Zeit an

Orten verbrachte, die Orsina nicht kannte und von denen sie nichts wusste.

Nachdem sie den Abwasch gemacht und alles weggeräumt hatte, ließ Orsina Badewasser einlaufen. Das Geräusch des fließenden Wassers beruhigte sie. Sie zog sich aus und ließ sich in die Badewanne gleiten.

Der Gesang ihrer Mutter drang durch die Wand an Elodies Ohr und beruhigte auch sie. Sie schloss die Augen und ließ die Ereignisse des Tages Revue passieren. Sie musste an den langen Flur in der Wohnung des Wolfs denken, an das Zimmer mit den pfauenblauen Wänden und an das Gemälde von dem Mädchen mit dem roten Kopftuch. Sie hörte die Noten der Kadenz, die sie mit Entschlossenheit und Präzision vorgetragen hatte. Aber es war die Musik, die der Wolf gespielt hatte, als sie die Wohnung betrat, die sie nicht losließ. Sie schlief ein mit der Erinnerung an diese geisterhaften Noten und fragte sich, wer die Frau gewesen sein mochte, die sie geschrieben hatte.

Am nächsten Morgen erbot sich Elodie, die Einkäufe zu erledigen.

»Mamma, gib mir mal deine Einkaufsliste.«

»Welche Einkaufsliste? Es hat keinen Zweck, sich zu überlegen, was man kaufen möchte, man muss nehmen, was es gibt. Wenn es Eier gibt, kauf Eier. Wenn es Mehl gibt, nimm so viel, wie du kriegen kannst. Warte, ich hole dir schnell die Essensmarken.«

Orsina ging ins Zimmer nebenan und gab Elodie die Marken für die wöchentliche Ration. Dann langte sie in ihre Tasche und reichte ihrer Tochter auch die wenigen

Münzen, die sie noch hatte. »Das müsste reichen. Wenn nicht, dann sei nett zu Flavio und bitte ihn, diese Woche noch mal anzuschreiben.«

Elodie war plötzlich beklommen zumute. »Mamma, vielleicht …«

»Lass mal. Sobald dein Vater wieder arbeiten kann, wird es wieder aufwärts gehen. Er konnte einfach seine Privatstunden nicht so geben wie sonst im Sommer. Aber in einem Monat beginnt der Unterricht im Liceo, und er ist sich sicher, dass er bis dahin wieder auf dem Damm ist.« Sie drückte Elodies Schulter. »Genieß die letzten Sommertage. Für dich geht der Unterricht auch bald wieder los.«

Elodie verließ die Wohnung und eilte zum dem kleinen Laden auf dem Corso Sant'Anastasia, wo ihre Mutter die meisten Lebensmittel kaufte. Sie hatten schon seit Wochen kein Fleisch mehr gegessen, und sie hatte gar nicht erst gefragt, ob sie welches besorgen sollte. Im Milchladen nebenan würde sie mit der Blechkanne den zugestandenen Viertelliter Milch holen.

Es tat ihr gut, ihrer Mutter ein bisschen zur Hand zu gehen, es linderte das schlechte Gewissen, das sie plagte, weil sie ihren Eltern schon seit Wochen etwas vormachte. Sie empfand es als Erleichterung, so einfache Besorgungen zu machen, anstatt für Luca komplizierte Codes zu komponieren. Im Laden brauchte sie sich nur anzustellen, eine Essensmarke abzureißen, einen Laib hartes Brot und ein bisschen Kaffee und Zucker entgegenzunehmen und wieder nach Hause zu gehen. So konnte sie ihre Gedanken ein bisschen zur Ruhe kommen lassen und das Gefühl genießen, mit anderen Frauen in der Schlange zu stehen, von denen die meisten viel älter waren als sie, unter ihnen auch die Mütter einiger ehemaliger Klassenkameradinnen.

»Elodie!«, rief Katia Segretis Mutter erfreut aus, als sie den Laden betrat. »Dich hab ich ja schon ewig nicht mehr gesehen!«

Elodie lächelte. »Wie geht es Ihnen? Und wie geht es Katia?«

»Gut. Doch, doch. So gut, wie es einem in diesen chaotischen Zeiten so gehen kann. Sie hat im Mai geheiratet. Einen guten Mann, Carlo Prescutti ... Kennst du ihn vielleicht?«

Elodie verneinte. Aber in Wirklichkeit kannte sie ihn als Schläger und berüchtigten Faschisten.

»Bestellen Sie ihr schöne Grüße von mir«, sagte Elodie. Sie ließ ihren Blick über die Regale schweifen, um zu sehen, ob es irgendetwas gab, das sie mit nach Hause bringen konnte. Aber der Laden hatte nur wenig zu bieten. Eine Dose Tomatenmark. Eine Büchse Sardinen. Ein Sack mit stockigen weißen Zwiebeln.

Elodie wartete, bis Signora Segreti ihren Einkauf erledigt und den Laden verlassen hatte, bevor sie den Eigentümer bat, noch länger anschreiben zu dürfen.

Flavio war freundlich und erklärte ihr, er könne ihr bis nächste Woche entgegenkommen. »Das Semester fängt bald wieder an, nicht wahr? Da sind Sie bestimmt aufgeregt.«

»Ja, ja. Es wird meinem Vater und mir guttun, uns endlich wieder der Musik zu widmen.«

»Bestellen Sie ihm und Ihrer Mutter einen schönen Gruß«, sagte er. »Tut mir leid, dass unsere Regale derzeit so leer sind, aber im Vergleich zu unseren Jungs an der Front …«

»Ich weiß, ich weiß«, erwiderte sie. »Wir müssen dankbar sein, dass es überhaupt etwas gibt.«

Sie verabschiedeten sich, und Elodie ging weiter zum Milchladen.

Auf dem Heimweg überschlug sie noch einmal, was sie hatte ergattern können. In ihrem Beutel hatte sie drei Eier, einen halben Liter Milch, ein Kilo Mehl und einen Sack mit getrockneten Bohnen.

Als sie nach Hause kam, war ihr Vater noch in seinem Morgenmantel. Ihre Mutter stand hinter ihm und rieb ihm sanft die Schläfen. Auf Orsinas Gesicht lag ein ausgesprochen besorgter Ausdruck.

»Was ist los?«, fragte Elodie, als sie die Einkäufe auf den Tisch stellte.

»Seine Kopfschmerzen. Dein Vater sagt, sie werden jeden Tag schlimmer.«

»Können wir nicht den Arzt rufen?«

»Habe ich schon getan! Was glaubst du wohl, wer jeden Tag zu uns kommt, wenn du weg bist und mit deiner Freundin Lena übst.«

Elodie trat zu den beiden. Sie streichelte ihrem Vater mit dem Handrücken sanft über die Wange.

»Es ist furchtbar, dass du so leiden musst, Papa.«

»Mach dir keine Sorgen, mein *tesoro*«, antwortete er mit schwacher Stimme, kaum mehr als ein Flüstern. Er nahm ihre Hand und drückte ihr einen Kuss auf.

»Ich wollte dich bitten, für mich zu spielen, aber ich kann im Moment fast nichts hören.«

»Verstehe. Was hältst du davon, wenn ich einfach nur hier ein bisschen bei dir sitzen bleibe? Mamma kann dir die Schläfen massieren, während ich dir ein bisschen die Hände reibe.«

»Nein, nein. Deine Mutter macht das schon. Nimm du dein Cello und spiele mit Lena. Ich weiß, dass ihr beide in den letzten Wochen intensiv geübt habt. Ich bin stolz auf dich und dein Engagement …« Trotz seines offensichtlichen Unwohlseins huschte ein wissendes Lächeln über sein Gesicht.

Elodie warf ihrer Mutter einen Blick zu, unsicher, ob sie die beiden wirklich allein lassen konnte.

»Dein Vater hat recht, Elodie. Du hast mir ja schon mit den Einkäufen geholfen. Geh nur mit Lena üben. Aber sei zum Abendessen wieder zu Hause, damit ich mir keine Sorgen machen muss.«

Elodie gab beiden Eltern einen Kuss auf die Wange, nahm ihr Cello und verließ das Haus. Aber sie hatte nicht vor, sich mit Lena zu treffen. Sie ging auf direktem Weg zur Buchhandlung, um Luca zu sehen.

Als sie den Buchladen betrat, sprang Luca fast hinter seinem Tresen hervor.

»Elodie! Ich habe schon die ganze Zeit darauf gewartet, dass du endlich kommst.«

Sie lächelte. Er schaute sich um. Im hinteren Teil des Ladens befand sich ein einzelner Kunde, der sich Bücher über die Geschichte der Seefahrt ansah. Luca gab ihr mit einem Blick zu verstehen, dass sie warten mussten, bis der Kunde gegangen war, bevor sie ins Hinterzimmer gehen konnten.

Elodie stellte ihr Cello ab und nutzte die Gelegenheit, in den Regalen zu stöbern. Im vorderen Teil des Buchladens hatte sie sich bisher kaum aufgehalten, da sowohl die Versammlungen als auch ihre Begegnungen mit Luca immer im hinteren Raum stattfanden. Jetzt nahm sie zum ersten Mal die angenehme Atmosphäre wahr. An den Wänden standen hohe Holzregale mit prächtigen Lederbänden, und das Licht war warm und freundlich.

Etwas an dem für Buchhandlungen typischen Geruch wirkte sich beruhigend auf sie aus. Sie fragte sich, ob es der Duft von Druckerschwärze und Papier war, oder der Geruch von Leim und Leinen. Vielleicht war es auch der Duft von Wissen. Von Informationen. Gedanken und Ideen. Poesie und Liebe. All das, versammelt an einem angenehmen, ruhigen Ort. In den Regalen fand sich alles, von römischer Geschichte bis hin zu Fotobänden über archäologische Ausgrabungen in Südamerika. Luca hatte Lord Byrons Liebessonette neben Francesco Petrarcas unerwiderte Liebesgedichte an seine Muse Laura platziert.

Und hinter all diesen Schätzen des Wissens und der Leidenschaft befand sich ein Zimmer, von dem nur einige wenige wussten, dass dort Informationen ganz anderer Art zusammengetragen wurden. Wie eine Uhr, deren Zahnräder und komplizierte Mechanismen dem Betrachter verborgen blieben, stellte Lucas Buchhandlung mehr dar, als sich dem Betrachter auf den ersten Blick bot.

Elodie bedachte Luca mit einem bewundernden Blick, als er dem Kunden das Wechselgeld herausgab und das erstandene Buch in einer Papiertüte verstaute.

»*Ciao ... Mille grazie*«, sagte er höflich, als der Mann sich an den Hut tippte und zum Abschied winkte.

Luca ging zur Tür und drehte das Schild um, das besagte, er werde in ein paar Minuten wieder zurück sein.

»Komm«, sagte er. »Ich bin so froh, dass du da bist.«

Sie nahm ihr Cello mit ins Hinterzimmer und setzte sich an den Tisch, an dem sie nur zwei Tage zuvor die verschlüsselte Kadenz geschrieben und zum ersten Mal etwas für ihn gespielt hatte.

»Also, meine kleine Libelle«, sagte er. »Du hast deine Mission mit großem Erfolg durchgeführt! Ich habe gehört, dass du unsere Botschaft überbracht und dazu noch hervorragend für den Wolf gespielt hast.«

Sie lächelte. »Ich hatte gestern den ganzen Tag lang das Gefühl, kaum Luft zu bekommen.« Das Blut pulsierte in ihren Adern; die Aufregung, in Lucas Nähe zu sein und von ihm gelobt zu werden, gab ihr ein Gefühl nie gekannter Lebendigkeit.

»Also, jetzt hast du erst mal ein bisschen Zeit, dich zu entspannen«, fuhr er fort. »Aber in zwei Tagen müssen wir dem Wolf eine weitere auf dieselbe Weise codierte Botschaft zukommen lassen. Ich weiß, dass das Studium bald wieder anfängt für dich, aber diese zweite Mission ist genauso bedeutend wie die erste.«

»Ich werde alles tun, um die Mission erfolgreich durchzuführen.«

»Wir können nur beten, dass für die Männer in den Bergen alles gut läuft«, sagte er. »Ich habe ein schlechtes Gewissen, dass ich sicher hier in meinem kleinen Laden sitze, während mein Bruder und seine Leute sich auf den Kampf in der Wildnis vorbereiten – und wer weiß, was passiert, wenn das Wetter umschlägt ...«

Elodie schüttelte den Kopf. Sie wollte klingen wie eine gute Soldatin. Feierlich und ernsthaft, auch wenn sich in ihrem Kopf die Gedanken überschlugen. Sie hatte das Gefühl, dass ihre Mission sie irgendwie animalisch gemacht hatte. Als bewegte sie sich jetzt nach Impulsen und Rhythmen, denen keine Noten mehr entsprachen, die stattdessen nur mit dem Instinkt zu erfassen waren.

»Ja, wir können uns glücklich schätzen und können nur beten, dass der Herbst nicht zu viel Regen und der Winter zu viel Schnee bringt.« Ihre Bemerkung kam ihr steif und ungelenk vor. Sie bemühte sich, ihren nächsten Worten ein bisschen Feuer einzuhauchen.

»Die Arbeit eines Buchhändlers ist vermutlich nicht wetterabhängig.«

Luca schnaubte. »Allerdings nicht.«

»Hat der Laden früher deinem Vater gehört?«

»Wie bitte?« Luca warf den Kopf in den Nacken und lachte. »Mein Vater? Der konnte nicht mal lesen. Meine beiden Eltern nicht. Und ich, bis ich zehn war, auch nicht. Ich habe mir das Lesen selbst beigebracht.«

Elodie wirkte überrascht. »Tatsächlich?« Plötzlich schien der Raum hell erleuchtet von der Energie zwischen ihnen.

»Ja.« Luca nickte. »Niemand aus meiner Familie hat je eine Schule besucht, ich auch nicht. Ich bin der Sohn eines Schmieds. Bei uns zu Hause gab es keine Bücher. Mein Vater hat nur mit den Händen gearbeitet. Meine drei Brüder und ich haben in der Schmiede geholfen. Wir Kleineren haben den Boden gefegt und Holz gehackt, während meine älteren Brüder das Feuer geschürt haben.«

Luca räusperte sich.

»Eines Tages, da war ich gerade zehn, kam ein Kunde

mit einem Buch unter dem Arm in die Schmiede. Mein Vater erklärte ihm, dass der Gitterrost für seinen Kamin fast fertig sei; er müsse nur noch zwanzig Minuten abkühlen.

Ich war perplex über die Antwort des Mannes. Die meisten Kunden regten sich auf, wenn das, was sie bestellt hatten, nicht fertig war. Aber dieser Mann war regelrecht glücklich darüber.

›Zwanzig Minuten‹, sagte er. ›Sehr schön. Dann setze ich mich so lange nach draußen und lese ein bisschen.‹ Der Mann tippte auf sein Buch und ging zu der Bank, die draußen vor der Schmiede stand. Ich bin ihm gefolgt.

Er hat sich auf die Bank gesetzt, kurz in den Himmel geschaut und dann das Buch auf seinem Schoß aufgeschlagen.

›Was gibt's, kleiner Mann?‹, fragte er mich, als er sah, dass ich ihn beobachtete. Ich war voller Ruß, so wie meine Brüder und ich es immer waren.

›Nichts‹, antwortete ich schüchtern. Einen Moment lang hat er mich nachdenklich gemustert, vielleicht weil er die Neugier in meinen Augen sah. Dann hat er sich wieder seinem Buch gewidmet.

Ich habe die ganzen zwanzig Minuten neben der Tür gehockt und jede Regung seines Gesichts beobachtet, während er las und die Seiten umblätterte.

Ich sage dir, Elodie, es war, als würde man einem Schauspieler in einem Film zusehen. Was er las, brachte ihn zum Lächeln, manchmal musste er sogar laut lachen. Dann, ein paar Seiten später, wurde sein Gesicht ernst und düster. Er runzelte die Stirn, wirkte total konzentriert. Als mein Vater schließlich rief, dass das Eisen fertig war, konnte sich der Mann zuerst gar nicht von seinem Buch losreißen, so sehr nahm es ihn gefangen.

Ich erinnere mich noch daran, als wäre es gestern gewesen, denn an dem Tag habe ich mir geschworen, lesen zu lernen. Ich schätze, ich habe schon früh erkannt, dass in jedem Buch eine Art Code versteckt ist, und ich wollte derjenige sein, der ihn knackte.«

»Aber wie ist es denn dazu gekommen, dass du einen eigenen Buchladen hast? Du bist doch noch so jung!«, fragte Elodie atemlos.

»Na ja, ich musste ja nicht wie die anderen in die Schule und nachmittags Hausaufgaben machen. Nachdem ich angefangen hatte, mir das Lesen beizubringen, hauptsächlich mit weggeworfenen Zeitungen, habe ich alles Geld gespart, das ich verdient habe, um mir mein erstes Buch zu kaufen. Und nach ein paar Monaten hatte ich schon eine kleine Sammlung. Irgendwann habe ich angefangen, mit Händlern Bücher zu tauschen. Bis ich fünfzehn war, hatte ich genug beisammen, um aus einem kleinen Handkarren auf der Straße Bücher zu verkaufen. Und fünf Jahre später, nachdem ich alle Flohmärkte nach gebrauchten Büchern abgegrast hatte, fand ich eine Handvoll seltener Ausgaben, die ich ganz billig erstanden und für ein Vermögen weiterverkauft habe. Ich hatte einen Freund, Pelizzato, mit dem ich Bücher austauschte. Wir waren damals in Mailand und stellten unsere Karren immer nebeneinander auf. Schließlich hatten wir beide genug auf der hohen Kante, um unseren eigenen Laden zu eröffnen. Er ging nach Venedig und nannte sein Geschäft La Toletta – und ich gründete Il Gufo hier in Verona.«

Elodie war fasziniert. »Das ist ja unglaublich«, sagte sie. »Du besitzt ein eigenes Geschäft – im Alter von ... zweiundzwanzig?«

»Vierundzwanzig«, sagte er lächelnd. Er richtete sich auf und drückte den Rücken durch. »Und sauber ...« Er tätschelte sich die Wangen mit beiden Händen. »Kein Ruß mehr! Nur noch ab und zu mal ein kleines bisschen Druckerschwärze.«

»Und anstatt Codes zu knacken, entwickelst du jetzt selber welche«, sagte Elodie.

»Ja. Genau. Und wir müssen wieder einen schreiben.«

»Ich habe nicht viel Zeit«, sagte sie. »Zum Abendessen muss ich wieder zu Hause sein.«

»Dann los«, sagte er mit Blick auf die Uhr. »An die Arbeit.«

Wie beim ersten Mal setzten sie sich nebeneinander an den Tisch. Da Elodie den Code mittlerweile auswendig kannte, fiel es ihr leicht, die verschlüsselte Kadenz zu schreiben, sobald die Anzahl der Sechzehntelnoten, die über die Menge der Waffen Auskunft gab, und die Platzierung des Dreiklangs in der Länge einer ganzen Note, die über den Abwurfort Auskunft gab, feststanden.

Sie arbeitete schnell und effizient. Nachdem der Code geschrieben war, stand sie auf und nahm ihr Cello aus dem Koffer.

»Wollen wir mal hören, wie es klingt. Ich möchte das Feingefühl des Wolfs nicht schon wieder überstrapazieren ...«

Es war eigenartig, wie sich die Dinge zwischen den beiden verändert hatten. Sie konnte sich noch gut erinnern, wie verlegen und nervös sie beim ersten Mal gewesen war, als sie für Luca gespielt hatte, wie schwer es ihr gefallen war, sich der Musik hinzugeben. Jetzt kam es ihr ganz natürlich vor, für ihn zu spielen.

Sie war sich nicht sicher, ob es daran lag, dass er etwas über seine Vergangenheit preisgegeben hatte und sie sich ihm deswegen näher fühlte, oder ob es einfach an ihrem gemeinsamen Interesse lag, diese wichtigen Codes zu erarbeiten. Aber was auch immer der Grund sein mochte, dieses Mal fühlte es sich anders an.

Sie nahm ihr Cello und machte es sich auf dem Stuhl bequem. Im nächsten Augenblick glitt ihr Bogen über die Saiten, ihr Körper bewegte sich wie der einer Tänzerin, und sie ging ganz und gar in ihrem Spiel auf.

21

Verona

Juli 1943

Die zweite Mission, die sie zum Wolf führte, machte Elodie schon nicht mehr so viel Angst. Sie kannte den Weg, wusste ungefähr, wie lange sie brauchen würde, und wusste auch, dass der Mann nicht annähernd so einschüchternd war, wie sein Deckname es nahelegte.

Am Tag, nachdem sie gemeinsam mit Luca den Code komponiert hatte, wachte Elodie früh auf, zog sich die weiße Bluse und den marineblauen Rock an, erklärte ihren Eltern, sie werde wieder den ganzen Tag mit Lena üben, nahm ihr Cello und verließ das Haus.

Sie eilte durch die Straßen, ohne irgendjemanden anzusehen. Ihre Miene war völlig ausdruckslos. Sie musste den Morgenzug nach Mantua erreichen.

Die Tür des Gebäudes, in dem der Wolf wohnte, stand weit offen. Elodie ging hinein und stieg die Treppen hoch. Vor Wohnung Nummer drei stellte sie das Cello ab und klopfte an. Sie wartete eine Weile vor der Tür. Nach einiger Zeit legte sie ein Ohr an die Tür, um zu hören, ob er vielleicht in sein Klavierspiel versunken war, aber alles war still.

Elodie klopfte noch einmal.

Sie war unschlüssig, ob sie noch länger warten oder nach Hause zurückkehren sollte. Schließlich klopfte sie noch ein drittes Mal. Kurz darauf hörte sie ein Geräusch in der Wohnung. Schlurfende Schritte. Dann ein Krachen, als würde eine Vase zu Boden fallen.

»Hallo? Wer ist da?« Es war die Stimme des Wolfs.

»Ich komme zum Unterricht«, sagte sie. Sie hielt es für unklug, sich als Libelle anzukündigen. Man konnte nie wissen, ob ein Nachbar lauschte.

Plötzlich wurde die Tür aufgeschlossen, und der Wolf stand vor ihr. Er wirkte ungepflegter als bei ihrem ersten Besuch.

»Bitte entschuldige mein Äußeres«, sagte er und versuchte, sein Hemd zu glätten. Der oberste Knopf war offen und gab den Blick auf weißes Brusthaar frei.

»Ich bin erst gestern Abend zurückgekommen und muss auch heute Abend schon wieder weg; tut mir leid, dass du mich so unvorbereitet antriffst.«

Sie lächelte. »Macht nichts. Ich spiele sowieso meist mit geschlossenen Augen.«

»Ah, ja.« Er verschränkte die Hände. »Also dann lass mal hören. Ich bin gespannt, was du mir diesmal mitbringst«, sagte er. »Komm mit.«

Sie gingen durch den langen Flur, wo eine zerbrochene Keramikvase auf dem Boden lag. »Darum werde ich mich später kümmern«, sagte er. »Das ist jetzt nicht wichtig.«

Sie betraten das pfauenblaue Musikzimmer, und er holte ihr einen Stuhl. Sie schaute sich im Zimmer um und betrachtete wieder das Gemälde in dem vergoldeten Rahmen über dem Flügel.

Der Wolf drehte den Kopf zu ihr und folgte ihrem Blick.

»Das Bild gefällt dir, nicht wahr? Das ist mir schon beim letzten Mal aufgefallen.«

»Ja«, erwiderte sie errötend.

»Ich habe das Bild vor vielen Jahren gekauft, zum Geburtstag meiner Frau.« Er schob ihr den Stuhl hin, und sie setzte sich.

»Es ist sehr schön«, sagte sie. Sie bückte sich, um den Koffer zu öffnen.

»Gott sei Dank nicht so schön, dass Göring es haben wollte. Mussolinis Schergen waren schon 1938 hier und haben alles aufgelistet, was ich besitze. Freunde von mir hatten Tizians und Tintorettos, und ihnen wurde alles gestohlen für Görings persönliche Kunstsammlung. Zum Glück habe ich meiner Frau etwas geschenkt, das für seinen Geschmack zu bürgerlich war.«

Er musste lächeln, während er sich nach einem Stuhl für sich selbst umsah. »Nicht, dass es keinen Wert hätte. Heute könnte man es wahrscheinlich für eine ansehnliche Summe verkaufen … So wie dein Cello …«

Sie nahm das Instrument aus dem Koffer und stellte es vor sich.

»Das Gofriller-Cello von Enrico Levi. Unfassbar.«

Er betrachtete sie aufmerksam, aber sie versuchte sich ihr Unbehagen nicht anmerken zu lassen.

Der Wolf lachte leise. »Keine Angst, Libelle. Ich werde dir das Cello nicht stehlen … Es macht mich glücklich, es in den Händen einer so begabten Musikerin zu wissen.«

Sie lächelte nicht. Trotz ihrer jungen Jahre war sie klug genug, sich nicht von den Schmeicheleien eines Mannes erweichen zu lassen.

»Levi war ein guter Mensch. Großzügig ... Er war Mantuas bester Händler, wenn es um hochwertige, seltene Instrumente ging. Sein Geschäft lag direkt im Stadtzentrum. Wenn man durch die schmale Tür trat, roch man sofort den Duft nach Lack und Holz. Von der Decke herab hingen Geigen, an den Wänden die Bögen. In einer Vitrine bewahrte er seine hochgeschätzte Stradivari auf. Einmal war ich bei einem Konzert, wo sein Sohn die Stradivari und er dein Gofriller spielte. Die beiden zusammen musizieren zu hören war – als würden Engel durch den Raum schweben!«

Elodie konnte beinahe sehen und hören, wie die Musik durch den Raum wehte. Sosehr sie sich bemühte, keine Gefühle zu zeigen, musste sie doch lächeln.

»Ich wäre zu gern dabei gewesen«, sagte sie leise. Ohne sich dessen bewusst zu sein, bedeckte sie ihr Instrument immer noch schützend mit den Händen. »Wahrscheinlich glauben Sie, dass ich meinem Cello nicht gerecht werde«, sagte sie.

»Aber nein, keineswegs ...« Er musterte sie mit schmalen Augen, als wollte er in sie hineinsehen. »Irgendwie erinnerst du mich an meine Frau. Natürlich war sie älter als du, als ich sie kennenlernte. Aber sie hatte denselben Blick. Dieses Feuer in den Augen. Sie war immer so vollkommen bei der Sache ...« Seine Stimme klang plötzlich belegt. Er atmete tief ein, um seine Fassung wiederzugewinnen.

»Wann haben Sie das letzte Mal von ihr gehört?«

»Vor über einem halben Jahr«, sagte er. »Ich hatte sie angefleht, Italien nicht zu verlassen. Sie wurde in Frankreich verhaftet, wo sie hingefahren war, um ihren Eltern zu helfen, und dann hat man sie deportiert – nach Polen, wie ich gehört habe.«

Elodie erschauderte. Sie hatte von Zampieri gehört, dass Mitglieder der Résistance festgenommen und in Arbeitslager nach Polen geschickt worden waren. Niemand hatte je wieder etwas von ihnen gehört. Es war wie ein riesiges schwarzes Loch.

»Das tut mir leid«, sagte sie gepresst. »Als ich letztes Mal hier war, habe ich Sie ihre Musik spielen hören. Sie hat mich so beeindruckt, dass ich sie tagelang nicht aus dem Kopf bekommen habe.«

»Sie besaß ein außergewöhnliches Talent«, erwiderte er. »Sie spielte drei Instrumente, ist in ganz Europa aufgetreten und hat selbst viel komponiert. Im Vergleich mit ihr war ich ein Dilettant.«

Elodie hätte ihm gern noch ein paar mitfühlende Worte gesagt, doch dem Wolf schien plötzlich bewusst zu werden, dass er zu viel von sich preisgab.

»Aber genug davon«, sagte er. »Du bist aus einem bestimmten Grund hergekommen, Libelle. Was werde ich heute hören?«

»Boccherini«, antwortete sie. »Das B-Dur-Konzert.«

»Ach, Boccherini? Ich persönlich ziehe Haydn vor.«

Sie lachte. »Ich auch, aber das Stück eignet sich gut für eine Kadenz.«

»Na, dann lass mal hören«, sagte er. Er hob seine Hosenbeine an den Knien hoch und setzte sich.

Elodie hob ihren Bogen, schloss die Augen und verbannte jeden Gedanken an das, was sie soeben erfahren hatte, aus ihrem Kopf.

Die Musik war leichter und schneller als das Haydn-

Konzert, das sie beim letzten Mal gespielt hatte. Als sie diesmal den Tonartwechsel in die Kadenz einarbeitete und den Dreiklang in der Länge einer ganzen Note spielte, ließ sie den Bogen über die Saiten hüpfen wie ein Fiedler.

Sie legte eine eigentümliche Leichtigkeit in ihr Spiel, die im krassen Kontrast stand zu der Bedeutung der verschlüsselten Botschaft.

Sie sah, wie sich die Brauen des Wolfs hoben, als sie mit der Kadenz begann, wie er kaum merklich nickte, so als gäbe er seine Zustimmung zu dem Plan.

Nachdem sie geendet hatte, übergab sie ihm das Notenblatt.

22

Portofino

November 1935

Während Angelo sich auf seinen Militäreinsatz in Äthiopien vorbereitete, wurde Dalias Schwangerschaft bestätigt. Zweimal war ihre Regel schon ausgeblieben, und sie litt unter Morgenübelkeit. Angelos Mutter brachte ihr Brühe und Brot, um ihren aufgewühlten Magen zu beruhigen, aber Dalia konnte nichts bei sich behalten.

Sie wollte möglichst viel Zeit mit Angelo verbringen, bevor er in den Krieg musste, konnte jedoch kaum aufstehen, ohne sich zu übergeben. Blass und erschöpft verbrachte sie die meiste Zeit im Bett. Um in ihrer Nähe zu sein, brachte Angelo ihr Bücher ans Bett und las ihr daraus vor.

Der Klang seiner Stimme war für sie wie Musik. Seine Hand, die die ganze Zeit auf ihrer lag, nahm er nur weg um umzublättern. Manchmal schloss sie die Augen und versuchte sich die Personen im Roman mit ihrem und Angelos Gesicht vorzustellen. Jeder verliebte Kuss, der beschrieben wurde, war ihrer. Jede Erwähnung eines kleinen Kindes ließ Bilder ihres eigenen Kindes, das in ihrem Schoß heranwuchs, vor ihren Augen entstehen. Sie schlüpfte in die Rolle der jungen Mutter in einer Geschichte, die dem Baby das bestickte Taufmützchen aufsetzte und es in den Armen wiegte.

Sie war dankbar dafür, einen gebildeten Mann zu haben, der ihr die magische Welt der Bücher näherbrachte. Inzwischen konnte sie auch selbst mühelos lesen und den Büchern ihre Geheimnisse entlocken. Durch die Romane, die er ihr brachte, hatte sie von so vielen Dingen erfahren, von deren Existenz sie nicht einmal etwas geahnt hatte.

Vor allem hatten es ihr die jüngsten Romane der Serie *libri gialli* angetan, lauter Übersetzungen von ausländischen Autoren, deren Geschichten sie in fremde Landschaften jenseits ihres kleinen Fischerdorfs versetzten.

»Mit einem Buch an deiner Seite wirst du nie einsam sein«, erklärte ihr Angelo, während er seine schwangere Frau liebevoll zudeckte. Unter ihrem Nachthemd zeichneten sich die schon leicht geschwollenen Brüste ab. Mit aller Mühe beherrschte er sich, wusste er doch, wie zerbrechlich sie in diesen ersten Wochen ihrer Schwangerschaft war.

»*Limonina*«, flüsterte er ihr ins Ohr. »Ich glaube, für heute habe ich dir genug vorgelesen. Jetzt versuch ein bisschen zu schlafen.« Er legte ihr beide Hände auf den Bauch. Noch war es nicht so weit, dass er eine Bewegung, geschweige denn ein Strampeln hätte spüren können, aber bei dem Gedanken an ihr gemeinsames Kind durchströmte ihn ein Gefühl tiefer Wärme.

»Du wirst mir schrecklich fehlen«, sagte sie mit Tränen in den Augen.

»Ich werde dir jeden Tag schreiben, genauso wie

während meines Studiums. Und habe ich mein Versprechen je gebrochen?«

»Nein«, antwortete sie. »Manchmal hast du mir sogar zwei Briefe an einem Tag geschrieben, weißt du noch?«, fügte sie lachend hinzu.

»Ja, und jetzt, wo du meine Frau bist, werde ich dir wohl dreimal am Tag schreiben!«

»Dann kann ich unser Schlafzimmer mit deinen Briefen tapezieren«, sagte sie wehmütig.

Er konnte nicht ahnen, dass sie diese Idee in die Tat umsetzen würde. Das sollte er erst nach seiner Heimkehr erfahren.

In der folgenden Woche brach Angelo nach Äthiopien auf. Sein Gepäck bestand aus einem Seesack und seinem Arztkoffer, den er sich gleich nach dem Studium angeschafft hatte. Der Arztkoffer enthielt zwei Scheren, eine Rolle Pflaster, ein Stethoskop und einen kleinen Hammer. Die Feldlazarette würden selbstverständlich mit allem Nötigen ausgestattet sein, doch er hatte das Gefühl, mit seinem eigenen Koffer den Soldaten gegenüber einen vertrauenerweckenderen Eindruck zu machen.

Dalia hatte sich fest vorgenommen, nicht zu weinen, wenn Angelo fortging. Aber ihn dort lächelnd in seiner Armeeuniform stehen zu sehen brach ihr das Herz. Und obwohl sie immer noch geschwächt war von ihrer Morgenübelkeit, nahm sie all ihre Energie zusammen und lief zu ihm, um ihn ein letztes Mal zu umarmen.

Als einige Wochen später sein erster Brief eintraf, fühlte sie sich fast wieder wie das junge Mädchen, dem der Liebste von der Universität schrieb. Aber jetzt, wo sie seine Ehefrau war und sein Kind unter dem Herzen trug, bedeutete ihr der Brief noch viel mehr. Sie betrachtete die saubere Handschrift auf dem Umschlag und die bunten Briefmarken aus Afrika. Sie berührte die Tintenstriche und stellte sich die Energie vor, die hindurchgeflossen war. Sie kostete die Vorfreude noch einen Moment lang aus, dann ging sie mit dem Brief ins Schlafzimmer, setzte sich aufs Bett und begann, langsam zu lesen.

Meine liebste Dalia, meine limonina,
jeden Tag und jede Stunde denke ich an dich.
Wir sind heute in Tripolis angekommen und werden
in den nächsten Wochen nach Äthiopien aufbrechen.
Der Gedanke an dich und an unser Kind gibt mir
Zuversicht.

Ich bin hier damit beschäftigt, kleine Wunden, Blasen
und Infektionen zu verarzten. Die Männer in meiner Einheit
sind ein bunt zusammengewürfelter Haufen aus ganz Italien.
Die Frau meines Zimmergenossen Carlo ist ebenfalls
schwanger. Wir haken die Tage in unseren Kalendern ab,
um zu bekräftigen, dass unsere Heimkehr wieder einen Tag
näher gerückt ist.

Ich werde jetzt schlafen gehen, mein Liebling, und von
dir träumen. Ich stelle mir vor, wie dein Bauch von Tag
zu Tag dicker wird, und ich wünschte, ich könnte
meine Hand darauflegen und nicht nur eins, sondern
zwei Herzen spüren.

Ich liebe dich
Angelo

Den Brief in den Händen, schloss Dalia die Augen. Sie spürte Angelos Gegenwart in seinen Worten und fühlte sich ihm ganz nah. In diesem Moment des Friedens wusste sie plötzlich genau, was sie tun würde. Sie würde wahr machen, was sie Angelo im Scherz angekündigt hatte. Sie stand auf und legte den Brief aufs Bett. Dann ging sie, von Tatendrang beseelt, in die Küche.

Von den vielen Tonschalen wählte Dalia eine aus, die nicht größer war als ihre Handfläche. Dann mischte sie etwas Mehl und Wasser zusammen und rührte so lange um, bis eine geschmeidige, klebrige Paste entstand. Mit einem Backpinsel bewaffnet, ging sie zurück ins Schlafzimmer.

Dalia wusste instinktiv, wo sie anfangen würde. Sie kniete sich auf die Matratze und klebte den Brief, dessen Rückseite sie mit dem Leim bepinselt hatte, direkt über ihrer Nachttischlampe an die Wand.

Jeden Tag wartete Dalia voller Vorfreude auf den nächsten Brief. Nach dem Lesen schnitt sie mit der Schere einen Zierrand in die Bögen. Manchmal kamen zwei oder drei Briefe an einem Tag an. Sie wurden alle zurechtgeschnitten, geleimt und angeklebt, und so entstand mit der Zeit eine Girlande aus Liebesbriefen an der Wand ihres Schlafzimmers.

Nach mehreren Monaten hatte Dalia schon fast alle Wände beklebt. Manche Briefe fügte sie zu Wolken und Blumen zusammen. Aber einige Stellen an den Wänden ließ sie frei, als symbolisierten sie das gemeinsame Atmen oder den gemeinsamen Herzschlag zweier schlafender, durch die Kontinente getrennter Seelen. Auf diese freien

Flächen tupfte sie mit dem Pinsel den schimmernden Staub von zermahlenen Glimmersteinen aus ihrem Dorf auf San Fruttuoso, den sie in einem Marmeladenglas neben ihrem Bett aufbewahrte.

Das Schlafzimmer war Dalias geheimer Ort, und wenn Verwandte zu Besuch kamen, hielt sie die Tür geschlossen. Mit Gästen ging sie auf die Terrasse oder in das kleine Esszimmer neben der Küche.

Dalia wurde von allen wie eine Königin behandelt. Jeder sah in ihr die wunderschöne Frau, in der neues Leben heranwuchs. Man ließ sie nichts Schweres tragen und nichts Anstrengendes unternehmen. Wenn sie auf irgendetwas Appetit hatte, wurde es ihr gebracht, kaum dass sie den Wunsch danach geäußert hatte. Wenn sie ein *cannolo* wollte, setzte man ihr am folgenden Morgen ein ganzes Tablett davon vor. Wenn sie Lust auf Hähnchen hatte, wurden gleich drei auf verschiedene Weise zubereitet.

Auch von den an der Küste verbreiteten Formen des Aberglaubens blieb sie nicht verschont. Niemand durfte ihr Gesicht berühren, aus Angst, das Kind würde an der Stelle ein hässliches Muttermal bekommen. Und vor ihrem Bauch ließ man ein Amulett pendeln, um das Geschlecht des Kindes vorherzusagen.

Dieses Aufheben, das um schwangere Frauen gemacht wurde, war ihr seit ihrer Kindheit vertraut. Jetzt ermöglichte es ihr, die Tage so zu verbringen, wie es ihr gefiel. Jeden Tag klebte sie Angelos jüngsten Brief an die Wand, und es machte ihr Spaß, gemeinsam mit ihrer Schwiegermutter Babysachen zu häkeln oder ihr beim Kochen für die Großfamilie zu helfen.

Die wichtigste Zeit des Tages war jedoch der Abend, wenn sie sich in ihr Schlafzimmer zurückzog. Dort konnte sie sich mit Angelo verbinden, obwohl sie Tausende von Kilometern trennten. Sie genoss es, auf dem Bett zu liegen, rundherum umgeben von seinen Worten. Wenn sie sich auf die rechte Seite rollte, konnte sie seinen ersten Brief lesen, der sich jetzt genau über der Beschreibung seiner Reisen und seines Tagesablaufs in der Wüste befand. Die Briefe über dem Kopfteil des Betts erzählten von einem Jungen, der im Soldatencamp lebte und sich mit Angelo angefreundet hatte. Links neben dem Bett hing ein Brief mit einem Gedicht von Angelo, das ihr immer wieder die Tränen in die Augen trieb.

Du schläfst mit Leben in dir, dein Strahlen erleuchtet
deine Augen.
Ich träume von deinem Gesicht, deinem Lächeln,
deinen kräftigen Händen.
Du bist das Wasser zwischen uns, sanft,
ein harmonischer Strom.
Ich bin in den Wolken, der Wind, der dich jede Nacht
küsst.
Ein gehauchter Atem, der über deinen schlafenden
Lidern schwebt.

Im letzten Monat ihrer Schwangerschaft hatte Dalia schließlich alle Wände ihres Schlafzimmers mit Angelos Briefen aus dem vergangenen halben Jahr tapeziert. Sie betrachtete die Zimmerdecke und beschloss, diese ebenfalls zu dekorieren. Mit ihrem prallen Bauch, rund wie eine Kuppel, stieg sie auf eine Leiter und begann, Angelos jüngste Briefe anzukleben. Sie wusste, dass das, was sie tat, gefährlich war, und bewegte sich so vorsichtig und langsam wie möglich. Nun war auch die Zimmerdecke mit Briefen beklebt, und Dalia betrachtete ihr vollendetes Werk mit einem Glücksgefühl, das ihren ganzen Körper durchströmte. Von jetzt an war sie, wenn sie im Bett lag, rundum von Zeugnissen von Angelos Liebe umgeben, egal wohin sie den Blick wandte. Als wären die Briefe lauter aus einem Roman herausgerissene Seiten, wie Flügel ausgebreitet über jeden Quadratzentimeter des gemeinsamen Schlafzimmers.

Der Alltag in Äthiopien war weitaus härter, als Angelo in seinen Briefen an Dalia hatte durchblicken lassen. Das Lager, in dem er stationiert war, lag mehrere Hundert Kilometer von Addis Abeba entfernt, mitten in der Wüste. Die Luft war glühend heiß, und die Sandstürme machten einen fast blind. Während des Studiums hatte er nur die eine oder andere kleine Operation durchgeführt, hier jedoch wurde die Kunst der Chirurgie gefordert, um Kugeln und Granatsplitter zu entfernen. Ohne Unterlass wurden Männer mit blutenden Schusswunden auf Tragen ins Feldlazarett gebracht. Durch Versuch und Irrtum lernte er, wie weit er ins Fleisch schneiden musste oder wie viel Morphium er verabreichen musste. An Tagen, an denen der Nachschub verspätet eintraf und es kein Morphium gab, schnallte man die Männer fest und schob ihnen ein Stück Leder zwischen die Zähne, während er die Kugel herausschnitt.

Er verließ das Lager nur selten und verbrachte den größten Teil des Tages im Operationszelt.

Die Kompanie bestand aus einem bunt zusammengewürfelten Haufen Männer. Die meisten waren ungebildet und hielten sich von Angelo fern, weil sie glaubten, dass er ihnen wegen seiner Bildung und seines Medizinstudiums fremd sein würde. Aber mit der Zeit schweißten die beengten Schlafzelte, die schlechte Verpflegung und die allgemeine Sehnsucht nach den Ehefrauen oder Freundinnen die Männer zusammen. Schon bald hatte jeder einen Spitznamen. Außer Angelo, der aus Respekt nur *dottore* Angelo genannt wurde.

Nach zwei Monaten wurde Angelo eines Tages von einem der Soldaten gerufen.

»*Dottore! Dottore!*«, rief Tancredi. Als Angelo aus dem Zelt stürzte, erblickte er einen hochgewachsenen, völlig ausgezehrten Afrikaner, der einen Jungen auf den Armen trug.

Der Mann wog höchstens fünfundvierzig Kilo. Sein Sohn war fast bis auf das Skelett abgemagert. Die Haut spannte über seinen Knochen wie das Papier eines Drachens. Die weißen Verbände waren blutdurchtränkt. Die ebenholzschwarzen Körper und Gesichter der beiden waren mit einer dicken Schicht heller Farbe bemalt, von der die dunklen Augen des Vaters sich abhoben wie nasse Flusssteine.

Als Angelo und Tancredi herbeieilten, brach der Mann zusammen, und der knochige Körper des Jungen glitt ihm aus den Armen.

»Hilf mir«, wies Angelo Tancredi an, und gemeinsam hoben sie den Jungen auf die Trage, die zwei andere Männer eilig herausgebracht hatten.

»Wir müssen ihn umdrehen«, befahl Angelo. Sie legten

ihn auf den Rücken, wobei der Junge einen leisen Seufzer ausstieß.

Mit einer Hand hielt Angelo die Schulter des Jungen, während er mit der anderen die Schusswunde ertastete. Eine traubengroße Eintrittswunde in der Schulter war mit getrocknetem Blut und Eiter verkrustet.

»Die Wunde ist schon entzündet«, sagte Angelo mehr zu sich selbst als zu Tancredi. Er fühlte die Stirn des Jungen. Er hatte hohes Fieber.

»Hol den Dolmetscher, er soll dem Vater erklären, dass wir den Jungen sofort operieren müssen«, wies er Tancredi an. Angelo folgte der Trage ins Operationszelt, und schon nach wenigen Minuten waren alle Vorbereitungen für die Operation des Jungen getroffen. Ein Assistent hatte die Instrumente sterilisiert, und Angelo hatte gerade das Morphium auf eine Spritze gezogen, als Tancredi wiederkam.

»Habt ihr es ihm gesagt?«, fragte Angelo, ohne aufzublicken, da er gerade die Wunde des Jungen begutachtete, die jetzt wie ein schwarz umrandetes Bullauge aussah.

»Das ging nicht.«

Tancredi wirkte blass.

»Und warum nicht?«, fragte Angelo ungehalten, während er mit der Spritze hantierte.

»Weil ...« Tancredi stand da, als hätte es ihm die Sprache verschlagen. »Weil ... Weil er tot ist, *dottore.*«

Angelo konzentrierte sich auf die Schulter des Jungen und erwiderte nichts auf Tancredis Mitteilung.

Ein heftiger Windstoß fuhr in das Zelt und blähte Angelos OP-Kittel auf. Er rührte sich nicht vom Fleck.

Er nahm das Skalpell und begann mit der Operation.

Der Junge überlebte die Operation, aber als er wieder genesen war, gab es niemanden, der sich seiner annehmen konnte. Die Soldaten konnten den Anblick des sterbenden Vaters, der gerade lange genug überlebt hatte, um seinen verwundeten Sohn zum Lager zu schleppen, kaum vergessen. Sie brachten es nicht übers Herz, den Jungen, der jetzt niemanden mehr hatte, einfach wegzuschicken.

Dass der Junge Nasai hieß, erfuhren sie von der Köchin Amara, die dafür sorgte, dass der Junge aufgepäppelt wurde. Wenn zufällig andere Äthiopier auftauchten, wurde der Junge immer vorgestellt – in der vagen Hoffnung, dass vielleicht irgendein entfernter Verwandter unter ihnen war. Aber niemand gab sich als Angehöriger zu erkennen, und es wurde auch keiner gefunden. Und so blieb Nasai bei den Italienern.

Aus Dankbarkeit verschrieb sich Nasai seinem Retter mit Haut und Haar. Er lernte, Angelo im Lazarettzelt zu assistieren, ordnete die Instrumente, faltete das Verbandszeug und half nach den Operationen, alles zu reinigen und zu desinfizieren. Er schlief immer draußen vor dem Zelt, obwohl Angelo ihm ein Feldbett angeboten hatte. Wenn Angelo in manchen Nächten aufwachte und nach draußen ging, hockte der Junge wie ein schützender Löwe am Zelt, in den Händen einen Stock und eine Steinklinge.

Nasai schnappte einige Brocken Italienisch auf, lernte mit den Männern Karten zu spielen und begann sogar ihren Kaffee zu trinken. Aber wenn sie ihm anboten, ihr Zelt mit ihm zu teilen, bestand er darauf, unterm Sternenhimmel zu schlafen, wo er dem Wind lauschen konnte.

Die Monate vergingen, und Angelo und Nasai wurden

immer mehr wie Vater und Sohn. Angelo brachte ihm das Lesen, das Essen mit Messer und Gabel und das Zähneputzen mit Backsoda bei. Und er sang mit ihm italienische Lieder.

Er dachte an sein eigenes Kind zu Hause, wie es in Dalias Bauch wuchs. Er schrieb ihr weiterhin lange Briefe und versuchte sich vorzustellen, wie schön sie aussah, prall und voller Leben.

Sie schrieb ihm Briefe auf parfümiertem Papier und legte manchmal eine Zitronenblüte in den Umschlag, sodass sie, und sei es nur als Duft, zu ihm reisen und bei ihm sein konnte.

Nachts schloss er die Augen und gab sich der Illusion hin, dass die Zeit in Afrika nur noch eine ferne Erinnerung war, während er mit Dalia auf der Terrasse in Portofino saß und ihre vielen Kinder um sie herumtollten. Anstatt in einem staubigen Zelt in der Wüste verwundete Soldaten zu operieren, würde er Hausbesuche bei Familien machen, die er schon sein ganzes Leben kannte. Und nachts würde er tief schlafen, seine geliebte *limonina* in den Armen.

Dalia hatte versucht, sich nicht zu viele Gedanken über die Geburt zu machen, aber als der Termin näher rückte, überkam sie das unwiderstehliche Bedürfnis, das Kinderzimmer vorzubereiten. Auf einmal war nichts mehr sauber genug, und die Windeln mussten immer wieder neu gefaltet werden. Ebenso wie die winzigen Jäckchen, die sie gemeinsam mit ihrer Mutter und ihrer Schwiegermutter während der letzten Monate bestickt hatte.

Sie war auf dem Weg zu ihrer Schwiegermutter, die

ganz in der Nähe wohnte, als sie plötzlich von heftigen Krämpfen geschüttelt wurde.

Gekrümmt vor Schmerzen schaffte sie es gerade noch bis zur Haustür. Angelos Mutter schob Dalia eilig ins Haus.

»Das sind die Wehen«, sagte sie. »Wir müssen die Hebamme rufen.« Sie tätschelte Dalia die Wange. »Keine Sorge, beim ersten Mal macht es Angst, ich kenne das …« Sie legte Dalia, die am ganzen Körper zitterte, eine Stola um die Schultern. »Das erste Mal ist immer das schwerste. Beim nächsten Mal zuckst du schon mit keiner Wimper mehr!«

Sie half Dalia in einen Sessel und bemühte sich nach Kräften, sie zu beruhigen. »Ich muss dich jetzt leider einen Moment alleine lassen. Ich werde eine meiner Töchter nach der Hebamme schicken. Vanna wohnt am nächsten. Ich bin gleich wieder zurück.«

Dalia nickte wimmernd.

»Keine Sorge, das Baby kommt nicht so schnell. Das kann noch Stunden dauern …«

Dalia stöhnte. Die Schmerzen waren unerträglich. Als Angelos Mutter gerade gegangen war, durchfuhr sie wieder ein so heftiger Schmerz, dass sie ihren Bauch mit den Armen umschlang und flehte, es möge aufhören.

Gerade als sie sich fragte, wie all die Frauen vor ihr diese Tortur hatten aushalten können, ließen die Wehen nach, und sie hatte wieder das vertraute Gefühl, dass ihr Kind in ihr schwamm und sie die kleine Faust spürte, die sie von innen in den Bauch boxte. Die Erleichterung war jedoch nur von kurzer Dauer. Plötzlich kam die nächste Wehe. Sie blickte an sich hinunter und sah, dass ein Strom weinroter Flüssigkeit aus ihr herausfloss.

Als Angelos Mutter zurückkehrte, lag Dalia auf dem Fußboden, weiß wie ein Leichentuch.

In dem vergeblichen Versuch, die vermeintliche Blutung zu stoppen, griff Dalias Schwiegermutter nach allen Handtüchern, die sie auf die Schnelle finden konnte, dann nahm sie Dalia in die Arme und versuchte sie zu wärmen.

Angelos Schwester Vanna traf mit der Hebamme ein. Alle wussten sofort, dass irgendetwas nicht stimmte. Als die Hebamme, eine runzlige Alte namens Marina, die schon Hunderte Male dabei geholfen hatte, Kinder auf die Welt zu bringen, die portweinfarbige Lache unter Dalia erblickte, hatte sie wenig Hoffnung.

Vanna stockte der Atem, als sie ihre Schwägerin sah, die wie eine Tote auf dem Schoß ihrer Mutter lag.

»O mein Gott«, rief sie aus.

Die Hebamme wandte sich an Vanna und gab ihre Anweisungen. »Das ist überhaupt nicht gut. Setz Wasser auf, Vanna. Dann bring mir saubere Tücher. Wir müssen das Kind jetzt sofort entbinden.«

Während das Wasser auf dem Herd erhitzt wurde, legten die Frauen ein Tuch auf den langen Esstisch und hoben die halb bewusstlose Dalia hinauf, weil es so üblich war, um nicht das Bett zu ruinieren.

»Marina hat mir bei all meinen drei Kindern geholfen. Du bist in guten Händen«, flüsterte Vanna Dalia ins Ohr, um sie zu beruhigen. Aber ihr eigenes Fruchtwasser hatte nicht die Farbe von verdünntem Blut gehabt. Sie ging ins Badezimmer, befeuchtete einen Waschlappen, kam zurück und legte ihn auf Dalias Stirn.

Dalia sah aus wie ein verängstigtes Reh. »Bitte, bitte,

sagt mir, dass mit dem Kind alles in Ordnung ist«, stöhnte sie voller Verzweiflung.

Marina legte schweigend ihre braunen, faltigen Hände auf Dalias Bauch. Sie betrachtete die junge Frau, die leichenblass war und vor Schmerz die Zähne zusammenbiss. Sie tat, wovon sie glaubte, dass es Dalia am ehesten Trost spenden würde, ohne ihr falsche Hoffnungen zu machen: Sie nahm ihre Hand und hielt sie ganz fest.

Das Fruchtwasser zwischen Dalias Beinen hörte nicht auf zu fließen, und Vanna beeilte sich, ständig frische Handtücher zu bringen. Ihre beiden Schwestern waren ebenfalls gekommen und hatten Handtücher von zu Hause mitgebracht. Ihre Mutter rief klagend Gottvater, Jesus und die Madonna an, in der Hoffnung, irgendjemand möge ihre Gebete erhören. Dabei hielt sie den Rosenkranz so fest umklammert, dass ihre Knöchel weiß wurden. Dalia, zu schwach, um vor Schmerzen zu schreien, murmelte kaum hörbar vor sich hin. Das Einzige, was ihr über die Lippen kam, war Angelos Name.

»Wann wird das Kind kommen?«, wollte Angelos Mutter von der Hebamme wissen.

»Das liegt in Gottes Hand. Wir können nichts tun als warten.«

Dalia verlor das Bewusstsein, als das Baby zwischen ihren Beinen hervorgezogen wurde, bleich und leblos. Es war ein Junge. Marina arbeitete schnell, schnitt die Nabelschnur durch und übergab Vanna das tote Baby zum Waschen und Anziehen, sodass es vorbereitet war für die Totenwache und die Beerdigung.

Nachdem die Plazenta abgestoßen worden war, begann

Dalia zu bluten. Marina suchte nach irgendwelchen Rissen, in der Hoffnung, sie vernähen zu können. Aber es gab nichts, das sie hätte nähen können.

Mit ihren kleinen, geschickten Händen befühlte sie den Uterus und entdeckte, was sie am meisten befürchtet hatte. Der Uterus war vollkommen schlaff. Sie massierte ihn so gut sie konnte, aber er weigerte sich zu kontrahieren, und Dalia lief unter den verzweifelten Händen der Hebamme blau an.

Nach zwanzig panischen Minuten fühlte sich ihr ganzer Körper kalt und leblos an, und Marina wusste, dass sie nichts mehr tun konnte.

»Sie ist jetzt bei ihrem Kind«, sagte sie schweren Herzens. Marina hatte Angelo auf die Welt geholt und sich darauf gefreut, auch bei der Geburt seines Kindes dabei zu sein. Stattdessen würde es jetzt zwei Beerdigungen geben.

Angelos Mutter stimmte ein Klagelied an und schlug dabei die Hände vor die Brust. Aus einem mütterlichen Impuls heraus wiegte Vanna das leblose Baby in den Armen, hob es an ihr Gesicht und redete leise und beruhigend auf es ein. Und obwohl sie wusste, dass die Wange ihres Neffen kalt und die Haut weiß wie Porzellan war, glaubte Vanna, dass das Wiegen und die sanften Worte dem toten Kind zu einem gesegneten und friedlicheren Schlaf verhelfen würden.

Der Anblick des Schlafzimmers, das Dalia monatelang vor Besuchern abgeschirmt hatte, verschlug allen die Sprache. Während sie sich an die Vorbereitungen für die Beerdigung von Mutter und Kind machten, entdeckte Vanna das mit Angelos Briefen tapezierte Zimmer.

»Mamma!«, rief sie entgeistert aus und rannte nach nebenan, wo ihre Mutter und Vannas Schwestern Dalias Leiche für die Totenwache herrichteten.

Ihre Mutter war gerade dabei, Dalia zu waschen.

»Was ist denn, Vanna?« Angelos Mutter war seit der Tragödie ständig in Tränen aufgelöst. Ihr totes Enkelkind lag bleich in einem Weidenkorb auf dem Tisch und sah aus wie ein Geist. Neben ihm brannten hohe Kerzen.

»Du musst sofort kommen, Mamma. In Dalias Schlafzimmer.«

Angelos Mutter war so gefangen in ihrem Kummer, dass sie nicht verstand, wieso ihre jüngste Tochter so respektlos sein konnte. Das Ritual der Leichenwäsche war geheiligt.

»Vanna! Was fällt dir ein«, schalt sie ihre Tochter. »Wir müssen Dalia vorbereiten, damit sie vor ihren Schöpfer treten kann.«

»Nein, Mamma. Bitte komm jetzt! Bitte!«

Ihre Mutter legte den Waschlappen beiseite und wusch sich die Hände.

Dann folgte sie ihrer Tochter erschöpft und mit schwerem Herzen zu Dalias Haus.

Kurz vor seiner Hochzeit hatte Angelo für sich und seine Frau das kleine Haus eingerichtet, in dem seine Großmutter gelebt hatte. Es lag in Fußnähe von seinem Elternhaus, und er hatte nur gute Erinnerungen daran gehabt. In dem Haus hatte es immer nach frischem Knoblauch und siedenden Tomaten gerochen. Nach dem Tod seiner Großmutter war es nach und nach verfallen. Die Kletterrosen an den Rankgittern waren verwildert gewesen, die ehemals weißen Wände des Wohnzimmers vergilbt. Das ganze Haus hatte auf Angelo gewirkt wie ein Motiv auf einer alten Ansichtskarte aus einem lange zurückliegenden Sommerurlaub.

Aber in der freudigen Erwartung, schon bald seine Braut hierher zu führen, hatte er sich in die Arbeit gestürzt und das Haus von Grund auf in Schuss gebracht.

Er war mit Dalia in dieses Haus gezogen, um mit ihr eine Familie zu gründen. Hier hatte er mit Dalia glücklich sein wollen. Die Zimmer lagen zum Meer hin, das Ehebett war bezogen mit gebügelten weißen Laken mit blauem Rand, und alle Wände im Haus waren weiß gestrichen.

Als die beiden Frauen jetzt das Haus betraten, sahen sie sich schweigend um. Dalia hatte perfekte Ordnung gehalten. Die Küche war makellos. Im Wohnzimmer standen ein Sofa und ein kleiner Tisch mit Zierrat. Und überall Bücher, sorgsam gestapelt.

»Komm«, flüsterte Vanna und nahm ihre Mutter bei der Hand.

Sie führte sie zum Schlafzimmer, öffnete die Tür und ließ sie eintreten.

Einige Sekunden lang fiel kein Wort, und kein Atemzug war zu hören. Ebenso wie kurz zuvor Vanna, schaute Angelos Mutter sich mit großen Augen um, verblüfft und ungläubig. Wände und Decke waren bis auf kleine Zwischenräume, die mit blassblauer Farbe oder schimmernden weißen Wölkchen bemalt waren, mit den Briefen ihres Sohns Angelo tapeziert.

Sie drehte sich zu Vanna um und schlug sich die runzlige

Hand vor den Mund. »Mein Gott«, sagte sie. »Wie sehr sie ihn geliebt hat.«

»Und er sie ...«

Die beiden Frauen sahen sich erschüttert im Zimmer um. Es war ihnen unvorstellbar, wie Dalia es geschafft hatte, während der Monate ihrer Schwangerschaft einen solchen Kraftakt zu vollbringen. Aber direkt vor ihrer Nase hatte sie eine Kathedrale erschaffen, einen Garten der Briefe. Ein Ort, an dem die Zeit stillstand, mit Briefen, die die Wände schmückten wie getrocknete Blumen, mit Worten eines Herzens, das Tausende von Kilometern entfernt schlug.

Sie bahrten Dalia in ihrem Hochzeitskleid auf und flochten ihr einen Kranz aus Zitronenblüten in das dichte schwarze Haar. Ihre Augenlider hatte man vorher mit Münzen beschwert, damit sie geschlossen blieben und es so aussah, als würde sie schlafen. Und neben ihr schlief ihr Kind, dessen blasse Haut nun nicht länger weiß schimmerte, sondern an blau geäderten Marmor erinnerte.

Im Haus wurde noch tagelang geweint. Ein Telegramm wurde nach Äthiopien geschickt, um Angelo über die tragischen Neuigkeiten zu informieren.

Er erhielt es jedoch erst zwei Wochen später. Eine Woche zuvor war sein Jeep, mit dem er unterwegs zu einem Noteinsatz in einem anderen, mehrere Kilometer weit entfernten Lager war, in einen Hinterhalt geraten. Der Fahrer wurde angeschossen und verlor die Kontrolle über das Fahrzeug. Der Wagen überschlug sich, wobei Angelos Bein eingeklemmt wurde. Jetzt, Tage später, musste er sich von der Operation erholen; sein Fuß war verbunden, man hatte ihm einen Zeh amputiert, und er war benommen vom Morphium.

Angelos Vorgesetzter entschloss sich, ihm das Telegramm erst zu übergeben, wenn er sich von dem Trauma des Unfalls erholt hatte, weil er befürchtete, dass die Schreckensnachricht die Genesung beeinflussen würde.

Einige Tage später suchte der Oberst Angelo schließlich in seinem Zelt auf. Angelo hatte den Fuß hochgelegt und war in ein Buch vertieft.

»Wie immer mit Lesen beschäftigt?«, begrüßte der Oberst ihn.

Angelo legte das Buch weg und sah seinen Vorgesetzten an. »Ja. Aber ich kann mich gar nicht richtig auf den Inhalt konzentrieren. Mein Kopf ist noch ganz benebelt.«

Er zeigte auf seinen Fuß. »Außerdem fällt mir das Gehen schwer. Wahrscheinlich werde ich den Fuß hinter mir herziehen, auch wenn ich wieder ohne Krücken laufen kann.«

»Ich bin sicher, dass Sie das schon bald irgendwie hinkriegen werden. Wir brauchen Sie im Lazarett.«

Angelo lächelte.

Der Oberst zögerte einen Moment, und Angelo, der spürte, dass irgendetwas in der Luft lag, wurde ernst.

»Für Sie ist ein Telegramm gekommen«, sagte er und zog es aus seiner Brusttasche. Das gelbe Papier zitterte, als er es Angelo in die Hand drückte.

Angelo sah ihn fragend an. Aber der Oberst senkte nur den Blick und sagte: »Ich werde Sie den Inhalt in Ruhe lesen lassen – aber Sie sollen wissen, dass wir uns nach

Kräften darum bemühen werden, Sie möglichst bald nach Hause zu bringen.«

Der Oberst verließ leise das Zelt, während Angelo das Telegramm öffnete.

»Komm nach Hause. Notfall. Furchtbare Tragödie. Dalia und Kind bei Geburt gestorben.«

Angelo begann am ganzen Körper zu zittern. Er wollte aufstehen und seine Krücken nehmen, stürzte jedoch, weil er noch zu schwach war, sie zu erreichen. Alle im Lager hörten sein Wehklagen und hielten inne in dem, was sie gerade taten. Es brach ihnen das Herz, ihren Kameraden in solchem Schmerz zu erleben. Aber es war Nasai, der als Erster bei ihm war, der ihm aufhalf und in den Armen hielt. Der ihm die Krücken brachte, damit er aufrecht stehen konnte.

Angelo stolperte hinaus ins Sonnenlicht, wo sich die äthiopische Wüste bis zum Horizont erstreckte, und weinte sich ohne jede Scham die Seele aus dem Leib.

Seit er das Telegramm gelesen hatte, fühlte er sich, als wäre ihm das Herz herausgerissen worden. Seine Bewegungen wurden nicht mehr von seinem Verstand gesteuert, sondern nur noch von dem archaischen Instinkt, der ihm sagte, dass er nach Hause musste.

»In drei Wochen können Sie zurück in die Heimat«, sagte ihm der Lagerleiter. »Der Verlust Ihrer Familie tut uns leid, aber wir müssen erst einen Ersatz für Sie organisieren, bevor Sie heimkehren können.«

»Meine Familie kann nicht so lange mit der Beerdigung warten …«, erwiderte er mit erstickter Stimme. »Ich bitte Sie …«

»Es tut mir wirklich leid, Angelo. Was Ihnen zugestoßen ist, ist eine schreckliche Tragödie. Aber ich habe meine Anweisungen. Ich kann da nichts machen.«

Als sein Ersatz endlich eintraf, half Nasai Angelo, alles zusammenzupacken und seine Abreise zu organisieren.

Sie erledigten alle Arbeiten, ohne dass sie ein Wort sprechen mussten. Nasai, der vaterlose Junge, Angelo, der Witwer und kinderlose Arzt.

Angelo konnte den Inhalt des Telegramms immer noch nicht begreifen; die Wirklichkeit war unfassbar. Und jetzt würde er auch noch diesen Jungen zurücklassen, der für ihn fast wie ein Sohn war.

Er hätte Nasai gern gesagt, dass er ihn am liebsten mitgenommen hätte. Aber er wusste, wie unfreundlich die Dorfbewohner zu diesem sanften Jungen aus der Wüste sein würden, und das nur aufgrund seiner Hautfarbe.

Von Trauer erfüllt sah Angelo Nasai tief in die Augen und sagte zu ihm: »Es tut mir so leid, dass ich dich hier zurücklassen muss.« Er wusste, dass er Nasai nie wiedersehen würde, da seine Fußverletzung ihn offiziell dienstuntauglich machte und er sicherlich nach seiner Rückkehr in Italien bleiben würde.

Nasai lächelte. »Sie werden zu Hause gebraucht. Sie werden andere retten, so wie Sie mich gerettet haben.«

Angelo kämpfte mit den Tränen.

»Ich werde dich bald wiedersehen«, sagte er zu dem Jungen. »Du bist jetzt mein einziger Sohn.«

Aber Nasai lächelte nur mit feucht glänzenden Augen. »Sie sind immer hier«, sagte er und legte eine Hand auf sein Herz. »Und nachts werde ich in den Himmel schauen und wissen, dass wir beide dieselben Sterne sehen.«

Angelo nahm den Jungen in die Arme.

»Ich lasse alle meine Bücher für dich da«, sagte Angelo. »Du findest sie neben meiner Pritsche.« Es fiel ihm schwer, die Fassung zu wahren. »Und ich habe Amara Geld gegeben, um sicherzustellen, dass du immer genug zu essen hast. Sie wollte es gar nicht annehmen. Sie hat mir versprochen, sich immer um dich zu kümmern, und dass du sogar bei ihrer Familie leben kannst, wenn du willst.«

Nasai lächelte. »Danke, *dottore*. Sie haben mir schon so viel gegeben. Sie sollten sich keine Sorgen mehr um mich machen.«

Nasai stand noch eine Weile da und betrachtete den Arzt, der ihm das Leben gerettet hatte.

»Ich habe etwas für Sie gemacht, als Erinnerung an mich ...« Nasai öffnete die Hand und hielt ihm einen kleinen aus Holz geschnitzten Löwen hin.

»Der beschützt Sie, wenn ich nicht bei Ihnen bin.«

Angelo nahm das kleine Geschenk entgegen, das der Junge sorgfältig geschnitzt, geglättet und geölt hatte.

»Danke, Nasai.« Er umarmte ihn ein letztes Mal.

»*Dottore,* wir müssen aufbrechen!«, rief der Fahrer hinter ihm.

Angelo nickte. Er trat zu dem Jeep, legte die Krücken auf die Ladefläche, kletterte auf den Beifahrersitz und warf einen letzten Blick auf das Lager, wo alle Männer Aufstellung genommen hatten, um ihn zu verabschieden.

Und als Angelos Jeep losfuhr, sah er als Letztes Nasai, der so schnell hinter dem Wagen herrannte, wie er konnte, um so lange wie möglich in seiner Nähe zu sein.

23

Portofino

September 1936

Es sollte noch zehn weitere Tage dauern, bis Angelo endlich zu Hause eintraf. Sein Fuß war immer noch verbunden, und er konnte nach wie vor nur mit Krücken gehen.

Am Hafen wurde er von seinem Vater erwartet, der sichtlich gealtert wirkte, das Gesicht verwittert wie Treibholz, und über seinen Augen schien ein Nebelschleier zu liegen.

Er umarmte Angelo wortlos. Dann trat er einen Schritt zurück, um seinen Sohn zu betrachten, dem die Tragödie schrecklich zugesetzt hatte. Angelo war unrasiert und völlig abgemagert; er stand mit gebeugtem Rücken und auf Krücken gestützt da, um den Fuß einen dicken Verband.

»Mein Sohn«, sagte sein Vater schließlich. Die Worte kamen gepresst über die rissigen Lippen. »Es tut mir so leid.«

Die Familie hatte sich überlegt, wie man Angelo auf den Anblick von Dalias Schlafzimmer vorbereiten konnte, das sie jetzt »den Schrein« nannten. Aber niemand hatte eine Idee, wie man das behutsam anstellen sollte. Er würde es selbst entdecken müssen.

Zuerst begrüßte ihn seine Mutter, dann seine Schwestern und schließlich seine Brüder, die ihn alle umarmten und ihm ihr Beileid aussprachen.

»Das heilt wieder«, und »Ja, ich kann bald wieder laufen …« waren seine Standardantworten auf die Frage nach seinem Fuß, der ihm in seinem Kummer nicht wichtig war.

Nach einem ausgiebigen Essen mit der ganzen Familie verabschiedeten sich alle, so wie Angelos Mutter es angeordnet hatte, weil sie mit ihm allein sein wollte.

»Ich glaube, ich muss mich ein bisschen hinlegen, Mamma. Ich bin so müde …«

»Ich weiß, Angelo«, sagte sie sanft. Sie legte ihm die Hände um die Wangen und küsste ihn, als wäre er wieder ihr kleiner Sohn. »Es tut mir schrecklich leid, dass es so gekommen ist.«

»Ich weiß, Mamma, ich weiß.«

»Wir haben alles versucht, um sie und das Kind zu retten. Alles. Marina hat gesagt, man konnte es nicht ahnen … Eine *vasa previa,* aber ich weiß nicht, was das bedeutet.« Sie blickte vergeblich zur Decke, um ihre Tränen aufzuhalten.

Angelo schüttelte den Kopf. »Lass uns jetzt bitte nicht darüber reden, Mamma. Ich halte es nicht aus.«

Sie nickte. »Ich setze mich in den Garten, während du schläfst.«

Angelo sagte, sie solle nach Hause gehen.

»Nein, ich werde hierbleiben«, erwiderte sie. »Falls du mich brauchst.«

Er sah ihr nach, wie sie in den Garten ging. Dann machte er sich auf in das Zimmer, in dem Dalia und er einst gemeinsam geschlafen hatten.

Nichts hätte Angelo auf den Anblick des Zimmers vorbereiten können, das Dalia mit so viel Sorgfalt und Liebe geschaffen hatte.

In dem Moment, als er über die Schwelle trat, brach in seinem Kopf ein Wirbelsturm aus Bildern und Erinnerungen los. Es waren nicht nur all seine Briefe, mit denen sie das ganze Zimmer tapeziert hatte, sondern die Erkenntnis, dass sie diese Anstrengung auf sich genommen hatte, nur um von seinen Worten umgeben zu sein.

Eine ganze Weile stand er gebeugt da, kraftlos auf seine Krücken gestützt. Er legte den Kopf in den Nacken und betrachtete die Zimmerdecke. Er drehte sich im Kreis und sah all die Briefe, die er ihr geschrieben hatte. Er sah die Zierränder, die sie mit der Schere geschnitten hatte, die Sorgfalt, mit der sie die Briefe mit ihren geschickten Händen zu einem fließenden, kunstvollen Puzzle zusammengefügt hatte. Die Inseln aus blauer und weißer Farbe, die an einigen Stellen so intensiv schimmerte, als hätte Dalia all ihre Magie unter die Pigmente gemischt. Es war, als hätte sie ihre eigene Version des Himmels erschaffen, bevor sie gestorben war.

Angelos Mutter saß im Garten und wartete darauf, dass er sie rief. Aber er rief stattdessen immer wieder Dalias Namen, flehend wie ein Gebet, in dem verzweifelten Wunsch, sie möge zurückkehren.

Er warf die Krücken auf den Boden, ließ sich aufs Bett fallen und weinte.

»Dalia. Dalia. Dalia.« Er rief ihren Namen so oft, dass seine Mutter sich die Ohren zuhielt, weil sie seinen herzzerreißenden Schmerz nicht ertragen konnte.

24

Verona

Juli 1943

Am 25. Juli berichteten die Zeitungen und das Radio über Mussolinis Festnahme in Rom. Jeder im Norden Italiens wusste jedoch um die Gefahr, dass Hitler die Gunst der Stunde nutzen und in Italien einmarschieren konnte, um seinen alten Verbündeten wieder an die Macht zu bringen. Aber trotz all der politischen Ungewissheit ging der Betrieb im Liceo Musicale weitgehend unverändert weiter.

Lena eröffnete Elodie, dass sie überlegte, das Musikstudium an den Nagel zu hängen.

»Wie soll ich noch musizieren, wenn jederzeit Panzer durch unsere Straßen rollen können?«

Elodie schüttelte den Kopf. »Wo steht denn geschrieben, dass man nicht gleichzeitig Antifaschistin und Musikerin sein kann?«

Lena sah ihre Freundin an. »Ich habe Zampieri gesagt, dass ich meine Viola verkaufen will, um damit die neuen Ausweise für die Morettis zu bezahlen. Er sagt, er kann die Papiere innerhalb weniger Wochen bekommen. Ich weine doch nicht um ein Stück Holz mit Saiten, wenn ich damit drei Leben retten kann. Ich würde die Viola sofort verkaufen, wenn ich die Morettis damit hier rausholen könnte.«

»Glaubst du wirklich, sie sind hier nicht in Sicherheit? Bisher ist noch niemand abgeholt worden. Wir sind hier in Italien, nicht in Deutschland. Und erst recht nicht in Polen.«

»Wenn die Deutschen Italien besetzen, werden sie die Morettis und alle anderen Juden nach Polen deportieren. Du wirst schon sehen.«

»Und was ist mit Brigitte? Die Löwenthals sind doch auch Juden.«

Lena schüttelte den Kopf. »Berto weiß natürlich, dass sie in Gefahr ist, aber ich glaube nicht, dass sie ihn verlassen würde. Und ihre Eltern vertrauen ihm. Ihr Vater unterstützt die Sache. Schließlich ist Berto Antifaschist und gegen die Nazis. Für Brigittes Eltern spielt es keine Rolle, dass er kein Jude ist.«

Elodie nickte. »Vielleicht ist das sogar ein Vorteil in diesen Zeiten.«

»Genau«, stimmte Lena ihr zu.

Elodie wusste fast nichts über Brigitte. Sie fand die Frau schwer zu fassen, wie eine Katze in der Nacht; ihre Bewegungen waren schleichend, ihre dunklen Augen durchdringend und misstrauisch.

»Sie spricht kaum mit jemandem außer mit Berto.«

»Das stimmt«, pflichtete Elodie ihr bei. »Ich habe sie noch nie mit Luca reden sehen.«

»Ach ja, Luca«, sagte Lena schelmisch. Ihr fiel sofort auf, dass Elodie allein schon bei der Erwähnung des Namens errötete. »Morgen findet eine Versammlung im Laden statt. Kommst du?«

Elodie hatte Luca schon seit einigen Tagen nicht gesehen, und ihr war jeder Grund recht, um in seiner Nähe sein zu können.

»Ja, du kannst auf mich zählen«, antwortete sie ihrer Freundin.

Was Elodie erwartete, als sie nach Hause kam, war schlimmer als alles, was sie sich je hätte vorstellen können.

Als sie die Treppe hochkam, stellte sie fest, dass ihre Wohnungstür offen stand. Sie hörte zwei Stimmen: die verzweifelte, tränenerstickte Stimme ihrer Mutter, und die freundliche, mitfühlende von Doktor Tommasi.

Aber die Stimme ihres Vaters war nicht zu hören, was Elodie sofort beunruhigte.

»Mamma …« Sie drückte die Tür weiter auf, ging ins Wohnzimmer und stellte das Cello neben dem Schreibtisch ab.

Im Flur stand ihre Mutter mit dem Rücken zur Wohnungstür, die Schulterblätter zeichneten sich unter dem Seidenkleid ab. Sie hatte die Hände vors Gesicht geschlagen und schüttelte langsam den Kopf, so als wollte sie nicht glauben, was der Arzt ihr gerade sagte.

»Mamma …« Elodie näherte sich den beiden zögernd, als wüsste sie, dass sie nichts Gutes erwartete.

Aber nicht ihre Mutter, sondern Doktor Tommasi drehte sich zu ihr um. Sie kannte sein Gesicht seit ihrer Kindheit. Das weiße Haar. Den Zwirbelbart. Alles an ihm war vertraut und freundlich.

»Elodie, mein Kind.« Er berührte sanft ihre Schulter. Die Geste hatte etwas Rituelles an sich, sie war unmissverständlich. »Dein Vater ... Ich bin ...« Er zögerte einen Moment. »Es tut mir leid.«

Sie hörte ihre Mutter wimmern, eine Melodie der Trauer, die im Raum schwebte. Obwohl der Arzt sich deutlich ausgedrückt hatte, konnte sie nicht glauben, was er ihr sagte.

»Eine Embolie. Es tut mir so leid ... Er ist im Schlaf verschieden. Es kann nur ein paar Sekunden gedauert haben ... Ich bin sicher, dass er ganz friedlich gestorben ist. Er hatte keine Schmerzen ...« All diese Informationen brachen stakkatoartig aus ihm hervor.

Elodie wankte, es war als würde der Boden unter ihren Füßen nachgeben. Ihre Kehle war wie zugeschnürt, sie bekam kaum noch Luft.

Ihre Mutter drehte sich um und warf sich ihr in die Arme. Ihre Tränen benetzten den Stoff von Elodies Bluse.

Zum ersten Mal in ihrem Leben hörte Elodie in ihrem Kopf keine Musik. Ihr Kummer hatte alle Melodien in ihrem Innersten erstickt. Es war nicht die Art Kummer, die sie normalerweise hätte mit ihrem Cello ausdrücken können, sondern eine Traurigkeit, die sie ganz und gar erfasste und alle Musik auslöschte.

Elodie und ihre Mutter empfingen die Gäste, die ihnen ihr Beileid aussprachen, darunter all die Studenten und Lehrer vom Konservatorium, mit denen Pietro über die Jahre zu tun gehabt hatte.

Elodie saß im Wohnzimmer, die Hände verschränkt und den Blick starr geradeaus gerichtet. Sie sah ihre Mutter wie einen Geist dastehen, das schwarze Kleid hing ihr von den knochigen Schultern. Wie benommen ergriff sie die Hände von Leuten, an deren Namen sie sich nicht erinnerte, und bedankte sich flüsternd für die Anteilnahme.

Am Tag von Pietros Beerdigung, als seine besten Geigenschüler ihm zu Ehren Bachs Partiten für Violine solo vortrugen, wurde Elodie und Orsina erst richtig bewusst, dass er nicht mehr da war. Sie spürten Pietro in jeder Note. Sie sahen sein Lächeln, seine geschlossenen Augen, als die Musik sich im Kirchengewölbe ausbreitete. Elodie konnte seine Hand erahnen, die die Bögen der Studenten führte und ihre Musik zum Leben erweckte. Die beiden Frauen waren fasziniert von der Hingabe der Studenten, mit der sie die Musik in all ihrer Schönheit und emotionalen Kraft zelebrierten. Und doch war ihre Trauer so allumfassend, dass sie ihre Tränen nicht unterdrücken konnten.

Eine Woche nach der Beerdigung ihres Vaters kehrte Elodie widerstrebend ans Konservatorium zurück. Sie hatte Lena seitdem nicht wiedergesehen, und sie spürte sofort, dass ihre Freundin unsicher war, wie sie sich ihr gegenüber verhalten sollte.

»Es tut mir so leid«, sagte Lena und umarmte sie. »Dein Vater war der freundlichste Mensch, den man sich vorstellen kann. Alle seine Studenten haben ihn verehrt.«

»Danke, Lena.« Es fiel ihr schwer, etwas zu sagen. Elodie umklammerte den Griff ihres Cellokoffers, um ihre Tränen zu unterdrücken.

»Ich habe eine Nachricht von Luca für dich.« Lena

zögerte kurz, als überlegte sie, ob es unangebracht war, Lucas Namen zu erwähnen, während Elodie in Trauer war. »Er wäre gern zu euch gekommen, um dir sein Beileid auszusprechen, aber er hat befürchtet, du könntest das als aufdringlich empfinden ... Ich soll dir sein Beileid ausrichten.«

Elodie war erleichtert darüber, von Luca zu hören. Sie hatte sich schon gefragt, ob er überhaupt vom Tod ihres Vaters erfahren hatte. Dass er an sie dachte, berührte sie tief.

»Ich bin froh, dass er und die anderen es wissen ... Sie sollen nicht denken, ich hätte sie im Stich gelassen. Ich musste meiner Mutter beistehen. Wir können es immer noch nicht begreifen.«

»Wir alle wissen, dass du jetzt Zeit brauchst ... Aber die Deutschen rücken näher. Es heißt, dass sie gegen Ende des Sommers einmarschieren werden. Zum Glück hat Zampieri Wort gehalten und falsche Papiere für die Morettis besorgt. Sie werden bald abreisen. Zampieri hat sogar einen Schleuser gefunden, der sie über die Berge in die Schweiz bringt.«

»Schön, auch mal gute Nachrichten zu hören«, sagte Elodie leise.

»Ja, das ist wahrscheinlich die einzige gute Nachricht, die wir in der nächsten Zeit zu hören bekommen.« Lena seufzte. »Es wird hier noch viel schlimmer werden, wenn die Alliierten erst anfangen, Bomben abzuwerfen ...«

»Bomben ...« Das Wort blieb ihr fast im Hals stecken. »Wissen die denn nicht, dass wir Mussolini genauso hassen wie sie?«

»Ich bezweifle, dass die Alliierten sich dafür interessieren, was wir denken. Wir können nichts anderes tun, als uns zu organisieren und gut vorzubereiten.«

»Ich kann mir nicht vorstellen, wie es noch schlimmer kommen soll, als es schon ist.« Elodie seufzte. »Nichts kommt mir mehr wirklich vor, Lena. Ich fühle mich wie in einem Albtraum, aus dem ich nicht aufwachen kann.« Sie biss sich auf die Lippe. »Ich muss dauernd an meine Mutter denken … Ich fühle mich gefangen.«

Lena nickte. »Wir alle leben in einem Käfig, Elodie. Die einzige Möglichkeit zu überleben besteht darin, sich einen Weg durch die Gitterstäbe zu suchen. Du bist doch ein zähes Gewächs.« Sie nahm Elodies Hand und drückte sie. »Spielst du trotz allem bei dem Konzert im September mit?«

»Ja. Es findet am 3. September statt. Wir haben Glück. Wir treten im Teatro Bibiena in Mantua auf …«

»Im Bibiena …« Sie lächelte Elodie an. »Du wirst der Star des Abends sein.«

»Ich muss mehr üben«, sagte Elodie leise.

»Luca wollte wissen, ob du bei dem Konzert mitspielen wirst …«

»Ja, natürlich tue ich das – aber ich muss mein Spiel wiederfinden. Dass Professor Agnelli mich noch nicht aus der Besetzung gestrichen hat, ist ein kleines Wunder. Wahrscheinlich fühlt er sich meinem Vater gegenüber verpflichtet.«

»Alle sind schockiert über den Tod deines Vaters. Dass du so viel gefehlt hast, ist absolut verständlich.«

»Ja«, erwiderte Elodie. »Trotzdem muss ich mehr üben.«

»Ich werde Luca sagen, dass wir miteinander gesprochen haben.«

»Sag ihm, ich komme wieder zu den Versammlungen, sobald ich kann.«

Das bevorstehende Konzert zwang Elodie, sich wieder ihrem Spiel zu widmen. Sie verlegte all ihre Trauer in die Musik. Allein den Koffer zu öffnen und das seidene Tuch wegzunehmen, erinnerte sie an ihren Vater. Sie nahm das Cello, stellte es richtig hin, strich mit dem Bogen über das Kolophonium. All diese einfachen Rituale, die sie jahrelang fast täglich praktiziert hatte, waren jetzt überlagert von der Erinnerung an ihren Vater. Sie schloss die Augen und begann zu spielen.

Sie fand ihren Vater in den Noten der Sarabande von Bachs Cello-Suite Nr. 6 D-Dur. Dort fand ihre Seelenqual, die in ihrer Brust festsaß wie ein unterdrücktes Schluchzen, endlich ein Ventil.

Das Cello hieß ihre Trauer willkommen. Der Gram seines Vorbesitzers verband sich mit dem ihren.

Sie schloss die Augen und sah ihren Vater vor sich. Sie spürte ihn in ihrem Herzen und in ihrem Instrument.

»Du bist wie ich«, hatte er einmal zu ihr gesagt und ihre Hand genommen. Sie erinnerte sich daran, wie seine Hand sich angefühlt hatte, wie er mit dem Finger die Spreizung ihrer Hand nachgezeichnet und wie er schließlich ihre Hand mit seiner umschlossen hatte. Der Schmerz über ihren Verlust ließ nach. Ihr Vater hatte ihr das musikalische Talent geschenkt, und als Elodie zu spielen begann, wusste sie, dass das Band zwischen ihr und ihrem Vater unsterblich war.

Bis zum September-Konzert im Teatro Bibiena waren es nur noch wenige Tage.

Elodie traf Luca im Buchladen, wo er ihr erklärte, dass der Wolf auch zum Konzert käme, um sie spielen zu hören. »Er sagt, es ist zu gefährlich, jetzt zu ihm in die Wohnung zu gehen und dort zu spielen. Er befürchtet, dass die Nachbarn ihn beobachten. Deswegen möchte er, dass du irgendwo öffentlich spielst, wo er unbemerkt bleibt.«

Elodie sah Luca verwirrt an.

»Wir haben ihm eine Botschaft versprochen. Soeben haben wir neue Informationen erhalten, und er muss sie so bald wie möglich erhalten. Du musst sie in dein Solo integrieren.«

»Das ist unmöglich«, entgegnete Elodie. »Es steht längst fest, dass ich die Grützmacher-Kadenz im Boccherini Cellokonzert spielen werde. Sie werden mich nie etwas spielen lassen, das ich selbst geschrieben habe. Mein Professor entscheidet, was ich spiele.«

»Ich würde dich nicht darum bitten, wenn es nicht entscheidend wäre, Elodie.«

»Ich muss darüber nachdenken. Es ist eine Sache, eine atonale Sequenz im privaten Rahmen in der Wohnung des Wolfs zu spielen. Aber es ist etwas ganz anderes, das in einem öffentlichen Theater zu tun.«

»Du wirst nicht mehr als drei improvisierte Akkorde spielen müssen, das verspreche ich dir. Die Information wird so schnell übermittelt sein, dass es außer dir und dem Wolf niemand merken wird.«

»Warum können wir uns denn nicht im Instituto Musicale von Mantua treffen? Der Wolf hat doch so viele Beziehungen – kann er das nicht organisieren?«

Luca schaute sie an und schüttelte den Kopf. »Ich wünschte, ich könnte dir erklären, warum nicht. Ich selbst kenne auch nicht alle Einzelheiten. Ich gebe dir nur weiter, was man mir gesagt hat. Der Wolf ist einer unser bedeutendsten Anführer. Er weiß Dinge, die nicht einmal ich weiß. Wir müssen tun, was man von uns verlangt, Elodie.«

Elodie konnte nicht schlafen. Die nächtliche Stille in der Wohnung war unerträglich. Sie war allein im Wohnzimmer und saß mit dem Bogen auf dem Schoß und ihrem Instrument zwischen den Knien da. Sie sah Schatten auf dem Boden, ein unsichtbares ungeduldiges Publikum, das sich vor ihr erstreckte. Aber ihr fiel nichts ein, was sie hätte spielen können.

Sie erinnerte sich daran, wie sie ihrem Vater gelauscht hatte, wenn er allein bis in den Abend hinein gespielt hatte, und fragte sich, welche Sorgen ihn geplagt haben mochten, wenn er vollkommen in die Musik eingetaucht und eins mit ihr geworden war.

Sie ging mit den Gedanken an ihren Vater ins Bett. Sah ihn im Morgenrock am Küchentisch sitzen, schwach, aber mit Feuer im Blick. Sie sah, wie er mit den Lippen das Wort *Mut* formte.

Und als sie einschlief, fühlte sie, wie die Kraft ihres Vaters durch sie hindurchfloss. Seine Stimme flüsterte ihr zu, wie damals, als sie mit dem Cellospielen begonnen hatte, sie solle sich konzentrieren und ihr eigenes Feuer finden.

Am nächsten Nachmittag ging Elodie zum Buchladen.

Sie trug einen roten Pullover und eine schwarze Hose. Sie hatte ihr Haar streng im Nacken zusammengebunden, und ihre Gesichtszüge wirkten so klar, als wären sie aus Glas geschnitten.

»Luca«, sagte sie.

Er kramte gerade in einem der Bücherregale. Sie stand vor ihm, noch bevor er auf ihre Stimme reagieren konnte.

»Ich werde es tun.«

Ihr Blick war fest.

Sie war sich ihrer Sache sicher, jetzt war ihr Kopf voll mit den Noten, die in der vergangenen Nacht aus ihr heraus geströmt waren. Aber es klang nicht wie gezupfte Melancholie, sondern wie der schmetternde Ruf des Horns.

»Schön, dass du es dir anders überlegt hast.« Es war, als hätte sie eine alte Haut abgestreift und stünde vor ihm wie ein loderndes Feuer.

»Wir können das mit dem Code übermorgen besprechen«, flüsterte er. »Morgen muss ich zum Monte Comune.«

»Du gehst in die Berge?«

»Ich bleibe nicht dort. Es ist nur eine Tagestour. Ich muss meinem Bruder und seinen Leuten ein paar Sachen bringen.«

»Ich komme mit«, sagte sie.

»Deine Fähigkeiten kannst du besser auf dem Cello zum Einsatz bringen. Ich möchte sie nicht für eine Tour in die Berge verschwenden.«

»Die frische Luft wird mir guttun. Ich bin die einzige *staffetta,* die ihr Fahrrad noch nie benutzt hat!«

Luca lachte. »Du bist doch immer wieder für eine Überraschung gut. Musst du denn nicht ins Konservatorium?«

»Nur am Vormittag. Wir können uns gleich anschließend treffen.«

»Also gut, wenn du so wild entschlossen bist mitzukommen, gibt es tatsächlich etwas, wobei du mir behilflich sein kannst ... Du könntest ein Päckchen abholen, das wir in die Berge mitnehmen müssen. Geh morgen früh vor der Uni in Zampieris Galerie in der Via San Giusto. Er wird dir das Päckchen geben und dir sagen, wo wir uns später treffen werden.«

»In Ordnung«, sagte sie.

Das Licht, das durch die kleinen, schmalen Fenster des Hinterzimmers hereinfiel, hatte sich geändert. Elodie erinnerte sich daran, wie ihre Mutter das Phänomen einmal auf Französisch beschrieben hatte. *Entre chien et loup*, zwischen Hund und Wolf, die flüchtige Welt des Zwielichts. Wenn Licht in Dunkelheit überging, oder Unschuld in Gefahr abglitt. Wenn man auf der Schwelle zwischen dem ruhigen Leben und dem Ruf der Wildnis stand.

Als Elodie am nächsten Morgen vor Berto Zampieris Galerie stand, machte Brigitte die Tür auf.

Sie begrüßte Elodie nicht mit Namen, sondern winkte sie mit einem angedeuteten Lächeln in einen großen Raum, wo mehrere Skulpturen ausgestellt waren. In der Ecke befand sich die abstrakte Figur einer liegenden Frau. Elodie betrachtete die vorstehenden Hüftknochen und das Becken der Liegenden und erkannte instinktiv, dass die Skulptur Brigitte darstellte.

Es roch nach feuchtem Ton, und alles war mit Gipsstaub bedeckt. Berto kam, um sie zu begrüßen.

»Das ist für dich«, sagte er. Sie sah auf seine Hände, in denen er einen Segeltuchbeutel hielt. Sie waren sauber und ohne jede Spur von Ton.

Er folgte ihrem Blick und meinte lachend: »Nein, ich bin nicht bei der Arbeit. Im Moment stehen wichtigere Dinge an.«

Elodie lächelte verlegen, weil er ihre Gedanken so schnell durchschaut hatte.

»Luca erwartet dich an der Kreuzung am Fuß des Monte Comune. Von dort geht ihr zu Fuß zum Lager. Nimm dieses Päckchen hier mit.«

Elodie nahm den Beutel von Berto entgegen.

»In Ordnung.«

»Gut. Dein Einsatz ist nicht unbeachtet geblieben, Elodie ...« Er drückte ihren Arm. »Und Luca hat mir vom Tod deines Vaters erzählt. Mein Beileid.«

Sie zuckte leicht zusammen bei der Erwähnung ihres Vaters. »Ja, danke. Das hier ist eine gute Möglichkeit, meine Energie in andere Bahnen zu lenken.«

Berto nickte.

Sie betrachtete den Inhalt des Beutels. Obenauf lag Stoff für eine Handarbeit, aber der Beutel war so schwer, dass noch etwas Wichtigeres darunter liegen musste.

»Keine Sorge, es ist nichts, das explodieren kann.« Er schaute Brigitte an, die in der Ecke stand, und lächelte. »Es sind nur frische Lebensmittel. Falls ihr angehalten werdet, sagt einfach, ihr wollt ein Picknick machen.«

Elodie legte den Beutel in ihren Fahrradkorb und machte sich auf den Weg. Sie fuhr durch Veronas enge Gassen, vorbei an der Porta San Giorgio und dann hinaus aus der Stadt über Landstraßen, wo Bauernhöfe und Olivenplantagen die Landschaft prägten. Sie hielt unterwegs an, erhitzt und verschwitzt von der ungewöhnlichen Hitze, und zog sich ihren Pulli aus. Darunter trug sie ein leichtes Sommerkleid. Sie legte den Pullover auf den Beutel in ihrem Fahrradkorb, stieg wieder auf und fuhr weiter. Nach fast einer Stunde erreichte sie die Kreuzung am Fuß des Bergs. Luca erwartete sie bereits.

Er beobachtete schweigend, wie sie vom Fahrrad stieg und den Ständer ausklappte. Sie nahm den Beutel aus dem Korb und ging zu ihm.

Er holte eine Zigarette aus seiner Hemdtasche, zündete sie an und blies den Rauch in die Luft.

Ihr Anblick verschlug ihm die Sprache. Das weiße Sommerkleid mit den gekreuzten Trägern enthüllte ihre weichen, runden Schultern und die schlanken Arme. So viel von ihrer Haut hatte er noch nie gesehen. Wenn sie in den Buchladen kam, war sie sonst eher wie eine fleißige Musikstudentin gekleidet: hochgeknöpfte Bluse und knielanger Rock.

Er fragte sich, wie oft sie sich vor seinen Augen verwandeln konnte. Er hatte es schon einmal erlebt, als sie das Cello gespielt hatte. Gestern erst hatte er sie in ihrem roten Pullover und der schwarzen Hose gesehen, als sie ihn mit dem wild entschlossenen Blick einer Löwin angesehen hatte. Und jetzt, als sie mit dem Beutel auf ihn zukam, wirkte sie weder wie eine Löwin noch wie eine harmlose Studentin; sie war irgendetwas dazwischen, und vielleicht sogar etwas Gefährlicheres. Eine schöne junge Frau.

Er nahm die Zigarette aus dem Mund und trat sie aus. Und als Elodie ihm den Beutel übergab, tat er etwas, das man ihm eingebläut hatte, nie mit einer der *staffette* zu tun: Er nahm sie in die Arme und küsste sie.

Sein Kuss überraschte sie völlig. Auch wenn sie es sich seit ihrer ersten Begegnung vor Monaten vorgestellt – sogar erhofft – hatte. Sie hatte sich gefragt, wie sich seine Lippen anfühlten, wie seine Zunge schmeckte, sich vorgestellt, wie sein Atem sich mit ihrem mischen würde; und jetzt wollte sie nur noch, dass er nicht aufhörte, sie zu küssen, wollte nur noch seine Hände auf ihren nackten Armen spüren, fühlen, wie seine Finger ihr über den Hals und durch das Haar fuhren.

Sie legte ihm eine Hand auf die Brust und spürte, wie ihre Herzen im selben Rhythmus schlugen.

Schließlich löste er sich von ihr, um sie erneut anzusehen.

Die Träger ihres Sommerkleids waren ihr von den Schultern gerutscht.

»Ich hätte das nicht tun dürfen, aber ich konnte nicht anders …«

Sie hob den Blick. »Ich bin glücklich, dass du es getan hast.«

»Am liebsten würde ich nie mehr aufhören, dich zu küssen.«

Sie lachte und küsste ihn auf den Mund. »Aber wir haben eine Aufgabe zu erledigen …«

Seine Finger zeichneten ihre Brüste nach, deren Konturen sich gegen die weiße Baumwolle abhoben.

»Die Aufgabe interessiert mich nicht«, flüsterte er ihr ins Ohr.

Ihr verklärter Blick zeigte ihm, was sie nicht zu sagen wagte.

Er hob sie etwas an und zog sie so fest an sich, dass sie auf den Zehen balancieren musste.

»Wir müssen mein Fahrrad verstecken«, flüsterte sie.

Sie entdeckten eine Stelle mit Brombeerbüschen und Wildblumen, wo sie das Rad, so gut es ging, im Gestrüpp verstauten. Dann nutzten sie die natürliche Tarnung für einen ausgiebigen weiteren Kuss, bevor sie den Aufstieg in Angriff nahmen.

Der Weg führte über holperige Pfade, beschienen vom grellen Sonnenlicht, das durch die Bäume fiel; Elodie hielt sich hinter Luca.

»Mein Bruder und Jurika und sechs weitere Männer sind da oben«, sagte Luca. Elodie nickte und erinnerte sich an die Frau in Männerkleidern.

»Sie richten ein Lager ein und brauchen Vorräte.«

Luca trug einen schweren Rucksack mit Proviant.

»Mein Bruder hat die Schmiede meines Vaters übernommen.« Er lachte. »Du wirst überrascht sein, wenn du ihn kennenlernst.«

Sie lächelte und hob das Gesicht in die Sonne. Auf halbem Weg den Berg hinauf nahm sie ein kleines Halstuch aus ihrer Tasche, band es sich um den Kopf und verknotete es im Nacken, um sich die Haare aus dem Gesicht zu halten.

»Jetzt habe ich endlich die Gelegenheit, dich in der Rolle einer *staffetta* zu erleben«, sagte er. »Der Wolf fand dich übrigens einzigartig. Er war schwer beeindruckt von dir.«

»Hat er das tatsächlich gesagt? Ich hatte eher den Eindruck, dass mein Cello einen größeren Eindruck bei ihm hinterlassen hat als der Code, den ich ihm vorgespielt habe.«

»Du solltest dich nie auf Vermutungen verlassen, Elodie. Das müsstest du inzwischen wissen.«

Sie nickte. »Ich hatte auch vermutet, dass du mich nie küssen würdest. Ich bin froh, dass ich mich geirrt habe.«

Luca schmunzelte. Elodie war außer Atem und blieb einen Moment stehen, um Luft zu holen.

»Es ist nicht mehr weit«, sagte er.

»Es geht gleich wieder. Ich war noch nie so hoch oben.«

Er nickte und rückte den Rucksack zurecht. Am liebsten hätte sie ihm gesagt, dass es nicht die Bergluft war, die sie schwächte, sondern sein Kuss.

Doch sie behielt es für sich. Sie drehten sich um und schauten ins Tal hinunter; von hier oben wirkte Verona wie eine winzige Spielzeugstadt.

Als sie im Lager eintrafen, waren mehrere Männer mit nackten Oberkörpern damit beschäftigt, Bretter auf das Balkengerüst einer Hütte zu nageln. Jurika verstaute gemeinsam mit zwei Männern Gewehre in einem unter einem Schuppen verborgenen Waffenlager.

Mindestens ein Dutzend Gewehre lagen auf einem Stapel, daneben befanden sich diverse Magazine mit Munition.

»Luca«, rief einer der Männer. Er kam auf sie zu. Er war

erheblich kräftiger als Luca, trug eine grüne Hose und kein Hemd. Seine Haut war braun gebrannt.

»Bruderherz«, sagte er und umarmte Luca. »Danke, dass du gekommen bist. Wir machen hier große Fortschritte …«

»Ja«, erwiderte Luca und ließ den Blick beifällig über das Lager schweifen.

»Und wer ist die Kleine, die du mitgebracht hast? Sie ist eindeutig zu zart für die Berge.«

»Libelle, darf ich vorstellen, Raffaele.«

»Libelle?« Lucas Bruder grinste. »Das gefällt mir … Das gefällt mir richtig gut.«

Er war ein völlig anderer Typ als Luca. Sie konnte ihn sich gut als Schmied vorstellen, auch ohne Lederschürze und Hammer in der Hand.

»Wir haben euch ein paar Sachen gebracht, die ihr haben wolltet. Was in meiner Tasche ist, weißt du ja … Und unter dem Nähzeug in Libelles Beutel sind Lebensmittelkonserven.«

Raffaele legte Luca eine Pranke auf die Schulter. »Du wirst im Winter mit mir hier heraufkommen, oder? Wir stellen uns auf einen harten Kampf ein.«

»Ich werde tun, was immer nötig ist. Im Moment planen Zampieri und Maffini unsere Strategie. Es heißt, die Deutschen sind bereits in den Bergen und vergraben ihre Waffen.«

Raffaele nickte. »Das haben wir auch schon gehört.«

»Ich sehe zu, dass ich in den nächsten Tagen wieder herkommen kann. Hast du eine neue Liste für mich?«

Raffaele nahm einen gefalteten Zettel aus seiner Tasche und reichte ihn Luca.

»Lies es und präg es dir ein. Trag ihn nicht bei dir.«

»Das überlasse ich einer, die das viel besser kann als ich.«

Er gab Elodie den Zettel, die einen kurzen Blick darauf warf und ihn dann in kleine Stücke riss.

»Ich zähle dir auf, was du besorgen musst«, sagte sie lächelnd. »Sobald wir zurück in der Stadt sind.«

25

Verona

September 1943

Als sie wieder in Verona eintrafen, war es schon fast dunkel. Vor der Porta San Giorgio machten sie halt. Ihnen war bewusst, dass sie niemandem von ihren Aktivitäten und von dem was sich zwischen ihnen ereignet hatte, erzählen durften. Sobald sie die Stadt betraten, mussten sie so tun, als wäre nichts passiert.

Elodie stützte sich mit den Füßen auf dem Boden ab, das Fahrrad zwischen den Beinen, während die Pedale ihr gegen die Waden drückten.

In ihrem Kopf flimmerte ein ganzes Feuerwerk aus Bildern und Eindrücken.

Sie spürte immer noch seine Hände auf ihren Schultern; jede einzelne seiner Berührungen hatte sich in ihr Gedächtnis eingebrannt.

Sie wollte nicht heimgehen, in das stille Haus, zu ihrer Mutter, die jetzt die schwarze Witwentracht trug. Nein, am liebsten wäre sie irgendwo allein mit Luca gewesen; sie wollte nackt vor ihm stehen und spüren, wie seine Hände über ihren Körper wanderten, wie ein fein gespannter Bogen über vibrierende Saiten.

Ob er dasselbe dachte, sagte er nicht. Sie verharrten weiter unbeweglich auf ihren Rädern, das massige Stadttor vor sich. Plötzlich wurde es empfindlich kühl, was sie daran erinnerte, dass der Sommer vorbei war und der Herbst Einzug hielt.

Er suchte in der Tasche nach einer Zigarette, aber das Päckchen war leer.

»Gut, dass du nicht rauchst«, sagte er lächelnd.

»Ich hab's mal probiert, aber da musste ich den ganzen Tag über beim Cellospielen husten. Das ist nichts für mich.«

Sie spürte, wie er sie musterte und einzuschätzen versuchte, was sie dachte. Die Wahrheit lag irgendwo zwischen ihren Worten und ihren Augen. Sie schimmerte hindurch, wie heller Mondschein durch Eis.

Er betrachtete seine Lenkstange, dann schaute er ihr flüchtig in die Augen.

»Wir müssen uns morgen treffen, damit ich die Sachen für meinen Bruder zusammenstellen kann …«

»Ja«, sagte sie. »Ich komme nach dem Unterricht vorbei.«

»Dann können wir auch wegen des Konzerts sprechen.«

»Ja«, erwiderte sie.

»Also bis morgen.« Das sagte er so liebevoll, dass Elodie das Herz überging.

»Bis morgen«, erwiderte sie ebenso liebevoll. Sie wechselten einen letzten Blick, bevor sie wieder in die Pedale traten und durch das Tor in die Stadt fuhren, wo die blaugraue Abenddämmerung ihre Umrisse schon bald verschluckte.

An diesem Abend stand Elodie nicht der Sinn nach Schlafen. Sie spielte bis tief in die Nacht hinein. Sie drückte ihre Brust gegen das Holz des Cellos und entfachte ein Feuer neuer Leidenschaft für ihre Musik, für die stärker werdende Resistenza und für alles, was sie in den vergangenen vier Monaten geworden war.

Am nächsten Tag ging sie nach dem Unterricht zum Buchladen. Luca war gerade mit einem Kunden beschäftigt, der in einem Katalog blätterte. Er blickte einen Moment auf, und ein Lächeln huschte über sein Gesicht. Diese stumme Verständigung zwischen ihnen ließ ihr Herz höher schlagen.

Sie ging in den hinteren Teil des Ladens, wo sich die Neuerscheinungen befanden, und lehnte ihr Cello an ein Regal. Beim Überfliegen der Buchrücken fiel ihr Blick auf ein dünnes Bändchen, das leicht zu übersehen war.

Sie zog es aus dem Regal. Das Bild auf dem Buchdeckel gefiel ihr auf Anhieb. Ein kleiner Junge, der von etwas sprang, das wie der Mond aussah, wobei seine Hände Seile umklammerten, die von einem Fallschirm aus flatternden Vögeln gezogen wurden. Um ihn herum leuchteten hell die Sterne, und in der Ferne schwebte ein Planet mit einem Ring.

Sie blätterte durch die Seiten, fasziniert von den kunstvollen Illustrationen, die sich durch das ganze Büchlein zogen.

Sie begann zu lesen. Nach einer Weile hörte sie Lucas Schritte näher kommen. Noch bevor er etwas sagte, spürte sie seinen Atem.

Er nahm ihr das Buch aus der Hand und lächelte. »Das ist ein ganz besonderes Buch.«

»Das sieht man.«

»*Il Piccolo Principe* von Antoine de Saint-Exupéry. Gerade erst aus dem Französischen übersetzt.«

»*Der kleine Prinz*«, sagte sie lächelnd.

»Du kannst es haben«, sagte er. »Ich schenke es dir. Es wird dir bestimmt gefallen … Es ist voller versteckter Botschaften.«

»Wirklich?« Sie konnte ihre Faszination nicht verbergen.

»Ja.« Er legte ihr eine Hand auf die Schulter und drückte sie leicht. »Lass dich nicht von den kindlichen Zeichnungen irreführen. Die Geschichte ist eine Reise zur eigenen inneren Wahrheit.«

Sie schaute ihn schweigend an, während sie das Buch einen Moment ganz fest umklammerte. »Ich werde noch heute Abend anfangen, es zu lesen.«

»Das hast du in einer Stunde ausgelesen, aber dann wirst du es gleich noch einmal lesen wollen.« Er bedeutete ihr, ihm ins Hinterzimmer zu folgen.

Sie ließ das Büchlein in ihre Tasche gleiten und folgte ihm.

Als sie den Raum betrat, spürte sie instinktiv, dass jetzt nicht der Zeitpunkt war, um zu flirten. Sie mussten alle Aufgaben möglichst effektiv und zügig erledigen.

Sie saß da, das Cello neben sich, und rief sich die Liste seines Bruders in Erinnerung. Lebensmittel, Munition, Kochtöpfe, wasserfeste Planen, und kleinere, ebenfalls wichtige Dinge wie Streichhölzer, warme Socken und Handschuhe.

Als sie anfingen, über das Herbstkonzert zu sprechen, wurde sie plötzlich ganz steif.

»Das macht mich alles ganz nervös«, sagte sie. »Es werden eine Menge Leute aus Verona und Mantua im Theater sein, Leute, die die Musik kennen. Leute, die meinen Vater kannten.«

Sie merkte, dass er sie aufmerksam musterte.

»*Carissima*«, sagte er. »Ich möchte ja nicht grob klingen, aber unsere Arbeit hat mit einer harten Wirklichkeit zu tun. Du hast die Chance, eine wichtige Aufgabe zu übernehmen und Informationen zu übermitteln, die unseren Leuten bei der bevorstehenden Invasion der Deutschen nützlich sein können. Aber es liegt allein bei dir zu entscheiden, ob du es tun willst.«

Sie antwortete nicht sofort. In ihrem Kopf führte sie ein Gespräch, das er nicht hören sollte. Und er sollte es auch nicht in ihren Augen, ihrem Atem oder in dem Schweigen zwischen ihnen lesen. Was wollte sie eigentlich?

Sie wollte ihren Vater zurückhaben. Sie wollte sein Gesicht am Esstisch sehen und seine Musik im Wohnzimmer hören. Sie wollte die venezianische Küche ihrer Mutter und ihre Lieder, die vom Bad durchs Haus schwebten.

Sie wollte noch einen Kuss von Luca. Etwas anderes als Holz an ihrer Brust oder Saiten unter ihren Fingern spüren. Sie wollte ihre Jugend fühlen, nicht ihre Verantwortung. Freude empfinden. Die Berührung seiner Hand spüren, und den Klang seiner Stimme hören, wenn er ihren Namen sagte. Sie wollte ihre Musik so spielen wie immer, weil sie sie liebte, und nicht als Mittel, um einen Kriegscode zu transportieren.

Deswegen hätte sie ihm am liebsten gesagt, dass die Kadenz für das Boccherini-Konzert umzuschreiben, um eine wichtige Botschaft für den Wolf einzuschleusen, ganz und gar nicht das war, was sie wollte. Aber von all dem sagte sie ihm nichts.

Sie schloss die Augen und sagt stattdessen nur fünf einfache Worte.

»Ja, ich werde es tun.«

Auf dem Programm für das Konzert im Teatro Bibiena standen Marin Marais' »Glocken von Genf«, Boccherinis B-Dur-Konzert und Saint-Saens' »Der sterbende Schwan«. So war es öffentlich angekündigt worden.

»Sag mir, wie viele Informationen übermittelt werden müssen. Ich werde die Grützmacher-Kadenz im Boccherini spielen. Die lässt nicht so viel Raum wie die Haydn-Kadenz, die ich für den Wolf gespielt habe ... Aber ein paar zusätzliche Noten könnte ich wohl unterbringen.«

Er nickte. »Offenbar ist dieser Code einfacher als der erste. Der Wolf braucht ihn also nur zu hören und muss die geschriebenen Noten nicht sehen. Einer unserer Kontakte mit musikalischen Kenntnissen hat uns erklärt, dass die Information in einer Abfolge von Dreiklängen in der Länge einer halben Note, gefolgt von ein paar Doppelgriffen in der Länge einer ganzen Note, kodiert ist. Ergibt das einen Sinn? Ich bin kein Musiker, nur ein einfacher Buchhändler«, fügte er lächelnd hinzu.

Ihr wurde ganz warm ums Herz, als sie hörte, wie er sich bemühte, sich einen Reim auf die musikalischen Instruktionen zu machen. Sie wollte ihm versichern, dass sie den Inhalt verstanden hatte, auch wenn ihm das alles ein Rätsel war.

»Also gut, die Grützmacher-Kadenz ist ziemlich schnell. Und ich kann das Tempo sogar noch ein bisschen anziehen – sodass die neuen Noten, die wir einfügen müssen, nicht zu sehr auffallen.«

Sie ließ sich einen Moment Zeit, um nachzudenken. Im Kopf ging sie die Kadenz durch und versuchte, den Code einzuarbeiten.

»Ich vertraue dir voll und ganz«, sagte Luca und nahm ihre Hände.

Endlich konnte sie sich wieder entspannen. Seine einfache, liebevolle Geste weckte ihre Lebensgeister.

»Das kann ich mir ganz leicht merken«, erwiderte sie lächelnd.

»Die spezifische Anzahl der verschiedenen Akkorde, die wir erst kurz vor dem Konzert erfahren werden, enthält wichtige Informationen über die deutschen Regimenter, die unsere Leute ausgespäht haben.« Um sie zu schützen, verschwieg er ihr die genaue Bedeutung. »Kannst du mir die Kadenz vielleicht vorspielen, so wie sie geschrieben ist, damit wir uns überlegen können, wo die Akkorde eingefügt werden?«

Sie musste lächeln, denn er bat sie zu einem Tanz, bei dem sie diejenige war, die führte. Ihr gefiel es, dass er sie fragte, ob sie für ihn spielte, auch wenn er genau wusste, dass sie die Mission verstanden hatte und nicht üben musste. Also akzeptierte sie seine Bitte und griff nach ihrem Instrument.

Im warmen Licht des Zimmers schloss Luca die Augen und lauschte den Klängen des Cellos.

Einmal mehr überraschte ihn die Veränderung, die sich bei Elodie vollzog, eine Transformation, die in dem Moment einsetzte, als sie für ihn zu spielen begann. Beim letzten Mal hatte sie meisterlich gespielt, aber jetzt entdeckte Luca eine weitere Facette. Ein weiblicher, verführerischer Sog zog sich durch ihr Spiel. Luca spürte es augenblicklich: Über ihre gemeinsame Zugehörigkeit zur Resistenza und ihre faszinierende Beschäftigung mit den Codes hinaus begehrte sie ihn ebenso sehr wie er sie.

Er war hingerissen von ihr. Er hätte ihr am liebsten den Bogen aus der Hand genommen und seine Finger mit ihren verschränkt. Er wollte ihr in den Nacken fassen und die weiße Haut freilegen, die hinter dem Vorhang aus schwarzem Haar verborgen lag. Es war nicht nur ihre Schönheit, die ihn gefangen nahm, sondern auch ihr Talent. Sie war keins von den Mädchen, die dummes Zeug daherredeten, die kicherten, um ihre Unwissenheit zu überspielen, die lächelten, weil sie nichts zu sagen hatten.

Elodie hatte etwas, das ganz ihr eigen war. Die Quelle ihres Zaubers war die Musik. Sie füllte den Raum damit. Sie benutzte ihren ganzen Körper beim Spielen: die Finger, die Arme, den Hals und die Beine. Er schaffte es einfach nicht, den Blick von ihr abzuwenden.

Irgendwann konnte er sich nicht mehr beherrschen und streckte die Hand nach ihr aus. Sie fühlte die Berührung wie einen Blitz; sie hob das Kinn an und sah ihn durchdringend an.

Noch bevor sie sich anfassten, war es, als ob elektrische Energie zwischen ihnen floss. Luca beugte sich zu ihr vor. Sie spürte, wie seine Finger den losen Strähnen ihres Haars folgten. Als seine Lippen ihren Mund berührten, empfand sie keine Schüchternheit mehr wie noch beim ersten Mal. Ihre Lippen waren geöffnet, und die Bewegung ihrer Zunge war eine einzige Einladung.

Er schloss die Augen und küsste sie noch einmal. Er liebkoste sie mit dem Mund. Entdeckte die Formen und den Geschmack ihrer verborgenen Stellen. Den schön geschwungenen Hals. Die zarten Ohrläppchen. Seine Zunge ertastete die Vertiefungen an ihren Schlüsselbeinen.

Mit den Händen erfühlte er ihre schmale Taille und die Rippenbögen, die angeordnet waren wie Klaviertasten; dann kniete er sich vor sie und fuhr mit den Fingerspitzen über ihre Knöchel, die festen Waden, hoch bis zu den Kniekehlen. Unter ihrem Rock streichelte er die weichen Schenkel.

Ihm war vertraut, wie sich Papier zwischen seinen Händen anfühlte und wie Leder und Leim rochen. Aber Elodies Haut fühlte sich völlig anders an als alles, was er je berührt hatte, und ihr Duft war mit nichts vergleichbar. An den Innenseiten ihrer Schenkel war die Haut samtig, während ihre Knöchel sich wie polierter Stein anfühlten.

Und er entdeckte die Jahreszeiten in ihr wieder. Ihre Haut duftete nach Frühlingsblumen, ihr Atem war wie Frost, der sich durch die Hitze zwischen ihnen aufwärmte. Und sie schmeckte wie süße Feigen.

Er hörte ihr leises Wimmern, ein aufflackernder Schmerz tief in ihrem Innern, während sie sich an ihn klammerte, als müsste sie ihr Gleichgewicht finden. Sie erschauderte in seinen Armen, schob sich von ihm weg und drückte sich wieder an ihn. Er wollte sie noch ein bisschen länger halten. Sie hatte noch ihren Rock und ihre Bluse an, aber er konnte ihren ganzen Körper spüren, den er über und unter ihren Kleidern ertastete.

Jetzt lag er mit angezogenen Knien neben ihr, den Kopf

in ihrem Schoß, während sie ihm über die Locken strich und mit einem Finger über die Rundung seiner Ohrmuschel fuhr. Sie streichelte ihn mit unglaublicher Zärtlichkeit, und Luca konnte nur fasziniert zu diesem wunderschönen und rätselhaften Geschöpf aufsehen, das er als Elodie, als Libelle, kannte, und sich in ihrem Blick verlieren.

Als er sie das erste Mal in den Bergen geküsst hatte, war er derjenige gewesen, der ihr Kinn angehoben hatte, um ihre Lippen zu seinen zu bringen, und er hatte zu ihr hinuntergesehen. Jetzt war sie diejenige, die auf ihn herunterblickte. Er würde den Anblick dieser Augen nie vergessen. Er hatte die Farbe Grün bisher nicht mit Feuer assoziiert. Aber ihre Augen brannten tatsächlich. Es war ein unauslöschliches Feuer, und als sie lächelte, fühlte er sich beinahe geblendet.

26

Verona

September 1943

Ihre Gedanken waren nur bei Luca, nicht bei dem Konzert im Bibiena und auch nicht bei dem Code, den sie versprochen hatte, in die Musik einzuflechten.

Sie nahm das Buch aus der Tasche, in der Hoffnung, dass die Geschichte vom kleinen Prinzen ihre ruhelosen Gedanken etwas besänftigen würde. Die Lektüre entlockte ihr immer wieder ein Lächeln: Der kleine Prinz mit seinem wehenden Schal und dem zerzausten Haar, und seine Freunde aus der Tierwelt, die in Rätseln sprachen. Als sie das Buch fast zu Ende gelesen hatte, wurde ihr bewusst, dass es sich keineswegs um ein Kinderbuch handelte, sondern dass es darin um Liebe und Verantwortung ging. Und darum, dass das Wichtigste im Leben für das Auge fast immer unsichtbar war.

Am nächsten Morgen, dem Tag des Herbstkonzerts, fühlte sich Elodie überhaupt nicht ausgeruht. Sie hatte die ganze Nacht damit verbracht, entweder an Luca zu denken oder die versteckten Botschaften in der Geschichte zu entschlüsseln. Jetzt verstand sie, warum Luca gemeint hatte, das Buch würde ihr gefallen. Es enthielt ebenfalls einen geheimen Code.

Sie spürte immer noch seine Hände auf der Haut, seinen Geruch an ihren Armen. Aber sie zwang sich, aufzustehen und sich fertig zu machen. Luca hatte ihr versprochen, ihr heute die endgültigen Einzelheiten für den Code mitzuteilen, deshalb musste sie vor der Probe in den Buchladen gehen. Als sie sich aus dem Bett quälte, fühlte sich ihr ganzer Körper anders an. Es war nicht nur der leichte Schmerz im Unterbauch; sie hatte das Gefühl, als öffnete sich etwas in ihr, als hätte in ihr eine Art Verschiebung stattgefunden. Sie hatte bisher immer geglaubt, dass Musik das Einzige war, das sie vollständig erfüllen konnte. Jetzt hatte sie das Gefühl zu glühen bei der Erinnerung an seine Berührung, seinen Atem, das Streicheln seiner Wange und seiner Hände auf ihrer Haut, und all diese fremden und wundersamen Eindrücke bewahrte sie tief in ihrem Innern auf.

Bei ihrer Morgentoilette hörte sie keine Noten mehr; stattdessen schossen ihr ständig Bilder von sich selbst und Luca durch den Kopf. Sie hatte das Gefühl, einen Film zu sehen, bei dem sie zugleich Zuschauerin und aktive Teilnehmerin war. Sie sah Luca, der vor ihr kniete, die Hände tief in den Falten ihres Rocks, und spürte gleichzeitig seine Hände auf ihrer Haut. Sie sah mit absoluter Klarheit ihre ineinander verschlungenen Gliedmaßen, den Stoff ihrer Bluse über ihrer Taille, seine Hände, die ihre Hüfte umfassten. Sie konnte jeden einzelnen Moment schmecken und riechen. Sie erinnerte sich an den Geruch von Tabak und trockenem Papier. Sie schmeckte das Salz auf seinem Hals, das warme Fleisch seiner Zunge.

Sie kam sich fast scheinheilig vor, als sie ihre Mutter in der Küche sah, die ihr zulächelte, weil sie wusste, dass Elodie heute im Bibiena auftrat.

»Du strahlst ja richtig«, sagte ihre Mutter, als Elodie ihren Kaffee mit einem raschen Schluck austrank. »Ich kann es kaum erwarten, dich heute Abend auf der Bühne zu sehen. Gestern Abend habe ich dein Kleid noch geändert.«

Elodie fragte sich, ob ihre Mutter die Veränderungen an ihr wahrnahm. Dass ihre Tochter entdeckt hatte, dass nicht nur Musik die Schönheit und das Mysterium des Lebens ausdrücken konnte. Dass sie jetzt wusste, dass das Herz seinen eigenen Rhythmus und der Atem sein eigenes Tempo hatte und dass es nichts auf der Welt gab, was einem mehr das Gefühl gab, lebendig zu sein, als die einfache Berührung durch die Hand des Geliebten.

Im Buchladen traf sie nicht wie erwartet auf Luca, sondern auf Beppe. Er stand an der Kasse, als sie eintrat.

»Libelle«, sagte er, als sie zur Tür hereinkam. Elodie zuckte zusammen, denn sie hatte Beppe noch nie ihren Decknamen sagen hören.

»Ich habe nicht damit gerechnet, dich hier anzutreffen, aber –«

»Ja, ich weiß«, unterbrach er sie. »Luca musste ganz dringend zu seinem Bruder. Es gibt so viel zu tun im Moment.«

Elodie nickte.

»Lass uns nach hinten gehen. Ich schließe die Ladentür ab. Wir brauchen nicht lange.«

Sie ging mit ihrem Cello ins Hinterzimmer, wo sie erst

vor wenigen Stunden mit Luca gewesen war. Die Metallstühle und der Tisch wirkten leer, fast skelettartig, ohne ihre beiden Körper. Sie erschauderte leicht. Sie fühlte sich fast, als würde sie Luca verraten, weil sie sich ohne ihn in dem Zimmer aufhielt.

Beppe hatte keine Ahnung von Elodies geistigen Verrenkungen. Sie musste daran denken, wie Luca ihr den Bogen aus der Hand genommen hatte, wie er ihr Cello auf den Boden gelegt hatte, wie seine Hände über ihre Bluse gefahren waren, und hatte große Mühe, sich zu konzentrieren.

»Libelle?« Beppe wedelte mit der Hand vor ihrem Gesicht.

Elodie blinzelte. »Tut mir leid … Ich habe einfach den Kopf so voll – das Konzert heute Abend …«

»Ich weiß. Aber du brauchst noch den Code, oder?«

Er ging zu einem der vielen Bücherregale an den Wänden und nahm einen Band mit italienischer Lyrik heraus. Er blätterte durch die Seiten, bis er zu der Stelle kam, wo Luca aufgeschrieben hatte, was sie spielen sollte.

»Irgendwo in der Kadenz musst du drei aufeinanderfolgende Dreiklänge in der Länge einer halben Note spielen, bei denen die Einzelnoten nacheinander gespielt werden. Anschließend zwei Doppelgriffe in der Länge einer ganzen Note. Kannst du die irgendwie einbauen?«

Elodie schloss die Augen und versuchte sich vorzustellen, wo sie den Code am besten unterbringen konnte.

In ihrem Kopf hörte sie die Musik und begann, die aufeinanderfolgenden Akkorde in die Kadenz einzuflechten.

Nach einigen Minuten öffnete sie die Augen, als hätte sie eine Erleuchtung gehabt. »Ich hab's.«

»So schnell?« Beppe schüttelte verblüfft den Kopf.

Elodie lächelte. »Am Ende der Kadenz, bevor das Orchester wieder einsetzt, gibt es mehrere Takte, die aus demselben Akkord bestehen. Hier kann ich den Code einbauen. Ich werde die Stelle besonders betont spielen, sodass sie hervorsticht.« Sie blickte Beppe entschlossen an.

»Na, du bist diejenige, die es spielt, und solange du weißt, was du tust …«

»Natürlich weiß ich das. Es ist gar nicht so kompliziert, Beppe. Ich kriege das schon hin.« Sie blickte zur Uhr und packte ihre Sachen zusammen.

Er trat zu ihr und drückte ihr die Schulter. Sein Griff war kräftig, eher brüderlich als sinnlich. Auch daran fiel ihr die Veränderung bei sich selbst auf. Sie begann, die unterschiedlichen Botschaften von Berührungen zu entziffern.

Beppe wünschte ihr alles Gute. Die Berührung seiner Hand vermittelte ihr nichts anderes, im Gegensatz zu Lucas Hand am Abend zuvor.

»Ich muss jetzt zum Konservatorium. Wir haben Probe.«

»Klar, natürlich.« Beppe begleitete sie aus dem Hinterzimmer zur Eingangstür.

»Bis bald. Und viel Glück heute Abend.«

Mit einem Lächeln schulterte sie ihr Cello und winkte ihm noch einmal zu, als sie den Laden verließ.

Bereits eine Woche zuvor hatte Elodie ein Kleid für das Konzert aus dem Schrank ihrer Mutter ausgesucht. Sie hatte es gleich neben dem gelben Chiffonkleid entdeckt. Es war aus dunkelblauem Seidentaft, der fast schwarz wirkte. »Wie die Lagune um Mitternacht«, hatte ihre

Mutter vor ein paar Tagen gesagt, als sie um ihre Tochter herumgegangen war und das Kleid mit Nadeln abgesteckt hatte, um es an Elodies schmalen Körper anzupassen.

Jetzt zog Elodie das geänderte Kleid über. Mutter und Tochter betrachteten Elodie in Orsinas hohem Spiegel.

»Ein wahrer Schwanenhals«, sagte Orsina. Und es stimmte. Der breite, gerade Ausschnitt ließ Elodies langen weißen Hals elegant zur Geltung kommen.

Die eng sitzende Korsage raubte Elodie den Atem. Sie legte die Hände auf den Bauch. »Ich kriege fast keine Luft in dem Kleid.«

Orsina betrachtete das Ergebnis ihrer Arbeit. Ihre Tochter war zierlicher, als sie es in dem Alter gewesen war.

»Lass mal sehen ...« Orsina führte zwei Finger zwischen Stoff und Schulterblätter, um den Sitz der Korsage zu testen. »Da ist Platz genug. Entspann dich einfach. Das sind deine Nerven ...«

Elodie atmete mühsam ein. Sie hob die Arme, um sich zu vergewissern, dass sie den Bogen ganz frei würde führen können.

»Na, siehst du – sitzt perfekt!« Orsina klatschte in die Hände vor Freude über die eleganten Bewegungen ihrer Tochter.

Elodie sagte nichts. Auch wenn sie die Arme bewegen konnte, fühlte sie sich in dem Kleid wie in einem Käfig. Und unter der eng sitzenden Korsage raste ihr Herz.

Das bevorstehende Konzert schien Orsinas Lebensgeister zu wecken. Sie hatte sich mit Elodies Kleid beschäftigt, froh, eine sinnvolle Aufgabe zu haben, auf die sie ihre Energie lenken konnte. Sie wusste, wie wichtig es war, dass Elodies Auftritt im Teatro Bibiena möglichst perfekt verlief. Es war der prestigeträchtigste Ort, an dem die Studenten des Konservatoriums sich präsentieren konnten, und sie hätte sich nur gewünscht, dass Pietro es noch hätte erleben können.

Weil es in den vergangenen Tagen kühler geworden war, hatten sich die Frauen in lange Schals gewickelt. Elodie trug ihr Cello und ihre Mutter eine Handtasche mit Lippenstift, Spiegel und Kamm.

Während der Zugfahrt nach Mantua betrachtete Orsina ihre Tochter voller Staunen. Schon in den Monaten vor Pietros Tod war ihr die Veränderung in Elodies Spiel aufgefallen, jedoch nicht ihre körperliche Verwandlung. Während der Zug Geschwindigkeit aufnahm, hatte Orsina Gelegenheit, Elodie ausgiebig zu mustern. Das junge Mädchen war zu einer schönen Frau erblüht.

Elodie wirkte größer, dünner, sogar kantiger. Ihre Haut schimmerte. Ihr Blick war klar. Ihre Augen waren grün mit blauen und goldenen Sprenkeln. Orsina musste unwillkürlich an die Pfauenfedern im Hutladen ihrer Mutter denken.

Sie ergriff die Hand ihrer Tochter; die kräftigen Musikerfinger waren ihr vertraut, sie erinnerten sie an Pietro.

»Elodie«, sagte sie, »du musst mir etwas versprechen. Du musst mir versprechen, dass wir noch in diesem Jahr mit dem Zug nach Venedig fahren, und sei es nur für einen Tag.«

Elodie nickte. Sie hatte schon immer Orsinas Heimatstadt besuchen wollen, diese schwimmende Stadt, die aus dem Meer aufragte. Sie hatte nie verstanden, warum sie noch kein einziges Mal dorthin gefahren waren.

Orsina schaute aus dem Fenster. Sie schloss die Augen und sah die Kirche vor sich, wo sie Pietro das erste Mal hatte spielen hören. Ihre Mutter hatte ein Kleid aus pflaumenfarbener Seide angehabt, während ihr selbst das gelbe Chiffonkleid die Beine umspielt hatte. Sie sah das Wasser des Kanals und das Schaufenster des Hutgeschäfts ihrer Eltern, in dem Hüte aller Art und exotische Federn ausgestellt waren.

Ihr wurde bewusst, dass sie so vieles aufgegeben hatte, nachdem sie zur Ehefrau geworden war. Als Kind war sie von einer unersättlichen Abenteuerlust beseelt gewesen, einer Sehnsucht nach weit entfernten Orten. Wie viele Fotos von Paris hatte sie aus den Modemagazinen ihrer Mutter ausgeschnitten? Von Straßenlaternen und Brücken, Gärten voller Blumen, mit Autos anstatt Gondeln und *vaporetti*. Bei jeder Feder, die sie angefasst hatte, hatte sie sich nicht nur gefragt, von welchem Vogel, sondern auch aus welchem Land sie stammen mochte. Aber ihre Lust, die Welt zu entdecken, war irgendwie an der Seite ihres Mannes verkümmert. Als sie jetzt ihre schöne Tochter vor sich sah, die vor Energie nur so strotzte, regte sich das Verlangen in ihr, sich selbst wiederzufinden. Mochte ihr Körper auch nicht mehr jung sein – ihre Träume warteten darauf, neu entdeckt zu werden.

Die beiden Frauen hielten sich während der kurzen Zugfahrt an den Händen.

Elodie fragte sich, ob ihre Mutter wohl spürte, wie nervös sie war. Die Noten der drei Stücke, die sie spielen sollte, kannte sie auswendig. Sie hatte sie unzählige Stunden lang im Liceo, zu Hause und in ihrem Kopf gespielt, aber der Druck, die richtigen neuen Noten für das perfekt geschulte Ohr des Wolfs in ihrem Solo unterzubringen, machte ihr das Atmen schwer.

»Ich bin schrecklich nervös«, flüsterte sie ihrer Mutter zu, als sie aus dem Zug ausstiegen.

»Kein Grund zur Sorge«, versuchte Orsina ihre Tochter zu beruhigen. »Es ist doch nur ein Konzert. Spiel mit geschlossenen Augen, wie dein Vater es dir beigebracht hat. So siehst du das Publikum nicht einmal und kannst dich ganz auf die Musik konzentrieren.«

Ihre Mutter verstand nicht. Ihr Vater hätte so einen Unsinn nicht von sich gegeben. Natürlich konnte sie die Augen schließen und vielleicht auch die Gesichter im Publikum ausblenden.

Aber sie war aus einem anderen Grund nervös.

Ihr Kopf war nicht so klar wie normalerweise. Jedes Mal, wenn sie sich auf die Musik konzentrieren wollte, sah sie Luca vor sich. Sah sich mit ihm im Hinterzimmer des Buchladens. Eng umschlungen.

Sie versuchte tief einzuatmen, aber das Kleid schnürte sie ein. Sie konnte machen, was sie wollte, sie bekam nicht genug Luft in die Lunge. Im Gegensatz zu ihr wirkte Orsina jedoch, als hätte die Zugfahrt sie verjüngt. Ihre Haut schimmerte, und ihre Augen funkelten. »Die Dampfwolken der Lokomotive haben ja auf dich wie Sauerstoff gewirkt«, scherzte Elodie. Orsina warf sich den Schal um die Schulter und streichelte ihrer Tochter die Wange.

»Ja«, sagte sie. »Die Fahrt hat mir gutgetan … Beim Rhythmus von Zügen kann ich so schön träumen.«

Das Teatro Bibiena war Mantuas kleines, aber elegantes Theater, ein prunkvoller Gewölbebau mit Galerien entlang den Wänden und mit Samt bezogenen Sitzen. Kandelaber verbreiteten warmes Licht. Nur einige wenige Zuhörer im Publikum standen in einer Beziehung zu den Künstlern. Die meisten Leute waren Musikliebhaber, die die kommende Generation von Musikern hören wollten.

Elodie hatte gehofft, Lena würde auch kommen, aber sie war durch dringlichere Dinge abgehalten worden. Berto Zampieri war es endlich gelungen, die gefälschten Pässe für die Morettis zu bekommen.

»Sei mir nicht böse, Elodie. Aber es wird ihr letzter Abend in Verona sein, und ich möchte mich von ihnen verabschieden ...« Elodie hatte volles Verständnis für Lena gehabt. Der Sohn der Morettis war für Lena wie ein kleiner Bruder, und sie hatte seit Monaten auf die Pässe gewartet.

Elodie hatte genickt. »Ich verstehe dich gut, das ist doch gar keine Frage. Es wird noch mehr Konzerte geben.«

Lena hatte in den Himmel geschaut, als würde sie eine Armada von Bombern vorausahnen. »Hoffentlich. Du warst schon immer die Optimistischere von uns beiden.«

Elodie hatte gelächelt. »Optimistisch? Von mir aus ... Besser, als für naiv gehalten zu werden.«

Lena hatte ihre Freundin umarmt. »Du bist nicht naiv, du bist stärker, als du nach außen hin wirkst.« Sie hatte Elodie in ihren schlanken Arm gekniffen. »*Ciao*, Kriegerin, und viel Glück.«

Um halb neun betrat Elodie gemeinsam mit den anderen Mitgliedern des Orchesters die Bühne. Ihr Platz war in der vordersten Reihe, gleich neben dem Dirigenten, damit das Publikum sie sehen konnte, wenn sie die Grützmacher-Kadenz und schließlich ihr Solo in dem Stück von Saint Saens spielte.

Bei ihrem Erscheinen ging ein Raunen durch das Publikum. Der Anblick dieser schönen jungen Frau mit dem Schwanenhals, die in dunklen Taft gekleidet ihr dunkelrot schimmerndes Cello trug, bewirkte eine gewisse Unruhe unter den Zuhörern. Elodie spürte die erwartungsvollen Blicke und wurde von einem leichten Schauder erfasst.

Auch die anderen Musiker nahmen ihre Plätze ein und richteten ihre Blicke auf den Dirigenten und seinen Taktstock.

Marin Marais' »Glocken von Genf« begann in einem gemessenen Rhythmus. Die Musik sollte das Läuten von Kirchenglocken nachbilden, wuchtig, aber auch sehnsüchtig, und steigerte sich zu einem Crescendo. Elodie spielte mit vollem Einsatz. Orsina sah, dass sie die ganze Zeit die Augen geschlossen hielt, obwohl die jungen Männer neben ihr ihre Bögen zum Einsatz brachten, als wären es Degen. Sie spielten präzise, aber es war anders als bei ihrer Tochter. Elodie schien sich in eine der Kirchenglocken zu verwandeln. Sie wogte vor und zurück, ihr Körper war wie ein Pendel, ihr Arm führte den Bogen voller Leidenschaft. Immer noch hatte sie die Augen geschlossen. Sie richtete den Blick nicht ein einziges Mal ins Publikum, sie tanzte nur mit der Musik.

Als das Stück zu Ende war, brandete Applaus auf,

einige Zuhörer standen auf und riefen: *»Brava!«* Nachdem wieder Ruhe im Saal eingekehrt war, nahmen die Musiker wieder ihre Bögen auf. Aber plötzlich überkam Elodie ein seltsames Gefühl. In einer der ersten Reihen entdeckte sie Luca, der sie mit glänzenden Augen betrachtete. Er strahlte, als er sah, dass sie ihren Bogen wieder hob.

Das Orchester begann mit dem Boccherini-Konzert, aber das Stück fegte an Elodie vorbei. Ihre Finger spielten zwar die Noten, doch sie verlor den Fokus auf die Musik. Ihr Bogen bewegte sich mit perfekter Präzision, doch der plötzliche Anblick von Lucas Gesicht hatte alle Schleusen geöffnet, als wäre ein Damm gebrochen. Die Bilder des vergangenen Abends stürmten auf sie ein. Wie seine Finger über sie glitten, sie erspürten. Sie konnte den Film in ihrem Kopf nicht anhalten. Er hatte Besitz von ihr ergriffen.

Zeit und Raum spielten plötzlich keine Rolle mehr. Sie hörte sich spielen, aber die Noten waren nicht die, die sie eigentlich hatte spielen wollen. Die Erinnerung an die ursprüngliche Partitur hatte die Kontrolle übernommen. Die Grützmacher-Kadenz, so wie ihr Lehrer sie gespielt haben wollte, floss aus ihrem Cello, und die Stelle, die für den Code vorgesehen gewesen war, war vorüber, bevor sie es merkte.

Niemand außer Luca und dem Wolf – den sie nicht sehen konnte, von dem sie aber wusste, dass er im Publikum saß – bemerkte ihren Irrtum. Die Kadenz war perfekt gespielt worden, alles am richtigen Platz, aber Elodie hatte versagt, und die Erkenntnis versetzte sie in Panik. Sie hatte einen Klumpen im Magen. Ihre Gedanken rasten. Hatte ihr Verstand noch wenige Minuten zuvor ausgesetzt, arbeitet er jetzt auf Hochtouren, um eine Möglichkeit zu finden, ihren Fehler wettzumachen. Sie überlegte, ob sie den Code vielleicht am Ende unterbringen konnte, aber sie wusste, dass es völlig deplatziert klingen und dem Publikum sofort auffallen würde. Wenn es doch bloß auch eine Kadenz in Saint-Saens »Sterbender Schwan« gegeben hätte!

Sie wagte es nicht, ins Publikum zu schauen, sondern hielt den Blick auf den Boden gerichtet, das Cello fest zwischen die Knie gepresst und den Bogen in der Hand. Am liebsten hätte sie sich in Luft aufgelöst. Sie wollte Lucas forschende Augen nicht sehen. Sie wollte weder die Verwirrung noch die Enttäuschung in seinem Gesicht sehen. Und genauso wenig konnte sie den Gedanken an die Augen des Wolfs ertragen. Sie stellte sie sich blutunterlaufen und wütend vor, voller Ungläubigkeit über ihr Missgeschick.

Nachdem der Applaus verklungen war, wurde eine Harfe auf die Bühne gerollt für die abschließende Aufführung von »Der sterbende Schwan«.

Die Harfenistin Francesca Colonne kam auf die Bühne, eine prächtige Erscheinung in einem langen roten Seidenkleid und mit Hochfrisur. Elodie war heilfroh, dass nicht mehr alle Augen auf sie gerichtet waren, sondern auf die ausgesprochen zierliche Francesca.

Francesca setzte sich an die Harfe, an dieses riesige Instrument mit den vergoldeten Schnecken und göttlichen Saiten, und begann, das Publikum in süße Träume zu lullen. Elodie hob den Kopf, ihr langer, weißer Hals reckte sich aus dem Ausschnitt ihres blauen Kleids, sie schien selbst zum sterbenden Schwan zu werden, der noch einmal flügelschlagend aufbegehrt.

Als sie mit ihrem Solo einsetzte, existierte kein Unterschied mehr zwischen dem imaginären weißen Vogel, den sie heraufbeschwörte, und ihr selbst. Sie war ein sterbender Vogel, ihr Cello schluchzte mit jedem Ton. Als sie endete, brach sie über ihrem Cello zusammen, die weißen Arme um den Resonanzkörper geschlungen, den Kopf gegen das Griffbrett gelehnt.

Sie hörte Francesca flüstern, sie solle aufstehen und sich verbeugen, spürte, wie sie sie am Arm zupfte. Aber Elodie war unfähig, sich zu bewegen, vor Schreck über ihr Versagen war sie wie versteinert.

Nachdem der Applaus verebbt war, und Francesca sich mehrmals verbeugt hatte, löste jemand Elodies Finger vom Hals des Cellos, stellte das Instrument beiseite und half ihr auf die Füße.

Einige Leute, begeistert von Elodies leidenschaftlichem Spiel, klatschten immer noch. Es ertönten Rufe aus dem Publikum: »Unfassbar!« und »Sie ist der sterbende Schwan!«

Orsina eilte zu Elodie, die sich verschwitzt und zitternd auf einen kleinen Holzstuhl hinter der Bühne gesetzt hatte.

»Elodie!« Orsina legte ihrer Tochter die Stola um die Schultern, die auf den Boden gerutscht war.

»Was ist denn bloß passiert? Du hast mir solche Angst eingejagt. Es war, als würdest du vor meinen Augen sterben, als würdest du in einen tiefen schwarzen Fluss eintauchen. Am liebsten wäre ich aufgesprungen, um dir zu Hilfe zu kommen!«

Elodie wickelte sich die Stola enger um den Körper und sah ihre Mutter ausdruckslos an. Sie war so erschüttert, dass sie kein Wort herausbrachte.

»Elodie …«, sagte ihre Mutter erneut. Als ihre Tochter nicht reagierte, wandte sie sich an die anderen Musiker und deren Eltern.

»Kann ich bitte ein Glas Wasser haben? Elodie geht es nicht gut!«

Jemand brachte schnell ein Glas Wasser, und Orsina versuchte, ihre Tochter zum Trinken zu bewegen. Sie streichelte ihr über die Wangen und versicherte ihr, dass sie nicht nur perfekt, sondern mit unglaublich viel Gefühl gespielt hatte. Und dass ihr Vater stolz auf sie gewesen wäre.

Aber die Worte hatten die gegenteilige Wirkung auf Elodie. Ihr gequälter Gesichtsausdruck verstärkte sich nur noch.

»Stolz? Stolz? Er wäre wütend auf mich, wenn er gehört hätte, was ich gespielt habe – oder nicht gespielt habe.«

Sie konnte jetzt nicht an ihren Vater denken, sondern nur daran, wie wütend der Wolf sicher über ihren Fehler war und dass Luca sich jetzt eine andere Möglichkeit ausdenken musste, wie er rechtzeitig den Code übermitteln konnte.

Aber keiner der Männer kam hinter die Bühne, und so überließ sich Elodie ihrer Mutter, die sie aus dem Theater führte. Sie schoben sich zwischen den Zuhörern hindurch, die Elodie zu ihrer außergewöhnlichen Darbietung gratulieren wollten und ihr Programmhefte entgegenhielten – in der Hoffnung auf ein Autogramm von der Musikerin, in der sie einen künftigen Star sahen.

Orsina hielt ihren Arm schützend vor Elodie, während sie sie aus dem Bibiena in die Dunkelheit bugsierte, bis sie schließlich ganz allein in einem Dritte-Klasse-Waggon des Nachtzugs nach Verona saßen.

27

Verona

September 1943

Während der Rückfahrt sagte Elodie kein Wort. Orsina versuchte, sie aus ihren Wachträumen zu wecken, und erklärte ihr immer wieder, wie wundervoll sie gespielt hatte, mit wie viel Gefühl, und wie stolz ihr Vater auf sie gewesen wäre. Aber nichts konnte Elodie aus ihrer Trance holen.

Als der Zug in den Bahnhof einfuhr und die anderen Reisenden um sie herum ausstiegen, bot Orsina ihrer Tochter an, das Cello zu tragen. Aber Elodie umklammerte das Instrument so fest vor ihrer Brust, dass Orsina es ihr nicht entwinden konnte.

»Elodie, bitte …« Sie beugte sich vor und legte ihrer Tochter die Hände auf die schmalen Schultern. »Du willst mir dein Cello nicht geben, gut, aber ich habe nicht die Kraft, dich zu tragen. Wir müssen nach Hause gehen.«

Elodie stand völlig abwesend auf und stieg, das Cello an sich gepresst, wie ein Geist die Stufen des Waggons hinunter auf den Bahnsteig.

Orsina hakte sich bei ihr unter und lenkte sie über die Kopfsteinpflasterstraße sicher nach Hause. Sie zog ihr das schöne Kleid aus und streifte ihr das Nachthemd über. Dann brachte sie sie ins Bett und deckte sie gut zu.

Sie wollte, dass Elodie die Augen schloss, doch ihre Tochter starrte nur die Wand an.

Orsina konnte nicht verstehen, warum Elodie so verstört war. In ihrer Ratlosigkeit schob sie es auf die Musik, sagte sich, dass Saint-Saens' »Der sterbende Schwan« Elodie womöglich so sehr an den Tod ihres Vaters erinnert hatte, dass sie buchstäblich auf der Bühne zusammengebrochen war.

Elodie konnte nichts anderes denken, als dass sie versagt hatte. Sie befürchtete, dass sie all die Männer der Resistenza in Gefahr gebracht hatte, die sich in den Bergen einrichten mussten, bevor die Deutschen mit ihrer Invasion begannen. Sie schämte sich, weil der Wolf nun bestimmt dachte, dass es ein schwerer Fehler gewesen war, sich bei einer derart wichtigen Mission auf sie zu verlassen. Am allerschlimmsten war jedoch die Verzweiflung darüber, Luca enttäuscht zu haben.

Das Gefühl, versagt zu haben, paralysierte sie. Sie konnte weder Arme noch Beine bewegen. Es war, als würde ein Sack Steine auf ihrem Körper lasten. Orsina zog einen Sessel heran, nahm die Hand ihrer Tochter und drückte sie fester, als eigentlich nötig, weil sie wollte, dass Elodie die Intensität des Händedrucks spürte. Und dann begann sie zu singen.

Was Orsina sang, verstand Elodie nicht, weil es im *dialeto del mar* gesungen war, dem alten venezianischen Dialekt. Aber sie konnte die Tiefe der Salzwasserlagune spüren, die Gezeiten und die Nebelschwaden.

Und auch wenn Elodie nicht die wahre Ursache für ihre Angst offenbaren konnte, nahm sie die alte Melodie in sich auf und ließ sie wie Wasser ihre Haut durchdringen und durch ihre Adern fließen. Obwohl sie diese Sprache nicht sprach, verstand sie doch den Rhythmus, der zwischen ihr und ihrer Mutter pulsierte. Die venezianischen Melodien waren für Elodie Lieder der Sehnsucht nach mystischen Orten voller geheimer Wege, verwinkelter Paläste und uralter Träume, und sie schloss die Augen und träumte von Luca.

Als Elodie am nächsten Morgen erwachte, schlief Orsina noch im Sessel neben ihr. Sie wusch sich rasch und zog eine Hose und eine Bluse an. Sie nahm sich nicht die Zeit, ihre Haare zu ordnen, die vom Schlaf noch ganz zerzaust waren.

Sie eilte aus dem Haus, nahm ihr Fahrrad, das am Treppengeländer lehnte, und raste zu Lucas Buchladen.

Es war erst acht Uhr, aber sie war sich ziemlich sicher, dass er immer schon im Laden war, bevor das Geschäft öffnete.

Als sie eintraf, war er gerade im vorderen Raum. Mit düsterer Miene öffnete er die Tür.

»Elodie …«

Sie hätte so gern etwas Liebevolles in seiner Stimme gehört, doch sie hörte nur Angst.

»Es tut mir so leid«, sagte sie atemlos. Sie war so schnell gefahren, dass sie nur stoßweise sprechen konnte. »Es tut mir – so schrecklich leid. Ich war plötzlich so durcheinander … Ich schwöre dir, dass ich das nicht absichtlich gemacht habe. Ich war wild entschlossen, es –«

»Hör auf«, sagte er. Er legte ihr eine Hand auf die Schulter. »Das weiß ich doch.«

Sie schwieg und sah ihn an. In seinen Augen las sie die Worte, die sie sich erhofft hatte, auch wenn sie unausgesprochen blieben. Sie wusste, dass er ihr verziehen hatte. Erleichtert atmete sie auf und versuchte, ihre Fassung wiederzugewinnen.

»Aber was ist mit dem Wolf? Er muss doch furchtbar wütend auf mich sein.«

»Es geht nicht um dich oder mich, Elodie. Das alles hat Ausmaße, die uns weit übersteigen.« Er massierte sich die Schläfen. Sie spürte, wie erschöpft er war.

»Wie auch immer«, fuhr er fort. »Ich habe nicht mit ihm gesprochen. Deshalb brauchten wir gestern Abend auch die verschlüsselte Nachricht ... Aber wir müssen einen anderen Weg finden, ihm die Informationen zukommen zu lassen, die er braucht.«

»Es muss doch eine Möglichkeit geben, wie ich ihm den Code übermitteln kann.«

»Leider entwickeln sich die Dinge viel schneller, als wir ahnen konnten. Wir haben jetzt höchstens noch zwei Tage, bevor die Deutschen hier sind. Jetzt einen neuen Code zu entwickeln und ihm rechtzeitig die Nachricht zukommen zu lassen, damit unsere Leute sich darauf einstellen können, ist unmöglich.«

Elodie begann zu zittern.

»Du darfst jetzt nicht die Nerven verlieren ... Bitte.« Er berührte ihren Arm. »Also gut, die Botschaft wurde nicht übermittelt. Es herrscht Krieg, und andauernd geht etwas schief. Eine Botschaft wird abgefangen – oder ein Kontaktmann wird enttarnt und kriegt eine

Kugel in den Kopf. Diese Dinge passieren. Du bist nicht das erste Mitglied der Resistenza, dem ein Fehler unterläuft, Elodie.«

Er streichelte ihr die Wange. »Was lernt der kleine Prinz auf seiner Reise, Elodie? Man sieht nur mit dem Herzen gut, das Wesentliche ist für die Augen unsichtbar.«

Sie lächelte. »Diese Seite habe ich mir angestrichen, als ich sie gelesen habe.«

»Gut. Dann weißt du ja, dass du im Leben immer auf dein Herz hören musst.«

»Ja.«

Er nahm ihre Hände. »Es gibt jetzt so viel zu tun, und wir dürfen unser Ziel nicht aus den Augen verlieren.«

Sie nickte.

»Beppe ist mit den anderen in Bertos Atelier; sie überlegen gerade, was als Nächstes zu tun ist. Und während wir hier reden, sind Mazzini und Zampieri in Vicenza, wo sie einen von Bertos französischen Kontaktleuten treffen. Ich weiß von meinem Bruder, dass unsere Späher schon eine Reihe Deutsche in den Bergen gesichtet haben. Raffaele fordert mehr Munition an. Aber durch das, was gestern Abend passiert ist, ist die Lieferung gefährdet …«

Vor Elodies Augen flimmerte es.

»Wir haben Krieg, Elodie. Was geschehen ist, lässt sich nicht mehr ändern. Wir müssen weitermachen und den Fehler so gut und so schnell wie möglich ausbügeln. Das ändert nichts daran, was mein Herz sagt. Oder deins.«

Vor Dankbarkeit fing sie an zu weinen. Sie war überglücklich, dass er ihr ihren Fehler verziehen hatte.

»Es ist so geheimnisvoll, das Land der Tränen«, zitierte er aus *Der kleine Prinz*.

Und als er dieses Körnchen Wahrheit aussprach, musste sie lächeln.

Sie folgte ihm ins Hinterzimmer, wo mehr Waffen gelagert waren – zwei Kisten voller Beretta-M-34-Pistolen und drei Kisten mit Munition –, als sie in ihrem ganzen Leben gesehen hatte.

»Beppe hat mir die ganze Nacht geholfen. Aber es gibt immer noch viel zu tun …« Er öffnete eine weitere Kiste, die jedoch nur Bücher enthielt. Er nahm eins heraus und schlug es auf. In der Mitte war, genau wie Luca es bei ihrer Versammlung demonstriert hatte, ein Hohlraum herausgeschnitten, in dem sich eine Pistole unterbringen ließ.

Als er nach einer Pistole greifen wollte, um sie in das Buch zu legen, nahm sie seine Hand. Sie wusste, dass sie keine Zeit hatten, um sich zu küssen oder den Körper des anderen zu erkunden, aber wenigstens einen Moment lang wollte sie die Wärme seiner Haut und den Druck seiner Hand an ihren Fingern spüren.

»Wir müssen all diese Pistolen in den Büchern verstecken. Die Bücher stelle ich dann dort oben ins Regal, um sie griffbereit zu haben, wenn wir sie benötigen.« Er grinste. »Dann haben wir eine geladene Bibliothek.«

Sie lachte und begann, die Pistolen mit schnellen, geschickten Bewegungen in den Büchern zu verstauen. Sie hatte nie zuvor eine Schusswaffe in der Hand gehalten und war überrascht, wie schwer sie waren.

»Man sollte ein Buch entwickeln, das groß genug für

ein Gewehr ist«, sagte Luca, als er sah, wie sie eine Pistole genauer in Augenschein nahm.

Sie fand keinen sonderlichen Gefallen daran, eine Waffe in der Hand zu halten. Lena mochte diese Art von Gefahr vielleicht reizen, aber sie nicht. Hastig legte sie die Pistole in ein Buch und arbeitete weiter.

Während Luca die Bücher nahm und sie ins Regal stellte, warf er hin und wieder einen Blick auf die Uhr. Da der Laden um halb zehn aufmachte, mussten bis dahin alle Bücher untergebracht und alle Beweise ihrer Arbeit verschwunden sein.

Um fünf vor halb zehn stellte Luca das letzte Buch ins Regal. Er schaffte die leeren Kisten in den Hof und machte mit einem Hammer Kleinholz daraus.

Als er wieder zur Hintertür hereinkam, nahm er einen Kittel vom Haken und zog Elodie zu sich.

»Komm her«, sagte er und umarmte sie. »Nach der harten Arbeit habe ich einen Kuss verdient ...«

Er drückte sie fest an sich und küsste sie. Und genau wie der kleine Prinz spürte sie, wie die Schichten, die zuvor im Dunkeln gelegen hatten, plötzlich hell erstrahlten. Als ihre Lippen sich berührten, hatte Elodie für einen kurzen Moment das Gefühl, in einem Sternenmeer zu schweben.

Luca behielt recht. Die Zeit reichte nicht für einen neuen Versuch, die verschlüsselten Informationen zu übermitteln. An jenem 8. September, als Elodie und Orsina gerade beim Abendessen saßen, brachte das Radio erstaunliche Nachrichten: Der König hatte öffentlich einen Waffenstillstand zwischen Italien und den Alliierten erklärt. Aber auch wenn der König die Absicht haben mochte, Italien vor einer Invasion durch die Deutschen zu bewahren, hatte Mussolini andere Pläne. Um seine eigene Macht wiederherzustellen, hatte er einen Pakt mit Hitler geschlossen, der diesem erlaubte, seine Truppen nach Italien zu schicken.

Die Resistenza war jetzt darauf gefasst, dass die Deutschen über den Norden nach Italien eindringen würden. Ohne dass Elodie davon wusste, hatten Maffini und Zampieri bereits den Nachtzug nach Verona genommen, um eine Dringlichkeitsversammlung der Gruppe zu organisieren.

Während Elodie schlummerte, berieten sich die Männer mit Oberst Eugenio Spiazzi, einem Offizier, dessen Loyalität nicht Mussolini, sondern dem König galt. Gewillt, den Norden um jeden Preis zu schützen, hatte Spiazzi seine eigenen Soldaten zusammengetrommelt und mit Maffini und Zampieri eine Strategie ausgearbeitet. Sie mussten in Verona drei Brücken gegen die deutschen Panzer verteidigen: Ponte Garibaldi, Ponte Nuovo und Ponte Navi. Die deutsche Armee würde schon am folgenden Morgen in Verona einmarschieren; dann würde der Kampf um die Stadt beginnen.

Um sieben Uhr klopfte es bei Elodie und Orsina an der Tür. Elodie blickte durch den Spion. Es war Lena, die das blonde Haar unter einem langen Schultertuch verborgen hatte.

»Elodie, ich muss mit dir reden.«

Im Wohnungsflur gab Lena ihrer völlig verschlafenen Freundin Anweisungen.

»Du wirst gebraucht. Sofort. Die Deutschen stehen schon

vor der Stadt. Sie werden Verona innerhalb der nächsten Stunden angreifen. Beppe hat gesagt, dass Oberst Spiazzi jeden Mann und jede Frau aufruft, Verona zu schützen.«

Lenas Worte kamen wie aus einem Schnellfeuergewehr. So lebhaft hatte Elodie ihre Freundin noch nie erlebt; es war, als ob das Adrenalin sie wie ein Duft umgab.

»Ich bin gleich fertig«, erwiderte Elodie. Als sie gerade in ihr Zimmer laufen wollte, um sich anzuziehen, stand ihre Mutter in der Wohnzimmertür. Sie hatte jedes Wort gehört, das Lena gesagt hatte.

Sie musterte die beiden jungen Frauen. Lena mit ihrem Schultertuch, die blauen Augen leuchtend und entschlossen. Ihre Tochter, deren Verhalten sie plötzlich begriff. Elodie verfügte über enorme Kraft und einen Mut, der tief aus ihrem Innersten zu kommen schien.

Ein Energieschub ging durch Orsinas Körper, so als hätten die Leidenschaft und der Mut der beiden jungen Frauen sie angesteckt. Am Tod ihres Mannes waren die Faschisten schuld, und sie würde ihre Tochter im Kampf gegen sie nicht allein lassen.

»Lena«, sagte sie, bevor Elodie den Mund aufmachen konnte, »du kannst auch auf mich zählen.«

Orsina und Elodie zogen sich in aller Eile an. Lena verabschiedete sich hastig und sagte, dass sie mit dem Fahrrad unterwegs sei, um all die anderen *staffette* über die Situation zu informieren. Elodie und Orsina sollten ins Café Dante an der Piazza dei Signori gehen, wo man ihnen erklären würde, was als Nächstes zu tun sei. Sie war fast schon zur Haustür hinaus, lief aber noch einmal zurück zu Orsina und umarmte sie. »Danke, dass du uns hilfst.«

Orsina nahm Lena in die Arme. »Meine Tochter kämpft, und mein Mann ist wegen all dieser Brutalität gestorben. Wie könnte ich da nur zusehen?«

Lena warf den beiden Frauen noch einen letzten Blick zu, bevor sie sich das Schultertuch festband und die Treppe hinunterlief. Die beiden Frauen hörten noch ihre Schritte, während sie sich ihre Schuhe anzogen.

In den Straßen herrschte helle Aufregung. Männer, die auf einen schnellen Morgenkaffee ins Café, und Frauen, die zum Einkaufen auf den Markt gegangen waren, wurden von der schrecklichen Nachricht überrascht: Die deutsche Armee hatte bereits mit dem Angriff auf die Außenbezirke von Verona begonnen und näherte sich dem Zentrum. Seit Jahren regierten die Faschisten die Stadt, und aus Angst vor dem Gefängnis – oder schlimmer noch – vor den Schwarzhemden, hatten die Einwohner der Stadt es nicht gewagt, sich offen gegen sie aufzulehnen. Aber niemand wollte eine Invasion der Deutschen, auch nicht die Soldaten in den Kasernen.

Die Leute flohen nach Hause und schlossen die Fensterläden, aus Angst, verhaftet zu werden. Die Faschisten waren schon brutal gewesen, aber jetzt, wo die Deutschen vor der Tür standen, hatten alle Angst, von der Gestapo ins Gefängnis gesteckt oder erschossen zu werden. Einige Mutige meldeten sich freiwillig, um Informationen darüber zu verbreiten, wie man sich der Resistenza anschließen konnte, und Frauen flüsterten einander zu, wo sich Vorräte und Kleidung für die Widerstandskämpfer verstecken ließen. Elodie hatte das Gefühl, auf Anhieb zu erkennen, wer bereit war zu helfen und wer nicht. Man sah es an den Augen.

Elodie und Orsina trafen im Café Dante ein, wo Brigitte gerade dabei war, den *staffette* ihre Aufgaben zuzuteilen. Sie stand auf einem Hocker, bekleidet mit einer von einem Soldaten geliehenen Uniformhose und einer weißen Bluse. Das streng im Nacken zusammengebundene Haar betonte ihre markanten Gesichtszüge. Aus ihrer Miene sprach Entschlossenheit und Selbstbewusstsein. An einem schräg über dem Oberkörper liegenden Schulterriemen trug sie ein Gewehr und darüber einen Munitionsgürtel. »*Ragazze!*«, schrie sie über den Lärm hinweg. »Mädels!«

Alle verstummten. Niemand war es gewöhnt, Brigitte sprechen zu hören, doch jetzt ertönte ihre Stimme kraftvoll und gebieterisch.

»Heute müsst ihr vergessen, dass ihr Frauen seid. Heute gibt es keine Männer und keine Frauen, nur Soldaten.«

Alle brachen in Hurrarufe aus. Im Raum entdeckte Elodie vertraute Gesichter, nicht nur von den Versammlungen im Buchladen, von überall in der Stadt. Die Verkäuferin aus dem Käsegeschäft war dabei und auch die junge Witwe, die eine Etage unter ihnen wohnte, deren Mann an der russischen Front gefallen war. Sie alle waren erbost darüber, dass sie wegen Mussolinis Machtgier geliebte Menschen verloren hatten, und entschlossen, sich nicht der Herrschaft der Nazis zu unterwerfen.

»Sag uns, was wir tun sollen!«, rief eine ältere Frau. Sie war keine *staffetta,* sondern wollte sich einfach nützlich machen.

»Berto ist schon bei Maffini. Laut neuester Meldung sind sie unterwegs zur Caserma Ederle, wo die 8. Artillerieeinheit in Campofiore sich Oberst Spiazzi und seinen Leuten anschließen wird. Wir müssen uns also vorbereiten für den Fall, dass Panzer in die Stadt einrollen«, sagte sie und unterstrich ihre Worte mit einem Griff an ihr Gewehr.

»Zuallererst: Sind unter euch Krankenschwestern?«

Zwei Frauen meldeten sich. Eine dritte sagte, dass sie zwar keine Ausbildung habe, aber drei Söhne, und geübt sei im Umgang mit Hämatomen und Schürfwunden.

»Geht nach Hause und reißt alte Laken in Streifen. Es wird Verbandszeug gebraucht. Sterilisiert eure Instrumente, falls ihr welche habt. Wer einen Dachboden hat, soll Decken und Proviant dort lagern. Wir müssen auf alles vorbereitet sein.«

Während Brigitte ihre Anweisungen erteilte, sah Elodie Lena hereinkommen. Sie war nass geschwitzt, ihr Haar war zerzaust, und ihre Augen funkelten wie stahlblaue Geschosse.

»Die Deutschen haben bereits den Brenner passiert. Sie greifen die Kasernen in Rovereto und im Lagertal an; sie haben unsere Leute in den Außenbezirken der Stadt in Boscomantico und Parona überrollt. Sie sind jetzt unterwegs zur Caserma Ederle, wo unsere Leute sich mit Oberst Spiazzi zusammengeschlossen haben.« Lena nahm ihr Halstuch aus der Tasche und wischte sich die schweißnasse Stirn ab. »Spiazzi persönlich hat uns dazu aufgerufen, den Vormarsch des Feindes zu stoppen. Brigitte, wenn du weißt, wo die übrigen Waffen sind – sie sollen zur Piazza delle Poste geschafft werden.«

Stille legte sich über den Raum. Brigitte reckte das Kinn vor und rückte ihr Gewehr zurecht. Sie stand immer noch auf dem Hocker. »Ich weiß, wo sie sind.« Sie zeigte auf Elodie, Lena und Orsina und bellte: »Ihr drei kommt mit mir.«

Mutter, Tochter und Lena folgten Brigitte in Bertos Atelier. Das Gefühl eines Déjà-vu erfasste Elodie, als sie das Treppenhaus zu der Wohnung hochging, in der sie erst einige Tage zuvor gewesen war. Brigitte rückte mit der einen Hand ihr Gewehr zurecht, während sie mit der anderen nach dem Schlüssel suchte.

Die Skulpturen waren in eine Ecke geräumt worden. Auf dem Tisch standen vier leere Gläser und eine leere Flasche Grappa, daneben lagen einige zerfledderte Bücher und ein paar Stifte. Elodie konnte nur erahnen, welche hektischen Aktivitäten sich hier abgespielt hatten, als Berto am Abend zuvor, nach seinem Treffen mit dem Oberst, zurückgekehrt war. Während Luca und sie damit beschäftigt gewesen waren, die Pistolen in den Büchern zu verstauen, musste es in Bertos Atelier hoch hergegangen sein.

»Schnell, Mädels!«, befahl Brigitte. Elodie warf Orsina einen Blick zu. Als »Mädel« bezeichnet zu werden schien ihrer Mutter Auftrieb zu geben.

Die Frauen folgten Brigitte ins Schlafzimmer. Keine interessierte sich für das ungemachte Bett oder die allgemeine Unordnung. Sie alle warteten gespannt auf Brigittes Anweisungen.

»Los, als Erstes müssen wir die Bücher da wegräumen …« Sie zeigte auf eine große Truhe am Fußende des Betts, auf der sich jede Menge Bücher stapelten. Alle vier packten an, und kurz darauf war die Truhe frei. Brigitte griff in einen Tonkrug und angelte einen Schlüssel heraus.

Sie öffnete das Schloss der Truhe und hob den Deckel an. Vier Gewehre und sechs Handgranaten kamen zum Vorschein.

Sie wies Elodie und Lena an, sich jeweils ein Gewehr zu

nehmen. Orsina trug sie auf, die Handgranaten in einen Segeltuchsack zu packen.

Die Frauen befolgten Brigittes Befehle; die Waffen waren ungeheuer schwer. Brigitte schnallte sich das dritte Gewehr vor die Brust und nahm das vierte in die Hand. Sie ließ Elodie die Kiste verschließen, dann marschierten die vier Frauen zur Tür hinaus.

Elodie schulterte das Gewehr. Jahrelang hat sie ihr Cello in der Hand oder auf dem Rücken transportiert, aber das Gewehr war eine ganz andere Last. Es war die Last der Gefahr.

Elodie ging zur Piazza delle Poste. Diesmal war sie nicht als *staffetta* auf dem Fahrrad unterwegs und auch nicht als Cellistin mit ihrem Instrument auf dem Rücken. Diesmal war sie eine echte Partisanin. Nichts erschien mehr wirklich. In der ganzen Stadt waren Schüsse und Explosionen zu hören. Das Pflaster unter ihren Füßen schien unter dem Vormarsch des Feindes zu beben. Ungläubig betrachtete sie ihre sanfte, gertenschlanke Mutter, die, ganz in Witwenschwarz gekleidet, vor ihr herging, einen Beutel mit Handgranaten in der Hand.

Lena marschierte neben Brigitte, das Gewehr geschultert. Ihr blondes Haar leuchtete golden in der Herbstsonne, und ihr Gesichtsausdruck war entschlossen. Für Elodie war ihre Freundin das Einzige, worauf sie sich im Moment verlassen konnte. Sie war die einzige Konstante.

Als sie an der Piazza delle Poste eintrafen, erfuhren sie, dass drei deutsche Panzer bereits den Ponte Navi überquert hatten und jeden Augenblick die Piazza delle Poste einnehmen würden. Vierzig Kämpfer der Resistenza strömten auf den Platz. Elodie hatte keine Ahnung, wo sie so urplötzlich herkamen. Es war, als kämen sie wie Ameisen aus Löchern und Ritzen.

»Orsina!«, rief Lena. »Geh zurück zum Café, und sprich mit den Frauen. Wir müssen die Männer mit Lebensmitteln und Wasser versorgen. Die Kämpfe können sich bis in die Nacht hinziehen.«

Orsina warf Elodie einen Blick zu, um zu sehen, ob ihre Tochter mit ihr kam, ob sie zusammenbleiben konnten.

»Mamma, geh nur! Ich komme nach, sobald ich kann, und helfe euch. Aber lass die Granaten hier!« Elodie konnte selbst kaum glauben, was sie da sagte. Sie hätte sich nicht träumen lassen, dass sie ihrer Mutter eines Tages Befehle erteilen würde, erst recht nicht in Bezug auf einen Beutel mit Handgranaten. Als Elodie sich bückte, ein Gewehr auf dem Rücken und ein weiteres unter dem Arm, streichelte Orsina ihr das Gesicht. »Dass dir bloß nichts zustößt. Du bist alles, was mir geblieben ist.«

Elodie zog ihre Mutter an sich, das Gewehr zwischen ihnen. »Hör zu, Mamma, du musst hier weg. Es ist zu gefährlich. Geh zu dem Café!«

Ihre Mutter warf ihr einen stummen, verzweifelten Blick zu. Sie wollte nicht gehen.

»Ich komme nach, sobald ich die Waffen bei den Männern abgeliefert habe.« Sie gab ihrer Mutter einen leichten Schubs, drehte sich um und rannte los, als die ersten Schüsse knallten. Ihr ganzer Körper zitterte unter dem Gewicht, das sie schleppen musste. Auf der Suche nach Deckung lief sie in Richtung des kleinen Bogengangs des Hauses gegenüber dem Postgebäude.

Lena trat aus einer Einfahrt und packte Elodie am Ärmel. Brigitte winkte sie hinter das Postgebäude, und die beiden Freundinnen rannten los.

»Wartet hier!«, befahl sie. »Die Männer kommen gleich. Ihr gebt ihnen die Gewehre. Sie haben ihre Magazine leer geschossen, und unsere sind voll geladen.«

Elodie und Lena nickten.

Zum ersten Mal in ihrem Leben hörte Elodie das Geräusch von explodierenden Granaten. Von den Hausdächern und aus Fenstern wurden selbst gebastelte Bomben, Möbel, schwere Bücher und brennende Gegenstände von unsichtbaren Kämpfern auf die Deutschen geworfen.

Im Gefolge der Panzer rollten Wagen mit deutschen Offizieren durch die Straßen. Deutsche Soldaten sprangen von den Ladeflächen der Militärlaster und eröffneten wie wild das Feuer auf die Scharfschützen der Resistenza, die auf den Dächern postiert waren.

Die Männer waren vom Campofiore heruntergekommen und nahmen die heranrückenden Panzer ins Visier. Giuseppe Bettero, ein Militärveteran, der sich dem Widerstand angeschlossen hatte, platzierte mithilfe zweier anderer Kämpfer sein Maschinengewehr vor der Brücke und feuerte auf den ersten heranrückenden Panzer, und es gelang ihnen, ihn außer Gefecht zu setzen. Ironischerweise wurde das von Kugeln durchsiebte Gefährt zum Hindernis für die nachrückenden Panzer.

Kurz darauf sah Elodie Luca und Beppe in Richtung der Piazza laufen.

»Macht, dass ihr hier wegkommt«, schrie Luca. Er rannte über den Platz, das Gewehr im Anschlag. Sein Gesicht war mit Schießpulver beschmiert, und seine Haare standen ihm wild vom Kopf ab.

Er schob Elodie an eine Hausmauer.

»Verschwinde von hier, Elodie! Sofort!«

»Wohin zum Teufel soll ich denn?«, fragte sie ihn mit weit aufgerissenen Augen und stieß ihn von sich weg. Er drehte sich um und schoss auf ein paar deutsche Soldaten.

»Hauptsache weg hier!«, schrie er wieder. »Am Ende wirst du noch erschossen.« In seinen Augen sah sie nicht nur Angst, sondern auch seine verzweifelte Sorge um ihre Sicherheit.

Elodie stand immer noch wie angewurzelt vor ihm. Luca, nur noch darauf bedacht, sie aus der Gefahrenzone zu schaffen, schubste sie grob in eine Gasse, die von der Piazza wegführte. Während Elodie zum Café Dante rannte, feuerte Luca auf einen heranrollenden Panzer.

28

Portofino

Oktober 1943

Das kleine Zimmer, das Angelo Elodie überlassen hat, ist so weiß, dass es beinahe klösterlich wirkt. Die verputzten Wände sind glatt wie Marmor. Die blau-weiße Tagesdecke auf dem Bett weist keine Gebrauchsspuren auf.

Allein in ihrem Zimmer, hört sie das Telefon im Haus klingeln. Angelo nimmt ab und beruhigt eine Mutter, er werde vorbeikommen und nach ihrem Sohn sehen. Mit leiser, sanfter Stimme bittet er die Frau, dem Jungen, der anscheinend Fieber hat, einen feuchten Waschlappen auf die Stirn zu legen.

In seiner Stimme liegt Güte. Er spricht in dem gleichen Singsang, den Elodie von ihrem Vater kannte.

»Ich bin in ein paar Minuten bei Ihnen«, sagt er und legt auf. Er teilt Elodie nicht mit, dass er weggeht. Sie hört nur, wie die Schlösser an seiner Medizintasche auf- und wieder zuschnappen und wie die Haustür ins Schloss fällt.

Eine Zeit lang denkt Elodie, dass es besser ist, in ihrem Zimmer zu bleiben, aber die Neugier auf den Mann, der ihr Unterschlupf gewährt, ist stärker. Während der vergangenen Monate hat sie gelernt, möglichst viele Informationen abzuspeichern, vor allem, wenn sie unbeobachtet ist. Sie schließt die Zimmertür auf und geht an der kleinen Küche vorbei zum Wohnzimmer, wo er ihr vor einigen Tagen vorgelesen hat.

Die Schüssel mit Kakifrüchten. Die Keramikteller mit den Blumenmustern. An der Wand über einem Beistelltisch ein Bild der Madonna mit Kind. Darunter ein kleiner, aus dunklem Tropenholz geschnitzter Löwe, der zwischen all den Büchern und Muscheln fehl am Platz wirkt.

Schließlich steht sie am Ende des Flurs vor einer Rundbogentür. Sie ist geschlossen, als befände sich dahinter ein Geheimnis. Unschlüssig ballt sie die Faust. Aber sie kann nicht anders. Als sie vorsichtig die Klinke hinunterdrückt und feststellt, dass die Tür nicht abgeschlossen ist, betritt sie das Zimmer.

Elodie hat keine Worte für den Anblick, der sich ihr bietet. Die Wände sind buchstäblich mit Worten tapeziert. Mit Briefen, die längst vergilbt und am Rand bräunlich verfärbt sind.

Sie hat das Gefühl, eine Gruft aus Liebesbriefen zu betreten. Sie schaut sich um. Bis auf einige mit blau-weißen Wolken bemalte Stellen sind Wände und Decke mit Briefen bedeckt. Zwischen den zwei Betten mit blassblau geblümten Tagesdecken, die tadellos gemacht sind, steht auf einem Nachttisch ein Hochzeitsfoto.

Elodie nimmt es in die Hand und betrachtet die Gesichter der Brautleute. Bei dem Bräutigam handelt es sich zweifellos um Angelo. Die Gesichtszüge sind unverkennbar, auch wenn er auf dem Foto erheblich jünger ist; dasselbe dichte Haar und die gebogenen Augenbrauen. Und schließlich der Mund; die Lippen sind nicht voll wie die von Luca, eher schmal.

Die Braut ist umwerfend schön, und besonders auffällig sind ihre großen Rehaugen. Sie trägt ein hübsches Kleid von ergreifender Schlichtheit. In ihr schwarzes Haar ist ein Kranz aus weißen Blüten geflochten.

Elodie stellt das Foto vorsichtig wieder ab und lässt den Blick zur Decke wandern. Es ist kein Fleckchen weißer Farbe zu sehen, die gesamte Fläche ist entweder von blauen Wolken oder aber von Briefen bedeckt. Sie tritt näher und bewundert die saubere, regelmäßige Handschrift. Sie liest die flüssigen Sätze, die von der Wüstenhitze handeln, von der Sehnsucht nach der Frau und von der Ungeduld, den Sohn zu sehen.

Etwas höher, auf einer Seite, die so zurechtgeschnitten ist, dass sie sich wie ein Blatt an eine Ranke schmiegt, entdeckt sie ein Gedicht. Darüber einen Brief, in dem die Rede ist von einem Mann namens Tancredi, einem Jungen namens Nasai und einem Herzen, das sich nach seiner *limonina* verzehrt.

Elodie hat einen Kloß im Hals. Sie spürt, dass sie in etwas eingedrungen ist, das nicht für ihre Augen bestimmt ist; sie kommt sich vor wie eine Voyeurin bei einem intimen Tanz zweier Menschen, der nicht für fremde Augen gedacht ist.

Eilig geht sie zurück auf den Flur und achtet darauf, die Tür fest hinter sich zu schließen.

Auch ohne Angelos Anwesenheit scheint das Haus still vor sich hin zu weinen. Elodie kann die Traurigkeit hören, wie ein leises Klagen, das durch die Räume schwebt.

Sie geht wieder in ihr Zimmer, rollt sich auf dem Bett ein und will die Gedanken an das Zimmer mit den mit Briefen tapezierten Wänden verbannen. Auf einmal wünscht sie sich, etwas zu haben, das Luca geschrieben hat. Der Geruch an seinem Pullover lässt langsam nach. Sie kann nicht einmal mehr sagen, ob es der Geruch nach feuchter Wolle oder nach seinem Körper ist, den sie seit Wochen mit sich herumträgt und den sie jedes Mal einatmet, wenn sie sich ihm nahe fühlen möchte.

Sie will all die tragischen Gedanken auslöschen, mit denen ihr Kopf voll ist. Sie will nicht an die Gefühle denken, die aus der Komposition herausschreien, die die Frau des Wolfs geschrieben hat, oder an die Frau, die diese Musik dem Mann gewidmet hat, den sie liebte. Sie will nicht an ihre Mutter denken, die plötzlich mit ihr allein war, oder an das Schicksal ihres Cellos.

Sie ist immer noch viel zu erschöpft, um zu fliehen oder schon wieder ein Schiff an einen Ort zu nehmen, wo sie untertauchen könnte.

Stattdessen beginnt sie, ihren Körper abzutasten. Ihre Regel ist schon das zweite Mal ausgeblieben, und inzwischen ist sie sich sicher, dass ein Teil von Luca in ihr heranwächst. Sie umfasst ihre Brüste, die voller geworden sind; ihre Brustwarzen sind so empfindlich, dass schon die Reibung ihrer Bluse daran unangenehm ist. An die Morgenübelkeit hat sie sich gewöhnt, aber gegen ihre Erschöpfung kommt sie nicht an. Sie hat sich noch nie so ausgelaugt gefühlt, selbst als sie noch durch die Straßen von Verona gelaufen ist, um den Partisanen Waffen zu bringen. Da war ihr Körper noch stark und energiegeladen, und sie hatte keine müden Knochen. Sie will nur noch die Augen zumachen, schlafen, um dann mit dem Wissen aufzuwachen, dass das letzte halbe Jahr nichts als ein böser Traum war.

Eine Stunde später kehrt Angelo nach Hause zurück. Elodie hört, wie er seine Arzttasche auf dem Tisch abstellt, wie er in die Küche geht und ein Streichholz anreißt, um die Gasflamme am Herd anzuzünden. Diese Geräusche trösten sie. Es hört sich an, als wäre er ein Mann, der gut im Leben zurechtkommt.

Sie nimmt die Hand vom Bauch und richtet ihre Bluse. Sie steht auf, schiebt ihren Rockbund zurecht und versucht ihr Haar zu glätten.

Sie geht ins Wohnzimmer, denn sie möchte ihrem Gastgeber gegenüber nicht als undankbar erscheinen. Schließlich braucht sie seinen Schutz, diese Oase der Ruhe; es ist ein Ort, an dem sie so lange bleiben will, bis sich ihre Schwangerschaft nach außen hin deutlich bemerkbar macht. Aber sie fragt sich, ob er sie, sobald ihr Körper dieses besondere Geheimnis nicht mehr verbergen kann, bitten wird zu gehen.

In der ersten Woche, die sie bei Angelo verbringt, vermeidet sie es, zu viele Fragen zu stellen. Sie ist Gast in einem Haus, das voller Geschichten ist, das eine Geschichte hat, die sie noch nicht entschlüsseln kann. Also versucht sie Hinweise zu finden in dem, was sie sehen kann. Sie beobachtet ihn und bemüht sich zu ergründen, was sich in seinem Gesicht abspielt, oder wie sein Tagesrhythmus funktioniert.

Fest steht, dass er sanftmütig ist. Er tritt leise auf beim

Gehen. Er fasst die Dinge behutsam an. Selbst, wenn er auf dem Herd Soße anrührt, tut er das mit einem Feingefühl, das sie bei einem Mann überrascht.

Schon bald haben beide gelernt, einander den Raum zu lassen, den sie brauchen. Wenn Elodie am Morgen aus ihrem Zimmer zum Frühstück kommt, hat er schon eine Scheibe geröstetes Brot und einen Kaffee mit aufgeschäumter Milch für sie vorbereitet.

Sie wirkt weniger ruhelos auf ihn als die anderen, die er bei sich aufgenommen hat, auch wenn er noch nicht weiß, ob es vielleicht eine Fassade ist, um etwas Tieferliegendes zu verbergen, das er noch nicht erkennt.

Angelo hat festgestellt, dass sie Bücher fast genauso sehr liebt wie er. Wenn sie sich unbeobachtet fühlt, sieht er aus dem Augenwinkel, dass sie die Romane in die Hand nimmt, die überall herumliegen. Seit Dalias Tod hat er niemandem mehr etwas vorgelesen, und die Möglichkeit, ein gutes Buch mit jemandem zu teilen, erfreut ihn und bricht ihm zugleich das Herz. Jahrelang hat er versucht, sich in den Büchern zu verlieren und seinen Kummer zu begraben, indem er die Geschichten anderer Menschen gelesen hat. Aber wenn er inzwischen einen Roman zur Hand nimmt, tut er es nicht mehr, um sich darin zu verlieren, sondern um sich mit dieser seltsamen jungen Frau zu verbinden, die ihm gegenübersitzt. Die Worte und Sätze erzählen nicht mehr einfach nur eine Geschichte, sondern es entsteht eine neue. Eine Geschichte über ihn und Elodie.

29

Verona

September 1943

Elodie bekam nicht mit, wie Lena und Beppe in einen Wagen der Nazis gezerrt wurden. Sie erfuhr es erst später von Luca.

In Bertos Atelier lag Maffini auf einem Holztisch. Ein Hosenbein war bis zum Knie aufgeschnitten und legte eine Schussverletzung frei. Berto sah voller Bewunderung zu, wie Brigitte seinem besten Freund aus Stoffstreifen einen Verband anlegte. Zuerst wollte sie nicht, dass eine der anderen Frauen ihr half, nicht einmal Martha und Giulia, die ausgebildete Krankenschwestern waren. Sie wusch sich die Hände im Waschbecken und trat wieder zu Maffini.

»Die Kugel muss da raus«, sagte Martha.

»Kannst du das machen?«, fragte Brigitte sie. Ihr Ton war ernst – ruhig und ohne Zaudern. Elodie fiel es schwer, ihre Erinnerung an Brigitte – in Seidenbluse und mit Perlenschmuck – mit dem Bild der Kriegerin vor ihr in Einklang zu bringen, die noch vor wenigen Stunden ein Gewehr geschultert hatte und sich jetzt um eine Kriegsverletzung kümmerte.

»Nein«, erwiderte Martha. »Ich kann nicht operieren.

Wir brauchen einen Arzt. Wir dürfen keine Infektion riskieren. Wenn er Wundbrand bekommt, muss das Bein amputiert werden.«

Elodie hörte, wie Maffini aufstöhnte. Berto und Brigitte bemühten sich nach Kräften, die Schmerzen ihres Freundes zu lindern. Berto bot ihm einen Grappa an, während Brigitte den Verband fester anlegte, um die Blutung zu stillen.

Luca hatte den blutenden Maffini die Treppe hoch ins Atelier geschleppt und die Wunde freigelegt. Und von ihm hatte Elodie erfahren, dass Lena und Beppe gefangen genommen worden waren.

»Sechs unserer Leute sind tot, und mehrere wurden ins Ederle-Gefängnis verschleppt ... Einer der Männer hat gesehen, wie Beppe und Lena in einen separaten Jeep gestoßen wurden. Sie haben sie zum Palazzo dell'INA in der Nähe der Piazza Bra gebracht. Wir müssen sie da rausholen.«

Elodie zitterte.

»Darum kümmern wir uns später«, sagte Brigitte in die Aufregung hinein. »Jetzt brauchen wir dringend einen Arzt. Wir können nicht länger warten.«

Orsina trat an den Tisch und betrachtete Maffini. Sein Gesicht war kreidebleich.

»Was ist denn mit Doktor Tommasi?«, flüsterte sie Elodie zu.

Für Elodie gab es keinen freundlicheren und vertrauenswürdigeren Arzt als Doktor Tommasi. Er hatte sie zur Welt gebracht, ihren Vater verarztet, nachdem er von der Polizei verprügelt worden war, und er hatte ihr von seinem Tod berichtet.

»Meine Mutter kennt jemanden, der helfen kann«, sagte sie zu Brigitte.

Brigitte sah ihr fest in die Augen. »Gut. Wir haben keine Zeit zu verlieren.«

Als Elodie sich umdrehte, um sich auf den Weg zu machen, hielt Brigitte sie auf. »Nicht du, Elodie. Lass deine Mutter gehen. Sie ist weniger verdächtig. Wir können es uns nicht leisten, heute noch jemanden zu verlieren.«

Nachdem Orsina losgegangen war, um Doktor Tommasi zu holen, forderte Brigitte Luca auf, seine Kleider zu wechseln.

»Deine Sachen sind voller Blut«, sagte sie. Elodie betrachtete die beiden mit großen Augen. Nicht einmal beim Anblick von so viel Blut wurde Brigitte schwach.

»Elodie«, sagte sie. »Geh ins Schlafzimmer, und such ein paar von Bertos Sachen für Luca raus. So kann er nicht vor die Tür gehen.«

Luca folgte ihr in das hintere Zimmer, wo sie die Gewehre aus der Truhe geholt hatten. Und wo der silberne Kamm und die Haarbürste, die Brigitte gehörten, unbenutzt auf dem Nachttisch lagen.

Elodie nahm eine schwarze Hose und ein weißes Hemd aus dem Schrank. Sie sah Luca in dem hohen Spiegel, der gegenüber dem Bett hing.

Er zitterte. Sein Hemd war mit Maffinis Blut getränkt. Die dunklen Bartstoppeln verdüsterten sein Gesicht; seine Haut war dreckverschmiert und verschwitzt.

»Komm her«, sagte Elodie sanft. Aber er konnte sich nicht rühren. Jetzt, wo er einen Moment Zeit hatte um aufzuatmen, wo er nicht schießen, jemanden retten oder weglaufen musste, schien sein Körper ihm den Dienst zu verweigern. Elodie ging zu ihm.

Sie legte Bertos Kleider aufs Bett und begann, Lucas Hemd aufzuknöpfen. Ihre Finger bewegten sich schnell und geschickt. So hatte sie es sich nicht vorgestellt, ihn das erste Mal auszuziehen, dennoch erschauderte sie beim Anblick seiner Haut und seiner Muskeln. Als sie ihm das Hemd über die Schultern streifte, packte er ihre Hand und drückte sie an sein Herz.

»Sie haben Beppe geschnappt – und Lena. Sie haben Luigi und Franco getötet …« Diese letzten Namen sagten ihr nichts. Aber als er Lena erwähnte, brach sie in Tränen aus.

»Lena … Was werden sie mit ihr machen, Luca? Wie furchtbar! Wenn sie sie foltern – das könnte ich nicht ertragen.«

»Daran dürfen wir jetzt nicht denken, Elodie.« Er streichelte ihr sanft die Wange. »Vincenzo ist schon dabei zu planen, wie wir unsere Männer, die von den Deutschen gefangen genommen wurden, aus dem Gefängnis befreien können. Er wird uns auch helfen, Beppe und Lena rauszuholen.«

Sie fühlte sich beschützt durch seine Berührung, durch seine warme Haut auf ihrer Wange. Im Nebenzimmer hörte sie die anderen aufgeregt diskutieren. Brigitte forderte alle auf unterzutauchen. Adressen, wo man sich verstecken konnte, wurden im Flüsterton ausgetauscht.

»Wascht euch ordentlich, und kämmt euch die Haare, damit ihr wie gute italienische Faschisten ausseht. Und dann verschwindet.«

Luca schlüpfte in seine neuen Kleider, nahm Elodie in die Arme und küsste sie noch einmal.

»Ich muss zu Vincenzo«, sagte er. »Wir werden unsere Leute aus dem Gefängnis und Lena und Beppe aus den Fängen der Gestapo befreien – das verspreche ich dir.«

Als es dunkel wurde, verließ Luca Bertos Atelier. Es war kurz vor der Sperrstunde, und er wusste, dass die Deutschen um diese Zeit schärfer patrouillierten auf der Suche nach Partisanen, die ihnen entkommen waren.

Doktor Tommasi traf ein, begleitet von Orsina, die in ihrem einfachen Hauskleid und mit den hochgesteckten Haaren lebendiger denn je wirkte. Elodie war erstaunt, wie sehr sich ihre Mutter in den vergangenen vierundzwanzig Stunden verändert hatte.

Martha setzte Wasser auf, während Giulia Doktor Tommasis Instrumente über einer Flamme sterilisierte. Brigitte hielt Maffinis Kopf und versuchte ihm Grappa einzuflößen, während der Arzt ihn operierte, aber die Schmerzen waren unerträglich. Brigitte tränkte einen Waschlappen mit Grappa und drückte ihn Maffini zwischen die Zähne, um so seine Schreie zu dämpfen.

Nachdem Doktor Tommasi die Kugel entfernt und die Wunde genäht hatte, warf er Orsina kopfschüttelnd einen Blick zu.

»Jedes Mal, wenn Sie mich zu einem Patienten rufen, riskiere ich mein Leben … Sie können von Glück reden, dass ich Ihnen keinen Wunsch abschlagen kann, Orsina.«

Als er sich die Hände wusch, hauchte sie ihm aus Dankbarkeit einen Kuss auf beide Wangen. »Danke, Carlo«, sagte sie. »Wir werden Ihre Güte nie vergessen.«

Am nächsten Morgen führten Luca und Vincenzo einen erfolgreichen Überfall auf das Scalzi-Gefängnis an. Nachdem die Gefangenen die Mauern überwunden hatten, liefen sie querfeldein, wo einige von kooperierenden Bauern in Empfang genommen wurden, die ihnen Unterschlupf boten, während andere sich in die Berge durchschlugen, um an der Seite der Partisanen zu kämpfen.

»Maffini muss hier weg. Ein Wunder, dass die Deutschen ihn hier noch nicht gesucht haben. Seine Wohnung haben sie garantiert längst schon durchwühlt.«

»Aber wir können nicht mit ihm auf die Straße. Er kann nicht gehen. Seine Verletzung ist viel zu offensichtlich, sie wird ihn sofort verraten, und uns gleich mit«, protestierte Brigitte angsterfüllt. Nach den aufwühlenden Geschehnissen der vergangenen zwei Tage begann ihre kühle Fassade zu bröckeln. Und Berto war auf einer konspirativen Versammlung.

»Ich habe eine Idee«, sagte Orsina. »Wir brauchen einen Hut, einen Stock und einen verschlissenen Mantel und verkleiden ihn als alten Mann. So können wir ihn bestimmt ein paar Straßen weit zu einem sicheren Ort bringen.«

Während Orsina und Brigitte überlegten, wie sie Orsinas Plan in die Tat umsetzen konnten, erklärte Luca Elodie, dass sie nach Hause gehen, sich frisch machen und zum Unterricht ins Konservatorium gehen sollte, um den Anschein eines geregelten Lebens aufrechtzuerhalten.

»Es ist wichtig, dass du weiterhin als die harmlose Musikstudentin giltst«, sagte Luca. »Gott weiß, was sie Lena und Beppe antun, um Informationen aus ihnen herauszupressen.« Elodie zuckte zusammen. Der Gedanke daran, dass Beppe und ihre Freundin verhaftet worden waren, versetzte ihr einen Stich. Von dem, was ihrem Vater zugestoßen war, wusste sie, welche schreckliche Methoden bei Verhören angewendet wurden, und die Vorstellung, dass ihre Freunde ebenfalls einer solchen Brutalität ausgesetzt sein könnten, war unerträglich. Sie schloss die Augen und sprach ein stilles Gebet für die beiden.

Im Palazzo dell'INA wurde Lena in einen Raum mit nackten Wänden geführt, in dem es nichts gab außer einem Metalltisch, drei Stühlen und einer von der Decke baumelnden Glühbirne. Man hatte ihr die Hände hinter dem Rücken gefesselt, und seit ihrer Festnahme am Abend zuvor hatte sie weder etwas zu essen noch zu trinken bekommen.

Nach einigen Minuten erschienen zwei Männer. Beide trugen Gestapo-Uniformen.

»Lena Galvetto?«, fragte einer der beiden. Sein Italienisch hat einen breiten deutschen Akzent, und sein Gesicht erinnerte an einen Habicht.

Sie antwortete nicht, sondern hob nur den Kopf und bedachte ihn mit einem eiskalten Blick aus ihren blauen Augen.

Beim Anblick ihrer Augen zuckten seine Mundwinkel leicht.

»So blaue Augen, so goldenes Haar …«, sagte er und trat näher. »Du siehst eher deutsch aus als italienisch.«

Sie reagierte nicht. Sie hätte ihm am liebsten ins Gesicht gespuckt, aber sie hatte Angst vor diesen zwei Männern. Sie konnten sie schlagen, sie vergewaltigen. Sie hatte gehört, was sie mit anderen *staffette* nach ihrer Verhaftung gemacht hatten, bevor man ihnen eine Kugel in den Kopf gejagt hatte.

»Weißt du, warum du hier bist, Lena?« Der Deutsche setzte sich und schlug einen Ordner auf. »Wir wissen viel über dich, Lena, sehr viel …«, sagte er und schnalzte mit der Zunge.

»Schade um die Morettis, Lena. Wo du dir solche Mühe gegeben hast, ihnen zu helfen …«

Lenas Augenlider flatterten. Ihre Muskeln spannten sich an. Die Haare standen ihr zu Berge.

»Möchtest du wissen, was mit den Morettis passiert ist? Eine Schande …«

Sie schloss die Augen. Sie würde ihnen nichts von ihrem Schmerz zeigen. Ihre Trauer gehörte nur ihr.

Der Deutsche schob seinen Stuhl ganz nahe an Lena heran. Ihre Hände waren immer noch auf dem Rücken gefesselt. Sein Gesicht war so dicht vor ihr, dass sie seine Bierfahne riechen konnte. Dass sie die Augen geschlossen und den Kopf gesenkt hielt, interessierte ihn nicht. Er wusste, dass sie nicht entkommen konnte, und er berichtete ihr genüsslich und in allen Einzelheiten vom Schicksal der Morettis.

»Dank deiner falschen Papiere, Lena, ist es ihnen gelungen, bis zur Schweizer Grenze zu kommen.«

Sie presste die Augen fest zusammen. Sie wollte seine Worte nicht hören, die die Luft durchschnitten wie ein Schwert.

»Sie sind die ganze Nacht durch die Kälte und die Dunkelheit marschiert. Und an der Grenze hat der Schlepper ihnen erklärt, sie müssten ein Loch in den Stacheldrahtzaun schneiden und hindurchklettern. Und wenn sie erst auf Schweizer Boden wären, würden sie alle in Sicherheit sein.« Er umkreiste sie und begann dann, selbstgefällig grinsend im Raum herumzugehen.

»Aber diese Juden haben sich dumm angestellt, Lena. Ziemlich dumm. Papa kriecht zuerst durch das Loch, um den kleinen Luigi durchzuhieven. Anschließend soll die Mama rüber. Aber der kleine Luigi bleibt am Stacheldraht hängen. O je ... Das muss man sich mal vorstellen! Da marschiert man die ganze Nacht durch die Kälte, um in die sichere grüne Schweiz mit ihren Kühen und der guten Milch zu gelangen, und am Ende bleibt der kleine Luigi im Zaun stecken.«

Lena zitterte. Tränen brannten ihr in den Augen, aber sie hielt sie fest geschlossen. Diese Genugtuung wollte sie den Männern nicht geben.

»Tja, und der kleine Junge stößt einen kleinen Schrei aus, für das menschliche Ohr fast unhörbar, aber nicht für einen unserer großen, intelligenten deutschen Schäferhunde. Und jetzt das Gebell der Hunde, die auf Mamma und Papa und den kleinen Luigi in der Dunkelheit zuhecheln. Kannst du dir diese Sinfonie vorstellen, Lena?«

Er begann, einen Dirigenten zu imitieren, der ein ganzes Orchester vor sich hat.

»Na komm schon, du bist doch Musikerin! Du kannst es dir doch bestimmt lebhaft ausmalen – das Gebell der Hunde, das Geschrei des kleinen Jungen und das Flehen der verzweifelten Mutter, ihr Mann möge fester ziehen, um den Jungen vom Zaun zu befreien!«

Lena drehte sich der Magen um. Sie hatte das Gefühl, sich übergeben zu müssen.

»Tja, und dann waren unsere Hunde leider schneller da, als der Papa seinen Sohn durch den Zaun zerren konnte. Er war ja schon sicher auf Schweizer Boden, aber seine Frau und sein Sohn waren noch auf der italienischen Seite.« Er schwieg einen Moment, um die Szene auf sich wirken zu lassen. Dann lächelte er und entblößte seine strahlend weißen Zähne.

»Schockiert es dich, dass Signore Moretti, als der Offizier ihm angeboten hat, ihn laufen zu lassen, wenn er seine Frau und seinen Sohn zurücklässt, wieder durch das Loch im Zaun zurückgekrochen ist, um bei seiner Familie zu sein? Was für Trottel! Es brauchte bloß drei Kugeln, um sie von ihrem Elend zu erlösen.«

Er drehte sich lachend zu dem zweiten Gestapo-Offizier um. »Nicht zu fassen, wie dämlich diese Juden sind.«

Lenas Verhör dauerte mehr als drei Stunden. Der jüngere Gestapo-Offizier ging, ein anderer kam – noch breiter und kräftiger als derjenige, der noch im Raum war. Der Neue riss Lena an den Haaren, damit sie die Augen öffnete, und schüttete ihr Wasser ins Gesicht. Als sie sich nicht mehr dagegen wehren konnte, hielt ihr der Mann zum Beweis, dass man ihr die Wahrheit gesagt hatte, Fotos unter die Nase, auf denen die erschossenen Morettis zu sehen waren.

»Nenn uns die Namen aller Personen, die an euren Versammlungen teilgenommen haben, und wir ersparen dir die Kugel, die für dich bestimmt ist.«

Er lächelte. »Komm schon, kleines Fräulein …« Er schob ihr ein Blatt Papier und einen Stift hin.

Aber Lena zuckte mit keiner Wimper.

Die beiden Männer hatten alle Zeit der Welt. Einer riss ihr die Bluse vom Leib, während der andere seinen Gürtel abnahm. Als die Messingschnalle ihre Schulter mit voller Wucht traf, fiel Lena nach vorn und schlug mit dem Kopf auf die Tischplatte. Aber ihr Schrei war fast unhörbar. Sie brachte ihre ganze Willenskraft auf, um möglichst keinen Laut von sich zu geben. Sie würde ihnen nicht die Genugtuung verschaffen, sich an ihrem Schmerz zu weiden.

Nach zwei Stunden der Beschimpfungen und der Schläge spürte Lena den Schmerz kaum noch. Nach dem letzten Hieb sah sie ihren Folterern ins Gesicht. In ihren glasigen Augen lag blanke Verachtung.

»Diese Augen«, sagte der ältere Offizier. »Ich kann sie nicht mehr sehen.«

»Die Namen!«, brüllte der andere Mann und schob sein Gesicht nahe an ihres. »Spuck sie aus, und wir werden deine schönen blauen Augen verschonen.«

Ihr grün und blau geschlagenes Gesicht war fast bis zur Unkenntlichkeit geschwollen, ihr Rücken blutig von den Hieben mit dem Gürtel.

»Die Namen!«, brüllten sie und hauten mit den Fäusten auf den Tisch.

»Das ist deine letzte Chance, deine Augen zu retten!«

Lena blickte den älteren Offizier an und riss die Augen mit aller Kraft noch weiter auf.

Sie verriet keinen einzigen Namen, als sie sie am Stuhl festbanden und einen weiteren Mann hereinholen, der ein über einem Feuer erhitztes Bajonett in der Hand hielt. Als sie sie blendeten, reichte all ihre Willenskraft nicht aus, um den Schmerz stumm zu ertragen, und ihre Schreie gellten durch das ganze Gebäude.

Nachdem sie mit ihr fertig waren, banden sie ihr einen schmutzigen Verband über die Augenhöhlen und stießen sie in einen Lieferwagen. In der Via Pellicai warfen sie ihren blutigen Körper vor die Haustür ihrer Familie.

»Du kannst immer noch dein Leben retten, Lena Galvetto! Deine Eltern sind oben. Die können sich um dich kümmern. Die Namen!«

Lena lag stumm auf dem Straßenpflaster. Doch ihre Mutter, die oben aus dem offenen Fenster schaute, stieß einen schrillen Schrei aus, der die Luft zerriss.

Dann, auf ein Nicken des Offiziers hin, senkte einer der Soldaten sein Gewehr und schoss Lena in den Kopf.

30

Verona

September 1943

Diejenigen, die nicht verhaftet oder getötet worden waren, hatten sich wie gejagte Tiere überall in der Stadt verkrochen. Andere versuchten in die Berge zu gelangen. Am Tag nach der Schießerei auf der Piazza delle Poste wurde Lucas Buchhandlung von den Deutschen gestürmt. Zwar hatten die Partisanen alle versteckten Waffen aus dem Lagerraum entfernt, aber die Bücher mit den verräterischen Aushöhlungen und die antifaschistischen Zeitungen im Hinterzimmer wurden entdeckt. Gegen Luca wurde Haftbefehl erlassen.

Luca suchte Elodie bei ihrer Mutter auf. Er brachte es nicht übers Herz, ihr zu berichten, dass Lena zuerst geblendet und anschließend erschossen und dass Beppe von einem Erschießungskommando hingerichtet worden war. Stattdessen erklärte er den beiden Frauen, was sie tun sollten. »Es ist jetzt hier zu gefährlich für uns. Sie sind hinter uns allen her. Wir müssen in die Berge.«

Orsina schüttelte den Kopf. »Wir können nicht in die Berge, Luca. Weder Elodie noch ich könnten in der Wildnis überleben.«

Sie sah Elodie an. »Nein, wenn wir von hier fortgehen, dann nach Venedig. Dort können wir uns ganz leicht verstecken.«

Luca widersprach. »Ihr könnt unmöglich mit euren echten Ausweisen einen Zug nehmen. Wegen ihrer Freundschaft mit Lena wird Elodie bestimmt längst per Haftbefehl gesucht.«

»Aber was sollen wir denn tun?«, fragte Elodie. »Etwa hierbleiben und warten, bis die Gestapo anklopft?«

»Im Lager meines Bruders ist ein Mann, der gefälschte Papiere herstellt. Gebt mir jede ein Foto, und ich kümmere mich darum.«

»Es ist zu gefährlich für dich, zurück in die Stadt zu kommen«, sagte Elodie. »Ich komme mit und warte auf die Ausweise, und dann fahre ich mit meiner Mutter nach Venedig.«

Die Frauen sahen sich schweigend an. Orsina wollte nicht, dass Elodie in die Berge ging, und Elodie wollte nicht, dass Luca riskierte, bei seiner Rückkehr gefasst zu werden.

Orsina bleib unnachgiebig. Beseelt von einem nie gekannten Selbstbewusstsein, hielt sie dem Blick ihrer Tochter stand.

»Mamma«, sagte Elodie sanft, aber bestimmt. »Wir haben jetzt keine Zeit zu streiten. Ich werde uns die neuen Pässe besorgen. Danach fahren wir nach Venedig. Versprochen.«

Draußen peitschten immer noch Gewehrschüsse durch die Luft. Luca ging an Orsina, die stramm wie ein Soldat in ihrem eigenen Wohnzimmer stand, vorbei ans Fenster.

Er zog die Vorhänge beiseite und blickte auf die Piazza hinunter.

»Wie es wohl Lena und Beppe im Palazzo dell'INA ergeht …«, murmelte Elodie.

Luca schaute sie an, und in seinen Augen las sie die schreckliche Wahrheit.

»Nein … Du glaubst doch nicht, dass sie …«

Er antwortete nicht, und sein Schweigen durchbohrte sie wie ein Pfeil.

Luca wollte sie in die Arme nehmen und sie trösten, aber Orsina war zuerst bei ihr.

»Sie werden uns auch erschießen, wenn sie uns finden«, sagte Luca zu Elodie und Orsina. »Wir müssen noch heute verschwinden.«

Da Luca nicht mehr zurück in den Buchladen konnte, plante er ihre Flucht, während die Frauen eilig ein paar Sachen zusammenpackten.

Er wies Elodie an, mit dem Fahrrad zu der Stelle am Fuß der Berge zu fahren, wo sie sich schon einmal getroffen hatten. »Falls ich nicht da bin, geh hoch zum Lager, wo Raffaele und die anderen sind. Denk an die Fotos von euch beiden.«

Elodie war immer noch sichtlich erschüttert über die Nachricht von Lenas und Beppes Tod.

»Signora Bertoletti«, sagte Luca. »Ich möchte Ihnen für alles danken, was Sie getan haben. Sie sind unglaublich mutig.«

»Ich bin nicht mutig, Luca. Die Faschisten haben mir meinen Mann genommen, und ich werde mir nicht von den Deutschen meine Tochter nehmen lassen.« Sie sah ihm entschlossen in die Augen. »Ich vertraue Ihnen meine Tochter an. Schützen Sie sie mit Ihrem Leben.«

»Das versteht sich von selbst«, erwiderte Luca.

Elodie umarmte ihre Mutter. »Wir werden sehr wenig brauchen, nimm nur das Nötigste mit«, flüsterte sie ihr ins Ohr. »Wir wollen nicht durch zu großes Gepäck auffallen.«

Orsina nickte. »Komm nur bald wieder zurück, *carissima*. Bis dahin habe ich alles vorbereitet.«

Elodie fuhr, so schnell sie konnte, Richtung Stadttor, der Fahrtwind zerzauste ihr das Haar, ihr Rock war bis über die Knie hochgerutscht. Der mit Luca vereinbarte Treffpunkt lag mehrere Kilometer außerhalb der Stadt. Überall waren deutsche Soldaten. Sie standen an jeder Ecke, in ihren olivgrünen Uniformen, das Gewehr im Anschlag und mit hartem Blick unter den Stahlhelmen.

An der Porta San Zeno geriet sie an eine Straßensperre, wo Soldaten die Ausweise der Zivilisten überprüften, die passieren wollten.

Sie bremste und stützte sich mit den Füßen ab.

»Ausweis!«, verlangte ein Deutscher von ihr. Als er ihr direkt in die Augen sah, fragte Elodie sich, ob er bemerkte, dass sie geweint hatte.

Sie wollte ihm ihren Ausweis nicht aushändigen, aus Angst, dass ihr Name bereits auf einer Gestapo-Liste stand.

Lächelnd griff sie in die Tasche, so als wollte sie den Ausweis herausholen.

Schüchtern hob sie den Blick und sagte: »Er muss hier irgendwo drin sein.«

Sie war von der Anstrengung ganz verschwitzt, und hatte zuvor den obersten Knopf ihrer Bluse geöffnet. Sie bemerkte, dass der Soldat nach ihren Brüsten schielte.

Also beugte sie sich wieder über ihre Handtasche, diesmal noch tiefer. »Ich weiß, dass er hier drin ist. So was Dummes. Ich hatte es so eilig ...«

Elodie versuchte, Lenas Verhalten zu kopieren. Sie schenkte dem Soldaten ihr strahlendstes Lächeln und klimperte kokett mit den Wimpern.

»Ich wohne gleich da drüben. Ich könnte ganz schnell nach Hause flitzen und den Ausweis holen. Ich muss ihn auf dem Küchentisch liegen lassen haben.«

Sie nestelte am obersten Knopf ihrer Bluse und lächelte ihn wieder an.

»Nicht nötig. Aber fahren Sie nicht zu weit, denn an jedem Stadttor finden Kontrollen statt. Wir haben Befehl, nach Verrätern Ausschau zu halten, die heute die Stadt verlassen wollen.«

»Also, so eine bin ich jedenfalls nicht«, sagte sie und salutierte vor dem Soldaten. Ihm gefiel die Geste.

»Eindeutig nicht«, sagte er und winkte sie durch.

Als sie weiterfuhr, sah sie viele deutsche Soldaten, aber keiner scherte sich um ein Mädchen auf dem Fahrrad, das unbeschwert mit wehenden Haaren durch die Landschaft radelte. Sie hatte keine Ahnung, wie Luca an all diesen Posten vorbeikommen wollte. Sie betete, dass er einen gefälschten Ausweis besaß.

Nach einer Stunde traf sie an der verabredeten Stelle ein, aber er war nicht da. Wie beim letzten Mal versteckte sie das Rad im Gebüsch und machte sich auf den langen Weg zum Lager.

Um sie herum duftete es kräftig nach Wacholder und Pinien. In dem ganzen durch die deutsche Invasion ausgelösten Aufruhr hatte sie in der Stadt nichts von den herbstlichen Gerüchen wahrgenommen. Aber als sie jetzt allein durch den stillen Wald ging, spürte sie die wärmende Sonne im Rücken und genoss es, einen Moment lang nicht auf der Hut sein zu müssen.

Sie fand den Weg problemlos, indem sie sich an markanten Punkten in der Landschaft orientierte. Sie erkannte den Felsen, wo sie sich das Haar mit einem Tuch nach hinten gebunden hatte, und auch die Stelle, wo sie stehen geblieben war, um zu verschnaufen. Sie erinnerte sich an jede Stelle, an der sie und Luca einander angesehen hatten. Schließlich wurde der Weg steiler und so schmal, dass sie die Äste beiseiteschieben musste, um sich im Dickicht vorzuarbeiten.

Plötzlich hörte sie Schritte im Gebüsch.

»Halt!«, rief eine Stimme.

Zuerst sah sie das Gewehr. Dann die Person, die es hielt. Es war ein hoch aufgeschossener Junge, höchstens siebzehn. Er trug eine alte grüne Tarnhose, einen abgetragenen Pullover mit V-Ausschnitt über dem Hemd und ein Halstuch. Und er hatte einen Munitionsgürtel umgeschnallt.

»Ich bin Libelle«, sagte Elodie ruhig. »Ich arbeite mit dem Delfin zusammen.« Sie hatte Luca zwar nie »Delfin« genannt, aber sie wusste instinktiv, dass sie hier seinen Tarnnamen benutzen musste.

Der Junge musterte sie von oben bis unten, ein Verhalten, dass er offenbar für männlich hielt. Überlegte er, ob sie die Wahrheit sagte, fragte sie sich, oder war das Lüsternheit in seinem Blick?

Elodie ging auf ihn zu. Der junge Mann senkte das Gewehr, drehte sich um und ging wortlos voraus. Sie folgte ihm schweigend.

Nach einer Weile erreichten sie das Lager. Fünf Männer saßen um ein kleines Feuer herum und erhitzten Konservendosen.

Zuerst sah sie Raffaele; sie erkannte ihn an der muskulösen Figur und an seinem Overall. Er saß auf einem Baumstumpf, ein Gewehr quer über den Knien. Bevor sie etwas sagen konnte, sah er auf.

Ein Lächeln huschte über sein Gesicht. »Libelle …«, grüßte er sie. Er stand auf, hängte sich das Gewehr über die Schulter und kam ihr entgegen.

»Willkommen, schöne Frau …«

Die anderen Männer am Feuer blickten lächelnd zu ihr auf.

Raffaele legte ihr eine Hand auf die Schulter. »Mein Bruder wird sich freuen, dass du da bist.«

Sie atmete erleichtert auf. Offenbar war Luca wohlbehalten im Lager eingetroffen.

»Er ist unterwegs auf Patrouille. Er müsste in einer Stunde wieder hier sein. Hast du die Fotos dabei?«

Sie nickte und klopfte auf ihre Umhängetasche.

»Gut. Dann werde ich dir jetzt unseren Meisterfälscher Giorgio vorstellen, auch bekannt als der Falke. Er ist in dem Zelt da drüben.«

Sie gingen zu einem offenen Zelt, in dem ein Tisch stand, darauf ein Funkgerät. Giorgio kam ihnen entgegen, eine Zigarette im Mundwinkel.

»Falke, das ist Libelle. Eine Freundin meines Bruders und eine unserer *staffette*.«

Er streckte ihr die Hand hin. »*Piacere*. Freut mich, dich kennenzulernen.«

»Sie hat Fotos für neue Ausweise dabei. Kannst du die jetzt gleich machen? Sie wird nicht sehr lange bei uns bleiben ... leider.«

»Nein? Wie schade!« Giorgio grinste. »Jurika könnte ein bisschen weibliche Gesellschaft brauchen. Die kleine blonde Lehrerin, die vor ein paar Tagen hergekommen ist, scheint nicht auf sie zu stehen.«

Raffaele prustete los und schlug Giorgio auf die Schulter.

»Gib ihm die Fotos, Libelle.«

Sie reichte sie ihm, und Giorgio ging damit zurück ins Zelt und bedeutete ihr mitzukommen. »Dauert nicht lange.« Er zwinkerte ihr zu. »Setz dich doch.«

Sie sah zu, wie Giorgio zwei Ausweise aus einer Metallkiste nahm. Auf dem Deckblatt erkannte sie das faschistische Siegel. Er hielt ein Streichholz an eine Gaslampe und machte sich an die Arbeit.

Elodie wartete. Sie summte ein Stück von Albinoni vor sich hin, um sich von den Gedanken an Lena und den schrecklichen Ereignissen der vergangenen Tage abzulenken. Sie spürte Lucas Anwesenheit, noch bevor er das Zelt betrat.

Er legte ihr die Hände auf die Arme, und allein von dieser Berührung wurde ihr ganz warm.

»Gott sei Dank bist du heil hier angekommen«, flüsterte er ihr ins Ohr. »Die Deutschen sind überall, wie die Schmeißfliegen.«

»Könnt ihr draußen weitermachen«, knurrte Giorgio. »Bei eurem Gequatsche kann ich mich nicht konzentrieren!

Das muss perfekt sein, sonst riskieren deine Freundin und ihre Mutter eine Kugel zwischen die Augen.«

»Tut mir leid«, entschuldigte sich Elodie. »Ich bin dir sehr dankbar für deine Hilfe, Falke.« Sein Name blieb an ihrer Zunge hängen wie ein Nagel, der sich in einem Stück Stoff verfangen hatte.

Giorgio grummelte irgendetwas vor sich hin, und Luca bedeutete ihr, ihm nach draußen zu folgen.

»Sobald er fertig ist, machst du, dass du hier wegkommst. Ihr müsst den nächsten Zug nach Venedig nehmen.«

»Und wie willst du mich da finden?«

»Es gibt eine Gruppe der Resistenza in Venedig. Deine Mutter soll euch erst mal eine sichere Unterkunft beschaffen. Und dann wartet ihr, bis wir uns bei euch melden. Mach dir keine Gedanken. Ich finde dich. Das verspreche ich dir.«

Plötzlich trafen drei Partisanen im Lager ein. Sofort herrschte allgemeine Aufregung.

Luca wandte sich um. »Das sind Rita Rosani und die anderen. Sieht so aus, als gäb's Neuigkeiten.«

Als sich Elodie zu den Neuankömmlingen umdrehte, sah sie eine Blondine und zwei Männer, die sich mit Raffaele und einigen anderen Partisanen berieten. Die Frau war noch jung, Anfang zwanzig; sie hatte ein rundes Gesicht und war klein, aber kräftig gebaut. Auch sie trug ein Halstuch und dazu ein Gewehr, das fast so groß war wie sie selbst.

Elodie hatte den Namen der Frau noch nie gehört. Sie sah sich nach Jurika um, konnte sie jedoch nirgends entdecken. Wahrscheinlich war sie auf Patrouille.

»Wir haben nicht weit von hier zwei Deutsche erschossen. Sie kommen näher. Wir müssen bereit sein«, sagte Rita außer Atem.

»Wer ist sie?«, fragte Elodie.

Während er mit einem Ohr Rita zuhörte, antwortete er leise: »Eine Lehrerin. Jüdin. Die Familie ist von Triest nach Verona gezogen. Sie ist erst vor Kurzem zusammen mit drei anderen Partisanen hier in die Berge gekommen. Eine Gruppe, die sich *Die Adler* nennt.«

In Ritas Gesicht bemerkte Elodie die slawischen Züge, die typisch waren für die Menschen aus der Region um Triest.

»Eine Lehrerin?« Elodie konnte ihre Verwunderung nicht verbergen. Sie betrachtete diese junge Frau, die ein Gewehr geschultert hatte, und versuchte sich vorzustellen, wie sie Kinder unterrichtete.

»Sie ist eine Kämpfernatur, genau wie Jurika. In Valpolicella hat sie drei Deutsche erledigt. Komm, ich stelle sie dir vor«, sagte Luca und winkte Elodie in Ritas Richtung.

»Es freut mich, dass sich uns noch eine Frau anschließt«, sagte sie zu Elodie. Sie schob das Gewehr auf den Rücken und hielt ihr die Hand hin.

»Sie schließt sich uns nicht an«, unterbrach Luca sie. »Sie wartet nur darauf, dass der Falke mit den Ausweisen fertig wird.«

Rita sah Elodie in die Augen, um festzustellen, ob das ihre eigene Entscheidung war oder ob jemand anders sie getroffen hatte. »Stimmt das?«

»Ja.« Wieder antwortete Luca an Elodies Stelle. »Libelle hat schon mehrere Missionen für die Resistenza erfüllt.«

»Verstehe«, erwiderte Rita und betrachtete sie von oben bis unten.

Elodie wollte gerade etwas sagen, als Giorgio aus dem Zelt kam und ihr die beiden neuen Ausweise überreichte.

»Hier hast du zwei Meisterwerke, Libelle. Von jetzt an bist du Anna Zorzetto aus Venedig.«

Elodie betrachtete die Ausweise; unmöglich, sie von echten zu unterscheiden. Es waren tatsächlich Meisterwerke. Über den Fotos von ihr und ihrer Mutter prangte das geprägte Siegel. Orsina war jetzt Maria Zorzetto.

Sie kam gar nicht dazu, ihm zu danken, weil ganz plötzlich Schüsse fielen. Raffaele schrie Befehle, alle sollten sich in Deckung bringen.

Elodie wurde ein Gewehr in die Hand gedrückt, und Luca zerrte sie fluchend in den Schutz der Büsche.

31

Portofino

Oktober 1943

Seit zehn Tagen ist Elodie in Angelos Haus zu Gast. Nachts schläft sie in dem weißen Zimmer, die blaue Bettdecke bis unters Kinn gezogen. Sie träumt von den Menschen, die nicht mehr bei ihr sind: Luca im Wald, das Haar so schwarz wie Brombeeren, und ihre Mutter, deren Stimme aus dem Bad durch die Wohnung schwebt. Sie träumt von ihrem Cello, das sie still und verzweifelt anfleht, es endlich wieder zum Klingen zu bringen.

Ihre Morgenübelkeit lässt allmählich nach. Die lähmende Müdigkeit ist fast verflogen, und sie fühlt sich wieder freier in ihren Bewegungen.

Angelo sagt Anna zu ihr, und jedes Mal, wenn er sie mit diesem Namen anspricht, zuckt sie zusammen. Sie hebt den Kopf und begegnet seinem Blick. Sie fragt sich, ob er in ihren Augen lesen kann wie in einem offenen Buch oder wie in einer Partitur, wohl wissend, dass das nicht ihr richtiger Name ist. Dass irgendwo unter ihrer Haut Blut fließt, das zu einer jungen Frau namens Elodie gehört.

Ihre Anspannung entgeht ihm nicht. Ihre Lider flattern.

Sie ist plötzlich auf der Hut wie eine Katze. Er möchte ihr zu verstehen geben, dass sie hier sicher ist; dass sein Angebot, ihr Unterschlupf zu gewähren, sie zu nichts verpflichtet. Er möchte ihr erklären, dass es für ihn ein Trost ist, einem Menschen zu helfen, der es nicht wagt, darum zu bitten. Dass er eine Art Sühne leistet, weil er die Frau verlassen hat, die er geliebt hat, und das Kind, das er so gern in den Armen gehalten hätte. Er möchte ihr gern sagen, dass sie keine Angst zu haben braucht.

Er bemerkt, dass sie von seinen Büchern fasziniert ist, dass sie versucht, die Titel zu lesen, wenn sie sich unbeobachtet fühlt, dass sie heimlich die Buchdeckel berührt oder mit dem Finger über den Buchschnitt fährt. Auch seine Dalia hat Bücher geliebt. Das Papier, der Geruch, die Textur, selbst der Schriftsatz, all das besaß in ihren Augen Schönheit. Und eins weiß er: Eine Frau, die Bücher liebt, hat die Seele einer Träumerin, und sie verwebt jede Geschichte, die sie liest, mit ihrer eigenen.

Als sie im Wohnzimmer steht und wieder einmal versonnen die Bücher betrachtet, zieht er zwei davon aus dem Regal heraus.

»Mögen Sie Moravia oder Dante? Stendhal, oder vielleicht Fitzgerald?« Er lächelt, als ihm der Titel *Der große Gatsby* herausrutscht. Und plötzlich, als Elodie all diese Namen hört, hat sie das Gefühl, wieder in Lucas Buchladen zu stehen.

»Ich habe ein Lieblingsbuch«, sagt sie leise. »*Il Piccolo Principe.*«

»*Der kleine Prinz*«, sagt Angelo. »Das Buch kenne ich sehr gut. Man muss die Liebe erfahren haben, um seine versteckte Botschaft zu verstehen.«

Sie lächelt. »Ja, ich habe das Buch immer bei mir.«

Sie ist selbst überrascht, wie offen sie mit ihm redet, aber sie will ihm endlich wenigstens etwas über sich mitteilen, das der Wahrheit entspricht.

»Wirklich?«, sagt er. »Darf ich es mal sehen?«

Sie geht in ihr Zimmer und nimmt das Buch aus ihrer Tasche. Sie betrachtet den Buchdeckel mit dem Jungen, der sich an den aus Vögeln bestehenden Fallschirm klammert und mit den Füßen gerade vom Mond abhebt. Der Anblick treibt ihr die Tränen in die Augen.

Sie kommt wieder ins Wohnzimmer und gibt Angelo das Buch.

Sein gütiges Lächeln ist überwältigend. »Kommen Sie, wir wollen uns irgendwo hinsetzen. Zaccharia hat Fieber, aber er wohnt gleich am Ende der Straße. Francesca hat sich das Bein gebrochen, aber ich habe es bereits geschient, und sie wird in den nächsten Tagen nirgendwo hingehen. Gherardo ist zweiundneunzig und hat Kopfschmerzen, aber die hat er schon seit fünfzehn Jahren.« Er lacht in sich hinein. »Dann ist da natürlich noch der *Kommandant,* der eine Insulinspritze braucht ... Aber er hat es lieber, wenn ich erst nach fünf komme, weil er sich gern vorher ein Schnäpschen genehmigt, um den schrecklichen Schmerz des Einstichs zu ertragen. Zweifellos ein sehr tapferer Deutscher.« Er schenkt ihr einen warmherzigen Blick. »Also kann ich mir jetzt ruhig ein bisschen Zeit nehmen und Ihnen etwas vorlesen, Anna, bevor ich meine Hausbesuche mache.«

Er hält das Gesicht in die Sonne, die durch die verglaste Rundbogentür scheint, die in den Garten führt.

»Aber ich glaube, Sie verbringen zu viel Zeit im Haus.

Das ist gar nicht gut für Ihre Gesundheit. Sie brauchen frische Luft und Sonne.«

Seit sie ihre Mutter zurückgelassen hat, hat sich niemand mehr für ihr Wohlergehen interessiert.

»Wollen wir in den Garten gehen? Ich kann Ihnen da vorlesen.«

Er spürt ihr Zögern wie eine stille Bewegung, die die Atmosphäre im Zimmer ändert.

»Wir sind dort vor Blicken geschützt. Betrachten Sie es als therapeutische Maßnahme.«

Sie willigt ein, und Angelo hat das Gefühl, einen kleinen Sieg errungen zu haben, als sie ihm nach draußen folgt.

Sie blinzelt gegen das Sonnenlicht. Angelo hat recht, seit sie hier ist, war sie noch kein Mal draußen. Sie ist die Sonne nicht mehr gewöhnt.

Sie atmet den Duft von Gardenien und Jasmin ein, der ihr inzwischen vertraut ist, und sie hört das Kreischen der Möwen, die am Himmel kreisen. Weit unten sieht sie einen Zipfel Meer und den Hafen, wo sie angekommen ist. Von hier oben in den Hügeln wirkt er wie ein winziger Fleck.

Als Angelo das Buch aufschlägt, erinnert sie sich voller Dankbarkeit daran, wie er sie aus der Menge ausgewählt und vor dem prüfenden Blick des Deutschen gerettet hat.

»Wo soll ich anfangen?«, fragt er sie.

»Ganz vorne«, erwidert sie.

»Wie Sie wollen. Meine Frau wollte immer, dass ich ihr zuerst das Ende eines Buchs vorlese, damit sie wusste, ob sie sich die Tränen aufheben musste.«

Elodie denkt einen Moment darüber nach. Er hat eine

Karte ausgespielt, er hat etwas über seine verstorbene Frau preisgegeben.

»Ich habe keine Tränen mehr übrig«, sagt Elodie, während sie auf das Meer hinaus schaut. »Bei mir können Sie vorn anfangen.«

»Wie Sie wünschen, Anna«, sagt er und wendet sich wieder dem Buch zu. »*Allora* …«

Die Stunde vergeht wie im Flug. Angelos sonore Stimme wirkt beruhigend auf sie. Er liest vor, wie der kleine Prinz von Planet zu Planet reist, wo er auf den König, den Eitlen, den Säufer und auf den Geografen trifft. Aber vor ihrem Lieblingsteil, dem Kapitel, in dem der kleine Prinz den Fuchs zähmt, hört er auf.

In den stillen Momenten, wenn sie die Augen schließt, betrachtet er sie verhohlen; er kennt sich aus mit heimatlosen Menschen. Sie ist komplizierter als die anderen, die er bei sich aufgenommen hat. Simon, der ungarische Jude, der nichts als einen in seine Tasche genähten Diamanten bei sich hatte und nur für ein paar Tage blieb, bevor er weiter nach Süden zog. Guido, der achtzehnjährige Deserteur, der als Theologiestudent im Hafen eintraf und sich beinahe durch die Militärstiefel an seinen Füßen verraten hätte. Er hatte Glück, dass die Polizisten im Hafen gerade durch eine beeindruckend großbusige junge Frau abgelenkt waren, die mit derselben Fähre gekommen war.

Angelo musste oft an die erste Nacht denken, die Guido bei ihm verbracht hatte. Nach ein paar Gläschen *vino santo* war es aus dem Jungen herausgebrochen. Er sei kein Feigling, beteuerte er, er liebe sein Land, aber er könne nicht auf dem eisigen Boden Russlands sterben, wohin er beordert worden sei. Nach Äthiopien wäre er ja gegangen, hatte der Junge geschluchzt. Da sei es wenigstens warm. Seine Worte hatten Angelo einen Stich versetzt. Erinnerungen an Nasai waren auf ihn eingestürmt. Er hatte den Jungen wie einen Geist im Raum gespürt.

Wenn Angelo trank, kehrten die Geister der Vergangenheit zurück. Die beiden Menschen, die er verlassen hatte, obwohl sie seinen Schutz am ehesten gebraucht hätten, Dalia und Nasai. Die Hebamme hatte ihm versichert, alles getan zu haben, um sie zu retten, aber sie sei keine Ärztin. Er fragte sich immer wieder, wo sein Vorgänger, Doktor Pignone, eigentlich gewesen war, als Dalia gestorben war. Hatte er in seiner Lieblingskneipe beim Wein gesessen, oder hatte er in seiner Hängematte im Schatten des Feigenbaums ein Mittagsschläfchen gehalten? Er war jedenfalls nicht bei der Hebamme oder bei seiner Mutter und Vanna gewesen, als sie verzweifelt um Dalias Leben gekämpft hatten.

Niemals hätte er Guido oder sonst irgendjemandem, der sein Haus betrat, das Zimmer mit den Briefen gezeigt. Jeden Abend sah er die Worte, die er seiner schwangeren Frau geschrieben hatte, und jeden Abend schlief er umgeben von den Schatten dieser Briefe ein. Aber es waren nicht die Worte, die ihn verfolgten, sondern die Hände, die die Briefe mit so viel Hingabe ausgeschnitten und an die Wand geklebt hatten.

Angelo bemerkte, dass Guido, bevor er an jenem ersten Abend ins Bad ging, den Inhalt seiner Taschen auf den Schreibtisch im Gästezimmer legte, unter anderem eine

Halskette mit einem Amulett des heiligen Georg. Angelo musste daran denken, wie viele seiner Kameraden in Äthiopien einen ähnlichen Glücksbringer um den Hals getragen hatten. Das Bildnis des heiligen Georg auf seinem Pferd, das Schwert an seiner Seite, gaben die Väter ihren Söhnen zum Schutz mit in den Krieg. Hier in Portofino war der heilige Georg überall präsent. Er war der Schutzpatron der Stadt.

Angelo hatte nie viel auf Aberglauben oder Rituale gegeben, auch wenn seine Mutter an die Macht der Heiligen geglaubt hatte. Sie betete nicht nur zum heiligen Georg, sondern auch zum heiligen Petrus, dem Schutzpatron der Fischer. Und als Angelo das Studium aufgenommen hatte, betete sie darüber hinaus zum heiligen Lukas, damit er Schaden von ihrem Sohn abwende.

Daher konnte er nicht leugnen, dass solche Dinge wie Amulette oder Glücksbringer den Menschen Trost spendeten. Aber seiner Meinung nach wohnte diesen Gegenständen selbst keinerlei Macht inne; sie symbolisierten die Verbindung zu der Person, die sie ihnen geschenkt hatte. Für ihn persönlich war das simple Auflegen der Hand die Methode, um eine Verbindung zu einem Patienten herzustellen.

Guido blieb fast zwei Monate in Angelos Haus in den terrassenförmigen Abhängen von Portofino. Er half den Männern der Familie beim Fischfang, lernte, Netze und Motoren zu reparieren. Angelo glaubte, dass der Junge in Portofino in Sicherheit war, dass niemand ihn hier suchen würde, zwischen Zitronenbäumen und in den Gassen der Stadt, von denen aus man das Meer sehen konnte. Aber dann eines Morgens war der Junge weg. Verschwunden, ohne eine Abschiedsnotiz zu hinterlassen. Aber neben dem Löwen, den Nasai einst für Angelo geschnitzt hatte, lag sein geliebtes Amulett.

Jetzt sitzt die junge Frau, die sich Anna nennt, mit geschlossenen Augen ihm gegenüber im Garten, während eine leichte Brise in ihrem Haar spielt. Sie erinnert ihn nicht an Dalia. Nein, seine Frau war ein Buch mit vielen unbeschriebenen Seiten, mit Augen, die immer voller Hoffnung leuchteten. Diese junge Frau ist anders. Sie erinnert ihn an einen alten Sekretär, den er einmal im Büro seines Professors in Genua gesehen hat, ein Möbelstück mit verschachtelt angeordneten Schubkästen, das Furnier verziert mit kunstvollen Intarsien aus verschiedenen exotischen Hölzern.

Selbst ihr Oberkörper, den sie ständig mit ihren verschränkten Armen schützt, scheint eine Schatztruhe voller Geheimnisse und nicht erzählter Geschichten zu sein. Er ahnt schon, warum sie die Hände immer vor den Bauch hält und warum sie morgens keinen Appetit hat und tagsüber so viel schläft. Es war eine einfache Diagnose, die er bereits wenige Tage nach ihrer Ankunft gestellt hat.

Aber über ihre weibliche Verletzlichkeit hinaus gibt es noch etwas, das ihn zu ihr hinzieht. Dabei sieht er sich nicht so sehr in der Rolle des Arztes als vielmehr in der eines Uhrmachers, der das Gehäuse einer Uhr öffnen möchte, um all die Mechanismen zu erforschen, in denen sich die wahre Schönheit und Komplexität zeigt.

Nachdem sie schließlich mehrere Wochen bei ihm verbracht hat, bittet er sie, ihn nicht länger mit *dottore* anzureden, sondern mit seinem Vornamen Angelo. Sie schleichen nicht länger umeinander herum wie Fremde, sondern bewegen sich wie zwei stille Seelen, die einander mit der Zeit vertraut geworden sind.

Als seine Schwestern ihn anfangs wegen Annas Anwesenheit zur Rede stellten, erklärte er ihnen, sie sei die Tochter eines ehemaligen Studienkollegen, jemand wie Simon oder Guido, der vorübergehend einen Zufluchtsort brauchte wegen des Kriegs.

Vor allem Vanna war Anna gegenüber anfangs misstrauisch.

Als sie eines Tages im November vorbeikommt, ist ihr Bruder nicht zu Hause. Anna sitzt allein im Wohnzimmer, hat die Bluse hochgeschoben und betrachtet ihren Bauch. Vanna sieht direkt ihre Vermutung bestätigt, dass die junge Frau schwanger ist. Ihre Arme und Beine sind spindeldürr, aber ihr Rockbund spannt verdächtig.

Elodie hört Vannas Schritte auf den Fliesen und blickt auf. Hastig stopft sie ihre Bluse in den Rock, doch sie weiß, dass Vanna sie gesehen hat.

Im Grunde fällt es ihr immer schwerer zu lügen, und mit jedem Tag lässt sich ihre Schwangerschaft weniger verbergen.

Sie war gerade in eins von Angelos Büchern vertieft gewesen, als sie die ersten Regungen in ihrem Bauch gespürt hatte. Deshalb hatte sie ihre Bluse aus dem Rock gezogen und die Hände auf den Bauch gelegt. Es war ganz zart gewesen, als hätten Schmetterlingsflügel sie von innen gestreichelt, aber sie hatte es gespürt, und ihr hatte der Atem gestockt.

Nachdem Vanna sie ausgerechnet in diesem Moment ertappt, beschließt Elodie es aufzugeben, die Schwangerschaft zu verbergen, und steht einfach auf.

»Tut mir leid«, sagt Elodie mit Tränen in den Augen. »Ich habe gerade zum ersten Mal gespürt, wie es sich bewegt hat.«

Vanna, die altersmäßig Elodies große Schwester sein könnte, schweigt eine ganze Weile. Sie mustert die junge Frau, die da im Wohnzimmer ihres Bruders steht, die Hände schützend über den Bauch gelegt, und auf einmal erwacht ihr Mutterinstinkt. Elodie hat eine reine Seele, trotz ihrer Schwangerschaft. Und deshalb liegt auch in Vannas Stimme keine Spur von Verurteilung, als sie näher tritt und flüstert: »Ich weiß.«

Vanna hat selbst drei Kinder zur Welt gebracht und erinnert sich nur zu gut daran, wie wundersam es gewesen war zu spüren, dass ein neues Leben in ihr wuchs. Sie kann selbst kaum glauben, dass die Geburt ihres ersten Kindes schon fünfzehn Jahre her ist. Kurz danach war ihr Bruder mit gebrochenem Herzen aus Äthiopien zurückgekehrt, nachdem man seine Frau und sein Kind bereits auf dem Friedhof über den Klippen beerdigt hatte.

Es wäre einfach für Vanna, die junge Frau vor ihr als gefallenes Mädchen abzustempeln, das kein Recht hat, von ihrem allzu großherzigen Bruder ein Obdach zu verlangen. Aber Vanna ist nicht entgangen, welche Wirkung Elodie auf Angelo ausübt. Zum ersten Mal seit Jahren lächelt er wieder.

»Anna«, sagt sie. »Im wievielten Monat bist du?«

»Gerade im vierten.«

»Du bist also nicht mehr so matt?«

»Nein, überhaupt nicht. Am liebsten würde ich das ganze Haus für Angelo putzen und ihm zeigen, wie dankbar ich bin, dass er mich hier wohnen lässt.«

»Und was ist mit dem Vater?«

Vanna spürt eine Veränderung der Atmosphäre, kaum dass sie die Frage ausgesprochen hat.

»Du trägst keinen Ehering …«

Elodie schüttelt den Kopf.

»Ich habe keinen Ring«, erwidert sie mit zitternder Stimme. »Ich habe viele Dinge von ihm. Ich habe seinen Pullover. Einen Anhänger an einer Kette. Ein Buch mit einer Widmung von ihm. Aber ich habe keinen Ring.« Sie schweigt einen Moment. »Und ich werde auch nie einen haben.«

Sie senkt den Blick für einen Moment, dann sieht sie Vanna in die Augen. Sie weiß, dass sie eigentlich wegen dieser Tatsache beschämt sein müsste, dass sie ihre Verdorbenheit offenbart, ihren Mangel an religiöser Standhaftigkeit und ihre Unfähigkeit, ihre Begierde in Schach zu halten. Aber wie soll sie sich dafür schämen, dass sie ein neues Leben in sich trägt, das nur durch Liebe entstanden ist?

Vanna nickt und bewahrt eine neutrale Miene, aus der keinerlei Verurteilung spricht. Sie betrachtet Elodie, deren Augen kurz flackern. Ohne fragen zu müssen, weiß Vanna sofort, dass Elodie wieder eine Bewegung gespürt hat.

Sie tritt lächelnd auf Elodie zu. Zu erleben, wie Elodie zum ersten Mal die überwältigende Erfahrung macht, dass ein Kind in ihr heranwächst, beschwört Erinnerungen an ihre eigenen Schwangerschaften herauf und gibt Vanna das Gefühl, wieder jung zu sein.

Sie ist froh über Elodies Ehrlichkeit. Hätte sie versucht, sie anzulügen, hätte Vanna ihr nicht vertrauen können.

Aber jetzt spürt sie, wie sich ihr Herz öffnet. Schließlich war die heilige Jungfrau ebenfalls unverheiratet und auf Schutz angewiesen gewesen. Was diese junge Frau jetzt braucht, ist Warmherzigkeit und Fürsorge. Im Leben ihres Bruders hatte es schon genug Traurigkeit und Verlust gegeben, und natürlich würde ihm die Schwangerschaft nicht entgangen sein. Miterleben zu können, wie nach all seinem Kummer ein neues Leben zur Welt kam, würde für ihn ein Segen sein.

»Wie alt bist du?«

»Beinahe zwanzig.«

Vanna lächelt. »Ich war genauso alt, als ich meinen ersten Sohn bekommen habe.«

Die beiden Frauen stehen sich sehr nah gegenüber. Vor dem Hintergrund des Gartens sieht Elodie aus wie ein Engel.

»Ich werde dir helfen, Anna. Du kannst mir vertrauen. Ich werde deine Freundin sein.«

In diesem Moment hätte Elodie Vanna am liebsten ihren wahren Namen genannt und ihre Geschichte erzählt, ihr einfach ihr Herz ausgeschüttet.

Stattdessen nimmt sie Vannas Hand, legt sie auf ihren Bauch und ihre eigene darüber.

Die beiden Frauen warten still, bis wieder eine zarte Bewegung zu spüren ist.

32

Verona

September 1943

So wie sie als Kind immer Musik im Kopf gehabt hatte, erinnerte sie sich nun an ihre letzten Momente mit Luca. Es war wie Ertrinken.

Sie war nur zwei Tage bei Luca und den anderen im Lager gewesen. Aber in dieser kurzen Zeit war der Krieg im Norden Italiens mit voller Wucht ausgebrochen. Die Berge, die bisher nur den Gesang der Vögel kannten, wurden vom Widerhall der Bombeneinschläge aus den umliegenden Städten erschüttert. Elodie fror innerlich, als sie die Rauchwolken sah, die sich über dem Zentrum Veronas erhoben. Selbst der Himmel war verändert. Die Wolken wurden zerschnitten von den rasiermesserscharfen Tragflächen der Flugzeuge. Und der Lärm der Motoren war ohrenbetäubend.

Sie hatte Orsina allein in der Wohnung zurückgelassen, wo sie die Sachen für die Fahrt nach Venedig zusammenpackte. Eigentlich hätte sie schon am selben Abend wieder zu Hause sein sollen, aber unablässiges Bombardement hatte ihre Rückkehr verhindert. Elodie war krank vor Sorge. Sie stellte sich vor, wie verlassen sich ihre Mutter in der Wohnung fühlen musste.

Die Nacht hatte sie gemeinsam mit Rita Rosani in einem kleinen Zelt auf alten Strohsäcken verbracht. Das blonde Haar der Lehrerin wirkte engelhaft, aber mit ihrem Gewehr schien sie regelrecht verwachsen zu sein. In der Nacht sah Elodie, wie Ritas Hand danach tastete, als wäre es ein Liebhaber, der sie verlassen könnte.

Am nächsten Morgen wurde Luca aufgefordert, weiter oben in den Bergen einen neuen Platz für das Lager zu suchen. Elodie bestand darauf, mit ihm zu gehen.

Sie hatte seit Tagen nicht mehr gebadet, nicht mehr seit dem Morgen nach ihrem Auftritt in Mantua, und es war ihr unangenehm, dass sie so verschwitzt und ihre Haut so schmutzig war. Nichts an ihr erinnerte mehr an die junge Frau, die noch vor Kurzem strahlend auf der Bühne gestanden hatte. Nichts war geblieben von dem Seidentaft, dem festen Nackenknoten – von all der Eleganz der gefeierten Musikerin.

Die anderen sahen aus wie altgediente Partisanen. Raffaele mit seinen breiten Schultern, seiner braunen Haut, und Händen, so groß, dass sie auch als Waffen durchgegangen wären. Selbst die Frauen, Rita und Jurika, verfügten über eine Robustheit, die Elodie fremd war. Ihre Rücken und Schultern waren kräftiger. Und ihre Brüste, so viel größer als die Elodies, wirkten wie Teil einer Rüstung.

Sie hatte überhaupt nicht nachgedacht, als sie auf ihr Fahrrad gesprungen und losgefahren war, um sich mit Luca zu treffen. Sie wünschte, sie hätte Hose und Pullover angezogen, etwas, das ihre Haut geschützt hätte, als sie durch das Gestrüpp gelaufen war.

Luca saß mit seinem Bruder neben einem kleinen Feuer. Sie unterhielten sich und tranken aus kleinen Tassen Eichelkaffee.

»Möchtest du auch welchen?«, fragte er sie. »Er schmeckt scheußlich, aber er ist warm.«

Sie hob ablehnend die Hand und schüttelte den Kopf.

Er stand auf und legte ihr einen Arm um die Schultern. »Hätte ich gewusst, dass du hier mit mir in diesem dreckigen Lager festhängen würdest, noch dazu, wo die Deutschen jetzt Jagd auf uns machen, hätte ich nie zugelassen, dass du hierherkommst.«

Sie lächelte. »Ich bin froh, dass ich hier bei dir bin …«

»Aber deine Mutter ist bestimmt schon ganz krank vor Angst. Sie hat dich gestern zurückerwartet.«

»Meine Mutter ist stark.«

»Wir brauchen ein neues Lager«, unterbrach Raffaele die beiden. »Wir sind schon zu lange hier. Luigi hat heute Nacht ein deutsches Lager entdeckt, drei Kilometer östlich von hier. Wir müssen unser Lager verlegen, bevor wir sie angreifen.«

Raffele zog eine Landkarte hervor und zeigte Luca die Stelle, wo die Deutschen gesichtet worden waren. Dann bewegte er den Finger in die entgegengesetzte Richtung und tippte auf eine Stelle. »Versuch hier einen sicheren Ort zu finden.«

Er wandte sich zum Gehen, kam aber noch einmal zurück. »Und nimm Elodie mit. Sie sollte nicht hierbleiben, es ist zu gefährlich. Wenn wir über das Lager der Deutschen Bescheid wissen, sind auch sie über unseres hier informiert. Ich kann nicht für ihre Sicherheit garantieren, wenn sie hierbleibt.«

Luca nickte. »Ja, du kommst mit mir«, sagte er und zog sie an sich.

Sie machten sich auf in die Richtung, die Raffaele ihnen gewiesen hatte. Es gab keinen Pfad, und sie mussten sich zwischen Bäumen und Dornengestrüpp hindurchkämpfen. Der Geruch nach Walnussschalen und Eichenblättern lag schwer in der Luft.

Nach einer Weile kamen sie auf eine Lichtung. »Was ist das dahinten?«, fragte Elodie. In einiger Entfernung stand ein kleines Gebäude, das eine verlassene Bauernkate zu sein schien.

Luca nickte. Er hatte das alte Haus auch gesehen. »Wenn es ein Dach und vier Wände hat, werden Raffaele und die anderen denken, dass wir einen Palast für sie gefunden haben.«

Elodie nahm Lucas Hand.

Beim Näherkommen stellten sie jedoch fest, dass das Haus nur noch aus einem Gerippe aus verkohlten Balken und Mauerresten bestand. In einem Raum, der vermutlich einmal die gute Stube gewesen war, befanden sich traurige Zeugen eines früheren Familienlebens: ein Kinderbettchen, eine zerrupfte Puppe, vier demolierte Küchenstühle, und ein Tisch, voll mit Trümmern des eingestürzten Dachs. Überall auf dem Boden lagen Porzellan- und Glasscherben.

In einer der alten trüben Fensterscheiben bemerkte Elodie ihr Spiegelbild.

»Ich glaube, ich habe noch nie so alt ausgesehen – so schmutzig«, sagte sie, während sie versuchte, mit den Fingern ihr schwarzes Haar zu richten.

Sie hielt ihm ihre mit Schmutz und Schweiß beschmierten Arme hin, die aussahen, als wären sie mit blauen Flecken übersät.

»Was würde ich nicht für ein schönes heißes Bad geben ...«

Luca nickte. Er war ebenfalls völlig verdreckt.

Wie gern hätte er ihr ihren Wunsch erfüllt, ihr eine wunderschöne Badewanne herbeigezaubert, so eine wie in einem britischen Herrenhaus. Eine ganz tiefe, aus weißer Emaille, mit Bärenklauenfüßen und dampfendem Wasser bis zum Kinn. Allein bei dem Gedanken, wie sie aus dem Bad steigen würde, wurde ihm ganz schwindlig.

Durch eines der zerborstenen Fenster entdeckte er hinter dem Haus einen alten Waschbottich, der tief genug zu sein schien, dass jemand von Elodies Größe darin baden konnte. In der Küche hingen noch Kupferkessel. Luca war überzeugt, ums Haus herum genügend Feuerholz finden zu können.

»Siehst du irgendwo eine Wasserpumpe, Elodie?«

Elodie zuckte die Achseln. »Nein, aber ich seh mal draußen nach.«

Sie gingen in den Garten, und dort, verborgen im hohen Gras, fanden sie eine Pumpe.

»Du sollst dein Bad bekommen«, sagte Luca. Er mochte unrasiert und schmutzig sein, aber seine Augen leuchteten. Im Sonnenlicht hatten sie die Farbe von Honig.

»Aber wie soll das gehen?«

»Du wirst schon sehen«, antwortete er. »Wart's ab.«

»Ich helfe dir«, protestierte sie. Sie schob sich die Haare aus dem Gesicht.

»Nein, geh nur rein bis ich dich rufe.«

Luca warf einen Blick zur Sonne, sie stand noch ziemlich hoch am Himmel. Sie hatten also genug Zeit, bis es dunkel und kühl wurde. Er beeilte sich, etwas Reisig als Anmachholz und größere trockene Holzstücke zu sammeln, die keinen Rauch verursachen würden.

Als er alles aufgeschichtet hatte, hielt er sein Feuerzeug an das Reisig, und schon bald züngelten die Flammen vor ihm.

Er trug einen Kupferkessel zur Wasserpumpe und reinigte erst diesen und dann den Waschzuber. Anschließend füllte er den Kessel mit Wasser und hängte ihn mit einem alten Seil an einem provisorischen Gestell über dem Feuer auf. Er schleppte den Waschzuber näher heran, um das heiße Wasser einzugießen.

Als das Wasser heiß genug war, rief er Elodie.

»Hier ist dein Bad, *carissima!*«

Sie schlug sich kopfschüttelnd eine Hand vor den Mund, um ihr Lächeln zu verbergen. »Luca, wie hast du das bloß hingekriegt?«

»Los, beeil dich!«, sagte er. »Du musst mir sagen, ob die Wassertemperatur richtig ist.«

Sie lächelte scheu. »Wenn du darauf bestehst.«

Sie ging in eine Ecke des Gartens und entledigte sich ihrer Kleider, wobei sie Luca den Rücken zuwandte.

Zuerst die Bluse. Sie knöpfte sie auf und streifte sie ab. Sie war zwar inzwischen ziemlich schmutzig und auch nicht besonders teuer gewesen, sie wollte sie jedoch nicht einfach auf den Boden fallen lassen, sondern legte sie vorsichtig über den Ast eines Baums. Dann zog sie sich den Rock aus, den sie ebenfalls über den Ast legte.

Als ihr Körper nur noch mit einem einfachen Baumwollslip bedeckt war, bekam Luca Herzklopfen. Sie schien eine Ewigkeit mit dem Rücken zu ihm dazustehen, bis sie die schlanken Arme hob, um sich unendlich langsam die Haare zu lösen.

Dann drehte sie sich um und kam auf ihn zu.

Als sie vor dem Waschzuber mit dem dampfenden Badewasser stand, so dicht vor ihm, dass er sie berühren konnte, zog sie sich den Slip aus und zeigte sich ihm in ihrer Nacktheit.

Er traute seinen Augen nicht. Im Buchladen hatte er ihren Körper schon unter all ihrer Kleidung erkundet, als seine Hände sich unter ihrem Rock und unter ihrer Bluse vorgetastet hatten. Doch jetzt stand sie zum ersten Mal vollkommen nackt vor ihm.

Er fühlte sich beschenkt, als wäre es ihm vergönnt, etwas Kostbares zu betrachten, das noch nie zuvor enthüllt worden war. Ihre Haut war porzellanweiß, matt und dennoch schimmernd. Ihre Brüste bildeten zwei perfekt geformte Rundungen, und ihr Gesäß hatte die Wölbung einer Mandoline.

Hingerissen sah er zu, wie sie ein Bein hob und in die behelfsmäßige Badewanne stieg.

Den Rücken ihm zugewandt, stand sie knietief im Wasser, die Arme über ihren Brüsten verschränkt. Sie drehte den Kopf und sah ihn über die Schulter hinweg an. Eine dünne Haarsträhne fiel ihr über die Augen, und als sie ihn anlächelte, war er wie gelähmt.

»Hast du den Krug neben dem alten Herd gesehen?«, fragte sie. »Wenn du mir den bringen könntest. Der wäre ganz praktisch …« Auf ihrem Rücken zeichneten sich die feinen Muskelstränge ab.

Ihr Anblick verschlug ihm den Atem. Sie sah aus wie eine lebende Skulptur.

»Ja, natürlich …«, stotterte er. »Ich hole ihn dir sofort.«

Luca kam eilig mit dem Krug und tauchte ihn ins Wasser. Er richtete sich auf und übergoss ihren Körper, und das Wasser perlte in schmalen Rinnsalen von ihrer glänzenden Haut ab.

Beide konnten sich später nicht mehr daran erinnern, wer wen zuerst geküsst hatte. Elodie wusste nur, dass er den Krug abgestellt hatte. Dass er sich wieder aufgerichtet hatte und ganz dicht neben sie getreten war. Sein Hemd wurde nass, als er sich an sie drückte. Sie erschauderte und legte eine Hand an seine Brust. Sie spürte seinen Herzschlag, wie Musik unter seiner Haut. Sie befühlte den Anhänger, den er an einer Lederschnur um den Hals trug, und er nahm ihre Finger, zog sie noch näher an sich, hob ihr Kinn an. Seine Lippen näherten sich ihrem Mund. Nackt, wie sie war, wollte sie seinen ganzen Körper spüren, die Berührung seiner Hände.

Seine Finger spielten mit ihrem Haar, erkundeten die Rundung ihrer Schultern, dann nahm er ihren Kopf in die Hände. Als er ihre Wangen hielt und sie küsste, wurde er so schwach, als wäre aller Kampfgeist aus seinem Herzen und seinem Körper gewichen.

Bei jeder seiner Berührungen bebte sie wie ein kleiner Vogel, der aus der Wiege seiner Hand davonfliegen wollte. Er fuhr ihr mit den Daumen über die Brustwarzen, ließ die Hände über ihre Taille gleiten und weiter zu den Hüften. Sie stieg aus dem Waschzuber und zog ihn mit sich auf den Boden, ihren Mund an seinem Ohr, sodass er ihren stoßweisen Atem und ihr leises Stöhnen hörte.

Er schaute ihr in die Augen, in denen ein Feuer leuchtete, wie er es noch nie gesehen hatte. Er hatte das Gefühl, jenseits von Raum und Zeit zu schweben, wo nichts anderes mehr zählte als der Sog zwischen ihnen.

Alle Anspannung, alle Müdigkeit, alle Todesangst war wie weggeblasen. Für Luca zählte nur noch, dass er Elodie liebte.

Er atmete sie ein, als wäre sie sein Lebenselixier. Sie war wie alle Elemente zugleich – Luft, Wasser, Feuer und Erde –, und er brauchte jedes einzelne davon, um in dieser Welt leben zu können.

Sie hatten ihre Kleider benutzt, um sich abzutrocknen und sich dabei unablässig geküsst, zwei Liebende, die nicht voneinander lassen konnten. Sie erinnerte sich an das Gefühl, von Kopf bis Fuß sauber zu sein, lebendig zu sein.

Nachdem sie sich ihren Rock angezogen und die Bluse zugeknöpft hatte, wandte sie sich zu Luca um, sah ihm tief in die Augen und dachte, dass ihr außer ihm nichts auf der Welt etwas bedeutete. Obwohl sie nicht mehr eng umschlungen waren und sich getrennt voneinander bewegten, spürte sie ihn immer noch in sich. Es war wie Musik, die in einen eindrang und sich in einem bewegte, auch wenn sie längst verklungen war.

Als sie aufbrachen, reckte er den Hals, um am Sonnenstand abzulesen, in welche Richtung sie gehen mussten.

Auf dem ganzen Rückweg zum Lager gingen sie Hand in Hand. Ihre Wonne spiegelte sich in seinem Blick, ihr

Glück in seinem Lächeln. Sie gingen zurück in der Erwartung, dass alle in Jubel ausbrechen würden, wenn sie erfuhren, dass sie einen neuen Lagerplatz entdeckt hatten.

Sie dachte an die kleinen Glockenblumen im Gras und wie sie darauf geachtet hatte, sie nicht zu zertreten. Das war das Letzte, woran sie sich erinnerte, bevor die Schüsse gekracht hatten. Sie hatte den zarten Blüten keinen Schaden zufügen wollen. Dann brach plötzlich das Chaos über sie herein. Elodie hörte lautes Geschrei. Und Lucas Stimme: »Nicht jetzt! Um Himmels willen nicht jetzt!«

Sie waren nicht mehr weit vom Lager entfernt, aber die Gewehrsalven klangen in Elodies Ohren, als würde sie mitten in der Schusslinie stehen. Luca zerrte sie ins Gebüsch.

»Roll dich zusammen, und rühr dich nicht vom Fleck«, sagte er heiser. Er hatte denselben Gesichtsausdruck wie in dem Moment, als er sie auf der Piazza delle Poste gegen die Wand geschoben und sie ins Café geschickt hatte.

Aber jetzt hatte sie viel mehr Angst. Sie flehte ihn an, sie nicht allein im Wald zurückzulassen. Aber sie wusste selbst, dass sie nicht kämpfen konnte; sie hatte keine Waffe und würde den anderen nur eine Last sein.

»Ich muss gehen!« Er küsste sie noch einmal. Das Amulett mit dem heiligen Georg baumelte an seinem Hals.

»Ich werde dich immer lieben, Elodie. Vergiss das nie. Von jenseits der Sterne.« Dann küsste er sie ein letztes Mal.

Sie zitterte. Sie wollte nicht, dass seine Abschiedsworte sich auf *Der kleine Prinz* bezogen. Sie waren zu jung für eine Liebe, in der man sich weder sehen noch anfassen konnte.

Er riss sich das Amulett vom Hals. »Hier. Es wird dich beschützen.«

Sie wollte es nicht annehmen. Aber er klopfte auf sein Gewehr und sagte, er habe bereits einen Beschützer, sie brauche das Amulett dringender als er.

Während ohrenbetäubendes Gewehrfeuer den Wald erschütterte, umklammerte sie sein Amulett wie einen Rosenkranz. Sie hörte das entsetzliche Geschrei von deutschen Soldaten. Erst Stunden später, als die Schüsse endlich aufgehört hatten und vom Lager her kein Geräusch mehr kam, kroch sie aus dem Dickicht, um sich auf die Suche nach Luca und den anderen zu machen.

Zuerst sah sie Rita. Ihr Gesicht war dreckverschmiert, ihre Bluse war zerrissen und ihre Hose war an den Knien blutgetränkt.

Luigi stand über zwei toten Deutschen und zerrte die Gewehre von den Leichen.

Links neben dem Zelt lag der Falke, die Brust blutüberströmt, die leblosen Augen starr in den Himmel gerichtet.

Eine weitere Leiche lag über einem Baumstumpf, der einmal als Hocker gedient hatte. An seiner schmalen Gestalt und dem Halstuch erkannte Elodie den jungen Burschen, der sie am Tag zuvor ins Lager geführt hatte. Ihr drehte sich der Magen um. Sie hatte das Gefühl, sich gleich übergeben zu müssen.

Rita schaute sie an; ihr Blick sagte alles.

»Sie haben uns überfallen«, brachte sie mühsam hervor. »Raffaele ist auch tot.«

Elodie schüttelte den Kopf. Sie spürte das Amulett in ihrer Hand. Die kleine Scheibe mit dem Heiligenbildchen schnitt ihr ins Fleisch.

Sie glaubte Rita nicht. Solange sie Lucas Leiche nicht gesehen hatte, klammerte sie sich an die Hoffnung, dass er lebte.

»Sie haben uns angegriffen, als ihr unterwegs wart. Raffaele hat sie gehört, als er auf Patrouille war. Die ersten beiden hat er erschossen, aber sie waren zu siebt.«

»Wir haben einen neuen Lagerplatz gefunden …« Elodies Stimme zitterte.

Plötzlich sah Elodie zwei Männer, die auf einer provisorischen Bahre eine massige Leiche herbeitrugen. Sie brauchte nicht erst das Gesicht zu sehen, um zu wissen, dass es Raffaele war. Sie erkannte ihn an der Latzhose.

Sie schloss die Augen, um nicht mitansehen zu müssen, wie er auf den Boden gelegt wurde.

Rita trat zu ihr und nahm sie in die Arme. »Wir werden das Lager verlegen, nachdem wir die Toten begraben haben. Und das muss schnell gehen, bevor noch mehr Deutsche kommen. Sie werden ihre Leute suchen, wenn die nicht zurückkehren.«

In diesem Augenblick sah sie, wie Jurika und ein junger Partisan Lucas Leiche auf einer Bahre ins Lager brachten. Noch ehe sie seine Schuhe erkannte und einen dünnen Arm von der Bahre baumeln sah, wusste sie, dass er es war.

Als sie ihn auf dem Boden ablegten, hatte sie das Gefühl, in der Erde zu versinken. Das Blut wich ihr aus dem Kopf und dem Herzen. In ihr war kein Atem mehr, keine Musik. Sic spürte, wie Ritas Arme sie festhielten. Als Rita schließlich sprach, bezeichnete sie ihn nicht als gefallenen Partisanen, sondern als Elodies *amato,* ihren Geliebten. Elodie flüsterte die Worte, die ihr Vater ihr einst als Segen mit auf den Weg gegeben hatte. »Flieg, Gedanke, auf goldenen Schwingen, flieg, umschwebe die Hügel, die Höhen.«

Die Zeilen klangen wie ein Gebet.

33

Verona

September 1943

Elodie stand reglos da, ihr Gesicht war aschfahl. Sie fror und zitterte. Sie konnte es einfach nicht glauben, dass Luca jetzt unter einem hastig errichteten Grabhügel lag. Noch vor ein paar Stunden waren sie zusammen gewesen, ihre Körper nass und ineinander verschlungen, ihre pochenden Herzen nur durch ihre Haut getrennt. Und jetzt war die einzige Spur von ihm ein behelfsmäßiges Kreuz, das sein Grab markierte.

Rita bestand darauf, dass Elodie das Lager verließ. »Hol deine Mutter ab, und fahr mit ihr nach Venedig.« Sie sah Elodie entschlossen an, das blonde Haar straff im Nacken zusammengebunden. Ihr Gesicht war immer noch dreckverschmiert. »Luca hätte es so gewollt … Er hätte nicht zugelassen, dass du hier in den Bergen bleibst und stirbst. Angeblich beträgt die Lebenserwartung eines Partisanen nicht mehr als ein halbes Jahr«, fügte Rita kopfschüttelnd hinzu.

Elodie konnte sich die Frau, die vor ihr stand, nur schwer als Lehrerin in einer Schule vorstellen. Rita wirkte durch und durch wie eine Kriegerin. Ihr Körper war kräftig und muskulös, in ihren blauen Augen lag ein stahlharter Blick. »Dies ist kein Ort für dich. Du hast eine Mutter, die zu Hause auf dich wartet. Meine Familie wurde auf einen Lastwagen geworfen und in ein Konzentrationslager transportiert.« Ritas Stimme klang rau. »Hier kann ich wenigstens selbst entscheiden, auf welche Weise ich sterbe.«

»Ich will ihn hier nicht zurücklassen ...« Elodie trug immer noch Lucas Pullover, und sie hielt immer noch das Amulett in der Hand.

Rita blickte zum Himmel. Die Sonne ging bereits unter. »Es gibt keinen Grund für dich zu bleiben. Du bist keine Soldatin. Du musst jetzt gehen.«

Wenn Elodie sich beeilte, konnte sie vielleicht noch vor der Ausgangssperre zu Hause sein. Völlig benommen folgte sie einem der überlebenden Partisanen ins Tal.

»Weiter kann ich dich nicht begleiten«, sagte er, kurz bevor sie den Fuß des Bergs erreichten. Er hatte sie fast bis ans Ende des Trampelpfads gebracht. Zwischen den Stämmen der Sumpfeichen hindurch konnte sie weiter unten die Straße erkennen. »Sei vorsichtig ... Die Deutschen sind überall.«

Sie nickte.

»Viel Glück«, sagte er, warf ihr noch einen Blick zu und machte kehrt.

Ihr Fahrrad lag noch in seinem Versteck im Gestrüpp. Sie hatte es genauso getarnt, wie sie es zusammen mit Luca bei ihrem ersten Treffen gemacht hatte. Mit zitternden Händen entfernte sie die Zweige, das Laub und die Grasbüschel.

Es war gerade mal eine Woche her, dass sie hier in der unberührten Natur gestanden und Luca dabei zugesehen hatte, wie er ihr Fahrrad mit Zweigen und Blättern bedeckt hatte. Sie hatte sich gewundert, wie sehr er sich seit dem Scharmützel auf der Piazza delle Poste verändert hatte. Sie hatte die Konturen seiner Muskeln unter dem Leinenhemd bestaunt und die kräftigen Unterarme, die die aufgerollten Ärmel preisgaben.

Im Buchladen hatte Luca sich wie eine stille Maus bewegt. Aber hier im Wald war er zum Löwen geworden.

Sie konnte es immer noch nicht fassen, dass er tot war. Sie bemühte sich verzweifelt, das Bild, wie er und sein Bruder leblos und blutüberströmt ins Lager getragen wurden, aus dem Kopf zu bekommen. Sie redete sich ein, dass das alles nicht wahr war, dass sie ihn bald wieder im Hinterzimmer seines Ladens in der Via Mazzini antreffen würde. Wo sie ihr Cello auspacken und für ihn spielen würde, und wo seine Augen, seine Berührung und jeder Teil von ihm wieder da und lebendig sein würden.

Wenn sie ihren Tränen freien Lauf ließ, würde sie nie mehr aufhören können zu weinen. Elodie unterdrückte sie mit all ihrer Kraft, und ihre Augen brannten und schmerzten, als ob sich winzige Glassplitter darin befänden.

Als sie auf dem Fahrrad saß, übernahm ihr Körper instinktiv die Kontrolle. Sie trat vierzig Minuten lang in die Pedale, bis sie von zwei Polizisten angehalten wurde, die ihren Ausweis sehen wollten.

Sie gab ihnen den neuen Ausweis. Ihren neuen Namen, Anna Zorzetto, hatte sie sich bereits eingeprägt, ebenso wie ihr neues Geburtsdatum und all die anderen Einzelheiten. Zum Glück erregte ihre unsaubere Erscheinung nach zwei Tagen in der Natur nicht die Aufmerksamkeit der Wachen, und man ließ sie passieren.

Als sie endlich das Stadttor Porto San Giorgio erreichte, waren die deutschen Offiziere gerade damit beschäftigt, Lastwagen und Privatautos anzuhalten, um die Fahrer, die in die Stadt wollten, zu überprüfen. Sie interessierten sich nicht für die junge Frau mit dem gebrochenen Herzen, die die Augen weit aufriss, um ihre Tränen zurückzuhalten.

34

Verona

September 1943

Mit letzter Kraft trug Elodie ihr Fahrrad ins Haus und schleppte sich die Stufen zur Wohnung hoch.

Orsina stand nur wenige Schritte hinter der Tür, als sie Elodie klopfen hörte. Sie hatte buchstäblich dort verharrt, seit Elodie mit Luca aufgebrochen war. Sie nahm ihre Tochter in die Arme.

»Ich habe dich gestern zurückerwartet … Als du nicht gekommen bist, da …« Orsina versagte die Stimme. »Ich dachte schon, du wärst tot.«

»Ich konnte nicht nach Hause … Es gab Bombardierungen und Schießereien. Die Deutschen sind überall …«

Kopfschüttelnd betrachtete Orsina ihre Tochter, die in einen Sessel gesunken war. Sie wirkte völlig entkräftet.

»Wann fahren wir nach Venedig?« Elodie war so schwach, dass sie die Worte kaum herausbrachte. Sie wollte nur noch in ihr Bett kriechen und schlafen.

»Sobald du dich kräftig genug fühlst.« Orsina zögerte. »Aber seit du mit Luca weggegangen bist, habe ich darüber nachgedacht, wie unser Neuanfang dort eigentlich aussehen wird.« Sie holte tief Luft. »Dein Vater hat uns ein gutes Leben ermöglicht, als er noch lebte. Aber wir müssen uns Gedanken machen, wovon wir uns ohne sein Einkommen ernähren sollen.«

Orsina schaute sich im Zimmer um. »Ein paar Sachen könnten wir versuchen zu verkaufen. Das Geschirr, das Silberbesteck.« Doch dann besann sie sich. »Aber wer sollte es kaufen? Niemand hat mehr Geld, und die Sachen haben keinen besonderen Wert …«

Elodie hörte ihrer Mutter kaum zu. Sie schlug die Hände vors Gesicht und begann zu schluchzen.

»Luca ist tot, Mamma.«

Orsina erbleichte.

»Ein Trupp deutscher Soldaten hat das Lager seines Bruders entdeckt. Wir … Wir …« Sie weinte so heftig, dass sie kaum sprechen konnte. »Wir hatten einen neuen Lagerplatz gefunden und waren gerade auf dem Rückweg, um es den anderen zu sagen, als die ersten Schüsse gefallen sind …« Sie rang die Hände, bis ihre Knöchel weiß wurden.

»Er wollte unbedingt, dass ich mich im Gebüsch verstecke … Ich habe ihn angefleht zu bleiben … Aber er wollte nicht.«

Orsina nahm ihre Tochter in die Arme. Elodies Tränen durchnässten ihre Bluse.

Sie hielt ihre Tochter fest, bis ihre Tränen versiegt waren.

»Ich möchte so bald wie möglich aufbrechen«, sagte Elodie schließlich. Sie atmete tief durch und löste sich aus Orsinas Umarmung. »Ich habe unsere neuen Ausweise.« Sie stand auf und nahm die Ausweise aus ihrer Tasche. »Einer der Partisanen hat sie für uns gemacht. Ein paar

Stunden später war er tot. Wir heißen jetzt Anna und Maria Zorzetto.«

Orsina nahm das gefälschte Dokument und las ihren neuen Namen laut vor.

Elodie versuchte zu lächeln. »Den musst du dir merken, Mamma. Es ist wichtig für den Fall, dass man uns kontrolliert.«

Orsina schloss die Augen und prägte sich alles ein. »Dein gutes Gedächtnis hast du von mir, *carina*. Mach dir keine Sorgen.«

Elodie rieb sich die Schläfen. Ihr Gesicht war vom vielen Weinen ganz verquollen. »Ach, hätte sich mir doch nicht alles so ins Gedächtnis eingebrannt ... Ich sehe immer Lucas Leiche vor mir, die blauen Finger ...« Ihr versagte die Stimme.

Orsina wollte sie wieder in die Arme nehmen, doch Elodie schob sie von sich.

»Ich will einfach nur hier weg und alles vergessen.«

Orsina bemühte sich, ihre Tochter zu besänftigen. Sie nahm ihre Hände und streichelte sie. »Wir werden in Venedig ein neues Leben anfangen. Wir werden unsere schmerzhaften Erinnerungen in der Lagune ertränken und noch einmal von vorn beginnen.«

»Ich kann mich gar nicht an die Vorstellung gewöhnen, hier alles zurückzulassen und nach Venedig zu gehen.« Elodie biss sich auf die Lippe und sah ihre Mutter an. »Mit dem Zug ist es gar nicht so weit, aber du und Papa, ihr habt immer so getan, als wäre Venedig eine verbotene Stadt, die man am besten nicht betritt.«

Orsina wurde plötzlich ganz still. Ihr Gesicht bekam einen eigenartigen Schimmer.

»Sosehr ich Venedig liebe, habe ich es doch immer mit dem Tod assoziiert. Ich habe meine Eltern dort begraben, ich habe dort eine Fehlgeburt gehabt. Und nachdem du auf die Welt gekommen warst und dein Vater und ich nach Verona gezogen waren, konnte ich mich nie überwinden, noch einmal zurückzukehren.«

»Und warum jetzt?« Elodie versuchte sich in ihre Mutter hineinzuversetzen.

»Weil Venedig ein Labyrinth ist. Es ist ein Ort, an dem man verschwinden und wieder auftauchen kann. Vor allem, wenn man sich gut auskennt.« Sie atmete tief aus. »Und weil es für dich in Verona zu gefährlich ist.«

Sie strich Elodie die Haare aus dem Gesicht. Sie wollte die Augen ihrer Tochter sehen. Seit Elodie das Licht der Welt erblickt hatte, hatten ihre Augen Orsina Halt gegeben. Sie hatte darin den Übergang von Unschuld zur Reife beobachtet. Und jetzt sah sie die Stärke, die trotz aller Trauer in den Augen ihrer Tochter lag.

»Du hast recht, Mamma. Wir werden Geld brauchen.«

Orsina nickte. »Ja, wir müssen so viel wie möglich verkaufen.«

Elodie senkte den Blick. »Vater hat mir etwas Wertvolles hinterlassen.« Sie nahm ihre Mutter bei der Hand. »Aber es hat mir nie wirklich gehört. Die Zeit ist reif, dass jemand anders seine Geschichte fortsetzt«

Sie wandte sich um und betrachtete das Cello, das in der Ecke stand. Sein rötlicher Lack schimmerte.

Orsina schüttelte den Kopf. »Nein, das kann ich nicht zulassen. So schlimm ist es noch nicht.«

»Ich habe schon einen Käufer im Visier«, sagte Elodie, die ihre Entscheidung längst getroffen hatte.

Sie stellte sich ein Leben ohne ihr Cello vor, was ihr einen Moment lang fast den Atem raubte. Aber vielleicht musste sie sich von allem trennen, was ihr lieb und teuer war, bevor sie nach Venedig ging. Und sich von der Lagune, die sie noch nie gesehen hatte, verschlucken und verwandelt wieder ausspucken lassen.

Am nächsten Morgen nahm Elodie ihr Instrument ein letztes Mal in die Hände. Sie wickelte es aus dem gelben Seidentuch, streichelte seinen langen Hals und ließ ihre Finger über die Saiten gleiten.

Sie hatte keinen Zweifel daran, wer der richtige Käufer für das Cello war. Sie brauchte jemanden, der seine Geschichte kannte und seine Herkunft zu würdigen wusste, jemanden, der es genauso liebevoll behandeln würde, wie ihr Vater und sie es getan hatten. Sie kannte nur einen Menschen, auf den diese Beschreibung zutraf, und sie wusste genau, wo sie ihn finden konnte. Sie hoffte nur, dass er immer noch dort war. Und so setzte sich Elodie alias Anna Zorzetto in den Zug nach Mantua, um den Wolf aufzusuchen.

Sie nahm auf einer der Holzbänke in der dritten Klasse Platz. Das Cello, das sie sich zwischen die Knie gestellt hatte, fest umschlungen, ließ sie ihren Blick über die anderen Reisenden wandern. Alle hatten denselben erschöpften Gesichtsausdruck. Leere Gesichter, die für jeden, der sie auch nur einen Moment zu lange ansah, nur eine Botschaft bereithielten: »Ich weiß nichts. Ich besitze nichts, das irgendeinen Wert hat. Ich möchte einfach nur in Ruhe reisen.«

In diesen Zeiten unbehelligt zu bleiben war wahrlich ein Geschenk. Und als die Deutschen ins Abteil polterten und Ausweise und Passierscheine zu sehen verlangten, blieb den Passagieren fast das Herz stehen.

Elodie beobachtete die Frau neben sich, deren Kleinkind an einem Stück trockenem Brot nuckelte, das nicht größer war als ihr Daumen. Alle sahen so abgemagert aus, mit ernsten, hohlwangigen Gesichtern.

Die Frau schien Elodie und ihr Instrument für ein Kuriosum zu halten. Ihr Blick wanderte über den Koffer und Elodies Hände, die sie auf dem Bauch des Instruments verschränkt hatte.

»Sieht ziemlich schwer aus«, sagte die Frau schließlich.

Elodie nickte. Das Kind streckte den Arm aus und streichelte mit seinen winzigen Fingerchen die geschwungene Form des Koffers.

»Was ist das?«, fragte der Kleine über das Rattern des Zugs hinweg.

Dann berührten seine kleinen, warmen Finger ihre Hände, und ihr wurde plötzlich bewusst, wie kalt ihr war seit Lucas Tod.

»Das ist ein Cello, *carino*«, sagte sie sanft. »Und es macht wunderschöne Musik.«

Seit die Deutschen da waren, musste man bei allen Zugreisen mit großen Verspätungen rechnen. Eine Fahrt nach Mantua, die normalerweise eine Dreiviertelstunde dauerte, konnte jetzt gut und gern zwei Stunden in Anspruch nehmen.

Als Elodie aus dem Fenster schaute und sah, wie Mantua sich majestätisch am Horizont erhob, hatte sie das

Gefühl, eine Reise in die Vergangenheit zu machen. Beim Anblick des Glockenturms der Kirche und der mittelalterlichen Stadtmauern versuchte sie sich zu erinnern, wie lange es her war, dass sie den Wolf das letzte Mal aufgesucht und in dem pfauenblauen Zimmer die verschlüsselten Kadenzen gespielt hatte.

Fast drei Monate waren seitdem vergangen. Und in dieser kurzen Zeitspanne war so viel passiert. Der Tod ihres Vaters. Ihr Versagen bei ihrer Mission im Bibiena. Der Einmarsch der Deutschen in Italien. Das Blutvergießen auf der Piazza delle Poste. Der Mord an Lena und Beppe. Und jetzt trauerte sie um Luca. Elodie umklammerte den Cellokoffer noch fester und schloss die Augen.

Sie fragte sich, wie der Wolf reagieren würde, wenn sie bei ihm an die Tür klopfte. Ob er sie freundlich begrüßen oder ihr deutlich machen würde, dass er mit ihr nichts mehr zu tun haben wollte, nachdem sie die Sache im Bibiena vermasselt hatte? Aber lieber malte sie sich aus, wie er sie in seine Wohnung bat, sie aufforderte, Platz zu nehmen, und sich erkundigte, was sie zu ihm führte.

Sie überlegte hin und her, wie sie die Frage formulieren sollte, ob er daran interessiert war, ihr das Cello abzukaufen. Sie würde den Gesichtsausdruck des Wolfs nie vergessen, als sie das Cello zum ersten Mal aus dem Koffer genommen hatte. Als hätte sie etwas mitgebracht, das wertvoller war als Gold.

Als sie sich in Mantua auf den Weg zum Stadtzentrum machte, sagte sie sich, dass das wahrscheinlich das letzte Mal war, dass sie ihren Instrumentenkoffer trug. Bei dem Gedanken verspannte sich ihr ganzer Körper. Am liebsten wäre sie zu Stein erstarrt, um nicht länger die Trauer spüren zu müssen, die ihr durch die Adern strömte. Zweimal in ihrem Leben war sie der Liebe begegnet. Luca war tot. Und in einer Stunde würde auch das Cello fort sein.

Ihr Gedächtnis ließ sie nicht im Stich; sie fand den Weg zur Wohnung des Wolfs, ohne nachzudenken. Sie überquerte die Piazza Sordelle und folgte dann der Kopfsteinpflasterstraße vorbei an der Kirche Sant'Andrea. Die Straßen von Mantua waren wie ausgestorben.

Drei deutsche Soldaten standen vor einem Café und rauchten. Einer von ihnen machte eine anzügliche Bemerkung, als sie vorbeiging. Elodies Gesicht verriet weder Abscheu noch Belustigung, nur Gleichgültigkeit, so als wären die rüden Worte nichts weiter als Staubpartikel in der Luft.

Die große hölzerne Eingangstür des Gebäudes, in dem der Wolf wohnte, war nur angelehnt. Ein kleiner Junge war gerade mit seiner Mutter ins Haus gegangen, die im Briefkasten nach Post schaute. Als Elodie mit ihrem Cello an ihnen vorbeischlüpfte und nach oben ging, schienen die beiden sie nicht einmal zu bemerken.

Sie klopfte zweimal. Als keine Reaktion erfolgte, drückte sie die Klinke herunter. Zu ihrer Überraschung war die Tür nicht abgeschlossen, und sie trat ein.

Erinnerungen an ihren letzten Besuch stürmten auf sie ein. Der lange, schmale Flur. Das Stehpult mit einem Stapel ungeöffneter Briefe. Aber anders als bei ihrem ersten Besuch schwebte keine Musik durch die Räume. Das einzige Geräusch war der Widerhall ihrer Schritte auf den Bodenfliesen.

Im weißen Salon vor dem Musikzimmer fiel ihr sofort auf, dass hier irgendetwas Furchtbares vor sich gegangen sein musste. Hier hatte tadellose Ordnung geherrscht. Aber jetzt waren die Sofas aufgeschlitzt, die Polsterung war herausgerissen und über den Boden verteilt. Die Glasvase, die sie so bewundert hatte, lag in Scherben auf dem Boden. Der Couchtisch war umgestoßen, und der kostbare Orientteppich war verschwunden.

Zitternd vor Entsetzen betrat sie das Musikzimmer und stellte ihr Cello ab. Aber der Anblick, der sich ihr hier bot, übertraf alles, was sie sich in ihren schlimmsten Träumen hätte ausmalen können.

Der Raum mit den pfauenblauen Wänden sah aus wie nach einer Grabschändung. Die Seidenvorhänge waren aufgeschlitzt. Die Saiten des Flügels waren brutal herausgerissen worden wie Unkraut. Wo das Gemälde der Frau mit dem Halstuch gehangen hatte, befand sich nur noch ein blasser Fleck.Um den Schreibtisch herum war der Boden mit Papieren übersät. Sie kniete sich hin, um sie einzusammeln und wieder ein wenig zu ordnen.

Ihr Herz raste. Jedes Geräusch, jedes Knarren der Balken, jedes Rascheln von Papier ließ sie zusammenzucken.

Fast alles in der Wohnung, die sie so schön gefunden hatte, war entweder geraubt oder zerstört worden. Und der Wolf? Was hatte man ihm angetan? Bei dem Gedanken daran, welches Schicksal ihn ereilt haben könnte, wurde ihr übel.

Seine Spuren fanden sich auf dem ganzen Schreibtisch: ein kleiner roter Füller, eine Dose mit Pastillen, ein Rest halb geschmolzenes Siegelwachs. Unter einer Keramiklampe stand ein gerahmtes Schwarz-Weiß-Foto, das Elodie vorher nicht aufgefallen war.

Auf der Aufnahme war eine junge Frau am Klavier zu sehen. Sie war vielleicht zwanzig Jahre alt. Elodie betrachtete sie, als wäre sie selbst diese Frau. Sie hatte eine sehr aufrechte Haltung und einen selbstbewussten Blick. Sie trug ein einfaches weißes Kleid und hatte die Beine übergeschlagen. Ihre Augen, dunkel und intensiv, schienen etwas zu wissen, wovon der Fotograf keine Ahnung hatte. Sie strahlten eine Intelligenz und übernatürliche Weisheit und zugleich große Bescheidenheit aus.

Sie hatte die Hände im Schoß verschränkt; die langen, schlanken Finger verrieten die Musikerin. Die beiden Mittelfinger hatten sich aus der Verschränkung gelöst. Elodie konnte fast hören, wie sie einen Rhythmus klopften. Unter dem unverbindlichen Lächeln und den züchtig gekreuzten Beinen konnte Elodie das sehen, was wahrscheinlich niemand außer ihr und dem Wolf sehen konnte: dass ihr Musik durch den Kopf tanzte.

Elodie setzte sich an den Schreibtisch und öffnete die mittlere Schublade. Dort fand sie etwas, womit sie nicht gerechnet hatte: handschriftliche Notenblätter. Beim Lesen der Noten hörte sie die Melodie und fühlte die Intensität und das Auf und Ab der Emotionen. Ihr war sofort klar, dass das das Stück war, das der Wolf gespielt hatte, als sie zum ersten Mal in seiner Wohnung gewesen war.

Alle Wertgegenstände waren verschwunden. Und alle schönen Dinge waren zerstört. Aber den verborgenen Schatz, der in dieser Holzschublade lag, hatten die Eindringlinge weder erkennen noch verstehen können.

Sie hatte keine Musik mehr in ihrem Kopf gehört, seit sie zu Luca in die Berge gegangen war. Auch nicht, nachdem sie nach Hause zurückgekehrt war und sich im Wohnzimmer verkrochen hatte, wo sie seit ihrer Kindheit Cello gespielt hatte. Aber jetzt wurde ihr ganzer Körper durchdrungen von Musik, die eine Frau geschrieben hatte, die sie nie kennengelernt hatte, und doch hatte sie das Gefühl, als hätte die Frau des Wolfs das Stück nur für sie komponiert. Sie konnte die Seelenqualen hören, die sich darin verbargen, so als hätte die Komponistin ihr eigenes Requiem geschrieben. Sie hörte die Traurigkeit. Die Sehnsucht. Aber zugleich war die Partitur auch durchzogen von einem Legato aus Licht und Hoffnung.

Ohne nachzudenken nahm sie die Notenblätter und verstaute sie in ihrem Cellokasten.

Elodie eilte zurück zum Bahnhof, ihr geliebtes Cello auf dem Rücken. Es war ihr nicht gelungen, es dem einzigen Menschen zu verkaufen, von dem sie wusste, dass er das Instrument wertschätzen konnte. Aber sie kehrte mit etwas nach Verona zurück, dessen Wert sich nicht in Geld ermessen ließ, mit dem von der Frau des Wolfs komponierten Musikstück. Wie ihr Cello, das einst Enrico Levi gehört hatte, einem Mann, den sie nie kennengelernt hatte, war jetzt dieses Notenblatt ihrer Obhut anvertraut.

Im Lauf der folgenden Woche verkauften Elodie und ihre Mutter Pietros Geige und Klavier an einen Freund vom Konservatorium. Orsina versetzte in aller Stille ihre goldene Halskette und die schwarzen Perlen, die sie von ihrer

Mutter geerbt hatte. Trotz all ihrer Probleme hatten sie jetzt genügend Geld, um sich in Venedig einige Monate über Wasser zu halten.

Orsina nannte Elodie nun »Anna«. Sie prägten sich ihre falschen Geburtsdaten ein und wiederholten immer wieder ihren neuen Familiennamen. Orsina packte ihren roten Koffer, um ein neues Leben zu beginnen, während Elodie packte, um ihr altes zu vergessen. Ihre Mutter legte ihre Kleider und ihren schwarzen Rock mit großer Sorgfalt zusammen. Sie nahm ihr baumwollenes Sommerkleid mit, das, obwohl sie schon in mittleren Jahren war, ihre schmale Taille und die muskulösen Waden zur Geltung brachte. Eine Seidenblume als Symbol der Schönheit und ihr Hochzeitsfoto als Symbol der Liebe wanderten als Letztes in den Koffer.

Elodies Koffer enthielt nur dunkelblaue und graue Kleidung. In ihrem Rucksack verstaute sie die Notenblätter aus der Wohnung des Wolfs, die sie sorgfältig und mit Deckblatt und Rücken aus Pappe versehen, mit einer ledernen Schnur gebunden hatte. Lucas Amulett, das sie nicht um den Hals trug, weil es das Amulett eines Soldaten war, bewahrte sie in einem kleinen Beutel auf, den sie ebenfalls in den Rucksack steckte. Zwischen dem Seifenstück, der Zahnbürste und ihrer in Ehren gehaltenen Ausgabe von *Der kleine Prinz* versank der winzige Beutel wie ein Kieselstein im Meer.

»Wo werden wir eigentlich wohnen?«, fragte Elodie am Abend vor ihrer Abreise.

»Ich kenne jemanden, der uns aufnehmen wird«, versicherte Orsina ihrer Tochter. Und so brachen sie auf. Elodie in einer Hand den Koffer, in der anderen ihr Cello, und auf dem Rücken ihren Rucksack, während Orsina denselben roten Koffer trug wie damals, als sie Venedig verlassen hatte.

Am Bahnhof bewachten deutsche Soldaten jeden Bahnsteig. Grüne Uniformen und Stahlhelme. In einer Ecke saß eine Frau in einem schwarzen Mantel, die die Hand eines Kindes umklammerte. Ihr Gesicht war bleich und starr. Ein deutscher Soldat rief einem anderen zu, dass sie eine Jüdin mit falschen Papieren sei. Seine Worte durchschnitten die Luft, brutal wie eine Stahlklinge, was Elodie das Blut in den Adern gefrieren ließ.

Sie wagte es nicht hinzusehen, obwohl sie am liebsten stehen geblieben wäre und den beiden geholfen hätte, wie Lena es sicherlich getan hätte.

Elodie ging ganz gleichmäßig, in der einen Hand den Koffer, in der anderen das Cello, und den Rucksack auf dem Rücken. In den vergangenen drei Monaten hatte sie gelernt, sich unter misstrauischen Augen zu bewegen, sie ging sicher und zielstrebig, als ob nichts sie ablenken könnte.

Orsina dagegen wusste nicht, wie man sich unauffällig verhielt. Sie war langsamer und leichter abzulenken als ihre Tochter. Sie hatte keine Übung darin, den Blick starr geradeaus zu richten und sich nicht beim geringsten Geräusch umzudrehen. Alles um sich herum auszublenden, um an ihr Ziel zu gelangen.

Die normalerweise zweistündige Zugfahrt nach Venedig dauerte mehr als fünf Stunden. In ihrem Abteil drängelten sich Männer und Frauen auf den harten, unbequemen

Bänken der dritten Klasse. Frauen wickelten Brotkanten aus Handtüchern und tranken Wasser aus Einmachgläsern.

Elodie und Orsina zeigten ihre Ausweise bei jeder Kontrolle. Ja, *wir sind Anna und Maria Zorzetto*, antworteten sie jedem deutschen Offizier, der sie fragte. *Ja. Sie ist Studentin. Ja, wir haben Angehörige in Venedig. Ja, danke.* Danke.

Elodie fragte Orsina nicht, wohin sie gehen würden, wenn sie in Venedig angekommen waren. Sie würde ihrer Mutter, die ihr erklärt hatte, Venedig sei ein Labyrinth, blindlings folgen. Mit geschlossenen Augen zählte sie die Stunden bis zu ihrer Ankunft, bis sie endlich untertauchen konnten.

Sie hatte sich alle möglichen Vorstellungen von der Stadt gemacht, von den Gondeln, dem Nebel und der Lagune. Und von der Kirche I Gesuiti mit den grün-grauen Marmorwänden und den dunklen Holzbänken, wo Orsina Pietro zum ersten Mal hatte spielen hören.

Was sie sich jedoch niemals hätte vorstellen können, war das Gefühl, am Ende der Welt angekommen zu sein. Wasserläufe erstreckten sich wie blaue Teppiche, und pastellfarbene *palazzi* erhoben sich majestätisch über dem Meer. Schönheit und Verfall schienen nebeneinander zu existieren und vermittelten den Eindruck einer Intaktheit, die sowohl kühn als auch einzigartig wirkte.

Die Fassaden der Paläste waren prächtig, obwohl die gelben und roten Pigmente mit der Zeit verblasst waren. Diese fantastischen Gebäude waren wie uralte Bäume, deren Jahresringe jedoch nicht das Ergebnis des Alters waren, sondern des beständigen Ansteigens und Abfallens der Gezeiten. Es war, als wohnte der Stadt eine einzigartige Weisheit inne: Sie wusste, dass es klüger war, sich inmitten der stetigen Strömungen einzurichten, als sich mit immer mehr Steinen und Mauern dagegen zur Wehr zu setzen.

»Du musst viel zu viel schleppen«, sagte Orsina zu Elodie. »Lass mich wenigstens dein Cello tragen.«

Elodie schüttelte den Kopf. »Keine Sorge«, gab sie zurück, »ich werde schon nicht zusammenbrechen.«

»Wohin gehen wir eigentlich?«, fragte sie Orsina nach einer Weile.

Orsina schaute ihre Tochter an. »An einen sicheren Ort.«

Sie passierten düstere Gassen und traten wieder in die Sonne. Sie überquerten Brücken, sahen halb verhungerte Katzen in den Ecken, schmiedeeiserne, von Bougainvilleen umrankte Balkongitter und Wäsche, die im Wind flatterte.

Die Sonne ging bereits unter.

»Castello«, sagte ihre Mutter schließlich. »Dort lebt Valentina.«

Über einem kleinen Laden mit verrammelten Fenstern und dem Schild »Hüte zu verkaufen« befand sich ein Klingelknopf mit dem Namen *Scarpa*. Orsina drückte die Klingel. Die Abenddämmerung hatte schon eingesetzt. Über dem Geschäft wurde ein Fensterladen aufgestoßen, und eine Frau blickte hinab auf die Gestalten im Schatten.

»Wer ist da?«, fragte sie. Sie erkannte die Frau mit dem roten Koffer und die junge Frau mit dem Cello nicht.

»Orsina Moriani«, sagte Elodies Mutter.

»Mein Gott«, antwortete Valentina. »Komm rauf ... Ich fasse es nicht, dass du tatsächlich gekommen bist.«

Auf dem oberen Treppenabsatz öffnete sich quietschend eine Tür, und eine kleine, zierliche Frau umarmte Orsina.

»Kommt rein, ihr beiden«, sagte sie und winkte sie hinein.

Elodie sah sich staunend um. Sie befanden sich in einem werkstattähnlichen Zimmer, das vollgestopft war mit Stoffresten, Holzköpfen mit Filzhüten, Gläsern mit Federn und offenen, mit Perlen aller Art gefüllten Schachteln.

»Hier sieht es ja noch genauso aus wie früher, Valentina«, sagte Orsina und stellte ihren Koffer ab. »Du glaubst gar nicht, wie gut es tut, dich wiederzusehen. Wie schön, dass sich manche Dinge einfach nicht ändern.«

»Von wegen, Orsina. Lass dich nicht von den Schleifen und dem Samt täuschen.« Die Frau lächelte und sah sie liebevoll an.

Ihr Alter ließ sich schwer einschätzen, allerdings schloss Elodie aus der Art, wie die beiden über die Vergangenheit redeten, dass Valentina jünger war als ihre Mutter. Valentinas Hände gestikulierten beim Reden wie zwei kleine Vögel, die in der Luft flatterten.

»Ich kann gar nicht glauben, dass du nach so langer Zeit wieder in Venedig bist ... Kommt, gebt mir eure Mäntel und eure Koffer.« Sie sprach mit großer Warmherzigkeit und musterte Elodie voller Zuneigung. »Und dein Instrument, meine Liebe ...« Sie lächelte Orsina an. »Sie kommt nach Pietro, nicht wahr?«

Orsina senkte den Blick. »Ja. Und wie.«

»Und wie geht es ihm?«

Als Orsina nicht antwortete, bekreuzigte sich Valentina. »Das tut mir leid. Seine Seele ruhe in Frieden.«

Sie bot ihnen an, was sie hatte: Wasser, eine Schüssel mit ungesalzener Polenta. »Mehr gibt es leider nicht. Die Rationierungen ... Wir müssen jetzt alle mit ganz wenig auskommen«, sagte sie entschuldigend. »An manchen Tagen leben wir nur von Luft und Wasser.«

»Wie unsere Stadt«, erwiderte Orsina lächelnd.

»Ja, wenn wir schon verhungern müssen, werden Venedigs Kanäle uns wenigstens in Anmut davontragen.«

Elodie beobachtete, wie die beiden Frauen versuchten, im Gesicht der jeweils anderen die Züge wiederzuerkennen, die sie aus ihrer Jugend in Erinnerung hatten. Sie musterten einander diskret. Die Falten im Gesicht, den Zustand der Hände, die grauen Strähnen. Spuren eines gelebten Lebens. Valentinas Hände waren schwielig und rau, man sah ihnen die lebenslange Plackerei an. Und obwohl Elodies Mutter bestimmt zehn Jahre älter war, ließ das komfortable Leben, das sie in Verona geführt hatte, sie genauso jung aussehen wie Valentina.

»Du warst über zwanzig Jahre fort«, sagte Valentina schließlich. »Wenn ich dich so ansehe, erkenne ich so viel von deiner Mutter in dir wieder. Sie war in jeder Hinsicht eine Schönheit.«

»Danke«, sagte Orsina mit Tränen in den Augen. »Und sie wäre so stolz auf dich, wenn sie sehen könnte, wie du ihre Arbeit weiterführst.«

Orsina blickte sich in dem Zimmer um, betrachtete das liebenswerte Durcheinander. Sie erinnerte sich, dass Valentina schon früher eine einzigartige Gabe besessen hatte. Im Gegensatz zu den meisten Menschen, die Schönheit nur in der Perfektion sahen, entdeckte Valentina sie in Fragmenten. Sie gehörte zu den seltenen Menschen, die eine Porzellanscherbe aufheben und die Kunst darin entdecken konnten.

»Seit der Krieg ausgebrochen ist, kann ich mir die Miete für den Laden nicht mehr leisten. Aber mit ein bisschen Einfallsreichtum kann ich genug verdienen, um mich über Wasser zu halten. Die Venezianer wollen immer noch elegant sein, selbst in diesen harten Zeiten.«

Ein schwarzer Mantel, der neben der Nähmaschine über einer Stuhllehne hing, erregte Elodies Aufmerksamkeit. Er war mit roter Seide gefüttert.

»Ah, der gefällt dir wohl, *carina?*« Valentina ging zu dem Stuhl und nahm den Mantel auf, um ihn Elodie zu zeigen. »Weißt du, woher ich den Futterstoff habe?«

Elodie schüttelte den Kopf, während sie die Seide befühlte. Ein wunderschönes Rot. Es erinnert sie an die Farbe, die die Harfenistin Francesca in jenem Konzert im Bibiena getragen hatte.

»Von einer alten italienischen Flagge! Ich habe sie unter Stoffresten im Müll gefunden – soll man das glauben? Wahrscheinlich hat sie irgendein Deutscher heruntergerissen und in den Mülleimer geworfen.« Sie schnalzte mit der Zunge. »Den Rest der Fahne habe ich natürlich aufgehoben!« Sie lachte in sich hinein. »Ich werde noch einen Mantel mit einem grünen Futter nähen.«

»Du bist immer schon findig gewesen!«, sagte Orsina anerkennend. Auch sie befühlte das Mantelfutter. Es beeindruckte sie, dass ihre Freundin so einfallsreich war, aus etwas, das in einer Mülltonne lag, etwas so Schönes zu erschaffen.

»Danke für das Kompliment!«, erwiderte Valentina, sichtlich erfreut über die Würdigung ihrer Handwerkskunst. »Wenn ich mehr Flaggen hätte, könnte ich die Mäntel aller Patrioten damit füttern.«

35

Portofino

Oktober 1943

Seit Dalias Tod ist Angelos fürsorgliche Ader stärker ausgeprägt denn je. Er rettet halb vertrocknete Kübelpflanzen in den Gärten seiner Schwestern. Er füttert streunende Katzen. Er streut Vogelfutter aus.

Selbst für Patienten, die kein Geld haben, um ihn zu bezahlen, steht er mitten in der Nacht auf, um Hausbesuche zu machen. Er verweigert niemandem – ob arm oder reich, unausstehlich oder liebenswert – seinen Beistand und seine ärztliche Hilfe. Nach wie vor sucht er jeden Abend den deutschen Kommandanten auf und injiziert ihm das Insulin so geschickt, dass der Mann gelobt, nie wieder nach Deutschland zurückzukehren.

»Hier habe ich die frische Luft, die Zitronenbäume, das Meeresrauschen. Und einen Arzt, der mir die Spritzen so sanft setzt, dass ich nicht mal den Einstich spüre!« Er spricht zwar fließend Italienisch und verfügt über einen umfangreichen Wortschatz, doch ihm fehlt die Sprachmelodie der Einheimischen.

»Wir alle wollen an den Ort zurückkehren, wo wir geboren sind, mein Herr. Das ist Teil des Lebenskreislaufs«, sagt Angelo, während er den Ärmel des Kommandanten hochschiebt und ihm zügig das Insulin verabreicht. Der Mann zuckt mit keiner Wimper.

»Pah«, entgegnet der Kommandant und rollt den Ärmel wieder herunter. »Ich und nach Düsseldorf zurückkehren? Na, vielen Dank auch!« Er nimmt noch einen Schluck von seinem *Sciacchetrá* und leckt sich die Lippen.

Auf einer wuchtigen Kommode steht ein Grammofon, auf dessen Teller sich eine Schallplatte mit klassischer Musik dreht.

»Mögen Sie Musik, *dottore?*« Der Likör hat seine Zunge gelöst.

»Ich bin kein Experte. Aber während meines Medizinstudiums war ich ein paarmal im Teatro Carlo Felice.«

Der Kommandant lächelt.

»Und wen haben Sie dort gehört? Können Sie sich erinnern?«

»Nein, leider nicht. Es war ein Streichquartett aus Österreich, aber der Name ist mir entfallen. Allerdings weiß ich noch, dass mein Freund und ich uns nur Stehplätze leisten konnten.«

Jetzt muss der Kommandant laut lachen. »Na, dann sei Ihnen verziehen. So sind Sie sicher nicht ganz auf Ihre Kosten gekommen.«

»Meine Füße dafür umso mehr.«

»Das glaube ich gern. Aber Musik muss man entspannt genießen.« Er deutet auf die Gemälde an der Wand, die edlen Möbel. Angelo weiß, dass das rote Haus, das der Kommandant für sich als sein Privatquartier konfisziert hat, früher der Familie Bassani gehört hat, und er fragt sich, wie viele der luxuriösen Gegenstände im Haus wohl aus ihrem Besitz stammen.

Das Grammofon ist jedenfalls unverkennbar deutsch. Der schwere Holzkasten. Der Drehteller mit Arm und Trichter aus Messing. Die wertvolleren italienischen Versionen sehen aus wie aufklappbare Spieluhren, deren Deckel mit kunstvollen Intarsien aus Perlmutt verziert sind, wohingegen das Gerät des Kommandanten eher wie eine Zigarrenkiste aussieht, wenn es geschlossen ist.

Immer noch schwebt die Musik durch den Raum.

»Kennen Sie das Stück, *dottore?* Das ist von einem der großen italienischen Komponisten.«

Angelo macht kein Hehl aus seiner musikalischen Unkenntnis. »Nein, leider nicht. Ich muss gestehen, dass ich auf dem Gebiet der Musik ein Banause bin.«

»Es ist Rossinis Sonate für Streicher Nr. 5.« Der Kommandant lächelt wieder. »Die hat er schon mit zwölf Jahren komponiert.«

»Unglaublich«, sagt Angelo, während er hingerissen lauscht.

»In der Tat. Solche Genies gibt es nur ganz selten.«

Angelo nickt.

»Ich habe jahrelang Geige gespielt, aber mein Vater beherrschte drei Instrumente. Wir sind häufig umgezogen, als ich noch ein Kind war, und ich weiß noch, wie mein Vater die Möbelpacker immer ermahnt hat, besonders vorsichtig mit den wertvollen Instrumenten umzugehen.«

»Und was haben Sie den Möbelpackern gesagt, als Sie hierher geschickt wurden?«

»›Heil Hitler!‹, natürlich. Was sonst?«

»Natürlich.«

Die Erwähnung von Hitlers Namen lässt Angelo das Blut in den Adern gefrieren. Mehr als siebenhundert Kilometer weiter südlich haben die Alliierten damit begonnen, Salerno zu befreien. Die Kämpfe in Rom eskalieren gerade. Er fragt sich, ob das Blutvergießen auch Portofino erreichen wird. Die jungen Männer von Cinque Terre schließen sich bereits der Resistenza an. Er betrachtet seine Hände, als die Musik verstummt und nur noch das Kratzen der Nadel am Ende der Rille zu hören ist. Er hat noch die leere Spritze in der Hand, mit der er das Insulin injiziert hat. Er verstaut die Utensilien in seinem Arztkoffer und lässt die Schlösser zuschnappen.

»Bis morgen, *dottore.*«

»Ja, morgen. Selbstverständlich. Brauchen Sie sonst noch etwas?«

»Wenn Sie mich so fragen … Könnten Sie mir noch Schlaftabletten geben?«

»Leiden Sie immer noch unter Schlaflosigkeit?«

»Ja. Meistens hocke ich die ganze Nacht hier und höre Schallplatten.«

Angelo macht seinen Koffer wieder auf. »Ich werde Ihnen ein paar Tabletten dalassen …« Er klopft drei aus einem Röhrchen und reicht sie dem Kommandanten. »Aber nehmen Sie sie nur, wenn es wirklich nötig ist. Das kann leicht zur Gewohnheit werden.«

Der Kommandant grummelt sein Einverständnis.

»Wie geht's denn Ihrer Kusine?«, fragt er unvermittelt. Auf diese Wendung ist Angelo nicht gefasst. »Einer meiner Männer hat mir berichtet, dass Sie Besuch haben. Eine hübsche junge Dame, wie es heißt.«

Nach außen hin bleibt Angelo gelassen. »Ihre Gesundheit war sehr angeschlagen. Aber das Meeresklima tut ihr gut.« Er ringt sich ein Lächeln ab. »Sie ist auf dem Weg der Besserung. Danke der Nachfrage.«

Der Kommandant nickt und greift nach seinem silbernen Zigarettenetui. »In welchem Verwandtschaftsverhältnis steht sie denn zu Ihnen? Ist sie eine Kusine ersten Grades, zweiten Grades?« Er lacht.

»Eigentlich ist sie nur um drei Ecken mit mir verwandt«, erwidert Angelo ruhig. Doch er spürt, wie sein Adrenalinpegel ansteigt.

»Ausgezeichnet«, sagt der Kommandant mit einem anzüglichen Grinsen. »Der Winter steht vor der Tür, und ein hübsches Mädchen im Arm ist doch was Feines, wenn die kalten Nächte kommen.«

Angelo verlässt die Villa des Kommandanten schlecht gelaunt. Es gefällt ihm überhaupt nicht, dass im Dorf über ihn getratscht wird, und auf keinen Fall will er den Verdacht der Deutschen erregen, die sich im Ort eingenistet haben. Nicht, dass es sehr viele wären, jetzt wo die Urlaubssaison zu Ende ist. Portofino verwandelt sich wie jedes Jahr im Oktober in eine Geisterstadt. Die deutschen Soldaten, die ihren Fronturlaub hier verbracht und die Hotels gefüllt haben, wie sonst die englischen Touristen seit nahezu hundert Jahren, haben sich wieder zum Dienst zurückgemeldet. Die Souvenirläden haben geschlossen, Schaufenstergitter sind heruntergelassen. Nur die Bäckerei und der Lebensmittelladen im Dorf haben noch geöffnet, und das auch nur zu bestimmten Zeiten.

Angelo glaubt nicht, dass der Kommandant ihn im Verdacht hat, einen Kriegsflüchtling zu beherbergen. Er hat eigentlich nur anzügliche Bemerkungen gemacht. Es mag sein, dass im Dorf über ihn und Anna geredet wird. Zum Glück hat niemand sie seit ihrer Ankunft außerhalb des Hauses gesehen.

Und so weiß auch außer Vanna und ihm niemand von ihrem immer deutlicher anschwellenden Bauch.

Angelo hat schon am ersten Morgen vermutet, dass sie schwanger ist. Zum Frühstück hat sie nur ein bisschen Brot herunterbekommen, obwohl sie auf der Flucht war und unterwegs sicherlich kaum etwas gegessen hatte. Und dann ihre ständige Müdigkeit. Ihre schützend über den Bauch gelegten Hände, ihre Haut, die wie eine Perle schimmert.

Was seinen Verdacht noch erhärtet, ist Vannas unerwartete Mütterlichkeit. So oft wie in den vergangenen Wochen hat sie ihn seit Jahren nicht besucht. Sie kommt fast täglich, so wie damals, als er nach Erhalt der Schreckensnachricht vom Tod seiner Frau und seines Sohnes aus Äthiopien zurückgekehrt war.

36

Venedig

September 1943

Sie wurden allmählich unruhig. Valentina hatte ihnen großzügig Unterschlupf geboten, aber für Langzeitgäste war ihre Wohnung zu klein. In einer Ecke stand die Nähmaschine, daneben ein Arbeitstisch, auf dem sich Stoffe, Schnittmuster und Schachteln mit Nadeln und Garnrollen stapelten. Das Bett teilte Valentina sich mit Orsina, während Elodie auf dem Sofa schlief.

»Ich brauche ein bisschen Bewegung und frische Luft«, sagte Elodie zu ihrer Mutter. Valentina ermahnte sie, vorsichtig zu sein. »Die Deutschen durchkämmen die Stadt. Und man kann sich leicht verlaufen, wenn man sich nicht auskennt.«

»Ja, lass mich dich begleiten«, flehte Orsina sie an. Elodie würde nicht lange brauchen, um sich die Gassen und Brücken einzuprägen, die sie als Orientierung brauchte, um zur Wohnung zurückzufinden, aber bis dahin wollte Orsina ihre Tochter lieber nicht allein aus dem Haus gehen lassen.

Elodie war einverstanden, und die Frauen zogen sich Straßenkleidung an. Elodie ein einfaches blaues Kleid, Orsina ein schwarzes.

Valentina betrachtete die beiden stirnrunzelnd. »Ich gehe noch nicht mal vor die Tür«, wobei sie auf die Arbeit zeigte, die vor ihr lag, »und bin trotzdem besser gekleidet als ihr.«

Sie kramte in einer Truhe und brachte zwei Cloche-Hüte zum Vorschein.

»Hier«, sagte sie und reichte Orsina einen burgunderroten Filzhut mit drei schwarzen Federn. Für Elodie hatte sie einen blauen, mit winzigen, durchscheinenden Perlen bestickten Hut ausgewählt.

»Ein Spaziergang in Venedig ohne Hut – wo gibt's denn so was? Deine Mutter hätte es mir nie verziehen, wenn ich euch so hätte gehen lassen«, sagte sie zu Orsina.

Den Hut in der Hand zu halten hatte etwas Tröstliches für Orsina. Der Kontrast zwischen dem steifen Filz und den zarten Federn weckte Erinnerungen an ihre Kindheit, als sie all die schönen Dinge anfassen durfte, die es in der Werkstatt ihrer Mutter im Überfluss gegeben hatte.

»Stammen die noch aus dem Laden meiner Mutter?«

»Ja«, antwortete Valentina. »Ich habe ein paar aufbewahrt, von denen ich mich einfach nie trennen konnte. Ich finde, Elodie sollte etwas haben, das ihre Großmutter eigenhändig hergestellt hat.«

Elodie trat vor den ovalen Wandspiegel und setzte den Hut auf. In Verona hatte sie nie einen Hut getragen. Wenn ihr kalt gewesen war, hatte sie sich einfach ein Tuch um den Kopf gebunden. Der Hut ließ sie erwachsener wirken, eleganter.

»Du siehst umwerfend aus, Elodie«, sagte Valentina und trat näher. Orsina hatte sich den Hut bereits schräg aufgesetzt, als wäre es das Natürlichste der Welt. Sie nahm ihre Handtasche.

»Ihr müsst vorsichtig sein«, ermahnte Valentina sie. »Erst vor zwei Tagen hat die Gestapo zwei Gondolieri erschossen. Sie wurden beschuldigt, Waffen für die Resistenza zu transportieren.«

Valentina schnalzte mit der Zunge. »Die armen Jungen. Es waren Brüder. Ich weiß gar nicht, wie ihre Mutter das verkraften soll.«

Elodies Blick wanderte zu dem Fenster neben Valentinas Nähtisch. Ein blasser Lichtstreifen fiel durch die schmale Öffnung herein und verlieh dem dunklen, vollgestellten Raum die Atmosphäre eines Tintoretto-Gemäldes.

»Orsina, du wirst dich in Venedig schnell wieder zurechtfinden«, versprach Valentina. »Du wirst schon sehen, es wird dir vorkommen, als wärst du erst gestern hier gewesen.« Sie lächelte. »Aber passt auf euch auf. Die deutschen Patrouillen sind überall.« Sie schüttelte den Kopf. »Und meidet das Getto. Es herrscht große Not in der Stadt, aber die Juden trifft es am härtesten. Wir müssten ihnen beistehen.« Sie stieß einen tiefen Seufzer aus. »Aber die Angst macht alle blind.«

Einige Tage waren vergangen, seit sie sich das erste Mal in die Straßen von Venedig hinausgewagt hatten. Der Herbst tauchte die Stadt in weiches Licht, und alles um sie herum glänzte. Die Kuppel der Kirche Santa Maria della Salute schimmerte an der Einfahrt zum Canal Grande. Und die Paläste am Kanal bildeten ein Farbenspiel aus Pastelltönen unter dem stahlblauen Himmel.

Sie gingen durch die kleinen, verschlungenen Gassen von Castello in Richtung Hafen, die eleganten Hüte tief in die Stirn gezogen.

Im Zentrum von San Zaccharia versuchten drei deutsche Offiziere in gebrochenem Italienisch den Weg zu erfragen, woraufhin eine Italienerin in Richtung des Rialto gestikulierte. Orsina senkte den Kopf und flüsterte gerade so laut, dass Elodie sie hören konnte.

»Die Resistenza kann viele Gesichter haben«, sagte sie, wobei ein Lächeln ihre Lippen umspielte. »Die Frau hat die Männer gerade in die entgegengesetzte Richtung geschickt.«

Sie gingen vorbei am fast leeren Hotel Danieli und sahen von Weitem die Seufzerbrücke mit ihren wunderschönen barocken Verzierungen.

Elodie atmete die feuchte, salzige Luft ein, die vom Hafen herüberwehte. Der Nebel füllte ihre Lunge. In der Ferne waren schemenhaft die Gebäude von Giudecca zu erkennen, Glockengeläut und Schiffssirenen klangen in ihren Ohren. Ihre Augen versuchten die Trennlinie von Meer und Himmel zu erkennen.

Dann passierten sie die marmornen Bögen des Dogenpalasts und den Campanile und standen vor dem Markusdom.

Als Elodie den Blick zur Basilika hob, hörte sie lautes Flügelschlagen, und plötzlich war der Platz um sie herum schwarz von zahllosen Tauben mit schimmernden Hälsen, die sich in die Luft erhoben.

Hoch oben über dem majestätischen Portal des Markusdoms überblickte ein golden, geflügelter Löwe vor einem kobaltblauen, mit goldenen Sternen besetzten Fries den Platz, auf einer Galerie weiter unten standen vier Pferde, die das Portal zu bewachen schienen. Kunstvolle Mosaike glitzerten unter vergoldeten Bögen, und im fahlen Nachmittagslicht flogen trapezartige Schatten über den Platz wie dunkle, exotische Vögel.

Vor dem Café Florian spielte ein Pianist das Lied *Die Wacht am Rhein* für ein paar deutsche Offiziere. Elodie wurde ganz steif, als sie die Melodie erkannte, und Orsina, die sich bei ihr untergehakt hatte, spürte die Anspannung im Arm ihrer Tochter.

Sie überquerten den Platz und gingen eine schmale Straße hinunter, bis sie schließlich bei den *vaporetti* waren.

Auf dem Heimweg kamen sie an dem steinernen Tor vorbei, das ins Getto führte, das uralte Viertel, in dem die venezianischen Juden seit Jahrhunderten lebten. Die Läden, die den Torbogen flankierten, waren geschlossen und mit riesigen Hakenkreuzen beschmiert, und an den Türen klebten Zettel mit der amtlichen Verfügung über die Schließung jüdischer Geschäfte.

Elodie suchte nach Lebenszeichen in den feuchten Häusern. Aus einem hohen, schmalen Fenster schaute ein hohläugiges Mädchen heraus, ihr Kopftuch war so grau wie eine Austernmuschel. Ihre Blicke trafen sich flüchtig, bevor das Mädchen sich in den Schatten der Wohnung zurückzog.

Ein Stück weiter die Straße hinunter sahen sich die beiden Frauen urplötzlich zwei großen deutschen Soldaten gegenüber.

»Halt!«, bellte einer von ihnen. Orsina und Elodie blieben stehen wie verängstigtes Wild. »Die Ausweise.«

Die Frauen kramten in ihren Taschen.

»Wohin wollt ihr?«, fragte einer der Männer auf Deutsch. Er nahm ihre Ausweise. Als keine der beiden antwortete, versuchte er es erneut in gebrochenem Italienisch.

Orsina antwortete im venezianischen Dialekt. Sie zog die Vokale in die Länge und sprach die Worte ganz weich aus.

»Die redet einen verdammten Dialekt«, fluchte der Soldat. »Ich verstehe kein Wort.« Beide musterten Elodie, die sie, anstatt die Augen schamhaft niederzuschlagen, direkt ansah. Lena wäre stolz auf sie gewesen.

Die Deutschen gaben ihnen die Ausweise zurück. »Verschwindet! Macht, dass ihr nach Hause kommt!«

Elodie spürte, wie ihre Mutter die Schritte beschleunigte und kaum zu atmen wagte. Erst als sie das Haus, in dem Valentina wohnte, fast erreicht hatten, ließ Orsina Elodies Arm los.

Während der nächsten Woche lernte Elodie, sich wie eine Einheimische in der Stadt zu bewegen. Innerhalb kürzester Zeit hatte sie sich die engen Gassen und die Brücken eingeprägt, selbst diejenigen, die keinen Namen hatten. Sie vermied weite, stark bevölkerte Plätze wie den Rialto oder den Markusplatz, wo Trupps deutscher Soldaten in ihren Stiefeln über das Kopfsteinpflaster marschierten und Kriegslieder sangen.

Wenn sie abends auf dem alten, unbequemen Sofa keinen Schlaf fand, ließ sie in Gedanken jeden Moment Revue passieren, den sie mit Luca verbracht hatte. Einmal fiel ihr wieder etwas ein, das er beiläufig erwähnt hatte, als er von seiner Vergangenheit sprach: Er hatte von einem Freund erzählt, der in Venedig einen Buchladen mit einem lustigen Namen betrieb. »La Toletta«, hatte er gesagt und gelacht. »Der Name bedeutet ›Schminktisch‹. Pelizzato und ich haben in den Straßen von Mailand Bücher verkauft. Unsere Verkaufskarren standen nebeneinander.« Sehnsucht überfiel sie bei der Erinnerung an die vertrauten Stunden mit ihm im Hinterzimmer seines Ladens, an den Geruch nach Papier, an die Begeisterung, mit der sie einander Geschichten aus dem Leben erzählt hatten.

Am nächsten Morgen verkündete sie, dass sie sich ein Buch kaufen wollte. »Ich halte die Untätigkeit nicht aus, ich brauche eine Beschäftigung. Aber ich möchte die Nachbarn nicht mit meinem Cello hellhörig machen.« Seit ihrer Ankunft in Venedig hatte sie ihr Instrument mehrmals aus dem Koffer genommen, es liebevoll gestreichelt und den Bogen über das Kolophonium gestrichen. Und manchmal, wenn Valentina und Orsina mit Nähen beschäftigt waren, hatte sie die Saiten leise gezupft, nur um das Cello wissen zu lassen, dass es nicht in Vergessenheit geraten war.

»Du hast recht«, pflichtete ihr Valentina bei, »so gern ich dich spielen hören würde, aber ich lebe schon seit Jahren allein, und wenn plötzlich Cellomusik aus meiner Wohnung zu hören wäre, könnten die Nachbarn Verdacht schöpfen.« Sie legte Elodie eine Hand auf die Schulter. »Ein paar Buchläden haben noch geöffnet. Ich könnte dir welche empfehlen …«

»Ein Freund hat mir von einem Laden in Venedig erzählt, der eine gute Auswahl ins Italienische übersetzter amerikanischer Romane im Angebot hat.« Elodie runzelte die Stirn, als fiele es ihr schwer, sich an den Namen zu erinnern. »La Toletta – ich glaube, so hieß der Laden.«

Valentina nickte, nahm eine Stecknadel aus dem Mund und pikste sie in ein Stück Stoff, das sie gerade in der Hand hielt.

»Ah ja. Der ist nicht weit von hier. In der Nähe der Akademie.« Sie legte ihre Näharbeit beiseite und kritzelte eine Wegbeschreibung auf einen Zettel. Elodie betrachtete die Zeichnung einen Moment lang konzentriert, dann nahm sie ihre Jacke.

»Brauchst du die Karte denn nicht?«, fragte Valentina.

»Nein, nein«, erwiderte sie, erfreut, ihr gutes Gedächtnis mal wieder zum Einsatz bringen zu können. »Ist schon alles hier drin …« Sie tippte sich mit dem Finger an die Schläfe.

Orsina lächelte. Sie wusste genau, was Valentina dachte: Elodie mochte zwar keine Einheimische sein, doch ihr Gedächtnis wies sie als waschechte Moriani aus.

Elodie ging die Calle del Magazen hinunter, überquerte den Ponte dei Greci in der Nähe des Palazzo Zorzi mit der rosafarbenen Fassade und den hohen Fenstern und anschließend den Campo San Provolo. Sie ging schnell, den Blick geradeaus gerichtet, eine Tarnungsmaßnahme. Auch die vielen deutschen Soldaten auf dem Markusplatz brachten sie nicht aus dem Rhythmus. Im Schutz des Säulengangs der Prokuratien setzte sie ihren Weg fort, stets darauf bedacht, jeden Blickkontakt zu vermeiden.

Beim Überqueren des Campo Santo Stefano prägte sie sich die große Statue als Orientierungspunkt für den Rückweg ein. Weiter ging es über eine hölzerne Brücke, den Ponte dell'Accademia, dann nach rechts durch eine enge Gasse, die auf einen kleinen Platz führte und über eine weitere Brücke, bis sie endlich das schwarze Schild mit den goldenen Lettern vor sich sah: *»La Toletta: Libri«*.

Im Schaufenster standen Dutzende Bücher. Sie entdeckte Dante und Boccaccio. Sie sah italienische Übersetzungen von Chaucer und Pearl S. Buck, die sich neuerdings großer Beliebtheit erfreuten. Elodie betrat den Laden und nahm ihr Kopftuch ab. Der Geruch nach Zellulose und gegerbtem Leder war überwältigend. Es roch nach Papier und Druckerschwärze und vollgestopften Bücherkisten. Es war der Geruch, den sie mit Luca verband, und er brach ihr fast das Herz.

»Kann ich Ihnen helfen?«

Elodie schaute sich um. Ein schlanker, junger Mann mit dichtem schwarzem Haar kam hinter einem Regal hervor. Sie sah den Kittel, das herausfordernde Lächeln, die hellbraunen Augen. Auf den ersten Blick hätte man ihn für Lucas Bruder halten können.

»Sie suchen ein Buch, *signorina?*«

»Also … Ich …«, stotterte sie. Sie wusste nicht, wo sie anfangen, nicht einmal wie sie sich vorstellen sollte: Wenn der Mann Luca kannte, wollte sie für ihn Elodie sein oder Anna? Wusste er überhaupt, dass Luca tot war?

»Ein Freund von mir hat mir von dem Laden erzählt …« Sie sprach leise und hörte ihren nervösen Tonfall. »Er hatte auch einen Buchladen – in Verona … Wir waren eng befreundet …« Das Sprechen fiel ihr schwer. »Ich bin kürzlich hierhergezogen und …«

Er war näher gekommen und hatte die Hände aus den Taschen genommen. Er musterte sie mit schmalen Augen. Sie sah ihm an, dass er kaum auf ihre Worte achtete, sondern auf das, was sie unwillkürlich vermittelte: ihre Intonation, die Atempausen, das leichte Zittern in ihren Bewegungen.

»… und mir ist wieder eingefallen, dass er Ihren Laden erwähnt hat …«

»Tatsächlich?« Er streifte den Kittel ab und legte ihn auf einen Büchertisch. »Wie heißt denn Ihr Freund, und wie heißt sein Buchladen?«

Sie hielt es für das Beste, bei der Wahrheit zu bleiben. Luca war tot, sein Laden von den Deutschen verwüstet und geschlossen worden.

»Luca Bianchi. Sein Buchladen in der Via Mazzini hieß Il Gufo.«

Er nahm ein Taschentuch aus der Hosentasche und wischte sich den Schweiß von der Stirn. Immer noch musterte er sie. Ihr Gesicht. Ihre Augen. Sogar ihre Hände.

»Und Sie?«, fragte er. »Haben Sie in dem Laden gearbeitet?«

»Nein«, erwiderte sie langsam. »Ich habe dort musiziert.«

Jetzt lächelte er, anscheinend ergaben die Puzzleteile plötzlich ein Bild.

»Ja, Luca war mein Freund. Einer meiner besten.« Da er in der Vergangenheit sprach, wusste er offenbar von Lucas Tod.

»Er war auch mein bester Freund«, sagte sie mit zitternder Stimme.

»Darf ich mich setzen?«, fragte sie, während sie an einer Tischkante Halt suchte. Sie hatte plötzlich das Bild des toten Luca vor Augen, und es war, als würde der Boden unter ihr nachgeben.

»Ja, natürlich – bitte«, antwortete er und zog eilig einen Stuhl heran.

Als sie sich wieder beruhigt hatte, blickte sie auf. Er hielt ihr ein Glas Wasser hin. Seine Freundlichkeit kam von Herzen, das spürte sie.

Unter den feuchten Deckenbalken und zwischen vollgestopften Bücherregalen tauschten sie Geschichten über Luca aus. Pelizzato erzählte, wie er ihn kennengelernt hatte, als er anfangs in Mailand auf der Straße Bücher verkauft hatte.

»Wir haben ständig Bücher getauscht. Er interessierte sich für moderne Schriftsteller, während ich die Klassiker sammelte.« Er lachte. Seine Zähne waren gelb, und seine Augen leuchteten. »Wir haben auch Marx gelesen, das Für und Wider des Kommunismus diskutiert, zu viele Zigaretten geraucht und mit hübschen jungen Frauen wie Ihnen geflirtet ...«

Seine Erinnerungen spendeten ihr Trost. Sie stellte sich Luca vor, wie er sich an seinen Bücherkarren lehnte, eine Zigarette im Mundwinkel. Und alles hier in diesem Laden – der Geruch des Papiers, die halb ausgepackten Bücherkisten, die überladenen Regale –, all das erinnerte sie an Luca.

Nach einigen Momenten des Schweigens ergriff Pelizzato wieder das Wort. »Darf ich Sie etwas fragen?«

»Natürlich«, antwortete sie und veränderte ihre Sitzposition.

»Sie haben gesagt, dass Sie Musikerin sind.«

»Ja …«

»Welches Instrument spielen Sie denn?«

»Das Cello.« Sie musterte ihn jetzt genauso neugierig wie er sie.

»Luca hat mir von einer Cellistin mit einem außergewöhnlichen Gedächtnis erzählt. Es passt alles zusammen. Ihre Augen, Ihre Hände, selbst die Art, wie Sie sich bewegen.« Er holte erneut Luft und musterte sie wieder.

»Es ist mir eine Ehre, dich kennenzulernen, Libelle«, sagte er und streckte ihr die Hand hin.

Angesichts von Pelizzatos Ähnlichkeit mit Luca wunderte es Elodie nicht, dass auch er seinen Laden dazu benutzte, die Resistenza unter Anleitung des Wolfs mit Waffen zu versorgen.

»Es gibt eine ganze Reihe Buchhändler bei der Resistenza, Libelle. Aber Luca war derjenige, der uns klargemacht hat, was sich alles in Büchern verstecken lässt.«

Sie nickte. »Ja, er hat es mir mit einer Beretta demonstriert.«

»Na ja, eine Pistole in einem Buch zu verstecken, die Idee ist gar nicht so neu …« Er lachte. »Das ist eine Erfindung des neunzehnten Jahrhunderts. Aber verschlüsselte Botschaften in den Texten zu verbergen, das ist eine geniale Idee. Die passieren fast alle Kontrollen …«

»Er hat mal einen Roman von Tolstoi benutzt, um uns zu zeigen, wie es funktioniert …«

»*Krieg und Frieden?*« Er grinste.

»Ja«, sagte sie. Es tat ihr gut, dass er Luca so gut gekannt hatte.

»Von manchen Dingen wollte der Wolf nicht, dass sie aufgeschrieben wurden, nicht einmal verschlüsselt. Deshalb war Luca so begeistert von deiner Fähigkeit, Informationen mithilfe der Musik zu übermitteln.«

Sie senkte den Blick und biss sich auf die Unterlippe. »Bis ich alles vermasselt habe.«

Er überging ihre Zerknirschung. »Ja, wir hatten gehofft, unsere Informationen mit Zampieris Kontakten in der französischen Résistance koordinieren zu können ...«

Er räusperte sich und fischte eine Zigarette aus seiner Brusttasche. Bläulicher Rauch kräuselte sich zwischen ihnen. »Der Wolf war an vielen Operationen beteiligt. Von dir war er fasziniert, weil niemand ahnen konnte, dass in deiner Musik ein Code enthalten war.« Er zog an seiner Zigarette.

»Du warst eine enorme Bereicherung. Eine sehr originelle noch dazu. Und er wusste das zu schätzen.«

Sie schämte sich wie eine Tochter, die ihren Vater enttäuscht hatte. »An jenem Abend war ich fest entschlossen, den Code in das Stück einzubauen. Aber aus irgendeinem Grund war ich nicht richtig bei der Sache.«

»Fehler kommen vor. Natürlich ist ärgerlich, wenn so etwas passiert, aber der Wolf ist ein einfallsreicher Mensch. Er geht Risiken ein, was sich manchmal auszahlt und manchmal eben nicht. Leute wie ihn brauchen wir in der Resistenza. Er bewegt sich wie Rauch ... Und er hat keine Angst vor dem Tod.«

Elodie erschauderte.

»Du meinst, weil sie seine Frau verschleppt haben?«

»Ja ... Wenn man den Menschen verliert, den man am meisten liebt, verliert man auch die Angst vor dem Tod, nicht wahr?«

Sie schaute ihn an, und langsam kehrte ihr Selbstvertrauen wieder zurück. Was für ein Glück, dass sie hergekommen war, dass sie mit Pelizzato offen reden konnte. Er war wie ein Seil, das sie mit ihrem früheren Leben verband.

»Ja«, erwiderte sie. »Dieses Gefühl kenne ich auch sehr gut.«

Er nahm die Zigarette aus dem Mund und drückte sie im Aschenbecher aus.

»Ich weiß, Libelle. Deshalb habe ich es gesagt.« Er lächelte sie an. »Aber ich finde, du solltest versuchen, noch ein bisschen länger am Leben zu bleiben.«

Während der nächsten Tage erlebte Elodie, wie ihre Mutter und Valentina sich immer vertrauter wurden, wie Schwestern, die sich als Kinder nicht besonders nah gestanden hatten, aber später im Leben froh waren, einander zu haben und in gemeinsamen Erinnerungen schwelgen zu können.

Zu Elodies Überraschung schien Orsina bei der Arbeit mit Nadel und Faden all ihren Kummer zu vergessen. Zwar waren die Stoffreste, die ihr zur Verfügung standen, weit entfernt von den exotischen und luxuriösen Materialien, die es früher in der Werkstatt ihrer Mutter im Überfluss gegeben hatte, aber ebenso wie Valentina genoss sie die Herausforderung, aus dem, was andere wegwarfen, etwas Schönes zu erschaffen.

Valentina hatte gerade eine alte Handtasche auseinandergenommen, um aus dem Leder ein Paar Kinderschuhe herzustellen.

Sie stand auf, um eine stabilere Nadel und einen stärkeren Faden zu suchen.

»Ihr beide seid unglaublich«, sagte Elodie, während sie sich in der kleinen Wohnung umsah, die immer mehr den Charakter einer Werkstatt annahm. »Ich wäre nie auf die Idee gekommen, aus einer alten Lederhandtasche ein Paar Schuhe zu machen.«

»Das nennt man aus Alt mach Neu! Bis du so alt bist wie wir, wirst du diese Kunst auch beherrschen«, sagte Valentina lachend. »Das hält jung.«

»Vielleicht sollte ich sofort anfangen, sie zu erlernen«, sagte Elodie und ließ sich in einen von Valentinas alten Samtsesseln sinken. Sie fühlte sich plötzlich so müde, dass sie sich fragte, ob sie vielleicht krank wurde.

Sie wollte nur noch schlafen, lange und tief, um sich von der Erschöpfung und der Übelkeit zu erholen, die sie neuerdings Tag für Tag plagten. Ihr Schlaf war in letzter Zeit unruhig und kaum erholsam. Sie sehnte sich nach ihrem eigenen Bett mit den duftenden, gestärkten Laken, sie sehnte sich danach, mitten in der Nacht aufzustehen und in das Wohnzimmer nebenan zu gehen, um mit ihrem Vater zu musizieren.

Und ihre Träume waren wirre Albträume, die ihr Energie raubten, anstatt Erholung zu spenden. Sie sah Luca vor sich, nicht den Buchhändler, sondern den Partisan. Mit Halstuch und geschultertem Gewehr. Sie wachte auf mit geballter Faust, als hielte sie immer noch das Amulett umklammert.

Manchmal, wenn sie nachts keinen Schlaf fand, öffnete Elodie ganz leise den Cellokoffer und streichelte das Instrument, als wäre es der letzte Faden, der sie mit ihrem alten Leben verband. Bevor sie den Koffer wieder verschloss, fuhr sie mit den Fingern über die Noten, die die Frau des Wolfs geschrieben hatte. Und während sie versuchte einzuschlafen, dachte sie an diese Frau, mit der sie sich, obwohl sie ihr nie begegnet war, irgendwie verbunden fühlte. Jede ihrer Noten erinnerte Elodie an ein Requiem.

Tagsüber unternahm sie ausgedehnte Spaziergänge, um die Stadt zu erkunden. Es schien hundert verschiedene Möglichkeiten zu geben, zum Markusplatz zu gelangen. Jeden Tag nahm sie einen anderen Weg und entdeckte verborgene Passagen und malerische Ecken.

Sie lernte, Einheimische und Besatzer am Geräusch ihrer Schritte zu erkennen, den leichtfüßigen Gang der Venezianer vom Knirschen der schweren Soldatenstiefel auf dem Pflaster zu unterscheiden. Und sie entdeckte Orte, an denen es überhaupt keine Geräusche gab, winzige Oasen der Stille mitten in der Stadt. Wenn sie dort die Augen schloss, hörte sie nichts als das Geräusch ihres Atems und das Pochen ihres Herzens.

Sooft wie möglich ging sie in den Buchladen La Toletta. Und jedes Mal fragte sie Pelizzato, ob es Neuigkeiten vom Wolf gab oder ob sie wieder helfen konnte, einen Code zu übermitteln. Aber immer schüttelte Pelizzato nur den Kopf.

Eines Nachmittags jedoch sprang er von seinem Stuhl auf, als sie zur Tür hereinkam.

»Da bist du ja endlich!«

Er lief zur Tür und drehte das Schild mit der Aufschrift: »Geschlossen!« nach außen.

»Du wirst gebraucht«, sagte er und führte sie in den hinteren Teil des Ladens.

»Ich wollte es dir nicht eher sagen, weil ich noch nichts Genaues wusste. Aber heute habe ich die erhoffte Nachricht erhalten.«

Sie nahm das Tuch vom Kopf und setzte sich. »Um was geht es denn?«

»Der Wolf ist in Genua. Nach dem Konzert im Bibiena musste er aus Mantua fliehen …« Er suchte nach den passenden Worten »… als du den Code nicht übermittelt hast.«

Seine Worte versetzten ihr einen Stich, als hätte er sie mit der Zigarette verbrannt. Eine unsichtbare Wunde, die dennoch schmerzte.

»Ich wollte nicht, dass du dir Vorwürfe machst, deshalb habe ich es erst jetzt erwähnt. Aber die Gestapo hat kurz nach dem Konzert seine Wohnung verwüstet. Trotzdem ist er weiterhin in der Gegend aktiv und übermittelt Informationen durch alle möglichen Kanäle. Seit gestern arbeitet er für das Genueser Kommando.«

Begierig nahm sie Pelizzatos Worte in sich auf. Seit sie die Wohnung des Wolfs gesehen hatte, war sie krank vor Sorge um ihn gewesen, und jetzt wusste sie, dass er lebte und unverletzt war.

»Es gibt sehr wichtige Informationen, die wir ihm bis spätestens Dienstag überbringen müssen, aber wir wussten einfach nicht, wie. Als er erfahren hat, dass ich mit dir in Kontakt stehe, hat er darum gebeten, dass du die Botschaft *col legno* spielst.« Er grinste. »Ich bin kein Musiker und weiß noch nicht mal, was das heißen soll.«

»Er möchte, dass ich mit dem Holz des Bogens spiele anstatt mit dem Haar.«

»Ah, verstehe. Der Wolf will also, dass du die Botschaft für ihn klopfst, so als wären es Morsezeichen?«

»Sieht so aus. Und du musst sagen, welche Schläge es sein sollen.«

»Natürlich.« Er stand auf und kam mit einem Buch zurück. Er schlug es in der Mitte auf.

»Den Code hat ein Geiger geschrieben. Er sagt, es ist ganz einfach für dich, ihn weiterzugeben.«

»Es gibt also mehrere Musiker, die für euch arbeiten ...«

»Ja, aber die anderen sind nicht so hübsch ...«

Sie musste lachen.

»So«, sagte er und konzentrierte sich wieder. »Mal sehen, was da steht: ›Zwei Schläge, dann einer. Eine Pause, dann vier schnelle Schläge, eine längere Pause, dann ein Schlag, gefolgt von drei kurzen und lauteren Schlägen.‹ Hast du das?«

»Ja.« Sie wiederholte den Code erst in Worten und klopfte ihn dann auf der Stuhllehne. Pelizzato lächelte.

Um ihm zu zeigen, dass sie sich alles richtig eingeprägt hatte, klatschte sie den Code noch einmal. »Mein Bogen wird es nicht so sehr mögen ...«

»Es ist ja für ein höheres Ziel, oder?«

»Allerdings«, pflichtete sie ihm bei.

»Gut.« Er schien zufrieden zu sein. »Falls man dich im Zug fragt, wohin du unterwegs bist, sagst du einfach, dass du dich bei einer wohlhabenden Genueser Familie um eine Stelle als Musiklehrerin beworben hast und du zum Vorspielen hinfährst.«

Sie nickte.

»Das ist deine Tarnung. Die Leute heißen Fiorello und wohnen in der Via del Porto Nummer neunzehn. Sie haben dem Wolf Unterschlupf gewährt, und du wirst ihm dort den Code übermitteln.«

Sie nickte wieder und prägte sich die Adresse ein.

»Du musst nur irgendwie von hier nach Genua kommen, ohne dich erwischen zu lassen. Das ist der gefährliche Teil. Ist dein Ausweis in Ordnung?«

»Ja«, antwortete sie. »Ich bin schon einige Male kontrolliert worden, und bisher hat niemand Verdacht geschöpft.«

»Perfekt. Dann mach dich bereit. Nimm einen Rucksack, und pack nur ein paar Sachen ein. Wer heutzutage mit einem Koffer reist, erregt schon Argwohn. Morgen früh um zehn Uhr geht ein Zug von Santa Lucia. Kannst du den nehmen?«

»Ja«, antwortete sie.

»Und die Adresse hast du im Kopf?«

»Ja, natürlich. Mach dir keine Sorgen um mein Gedächtnis.«

»Das im Bibiena war also nur ein Ausrutscher, vermute ich.«

Allein die Erwähnung des Namens versetzte ihr erneut einen Stich. »Ja. Es gibt nichts mehr, was mich ablenken könnte«, sagte sie, während sie sich ihr Kopftuch umband. »Ich freue mich schon darauf, dich wiederzusehen, wenn ich zurück bin.«

»Gute Reise«, sagte er. Als sie beim Verlassen des Ladens die Türglocke bimmeln hörte, fühlte sie sich, als würde sie sich in Lucas Auftrag auf diese Mission begeben.

37

Portofino

Dezember 1943

»Du musst es meinem Bruder noch vor Weihnachten sagen«, erklärt ihr Vanna.

Elodie nickt. Sie sitzt auf dem Sofa mit einem Knäuel weißer Wolle im Schoß und zwei langen Stricknadeln, die Vanna ihr kürzlich mitgebracht hat, damit sie etwas hat, womit sie sich die Zeit vertreiben kann.

»Du versteckst es zwar ganz gut, aber in ein paar Wochen sieht jeder, dass du schwanger bist. Glaub's mir.«

»Ich weiß«, antwortet Elodie.

Das Stricken tut ihren Händen gut. Ihre Finger waren schon ganz steif geworden. In Venedig hat sie ihr Cello noch lautlos gespielt, die Finger über die Saiten tanzen lassen und den Bogen gehoben und gesenkt, ohne jedoch den Steg zu berühren. Aber in Genua änderte sich alles. Schaudernd denkt sie an die letzten Stunden vor der Überfahrt zu diesem Dorf, dem scheinbar einzigen Ort in Italien, der vom Krieg verschont geblieben ist.

»Ich werde es ihm noch diese Woche sagen«, verspricht sie Vanna.

Vanna schaut sie mitfühlend an. »Der Himmel hat

dich hierhergeschickt«, sagt sie, als hätte sie einen Engel oder eine Heilige vor sich. »Du weißt nicht, wie Angelo war, als seine Frau noch gelebt hat. Er ist durchs Dorf gegangen, als hätte er den Mond verschluckt. Man brauchte nur ihren Namen zu erwähnen, und er hat gestrahlt wie ein Stern.« Vanna schüttelt den Kopf. »Als sie gestorben ist, ist sein Licht erloschen, und nichts konnte es ihm zurückgeben.«

»Ich weiß«, sagt Elodie.

»Du hast das Zimmer also gesehen …«

»Ja«, sagt Elodie. »Als er aus dem Haus war … Es war keine Absicht …«

»Dann weißt du ja auch, dass alles noch so ist, wie sie es hinterlassen hat.« Sie schüttelt den Kopf, als gäbe es im Grunde keine Worte für die Tragödie ihres Bruders. »Die Briefe sind doch inzwischen bestimmt vergilbt und brüchig wie altes Pergament.«

Elodie nickt. »Das Zimmer wirkt wie ein Mausoleum. Ich kam mir vor wie ein Eindringling. Selbst wenn ich jetzt darüber rede, habe ich das Gefühl, ihn irgendwie zu verraten.«

»Du bist eine gute Seele«, sagt Vanna und packt ihr Strickzeug zusammen. »Aber er ist achtunddreißig Jahre alt. Er trauert jetzt schon seit acht Jahren. Er sollte nicht in einem Zimmer schlafen, das so voll ist mit Erinnerungen. Er sollte sich neuen Dingen zuwenden.«

»Schlafen wir nicht alle begraben unter unseren Erinnerungen?«

Vanna hebt eine Braue. »Ich ganz bestimmt nicht. Ich schlafe ein, sobald ich mich hinlege.«

Elodie schaut in den Garten hinaus.

»In manchen Nächten habe ich das Gefühl, in meinen Erinnerungen zu ertrinken.« Sie drückt die Spitze einer Stricknadel gegen ihren Zeigefinger, nur um den Schmerz zu spüren.

Als Elodie sich schlafen legt, versteckt sie ein Babyhäubchen und zwei winzige Schühchen aus reiner weißer Wolle unter ihrem Kopfkissen.

Sie weiß, dass Vanna recht hat und sie Angelo von ihrer Schwangerschaft erzählen muss. Aber Vanna kann nicht wissen, dass Elodie Geheimnisse hat, die sie noch besser verbergen muss als ihre Schwangerschaft.

Das einfache Leben im Schutz dieses abgelegenen Hauses ist so weit weg von allem, dass sie leicht ihre Vergangenheit ausradieren und den Krieg vergessen könnte, der jenseits der Granitfelsen tobt. Angelo hält den Kommandanten und seine Soldaten von seinem Haus fern. Der einzige Hinweis auf den Krieg ist das Dröhnen der Flugzeuge am Himmel.

Sie weiß, dass sich jetzt weniger Deutsche im Ort aufhalten als bei ihrer Ankunft; die Offiziere, die sich für eine Woche Fronturlaub in einem der farbenprächtigen Hotels einquartiert hatten, sind längst wieder fort. »Es ist leer geworden«, sagt Angelo eines Abends im November zu ihr. Sie haben gerade ein einfaches Pastagericht gegessen, das er zubereitet hat, und auf dem Tisch flackern zwei Kerzen. »Nur die Einheimischen und eine Handvoll Leute des Kommandanten sind noch hier«, sagt er, während er den Tisch abräumt und die Teller ins Spülbecken stellt. »Bis März kann Portofino endlich wieder in Ruhe schlafen.«

Doch tiefer Schlaf bleibt Elodie versagt, und sie muss wehmütig an Angelos Worte denken. Es wäre ein Geschenk des Himmels, einfach vergessen und ohne Angst und Albträume schlafen zu können, aber ihr Kopf spielt nicht mit. Sie schließt die Augen und fragt sich, wie lange es her ist, seit sie von Venedig nach Genua aufgebrochen ist. An ihren Fingern zählt sie sieben Wochen ab. Die Erinnerung an ihren letzten Tag lässt ihr immer noch das Mark in den Knochen gefrieren.

In Genua war sie dem Tod ziemlich nahe gekommen. Während sie am Morgen ihrer Abreise aus Venedig eilig ihre Habseligkeiten in den Rucksack gepackt hatte, unter anderem Lucas Pullover, sein Amulett und die Noten, von denen sie gehofft hatte, sie dem Wolf zurückgeben zu können, hatte ihre Mutter sie bedrängt, nicht zu fahren. Orsina vermutete, dass ihre Tochter wieder auf einer Mission war, für die sie mehrere Tage von zu Hause fortbleiben musste.

»Bitte«, hatte sie gefleht. »Hier sind wir endlich in Sicherheit. Wir können ein neues Leben beginnen, und niemand wird je erfahren, was auf der Piazza delle Poste passiert ist. Hier bist du einfach nur die Tochter einer Venezianerin.«

Elodie hatte die Hände ihrer Mutter genommen. »Ich werde immer die Tochter einer Venezianerin sein, und ich werde zu dir zurückkommen, aber ein Freund braucht jetzt meine Hilfe … Es ist sehr wichtig, dass ich fahre.«

Orsina schüttelte den Kopf. »Hörst du denn nicht die Flugzeuge am Himmel? Und siehst du nicht die Nazitrupps in den Straßen?«

»Sie sind buchstäblich alles, was ich sehe, Mamma.« Sie zog die Kordel am Rucksack straff und griff nach ihrem Cello. »Und genau deshalb fahre ich.«

Valentina stand da und sagte kein Wort, sie konnte beide Frauen verstehen. Sie gab Elodie einen einfachen, schmucklosen Hut für ihre Reise.

Elodie nahm ihn und verließ das Haus.

Sie nahm ein *vaporetto* zum Bahnhof, wo sie eine Fahrkarte dritter Klasse nach Genua kaufte. In ihrer weißen Bluse und dem marineblauen Rock sah sie wieder aus wie die einfache Musikstudentin, die sie bis zum Ausbruch des Krieges gewesen war. Ihr Instrument verlieh ihr den Anstrich der Seriosität. Aber ihre Augen leuchteten hell und klar unter dem Hutrand hervor.

Im Zug schlüpfte sie in ihre neue Rolle als Anna Zorzetto. Sie hatte den Ausweis in der Rocktasche und ihren Rucksack und das Cello neben sich abgestellt. Im Stillen wiederholte sie immer wieder den Rhythmus des Codes. Diesmal würde sie wieder präzise für den Wolf spielen. Sie würde ihren Fehler wiedergutmachen und zugleich der Resistenza einen Dienst erweisen. Sie würde es denjenigen zu Ehren tun, die der Krieg ihr so grausam genommen hatte.

Vor dem Krieg hatte die Fahrt nach Genua ungefähr sechs Stunden gedauert. Aber jetzt, mit all den Verzögerungen, die durch die ständigen Kontrollen verursacht wurden, würde sie mehr als zehn Stunden unterwegs sein, hatte Pelizzato gemeint. Sie legte den Kopf gegen das Fenster und versuchte zu schlafen, bis der Schaffner und die deutschen Kontrolleure ins Abteil kommen würden.

Als der Zug in Verona hielt, überkam sie das erste Mal Panik. Auf dem Bahnsteig standen mindestens hundert Menschen, die alle hofften, mitfahren zu können.

»Ich fürchte, wir werden hier eine Weile aufgehalten«, hörte sie einen Mann neben ihr zu seinem Nachbarn sagen.

Sein Freund nickte. »Ich habe gehört, dass die Partisanen gestern Abend in Genua einen Zug überfallen haben. Sie haben vierzehn Deutsche erschossen und ihre ganze Munition erbeutet. Heute werden sie ein besonders wachsames Auge auf die Züge haben …«

Elodie sah zum Fenster hinaus, tat aber so, als ob sie schlief. Ihre Finger umklammerten das Cello, aber sie fühlte sich, als würde Eiswasser in ihren Adern fließen.

Der Zug hielt immer wieder an, und bei jedem Halt schreckte sie aus dem Schlaf. Manchmal war ihr so übel, dass sie fürchtete, sich vor den Mitreisenden übergeben zu müssen.

Alle Gerüche waren ihr unangenehm. Was sie bisher nie gestört hatte, wie der Geruch von Tabak oder Knoblauch, drehte ihr jetzt den Magen um. Sie nahm Lucas Pullover aus ihrem Rucksack und versuchte seinen Duft in der Wolle zu finden, was aber nur zur Folge hatte, dass er ihr noch schrecklicher fehlte.

Sie versuchte sich vorzustellen, wie sie vor dem Wolf ihr Cello spielen, ihren Fehler wiedergutmachen und Vergebung in seinen Augen finden würde. Sie würde ihm die Partitur übergeben, die seine Frau geschrieben hatte, und ihm erklären, dass sie sie in seiner Wohnung entdeckt hatte, als sie ihn besuchen wollte.

Sie malte sich jedes denkbare Szenario in dem Zimmer in Genua aus, wo sie für ihn spielen würde, hörte den Rhythmus des Codes, sah sein weißes Haar, seine eisblauen Augen.

Womit sie jedoch nicht im Traum gerechnet hätte, war, was passierte, nachdem ihr Zug in den Bahnhof von Genua eingefahren war.

Als Elodie aus dem Zug stieg, den Rucksack über einer Schulter, das Cello über der anderen, hörte sie in der Nähe lautes Rufen und Schreien. Während die anderen Passagiere an ihr vorbeidrängten, einige mit kleinen Kindern an der Hand, andere mit schweren Koffern und Reisetaschen für den nächsten Teil ihrer Reise, sah Elodie am Ende des Bahnsteigs eine Menschentraube.

Deutsche Soldaten führten eine Gruppe aneinandergeketteter Gefangener in Handschellen in Richtung eines Viehwaggons auf einem der anderen Gleise. Die Deutschen in ihren grünen Uniformen und mit Gewehren über der Schulter trieben ihre Gefangenen unter groben Beschimpfungen immer schneller in die Richtung des Viehwaggons.

Irgendwie hatte Elodie das Gefühl, einen der Gefangenen zu kennen.

Deshalb näherte sie sich instinktiv der Gruppe, anstatt zum Ausgang zu streben.

Als die Männer mit gesenkten Köpfen an ihr vorbeischlurften, wurde ihr plötzlich eiskalt, und sie blieb wie angewurzelt stehen.

Als Erstes erkannte sie seine Hose, den teuren Wollstoff, der jedoch an den Knien eingerissen war, so als hätte man ihn zum Hinknien gezwungen. Seine Kleidung stand in krassem Gegensatz zu der der anderen Männer, die alle Latzhosen oder den dunklen Drillich der Fabrikarbeiter trugen, und seine Schuhe waren ausgesprochen elegant. Er hatte keine klobigen schwarzen Stiefel an wie die anderen Gefangenen, sondern cognacbraune maßgefertigte Halbschuhe.

Ihr Blick wanderte von den Schuhen hoch zu den Handschellen und weiter zu dem blassblauen Hemd, das zerrissen und blutdurchtränkt war. Offensichtlich hatte man ihm ins Gesicht geschlagen, ein Auge war zugeschwollen. Und als er ihr schließlich das Gesicht zuwandte, wusste sie längst, wer er war.

Es war ohne jeden Zweifel der Wolf.

Sie starrte ihn mit weit aufgerissenen Augen an. Und plötzlich, als hätte er einen Luftzug verspürt, hob er den Kopf und sah sie an. Beide wandten den Blick im selben Moment wieder ab. Aber da war es schon zu spät.

Unvermittelt durchfuhr sie ein heftiger Schmerz am Arm, als ein deutscher Offizier sie brutal packte und fast von den Füßen riss.

Sie sah gerade noch, wie der Wolf mit vorgehaltenem Gewehr in einen Viehwaggon gestoßen wurde, der bereits überfüllt war mit ärmlich gekleideten, hohlwangigen Menschen.

Was als Nächstes geschah, war so schrecklich, dass sie sich noch Wochen später bei der Erinnerung daran wie vergewaltigt fühlt.

Sie erinnert sich an das Gesicht des Deutschen. An seine eiskalten grauen Augen. Die wächserne Haut. Die

Hände, die sie anpackten, als wäre sie ein Tier, das in den Schlachthof gezerrt wird.

Er brachte sie in einen kleinen Raum im Bahnhof und wies sie an, sich hinzusetzen. In dem fensterlosen Raum befanden sich ein Schreibtisch mit einem Stapel Papiere darauf, ein trübes Wasserglas und eine Glühbirne, die an der Decke baumelte.

Er betrachtete ihren Ausweis. »Also, Anna Zorzetto aus Venedig, du kennst diesen alten Mann, stimmt's?«

Sie antwortete nicht. Er trat so nah an sie heran, dass sie seinen verrauchten Atem roch.

»Mir ist übel«, sagte sie. »Ich muss mich vielleicht übergeben.«

Er lächelte. Seine Zähne sind gelblich. Seine Hände sind gespenstisch weiß und seine Fingernägel perfekt manikürt.

»Das stört mich überhaupt nicht ...«, sagte er. »Hast du eine Ahnung, wie viele Leute ich schon habe kotzen sehen, bevor sie vor ein Erschießungskommando getreten sind? Kann ich gar nicht mehr zählen.«

Sie hatte das Gefühl, dass ihr Körper nahezu gewichtslos wurde, als spürte sie ihre Füße nicht länger. Als wäre ihr Körper mit nichts anderem mehr verbunden als mit ihrem Cello, das sie im Arm hielt.

»Wo waren wir stehen geblieben?«, fuhr er fort. »Ach, der Mann in dem Gefangenentrupp ... Kennst du den Mann?«

Wieder antwortete sie nicht.

»Leer deinen Rucksack aus.«

Sie lehnte das Cello gegen die Wand, ging zurück zum Tisch und löste die Kordel ihres Rucksacks. Sie packte ein Teil nach dem anderen aus: Lucas *Der kleine Prinz,* seinen Pullover, den Beutel mit dem Amulett, die Zahnpastatube und ihre Bürste. Die Garnitur Unterwäsche und ein paar Kleidungsstücke. Und schließlich die Notenblätter.

Der Mann trat näher, um ihre Habseligkeiten zu begutachten. Er hob den Pullover an, öffnete die Zahnpastatube und kicherte vor sich hin, als er ihre Unterwäsche in die Hand nahm.

Als sie zu ihrem Cello zurückging, weil sie es nicht so ungeschützt an der Wand stehen lassen wollte, bemerkte sie, dass sich der deutsche Offizier ebenfalls dem Cello näherte.

In Windeseile legte er den Koffer auf den Boden und öffnete ihn. Entgeistert sah sie, wie er das Seidentuch zurückschlug.

»Ach, was haben wir denn da?«

Vor Angst biss sie sich auf die Unterlippe. Es schmeckte salzig und metallisch.

Stumm vor Entsetzen beobachtete sie, wie seine Finger, lang wie Eiszapfen, über die Saiten ihres Cellos glitten und den bauchigen Resonanzkörper streichelten.

»Scheint ziemlich wertvoll zu sein …« Er hob den Kopf und suchte Elodies Blick, doch sie schloss die Augen.

Sie konnte es nicht ertragen, dass ihr geliebtes Cello von einem so verabscheuungswürdigen Menschen berührt wurde.

»Bitte …«, sagte sie. Ihre Stimme klang so dünn wie die eines flehenden Kindes. »Bitte, es ist nur ein Cello.«

»Also«, sagte er, »das ist garantiert kein normales Cello. Da bin ich mir ganz sicher …« Er nahm es aus dem Koffer und betrachtete es genauer. Seine Hände streichelten das Instrument, doch für sie fühlte es sich an, als würden sie über ihren Körper fahren, und nur mit Mühe konnte sie ihren Brechreiz unterdrücken.

»Es ist nichts Besonderes«, stammelte sie. »Bitte legen Sie es wieder zurück.«

Er drehte sich zu ihr um und grinste sie an wie jemand, der gerade einen wertvollen Schatz entdeckt hatte, den er in seinen Besitz zu bringen gedachte.

»Das ist ein sehr seltenes Instrument. Das kann sogar ich sehen.«

Er fuhr mit einem Finger über den rötlichen Lack.

»Wie kommt ein Mädchen wie du an so ein teures Cello?«

»Es ist ein Geschenk«, sagte sie leise. »Von meinem Vater.«

Er hob das Cello aus dem Koffer und stellte es auf den Boden. Er ertastete und erspürte es mit den Händen, wie sie selbst es auch so häufig getan hatte. Er legte einen Finger auf den Steg, bevor er einen anderen Finger in eins der kunstvoll verzierten Schalllöcher schob. Als er die Augen schloss, als würde die Berührung des Cellos ihn in eine Art Ekstase versetzen, musste Elodie würgen.

»Wer sagt mir denn, dass du keine Granate hier drin versteckt hast, he?«

Stumm sah sie zu, wie er das Instrument inspizierte. Das Einzige von Bedeutung, was sie bei sich trug, war der Code, den sie sich eingeprägt hatte, und den würde er nie finden.

Nachdem er nichts entdeckt hatte, was sie belasten

konnte, legte er das Cello wieder in den Koffer und ließ die Schlösser zuschnappen.

Einen Augenblick lang schien er zu zögern, als überlegte er, was er als Nächstes tun sollte.

Dann schien er einen Entschluss zu fassen. Sie sah seine Augen aufleuchten.

Er trat so nahe an Elodie heran, dass er sie fast berührte. Lächelnd strich er ihr über die Wange. Er nahm ihr Kinn in die Hände und hob beinahe zärtlich ihr Gesicht, damit sie ihm in die Augen schaute.

»Ich schenke dir etwas von sehr großem Wert, im Austausch für dein Cello«, sagte er so leise, dass sie das Gefühl hatte, er würde ihr jedes Wort ins Ohr flüstern.

Elodie begegnete seinem Blick. »Und was?«, hauchte sie, bemüht, nicht zu zittern.

Der Offizier lächelte.

»Dein Leben.«

Er nahm das Cello und öffnete die Tür.

»Das ist deine einzige Chance, hier herauszukommen. Geh.«

38

Portofino

Dezember 1943

Angelo kommt an diesem Nachmittag schweigsamer als sonst nach Hause. Wie jemand, der tief bedrückt ist, bemüht er sich, möglichst kein Geräusch zu machen. Seine Schritte und die Art, wie er die Schlüssel leise auf den Tisch legt und seinen Arztkoffer neben der Tür abstellt, sprechen von Seelenqualen.

Elodie schlägt ihr Buch zu und geht in die Küche, wo er sich gerade die Hände wäscht.

»Ist alles in Ordnung?«, fragt sie leise.

Er schüttelt die Hände ab, und einige Tropfen Wasser fallen auf den Fliesenboden.

»Ja«, sagt er, und seine Augen werden sanfter bei ihrem Anblick. »Ich hatte nur einen sehr anstrengenden Tag heute. Drei Mädchen haben mit ihrer Mutter im Wald Pilze gesammelt, und dabei ist eine von ihnen auf eine Landmine getreten. Den Vater musste man mit Gewalt von der Stelle wegzerren.« Angelo versagt die Stimme. Er räuspert sich. »Er wollte nicht weg, ehe nicht alle ihre Gliedmaßen gefunden waren.«

Elodie erschaudert. Sie erinnert sich mit Entsetzen, wie

ihre Mutter ihr einige Tage vor der Schießerei an der Piazza delle Poste von einer jungen Frau erzählt hat, die eine Woche vor ihrer Hochzeit Erdbeeren gesammelt hatte und dabei auf eine Mine getreten war. Man hatte sie in ihrem Hochzeitskleid begraben.

»Ich weiß ja nicht, ob Sie Hunger haben«, sagt sie. »Vanna hat Tintenfisch vorbeigebracht, den ihr Mann heute gefangen hat. Und ich habe Zucchini im Garten geerntet. Ich könnte sie mit ein bisschen Knoblauch und Öl braten.«

Er ringt sich ein schwaches Lächeln ab. »Nein, ich glaube, mir ist für heute der Appetit vergangen. Aber trotzdem danke.«

»Es muss schrecklich gewesen sein, nach den Leichenteilen zu suchen.«

»Unbeschreiblich.« Er schüttelt den Kopf. »Die Deutschen behaupten, die Partisanen hätten die Mine gelegt.«

»Wirklich?« Sie bemüht sich nach außen hin, kein Gefühl preiszugeben, aber bei der Erwähnung der Partisanen fährt ihr der Schreck in die Glieder.

»Ja. Ich habe gehört, dass eine Gruppe sich in den Bergen von Cinque Terre versteckt, sogar in den Höhlen. Sie unternehmen alles Mögliche, um die Deutschen zu sabotieren.«

Ihr wird übel, denn plötzlich fühlt sie sich in die Hügel von Verona zurückversetzt und sieht Lucas Leiche auf der provisorischen Bahre vor sich und die Partisanin Rita Rosani mit ihrem geschulterten Gewehr.

»Das wusste ich nicht …«, murmelt sie, während ihre Gedanken hin und her springen zwischen ihrer Erinnerung an die Situation in den Bergen und der Angst, dass sie in Portofino vielleicht doch nicht so sicher ist, wie sie gehofft hatte.

»Aber es spielt keine Rolle, ob die Partisanen schuld sind oder die Deutschen. Die Frauen sind tot. Nichts kann mehr etwas an der Tatsache ändern, dass nächste Woche vier absolut sinnlose Beerdigungen stattfinden werden.«

Elodie wirft einen Blick auf die Wanduhr. Es ist halb sieben.

»Und der Kommandant? Haben Sie ihm heute schon seine Spritze gegeben?«

»Ja, bevor ich nach Hause gekommen bin. Warum?«

»Hat *er* von dem Vorfall mit der Mine berichtet?«

Angelo kommt ins Wohnzimmer, zieht die Hosenbeine hoch und setzt sich neben sie. »Er hat es tatsächlich erwähnt. Und er war sehr verärgert darüber.«

Sie hob eine Braue.

»Ja. Er hatte offenbar schon den dritten *Sciacchetra* intus, als ich ihm die Spritze gegeben habe. Nicht gerade die beste Medizin für einen Diabetiker. Und auch nicht für einen Mann, der starke Schlaftabletten braucht ...«

Elodie wägt ihre Frage sorgfältig ab. Sie muss herausfinden, ob der Kommandant möglicherweise eine größere Gefahr für sie darstellt, als sie bisher angenommen hat.

»Es wundert mich, dass die Deutschen ausgerechnet einen Diabetiker mit so angeschlagener Gesundheit für den Posten des Kommandanten ausgewählt haben.«

Angelo ist etwas verwirrt über ihre spitze Bemerkung. »Na ja, er wusste gar nicht, dass er Diabetes hatte, als er nach Portofino kam.« Er schüttelt den Kopf. »Ich war derjenige, der die Diagnose gestellt hat. Keine Ahnung, warum das bei der Musterung nicht festgestellt wurde. Ein simpler Urintest hätte genügt. Und seine Symptome waren eindeutig. Er war immer durstig, litt an Harndrang und nahm immer mehr ab. Er dachte, er hätte Krebs. Als ich ihm dann erklärt habe, dass er nichts weiter brauchte als täglich eine Insulinspritze, hätte er mir am liebsten einen Orden verliehen.« Er lächelt, denn er fühlt sich von der Aufmerksamkeit geschmeichelt, mit der Elodie an seinen Lippen hängt.

»Aber keiner seiner Männer weiß von seiner Krankheit. Wir haben eine unausgesprochene Übereinkunft. Ich behandle ihn stillschweigend, dafür lässt er mich bei meiner Arbeit gewähren.«

»Aber warum sollte er sich einmischen, wenn Sie sich um kranke Kinder und alte Leute kümmern? Es gibt kaum noch Männer hier im Ort, die den Deutschen gefährlich werden könnten.«

»Nun, ich betrachte auch Sie als meine Patientin«, erwidert er. »Sie sind jemand, der meine Fürsorge braucht. Das war mir sofort klar, als ich Sie vom Schiff kommen sah.«

»Ich bin nicht krank, Angelo«, entgegnet sie.

»Ich habe nicht gesagt, dass Sie krank sind, Anna.« Er wirft einen Blick aus dem Fenster, bevor er sie wieder anschaut. »Ich habe lediglich gesagt, dass Sie meine Fürsorge brauchen.«

Wenn er sie Anna nennt, hat sie jedes Mal das Gefühl, ihn zu betrügen, was ihr sehr unangenehm ist.

»Ich bin Ihnen sehr dankbar für alles«, sagt sie und verschränkt ihre Hände vor dem Bauch. Sie fragt sich, ob er schon vermutet, was sie meint, ihm erklären zu müssen.

Dass sich ihr Bauch unter der weißen Bluse unaufhaltsam wölbt. Er ist Arzt, ein Mann, zu dessen beruflichen Fähigkeiten eine gute Beobachtungsgabe gehört. Wenn Vanna Bescheid wusste, dann ist sie selbst vielleicht die Einzige, die die Fassade der Keuschheit noch aufrechtzuerhalten versucht.

Durch das offene Wohnzimmerfenster dringt die frische Meeresluft herein. Angelo greift in seine Anzugjacke, die nach dem Aufenthalt im Wald zerknittert und etwas verschmutzt ist.

Er zieht ein kleines Buch aus der Tasche hervor, einen Gedichtband, den ein Freund aus dem Dorf ihm geliehen hat.

»Eugenio Montale, ein Dichter hier aus der Gegend …« Er legt eine Hand auf das Buch. »Kennen Sie ihn?«

Sie schüttelt den Kopf. »Ich lese übrigens gerade einen Roman von Moravia.«

Er zieht die Jacke aus und streckt die Beine aus. »Das hier ist noch besser«, sagt er lächelnd. Er schlägt das Buch auf und beginnt vorzulesen.

Freue dich, wenn in das Obstgehege herein
der Wind die Welle des Lebens zurückträgt:
da, wo ein toter Wust
von Erinnerungen versinkt,
kein Garten war's, ein Reliquienschrein …

Angelos Stimme, das Meeresrauschen und das Geräusch des Fingers, der die Seiten umblättert, erzeugen eine heimelige Atmosphäre, die sich für Elodie anfühlt wie ein Schutzschild gegen die Welt und den Krieg.

Das Schwirren, das du hörst, von keinem Flügel,
von der Bewegung rührt es im ewigen Schoß …

Bei den letzten Worten versagt ihm die Stimme.

Es entsteht ein Moment des Schweigens. Elodie schaut Angelo an. In seinem Gesicht spiegeln sich zwei Welten: seine von Trauer überschattete Vergangenheit und die Möglichkeit einer glücklicheren gemeinsamen Zukunft.

Seine Verletzlichkeit rührt Elodie. Am liebsten würde sie seine Hand nehmen.

Sie verspürt das Bedürfnis, sich ihm zu öffnen. Sie würde ihm gern sagen, wer sie tatsächlich ist. Ihren wahren Namen nennen und ihm erzählen, wie es sie nach Portofino verschlagen hat.

Aber seitdem ist so viel Zeit vergangen, dass sie nicht einmal mehr weiß, wo sie anfangen soll.

Sie fragt sich, ob er das Gedicht aus einem bestimmten Grund gewählt hat. Ob es vielleicht einen Code enthält, ähnlich denen, die sie in ihrem früheren Leben in ihre Musik eingearbeitet hat. Seine Botschaft hat jedoch nichts mit Waffen zu tun, sondern mit etwas, das sich zwischen ihm und ihr entwickelt.

Sie lässt die Hände sinken und bemerkt, wie sein Blick zu der Wölbung unterhalb ihrer Taille wandert, die nicht größer ist als ein kleiner runder Brotlaib.

Er sagt kein Wort. Sie sieht ihn an. Noten und Worte, die sich auf Papier festhalten lassen, sind einfach zu lesen. Aber ein Gesichtsausdruck ist ungleich schwieriger zu deuten. Sie versucht den Blick aus seinen blaugrauen Augen zu ergründen. Sie würde gern glauben, dass er ihr mit diesem Blick seinen Segen gibt und ihr bedeutet, dass er das Geheimnis, das sie ihm auf Vannas Geheiß hin offenbaren soll, längst kennt und sie nicht verurteilt. Aber die Gefahr, die der Vorfall mit der Mine möglicherweise heraufbeschworen hat, und ihre Angst vor dem Kommandanten untergraben ihre Zuversicht. Plötzlich ist sie sehr ängstlich.

An diesem Abend geht sie nach dem Essen in den Garten. Die Dezemberluft ist kühl, aber noch nicht so kalt, dass die Blumen oder Zitronen erfrieren. Die Bienen sind längst verschwunden, und die Mücken schlafen. Sie muss an ihre Mutter in Venedig denken, fragt sich, ob weiter oben im Norden bereits Schnee liegt.

Um sich zu beruhigen, setzt sie sich auf die Holzbank, neben der in kleinen Töpfen Kräuter wachsen. Widerstrebende Gefühle machen ihr zu schaffen – einerseits Angst und andererseits der verzweifelte Wunsch, diesem Mann, der ihr Obdach gewährt, zu gestehen, dass in ihr neues Leben heranwächst.

Als sie aufblickt, sieht sie Angelo unter der mit wildem Wein berankten Pergola stehen. Ihr geht das Herz auf, und im selben Moment versetzt dieses Gefühl sie in Angst und Schrecken: Ihre Geheimnisse könnten sein Leben zerstören. Plötzlich möchte sie am liebsten weglaufen.

»Anna«, sagt er. »Darf ich mich zu Ihnen setzen?«

»Ja«, flüstert sie. Eine Weile sitzen sie schweigend nebeneinander.

»Ich habe heute Nachmittag diesen Gedichtband nicht zu Ende vorgelesen. Wollen Sie auch den Rest hören?«

Sie nickt. Als er zu lesen beginnt, ist sie verblüfft darüber, dass seine Stimme anders klingt als sonst beim Vorlesen.

Er betont die Worte nicht mehr wie ein Geschichtenerzähler, sondern wie ein Musiker. Die Melodie in seiner Stimme weckt Erinnerungen an ihr geraubtes Instrument. Sie hört, wie er bestrebt ist, bestimmte Worte in der Luft schweben zu lassen.

»Bring mir die Sonnenblume, dass ich sie einpflanze meiner salzverzehrten Erde …«

Sie hört die Schönheit und die Traurigkeit in seiner Stimme. Den Schmerz und die Sehnsucht. Und es ist ihr unheimlich. Es trifft sie wie aus heiterem Himmel. Sie hört es, als würde er den Geist ihres Cellos wiedererwecken.

An diesem Abend lässt sie ihn vorlesen, bis er fast die letzte Seite des Gedichtbands erreicht hat. Als er ihr eine Decke bringt, lässt sie sich diesen Akt der Güte zum letzten Mal gefallen. Sie hat das Verlangen, ihn zu berühren, die Wärme seiner Finger und den Griff seiner Hand zu spüren. Aber stattdessen versteckt sie ihre Finger in der Baumwolldecke.

»Angelo …«, flüstert sie voller Zärtlichkeit. Es gibt so vieles, das sie ihm gern sagen würde, aber »danke« ist alles, was ihr über die Lippen kommt.

Als sie die Worte ausspricht, spürt sie, wie ihr das Herz bricht. Sie legt sich eine Hand auf den Bauch, in der plötzlichen Gewissheit, dass sie ihn verlassen muss, bevor es zu spät ist.

39

Portofino

Dezember 1943

Am nächsten Morgen hört sie ihn in der Küche hantieren. Teller klappern, Besteck klirrt. Wasser rauscht. Eine vertraute Klangcollage, aber jetzt klingt sie in ihren Ohren wie Trauermusik.

Nachdem Angelo zu seinen Hausbesuchen aufgebrochen ist, beginnt sie, ihren Rucksack zu packen, den sie so ängstlich umklammert hielt, als er sie vor Monaten im Hafen aufgelesen hat. Diesmal verstaut sie alles in umgekehrter Reihenfolge. Zuunterst Lucas Pullover wie ein Kissen. Darauf ihre eigenen Kleider.

Sie hält kurz inne, um *Der kleine Prinz* aufzuschlagen, aber die Erinnerung an Luca ist so intensiv, dass sie das Buch hastig wieder zuklappt und es sich an den Bauch presst. Im selben Moment spürt sie, wie das Kind in ihrem Bauch sich bewegt. Es ist wie ein gefangener Flügel, der in ihr schlägt, aber die Musik dieses neuen Lebens ist anders als alles, was sie kennt.

Oben auf das Buch legt sie Lucas Georgsamulett und die Notenblätter, von denen sie immer noch hofft, sie eines Tages dem Wolf zurückgeben zu können. Nachdem sie ihre Habseligkeiten im Rucksack verstaut hat, bindet sie ihn zu und geht leise aus dem Haus.

Seit sie in Portofino angekommen ist, hat sie Angelos Haus nicht ein einziges Mal verlassen. Von hier oben sieht sie den Hafen. Die bunten Fischerboote. Das glitzernde Wasser. Als sie den steilen Hügel hinuntergeht, sind ihre Beine so zittrig und unsicher, als hätte sie lange Zeit auf dem Meer verbracht.

Sie weiß, dass die Angst sie zur Flucht treibt; sie hat keine Ahnung, wie sie aus Portofino wegkommen soll. Sie hofft, vielleicht einen Fischer zu finden, der sie ein Stück weit mitnimmt. Vielleicht auf eine Insel wie Elba, wohin die Menschen fahren, um zu vergessen, um in Frieden und unbemerkt wie ein Sandkorn zu leben.

Dasselbe Entsetzen überkommt sie wie damals in Genua, als ihr das Cello geraubt wurde. Von dem Augenblick an, als der Deutsche »Anna Zorzetto aus Venedig …« sagte, hatte sie gewusst, dass sie nicht zu ihrer Mutter und Valentina zurückkehren konnte. Sie hätte die beiden Frauen in höchste Gefahr gebracht, wenn der Offizier auf die Idee gekommen wäre, ihre Verbindung zum Wolf zu überprüfen. Jetzt weiß sie nur, dass sie, wenn sie die Menschen schützen will, die sie liebt, das erstbeste Boot nehmen muss, das den Hafen verlässt.

Sie blickt zum stumpfgrauen Himmel auf und betet, dass es unten im Dorf jetzt im Winter tatsächlich so wenige Deutsche gibt, wie Angelo gesagt hat.

Auf halbem Weg wird sie von einem deutschen Offizier kontrolliert. Er trägt eine grüne Jacke und eine braune Reithose. Der Anblick seines Gewehrs lässt sie erstarren.

»Wo wollen Sie hin?« Sein Italienisch klingt hölzern, als hätte er kein gutes Gehör für die Sprache.

»Ins Dorf, Brot kaufen«, antwortet sie ausweichend, wie Luca und Beppe es ihr eingeschärft haben.

»Es ist drei Uhr. Die Bäckerei ist geschlossen.« Er mustert sie von oben bis unten. »Ich habe Sie noch nie hier gesehen. Wohnen Sie hier?«

»Ja«, lügt sie, weil sie hofft, dass er eine Einheimische eher passieren lassen wird.

»Wo?«

»Die Straße hoch.« Sie deutet hinter sich nach oben.

»Und wozu brauchen Sie so einen großen Rucksack, wenn Sie nur Brot kaufen wollen?«

Sie blickt ihm in die Augen, als würde sie mit einem Revolver auf ihn zielen.

»Mitkommen«, sagt er und packt sie am Arm.

Sie gehen nur wenige Minuten, den Weg hinunter, dann wieder bergauf auf eine gelbe Kirche zu. Vor der Kirche steht ein imposantes rotes Haus mit Turm, abgeschirmt durch ein gewaltiges Eisentor.

»Hier«, sagt der Deutsche und lässt ihren Arm für einen Moment los. Elodie bleibt wie angewurzelt stehen. In einem der gemauerten Torpfosten ist eine Marmortafel mit der Inschrift *San Giorgio* eingelassen. Und über der Eingangstür der Villa befindet sich ein Marmorrelief des heiligen Georg, der den Drachen mit dem Schwert tötet.

»Der heilige Georg«, flüstert sie unwillkürlich. Ihr

Rucksack mit dem Georgsamulett fühlt sich plötzlich so heiß an, als würde er in Flammen stehen.

»Ja«, sagt der Deutsche, der ihre gemurmelten Worte gehört hat. »Das ist der Schutzpatron dieses Dorfs. Wussten Sie das etwa nicht, obwohl Sie doch angeblich hier wohnen?«

In dem roten Haus ist leise Musik zu hören. Es ist ein Stück, das Elodie viele Male in ihrem Leben gespielt hat, das Präludium von Bachs Cello-Suite Nr. 1. Es klingt wie ein Wiegenlied aus ihrer Vergangenheit.

»Hier entlang«, befiehlt der Deutsche. Sie durchqueren eine marmorverkleidete Eingangshalle. Opulente Barockmöbel säumen die Wände. Als sie den Salon betreten, fällt Elodies Blick auf einen riesigen, in Grün und Gold gehaltenen Wandteppich, aus dem das Bild des heiligen Georg wie eine Erscheinung hervortritt.

Plötzlich spürt sie Luca überall um sich herum. Die Information, dass Portofino denselben Schutzpatron hat, den er als seinen Schutzheiligen gewählt hatte, gibt ihr das Gefühl, als würde Luca ihr aus dem Jenseits Trost spenden.

»Mein Kommandant«, salutiert der Deutsche. Elodie kann von hinten nur schütteres blondes Haar und rosige dicke Finger sehen, die die Sessellehnen umfassen.

»Einen Moment«, erwidert der Kommandant, ohne sich umzudrehen. »Es ist gleich zu Ende.«

Elodie schließt die Augen. Die Musik aus dem Grammofon ist unverkennbar. Es ist Monate her, dass sie ein Cello gehört hat, und die Aufnahme erinnert sie an ihre Eltern, ihre Vergangenheit und das Cello, das ihr entwendet wurde. Der Schmerz raubt ihr fast die Sinne.

»Ja, bitte – lassen Sie es uns zu Ende hören«, sagt Elodie, die der Deutsche immer noch am Arm festhält. »Ich liebe Bachs Cello-Suiten.«

Der Kommandant dreht sich um, und plötzlich ändert sich die Atmosphäre im Zimmer. Er betrachtet Elodie. Aber nicht wie eine Gefangene, die zum Verhör gebracht wird. Er erkennt sie als gleichgesinnte Kennerin von Bach.

Weder Elodie noch der Kommandant sprechen, bevor das Stück ausklingt. Aber er mustert sie aufmerksam. Ihr Körper ist erstarrt unter dem Griff des Soldaten, aber ihre Augen sind lebendig, und ihre Pupillen registrieren jede Nuance der Musik.

Als das Stück zu Ende ist, steht der Kommandant auf und geht zum Grammofon. Er hebt die Nadel behutsam von der Schallplatte.

Der Soldat tritt zu seinem Vorgesetzten und flüstert ihm etwas ins Ohr. Dieser entlässt ihn und wendet sich dann Elodie zu. Sie sieht die Poren seiner Haut und die grauen Augen.

»Sieh mal einer an … Sie kennen sich mit den Bach-Suiten aus?«

»Ja. Und Pablo Casals' Aufnahmen gefallen mir besonders gut.«

»Hmm … Warum?«

Sie ist versucht, eine Bemerkung zu Casals' allgemein bekannter antifaschistischer Haltung zu machen, aber sie beherrscht sich. »Nun ja … Zunächst einmal ist er ein meisterhafter Cellist.«

Sie ist unsicher, ob sie zu viel von sich preisgegeben hat. Aber die Präsenz des heiligen Georg im ganzen Haus hat ihre Zuversicht gestärkt.

Sie weiß wenig über den Kommandanten, nur das, was Angelo ihr erzählt hat. Sein Hang zum Alkohol. Die Diabetes-Erkrankung und die Insulinspritze, die Angelo ihm täglich verabreicht. Und dass der Kommandant häufig starke Schlafmittel braucht. Dass er seinen Medikamentenbedarf und die Krankheit als seine Privatangelegenheit betrachtet, von der niemand etwas wissen soll.

»Ja, Casals«, sagt der Kommandant. »Die Herren in Berlin würden es bestimmt nicht gutheißen, dass ich jemandem lausche, der ihrem Freund General Franco so viel Ärger bereitet. Aber er ist in der Tat ein Virtuose ohne seinesgleichen.« Als er noch näher an sie herantritt, wird ihr klar, dass er glaubt, nicht nur ein Kenner der Musik, sondern auch ein Meister der Entlarvung zu sein.

Sie macht ihren Rücken steif wie eine Katze. Als sie den Blick schweifen lässt, entdeckt sie in der hinteren Zimmerecke vertraute Gegenstände. Einen dunklen Geigenkasten und die große, fast weibliche Form eines Cellokoffers.

»Sie sind nicht aus Portofino«, stellt er fest, während er sie von oben bis unten mustert.

Sie erwidert seinen Blick. Es ist wie bei einem Schachspiel. »Nein, ich bin nicht von hier ... Ich wohne zurzeit bei einem entfernten Verwandten. Angelo Rosselli, dem Dorfarzt ...«

Der Kommandant murmelt irgendetwas, und ein Lächeln umspielt seine Lippen.

»Kennen Sie ihn?«

»Ja, ich kenne ihn sehr gut. Ich habe schon gehört, dass eine hübsche, junge Kusine bei ihm wohnt.« Er mustert sie noch aufmerksamer als bisher.

»Mein Adjutant hat gesagt, Sie hätten Ihre Sachen gepackt und wollten Portofino verlassen. Aber Sie hätten behauptet, dass Sie nur zum Bäcker wollten.«

»Ja«, antwortet sie vorsichtig. »Ist das etwa verboten?«

»Da bin ich mir nicht so sicher … Zeigen Sie mir Ihren Ausweis, dann sehen wir weiter.«

Plötzlich ist die Angst wieder da. Als sie in ihrem Rucksack kramt, berührt sie das Georgsamulett.

Sie reicht dem Kommandanten ihren gefälschten Ausweis.

»Anna Zorzetto. Aus Venedig?«

Sie antwortet mit einem Achselzucken.

»Das ist ja ziemlich weit weg von hier. Ich wusste gar nicht, dass unser Dorfarzt venezianisches Blut in seinen Adern hat.«

»Er ist ein entfernter Verwandter.«

»Verstehe. Und warum haben Sie Venedig verlassen?«

»Wegen der drohenden Bombardierung, natürlich. Meine Mutter meinte, ich wäre hier sicherer.«

»Natürlich.« Der Kommandant nickt, als wollte er sich über sie lustig machen. »Ist Venedig bombardiert worden? Ich dachte, nur Verona.«

Bei der Erwähnung ihrer Heimatstadt hat sie das Gefühl, er würde ihr eine Glasscherbe über den Rücken ziehen. Aber sie lässt sich nichts anmerken.

»Jede Nacht haben die Sirenen geheult. Ich konnte nicht mehr schlafen. Hier ist es friedlich.«

»Eine ziemlich weite Reise, nur um besser schlafen zu können, Anna.«

»Schlaflosigkeit ist eine Qual«, antwortet sie, wohl wissend um sein Problem. »Wer nicht darunter leidet, kann das gar nicht verstehen.«

Er weiß genau, was sie meint. Sein Blick wird plötzlich lebhafter, als sprächen sie dieselbe Sprache. »Doch, doch, ich kann es durchaus verstehen. Sehr gut sogar.«

Sie antwortet nicht.

»Nun, Anna ... Anscheinend haben wir zwei Dinge gemein: die Schlaflosigkeit und die Liebe zur Musik.« Er greift nach der Karaffe und gießt sich ein kleines Glas Likör ein.

»Ich bin nicht übermäßig interessiert an Ihrem Leben in Venedig. Ich will nichts von Ihrer Mutter hören und auch nicht davon, wie sehr Sie unter dem Heulen der Sirenen gelitten haben. Ich würde jedoch – bevor ich entscheide, was mit Ihnen passieren soll – gern erfahren, woher Sie wissen, dass das Casals ist, der die Bach-Suite spielt.«

Elodie schweigt eine Weile. Sie betrachtet die Instrumentenkoffer in der Ecke wie eine Ertrinkende einen Rettungsring.

»Ganz einfach, Signore«, antwortet sie schließlich. »Ich spiele seit vielen Jahren Cello.«

Er bietet ihr das Cello an wie einen Bauer in einem Schachspiel, den er opfern kann. Er legt den schwarzen Koffer auf einen Tisch und öffnet ihn. Das Instrument hat im Gegensatz zu dem, das ihr in Genua geraubt wurde, einen eher goldfarbenen Ton, aber seine Schönheit nimmt sie trotzdem gefangen.

»Es ist wunderschön«, sagt sie, während sie mit den Fingerspitzen über den Lack fährt.

»Es hat meinem Vater gehört«, sagt er. »Die Geige gehört mir.«

Sie sagt nichts. Sie weiß, dass Worte ihr nichts nützen. Wenn sie sich retten will, wird sie dieses Instrument zum Leben erwecken müssen.

»Darf ich?«

Er nickt. »Bitte.«

Er bietet ihr einen Stuhl an. Sie setzt sich und platziert das Cello mit geübten Bewegungen zwischen ihren Knien. Um Zeit zu gewinnen und sich noch etwas zu beruhigen, sucht sie im Koffer nach einem Stück Kolophonium, das sie über den Bogen streicht, wie sie es unzählige Male zuvor getan hat.

Als sie das Cello zu sich heranzieht, spürt sie, dass ihr Bauch dicker ist als bei ihrem Auftritt im Bibiena vor Monaten. Zum ersten Mal gibt es jetzt etwas, das sie von dem Cello trennt, auf dem sie spielt.

Ein neues Leben.

Und dieses neue Leben stachelt Elodie an. Es verleiht ihr neue Kraft. Es ist jetzt nicht mehr nur sie selbst, die sie retten muss, sondern auch ihr Kind.

Elodie greift nach dem Bogen und streicht ihn wie gewohnt über die Saiten, um das Instrument zu stimmen. In ihrem Kopf hört sie, wie ihr Vater den Kammerton a angibt, so als würde er vor ihr stehen und darauf warten, dass sie zu spielen beginnt.

Schließlich holt sie tief Luft und macht sich bereit. Für jemanden, dessen Blick zufällig in den Salon fiele, wäre die Ähnlichkeit zwischen der jungen Frau, die ihren

Bogen hebt, und dem heiligen Georg, der sein Schwert zieht, um den Drachen zu töten, geradezu unheimlich.

Die Auswahl der Stücke, die sie getroffen hat, mag dem Kommandanten willkürlich erscheinen, für Elodie jedoch ist sie von tiefer Bedeutung. Es sind dieselben Stücke, die sie im Bibiena gespielt hat. Zuerst die »Glocken von Genf« und dann »Der sterbende Schwan«. Als sie geendet hat und sie den Kopf hebt, steht der Kommandant mit offenem Mund und feuchten Augen da.

»Wundervoll«, flüstert er. *»Exquisito.«*

Er nimmt das Likörglas, das er sich zuvor eingeschenkt hat, und streckt die andere Hand nach dem Bogen aus.

»Ich bin noch nicht fertig«, sagt sie verwegen. »Ich spiele noch ein Stück.«

Er hebt eine Braue. »Wie Sie wünschen ... Ich werde Sie nicht aufhalten.«

Elodie beginnt, das Boccherini-Konzert zu spielen, und legt all ihre Leidenschaft hinein. Als sie diesmal die Stelle erreicht, an der sie aus Versehen die unveränderte Grützmacher-Kadenz gespielt hat, zögert sie keinen Moment. Sie steigert im Gegenteil die Intensität ihres Spiels. Sie ist wie ein Taucher, der sich noch tiefer in die Fluten stürzt. Sie spielt den Code, den sie vor Monaten ausgelassen hat. Sie spielt ihn nur für den Wolf und für Luca, und sie spielt ihn perfekt.

Der Kommandant ist sprachlos. Er stellt sein Glas ab und applaudiert. Er ist völlig überrascht von dieser begnadeten jungen Frau mit dem spitzen Gesicht, die wie ein streunender Hund mit einem schmutzigen Rucksack aufgegriffen und bei ihm abgeliefert wurde.

Elodie blickt nicht sofort auf, deshalb bemerkt sie nicht, dass noch jemand das Zimmer betreten hat.

Es ist Angelo, der gekommen ist, um dem Kommandanten seine Spritze zu geben. Er bleibt hinter dem Kommandanten stehen, verzückt von der Schönheit von Elodies Spiel.

Bevor er etwas sagen kann, ruft der Kommandant, der ihn erst jetzt bemerkt, begeistert aus:

»Welch ein Talent! Wie konnten Sie mir Ihre Kusine vorenthalten, *dottore,* wo Sie doch meine Liebe zur Musik kennen!«

Angelo beobachtet, wie Elodie den Kopf hebt. Ihre Lider sind noch einen Moment lang halb geschlossen, als würde sie aus einem tiefen Schlaf erwachen. Als sie schließlich die Augen öffnet, ist er wie elektrisiert und hat das Gefühl, zum ersten Mal ihr wahres Ich zu erkennen.

Er bemerkt ihren an das Stuhlbein gelehnten Rucksack, und plötzlich fällt es ihm wie Schuppen von den Augen. Es spielt für ihn keine Rolle, welche Probleme sie nach Portofino geführt haben, oder was sie dazu veranlasst hat, überhastet den Schutz seines Hauses zu verlassen. Er wird alles in seiner Macht Stehende tun, um sie zu retten.

»Herr Kommandant«, sagt er. Die Knöchel der Hand, mit der er den Arztkoffer hält, sind weiß. »Es freut mich sehr, dass Sie endlich die Gelegenheit hatten, Anna spielen zu hören. Ich wollte Ihnen schon die ganze Zeit von ihr erzählen. Sie ist seit etlichen Jahren der Stolz unserer ganzen Familie. Ist sie nicht großartig?«

»Allerdings«, erwidert der Kommandant. »Eine echte Virtuosin. Und so unvermutet in diesem abgelegenen Fleckchen Erde.«

»Ist es nicht typisch für Portofino, seine Schönheit nur einigen wenigen Auserwählten zu offenbaren?«

Der Kommandant nickt. Eine neue Schachpartie beginnt, diesmal zwischen den beiden Männern. Einer davon mit einer Pistole in der Schublade. Der andere mit einem Lederkoffer voller Spritzen und Tabletten.

»Richtig. Und wie glücklich dürfen wir uns schätzen, hier oben im Norden. Niemand bombardiert uns, während Mailand und Salerno in Schutt und Asche gelegt werden. Ihre Kusine hat eine weite Reise auf sich genommen, um hierher zu kommen, bloß weil sie wegen der Sirenen in Venedig nicht mehr schlafen konnte.«

Angelo wirft Elodie einen Blick zu, die wie zu Stein erstarrt ist. Ihre Arme halten das Cello umklammert.

»Nicht schlafen zu können ist furchtbar, das wissen Sie ja selbst am besten, Herr Kommandant.«

»Ja. Ich habe Anna bereits gesagt, dass wir dieses Leiden teilen. Wir haben so vieles gemeinsam, sie und ich … die Liebe zur Musik, die Schlaflosigkeit und das Bedürfnis, hier in Ruhe gelassen zu werden.«

Angelos Macht beruht einzig und allein auf dem Inhalt seines Arztkoffers. Auf der Spritze, die nur er so setzen kann, dass der Kommandant überhaupt nichts spürt, und auf den weißen Nembutal-Tabletten, die ihm den ersehnten Schlaf bescheren.

Angelo tritt ein paar Schritte vor. Er wirft Elodie einen beruhigenden Blick zu. Er stellt seinen Arztkoffer auf dem langen Holztisch ab und lässt die Schlösser mit einem scharfen metallischen Geräusch aufschnappen, das einen Moment in der Luft hängen bleibt.

»Ihr Insulin, Herr Kommandant. Es sollte nicht zu spät injiziert werden.«

Der Kommandant setzt sich in seinen Sessel und rollt den Ärmel auf. Er beugt sich der Autorität seines Hausarztes, der sich daran macht, eine Stelle an seinem Oberarm mit einem alkoholgetränkten Wattebausch zu desinfizieren. Angelo injiziert ihm das Insulin.

»Noch ein Künstler in der Familie«, sagt der Kommandant und rollt den Ärmel wieder hinunter. »Ich habe absolut nichts gespürt.«

»Und wie haben Sie letzte Nacht geschlafen?«, fragt Angelo, während er in seinem Koffer kramt. Elodie hört das leise, verführerische Klappern von Tabletten. Es klingt wie ein Windspiel.

»Es freut mich, dass Sie meine Dienste zu schätzen wissen«, sagt Angelo. Er zählt einige Tabletten ab und gibt sie in ein extra Fläschchen. Mit Bedacht lässt er ihm nicht zu viele da. Der Kommandant soll auf ihn angewiesen, ihre stille Übereinkunft beibehalten bleiben. Er muss sich schützen. Sich selbst, und vor allem Elodie.

40

Portofino

Dezember 1943

Der Kommandant schickt sie nach Hause. »Ich habe kein Bedürfnis, mir Kriegsgeschichten über Venedig anzuhören, Anna«, sagt er. »Oder von sonst wo. Aber denken Sie nicht, Sie hätten das letzte Mal für mich gespielt. Sie sind jetzt auch mein Geheimnis.«

Es ist eine Übereinkunft, die keiner weiteren Erläuterung bedarf, und sie wird mit einem Blick zwischen den beiden Männern besiegelt.

»Bringen Sie sie nach Hause, *dottore*. Wir sehen uns morgen.«

Elodie verstaut schweigend das Cello im Koffer und stellt es in die Ecke zurück. Angelo wartet an den Stufen zur Eingangshalle auf sie. Als sie mit dem Rucksack auf dem Rücken zu ihm kommt, nimmt er ihre Hand.

Sie haben sich zuvor noch nie berührt, und jetzt seine Hand zu spüren fühlt sich an wie ein Versprechen. Sie fühlt sich nicht mehr allein. Sie hat keine Angst mehr.

Hand in Hand gehen sie den Hügel hinauf zu seinem Haus.

Als er sie dieses Mal fragt, ob er ihren Rucksack tragen soll, nimmt sie ihn wie selbstverständlich ab und gibt ihn ihm. Am Torbogen schiebt Elodie die Weinranken zur Seite, damit Angelo die schwere grüne Tür aufschließen kann.

Schweigend betreten sie das Haus; sie bewegen sich wie ein Paar, das von einer langen Reise zurückkehrt und froh ist, endlich wieder zu Hause zu sein.

Er stellt ihren Rucksack auf dem Boden ab und seinen Arztkoffer auf einem Stuhl.

Sie geht in die Küche und schält eine Apfelsine. Er füllt eine Karaffe mit Wasser und bringt sie ins Wohnzimmer. Sie stellt den Teller mit den Apfelsinenschnitzen und zwei Wassergläser auf den Tisch.

»Setz dich«, sagt sie leise.

Er nimmt auf dem abgewetzten Sofa Platz. Seine Augen sind sanft. Sein Mund ist entspannt.

»Ich muss dir eine Geschichte erzählen«, sagt sie und setzt sich zu ihm.

Er schaut sie an.

»Darauf warte ich schon lange«, sagt er. Und seine Worte lösen ihr endlich die Zunge.

»Es ist keine Geschichte wie in deinen Romanen«, sagt Elodie, »und sie ist auch nicht so schön wie die Gedichte, die du mir gestern vorgelesen hast. Meine Geschichte ist furchtbar traurig und voller Grausamkeit.«

Er sieht sie staunend an. Die Musik, die sie erst vor einer Stunde gespielt hat, klingt ihm immer noch in den

Ohren nach. »Anna«, sagt er, »ich bin froh, dass du hier bist. Ganz gleich, was du mir erzählen wirst, sollst du wissen, dass ich immer für dich da sein werde. Bei mir bist du in Sicherheit.«

Sie fragt sich, ob das das erste Samenkorn der Liebe ist, die schützende Umarmung. Es fühlt sich an wie eine wärmende Decke.

»Wie lieb du bist ...« Aber sie zögert noch, kann ihm immer noch nicht wirklich glauben. Bald wird er die Wahrheit erfahren: Sie heißt nicht Anna Zorzetto, sondern Elodie Bertolotti. Sie ist eine Musikstudentin aus Verona, war eine *staffetta* für die Resistenza, und ist jetzt eine Schwangere, deren Liebhaber – nicht einmal ihr Ehemann – auf dem Monte Comune gestorben ist.

»Als ich hier angekommen bin, hast du gesagt, du hättest mich aus der Menge ausgesucht, weil ich am meisten Angst hatte.« Ihre Stimme zittert. Ihre Hände liegen wie die Flügel einer Taube schützend auf ihrem Bauch. Sie hebt den Blick und sieht ihm in die Augen.

»Vor zwei Monaten bin ich aus Venedig fortgegangen. Meiner Mutter habe ich erklärt, jemand in Genua brauche meine Hilfe. Sie hat mich angefleht, nicht zu fahren, die Reise wäre zu gefährlich. In Venedig gab es jede Nacht Fliegeralarm, und wir lebten in Angst und Schrecken.«

Das Herz schlägt ihr bis zum Hals. Angelo sieht sie unverwandt an.

»Einige Monate vorher hatte ich mich in Verona in einen Mann verliebt. Er war ein Büchernarr genau wie du. Ich habe mit ihm zusammengearbeitet und geheime Botschaften für die Resistenza überbracht«, flüstert sie.

»Es waren mithilfe von Noten verschlüsselte Codes, die ich mit meinem Cello übermittelt habe. Und eines Abends habe ich einen Fehler gemacht, der möglicherweise einige Menschen das Leben gekostet hat.«

Sie holt tief Luft. »Dieser Mann, der Bücher geliebt hat. Ich habe Musik in seinem Herzschlag gehört; unter der Berührung seiner Hände bin ich aufgelebt. Ich habe ihn auf eine Weise geliebt, die für mich ganz neu war; ich habe etwas in mir entdeckt, von dessen Existenz ich nichts geahnt hatte ... Und eines Tages, als wir uns nach einer Schießerei mit den Deutschen an der Piazza delle Poste mit den anderen Partisanen in den Bergen versteckt hatten, wurden wir von deutschen Soldaten angegriffen, und er wurde erschossen.« Bei der Erinnerung an Lucas gewaltsamen Tod, verschatten sich Elodies leuchtende Augen. Angelo hat das Gefühl, eine Sonnenfinsternis zu erleben.

Er hat ihrer Beichte gelauscht, ohne sie auch nur ein einziges Mal zu unterbrechen. Er hat oft bei Sterbenden gesessen, vor allem während des Kriegs in Äthiopien. Bevor ein Priester kommen konnte, um die Sterbesakramente zu spenden, haben die Patienten sich ihre Sünden und Verfehlungen von der Seele geredet. Auf ähnliche Weise sprudeln jetzt die Worte aus Elodie heraus.

»*Carissima*«, sagt er schließlich. »Du musst dir das nicht antun.« Er rückt seinen Stuhl näher zu ihr. »Erst recht nicht mir zuliebe. Ich habe dir Obdach geboten, weil ich gespürt habe, dass du das brauchtest, und weil auch mein Herz schwer ist vor Kummer über einen Verlust ...

Anna, du hast die Leere in meinem Haus gefüllt. Du

kannst dir gar nicht vorstellen, wie dankbar ich dafür bin, dass du hier bist«, sagt er ergriffen.

Sie hebt eine Hand, um ihn zum Schweigen zu bringen.

»Angelo, ich heiße nicht Anna … Mein Name ist Elodie Bertolotti. Mein Ausweis ist gefälscht.«

»Hast du etwa gedacht, ich hätte geglaubt, dass Anna dein richtiger Name ist? Ich bitte dich. Jedes Mal, wenn ich dich so genannt habe, hast du ein überraschtes Gesicht gemacht.« Er lacht leise in sich hinein. »Das Einzige, was mich tatsächlich verblüfft hat, war dein virtuoses Cellospiel heute. Damit hatte ich nicht gerechnet.«

Es wundert sie, dass er so gar nicht erschrocken ist, aber jetzt kann sie nicht mehr aufhören, bis alles heraus ist, was sie bisher vor ihm verheimlicht hat.

»Und da ist noch etwas«, sagt sie feierlich. Sie ringt wieder um Luft. »Was du nicht wissen kannst, ist, dass du an dem Tag im Hafen nicht nur einem Menschen das Leben gerettet hast, sondern zweien.«

Sie nimmt die Hände vom Bauch und streicht ihre Bluse glatt.

»Ich bin im fünften Monat schwanger.« Sie sieht ihm in die Augen und bemerkt, dass er den Tränen nah ist.

»Es tut mir leid, dass ich es dir verheimlicht habe. Aber ich habe Vanna versprochen, es dir noch vor Weihnachten zu sagen.« Sie betrachtet ihren Bauch. »Das ist einer der Gründe, warum ich heute weg wollte. Ich möchte keinen Skandal im Dorf verursachen und deinem guten Ruf schaden, wo meine Schwangerschaft jetzt immer deutlicher zu sehen ist«, sagt sie mit zitternder Stimme.

Er möchte etwas sagen, aber auch ihm bleiben die Worte im Hals stecken. Hat sie denn nicht verstanden, dass auch sie ihn gerettet hat? Dass sie sein Herz geheilt hat, von dem er dachte, es wäre für immer zerbrochen?

Begreift sie denn nicht, dass er ihr seine beginnende Heilung verdankt? Dass es ihn beruhigt, sie im Haus zu hören? Ihre Schritte auf den Fliesen. Das Erwärmen des Badewassers auf dem Herd. Das Blättern in einem Buch. Ihr Atem. Ihr seltenes Lachen. Durch sie fühlt er sich zum ersten Mal seit Jahren wieder lebendig. Sie spendet ihm Licht und Luft.

»Elodie ...« Zum ersten Mal nennt er sie bei ihrem richtigen Namen.

»Ich verdanke dir so viel«, fährt sie fort. »Du hast mir die Kraft gegeben, wieder Mut zu schöpfen, nachdem ich so viel verloren habe.« Ihre Finger umklammern die Sofakante. Sie holt tief Luft. »Du hast mir Raum zum Atmen gegeben. Mich zu erholen. Mich auf das Kind einzustellen, das in mir heranwächst.«

»Ich habe es getan, weil ich gespürt habe, dass du Herzenswärme brauchst ...«, sagt er. »Und es war ganz einfach, sie dir zu geben.« Unwillkürlich ist er noch näher an sie herangerückt. Er legt eine Hand auf ihre, sodass ihr Bauch jetzt von ihren beiden Händen beschützt wird.

Sie spürt seine Hand wie einen Schutzschild, der sie vor jeglichem Schaden bewahrt.

Sie schauen einander lange in die Augen. Unter seinen Händen spürt er das wachsende Leben. Es berührt ihn so tief, dass er es empfindet, als wäre eine Wunde freigelegt worden, damit sie Luft bekommt und heilen kann.

»Du ahnst gar nicht, wie schön ich dich finde.«

Sie hat das Gefühl, nur noch aus Wasser zu bestehen.

Als hätten sich ihre Knochen aufgelöst. Als wären die scharfen Kanten ihres Herzens abgeschliffen wie glattes Strandglas.

Ihre Gesichter scheinen einen Moment voreinander zu schweben.

Er küsst sie nicht gleich, sondern wartet, bis sie sein Gesicht mit der Hand so nah an sich heranzieht, dass er ihren Atem spürt.

Sie merkt, wie ein Schrei sich ihrer Kehle entringen will. Ihre Geheimnisse zu verbergen hat sie ungeheure Kraft gekostet, und jetzt, wo sie endlich heraus sind, öffnet sich ihr Herz. Es ist ein Moment des Abschieds und des Aufkeimens neuer Hoffnung. Lucas Bild taucht vor ihr auf, dann gibt sie sich wieder Angelos Berührung hin.

Sein Kuss ist sanft und behutsam. Er liebkost ihre Wange, dann ihr Ohrläppchen. Und als er sie auf den Mund küsst, fühlt sie sich schwerelos. Sie möchte nur noch geliebt werden, das Gefühl genießen, endlich von der Last ihrer Geheimnisse befreit zu sein. Ihr ist, als wären ihr Flügel gewachsen.

Sie führt seine Hand zu den Knöpfen ihrer Bluse und hilft ihm, sie zu öffnen.

Er umfasst ihre Brüste. Zeichnet alle Linien nach, jede Kurve, jede Erhebung. Ihr Körper ist so voller Leben, dass er in ihrer Umarmung spürt, wie alles, was in ihm zerbrochen war, zu heilen beginnt.

Er möchte sie im Bett lieben, aber er weiß, dass sein Schlafzimmer mit den Briefen seiner verstorbenen Frau tabu ist. Also sammelt er die Kissen vom Sofa ein, drapiert sie für Elodie und legt eins hinter ihren Rücken; er öffnet sie sanft wie eine Blume aus seinem Garten. Ihr Haar ist so weich wie Daunen.

Als ihre Bluse aufgleitet und ihren kleinen, festen Bauch freilegt, erstarrt sein Körper einen Moment lang angesichts ihrer Schönheit. Ihre Haut schimmert beinahe durchsichtig.

Ihre Brustwarzen sind aufgerichtet. Wegen der Schwangerschaft sind sie walnussfarben, und er spürt, wie sie unter der Berührung seiner Zunge noch fester werden.

Er lässt sich Zeit, bevor er in sie eindringt, will nichts überstürzen. Er ist einfach nur dankbar dafür, sie in den Armen zu halten. Aber sie umschlingt ihn mit den Beinen, und er hat das Gefühl, in ungeahnte Tiefen einzutauchen.

Am nächsten Morgen erwacht Elodie in ihrem kleinen Zimmer unter warmen Decken. Auf ihrem Nachttisch liegt eine Blume.

Sie lauscht auf Geräusche, aber außer dem Zirpen der Grillen ist nichts zu hören.

Im nächsten Augenblick steht Angelo lächelnd und angezogen in der Tür.

»Wie hast du geschlafen?«, fragt er sie.

»Ich habe gar nicht mitgekriegt, dass du mich in mein Bett getragen hast«, antwortet sie. »So tief hab ich geschlafen. Ich habe jedenfalls keine Tabletten gebraucht.«

Er strahlt sie so selig an, dass ihr ganz warm ums Herz wird.

»Ich hoffe, du hast auch so gut geschlafen.«

»Ich habe nicht geschlafen, aber ich habe geträumt … So schön wie lange nicht mehr.«

Elodie schlägt die Decken zurück und greift nach ihren

Kleidern. Und obwohl ihr Haar nicht gekämmt und ihr Gesicht noch nicht gewaschen ist, ist Angelo wieder von ihrer Schönheit verzaubert.

Als sie auf ihn zukommt, ist er verblüfft, wie verändert sie wirkt. Sie bewegt sich jetzt leichtfüßig. Sie hat ihren Schutzpanzer abgelegt.

Im Wohnzimmer sucht er zwischen den Bücherstapeln und Andenken, die er über die Jahre gesammelt hat, seine eigene Ausgabe von *Der kleine Prinz*. Er hat plötzlich das Bedürfnis, ihr vorzulesen und sie dabei in den Armen zu halten.

Er summt vor sich hin und lächelt, als er das Buch findet, den vertrauten Umschlag mit dem Fallschirm aus flatternden Vögeln und dem kleinen Jungen, der sich an den Seilen festhält.

»Wir haben das Buch also doppelt …« Sie lächelt, als er es sich neben ihr auf dem Sofa gemütlich macht.

»Ja«, sagt er, während seine Finger sanft das Umschlagbild berühren. »Es ist ein ganz besonderes Buch.«

»Wenn man bedenkt, dass es für ein Kind geschrieben wurde …«, sagt sie. Sie lehnt den Kopf an seine Schulter und schließt die Augen.

»Als ich dir vor Kurzem einige Passagen daraus vorgelesen habe, habe ich Dinge in der Geschichte entdeckt, die mir beim ersten Lesen entgangen waren.« Er nimmt ihre Hand und küsst ihre Finger. »Es steckt so viel verborgene Weisheit in diesem dünnen Büchlein.«

Sie spürt, wie der Rhythmus seines Herzschlags sich verändert. Es schlägt auf einmal schneller.

»Ja«, flüstert sie. »Wenn man einen geliebten Menschen verloren hat, dann macht die Botschaft, dass die Liebe dennoch existiert, auch wenn man sie nicht sehen oder anfassen kann, den Schmerz erträglicher.«

Ihre Finger umschließen Angelos Hand fester. Sie erinnert sich an Lucas letzte Worte, dass er ihr »zulächeln würde, auch von jenseits der Sterne«. Sie hat sich schon oft gefragt, ob er an dem Tag seinen Tod womöglich vorhergesehen hatte.

»Es ist ein guter Leitfaden«, sagt sie und spürt einen Kloß im Hals, als hätte sie einen Stein verschluckt. »Dafür, wie man einen Verlust überlebt, der einem das Herz bricht.«

Sie spürt, wie seine Gedanken abschweifen. Und sie vermutet, dass es die Erinnerung an Dalia ist. Sie schließt die Augen und öffnet ihr Herz.

Er atmet schwer. Sie schmiegt sich noch dichter an ihn.

Er braucht einige Augenblicke, um die passenden Worte zu finden.

»Nachdem du mir gestern Abend deine Geschichte erzählt hast, sollst du auch meine erfahren.«

Sie sieht ihn an und nickt. Zwar hat Vanna ihr schon einiges erzählt, doch sie weiß, wie wichtig es ist, alles aus seinem Mund zu hören.

»So wie du dich in einen jungen Mann verliebt hast, der Bücher liebte, habe ich mich in eine junge Frau verliebt, der ich das Lesen beigebracht habe. Ich habe sie eines Nachmittags mit einem Korb Zitronen in der Hand und einer Gardenie im Haar gesehen und auf der Stelle mein Herz an sie verloren.

Sie ist meine Frau geworden.« Er atmet tief ein. »Als sie starb, war ich weit fort von zu Hause. In Afrika. Sie starb, und mit ihr ist unser Kind gestorben. Man hat die beiden auf dem kleinen Friedhof hinter der Kirche des heiligen Georg begraben, bevor ich nach Hause reisen konnte«, sagt er mit erstickter Stimme.

Sie streichelt ihm den Kopf und dann die Wange, bis ihre Handfläche auch nass von seinen Tränen ist.

»Ich hätte bei ihr sein sollen, als sie das Kind zur Welt gebracht hat. Ich hätte sie nicht hier alleinlassen dürfen.«

»Du bist genauso wenig schuld an ihrem Tod wie ich an Lucas«, flüstert sie.

Er drückt sie ganz fest an sich, bis sich sein Atem wieder beruhigt hat.

»Und du hast geglaubt, ich wüsste nicht, dass du schwanger bist. Was für einen Arzt würde ich wohl abgeben, wenn ich das nicht erkannt hätte?«, sagt er lächelnd. »Du hast mir ein Geschenk gemacht, Elodie. Du hast es mir erlaubt, etwas wiedergutzumachen. Du gibst mir die Gelegenheit, für eine Frau und ein Kind verantwortlich zu sein, zwei Menschen, die meinen Schutz brauchen.«

Sie spürt, wie sie zittert. Sie weiß, dass das, was er sagt, eine weitere Botschaft aus dem Buch ist. Sie ist seine Rose geworden.

41

Portofino

Dezember 1943

Als Vanna an diesem Nachmittag vorbeikommt, liegen Elodie und Angelo immer noch aneinandergeschmiegt auf dem Sofa. Sie haben einander noch so vieles zu erzählen, wie die Fäden eines nicht fertiggestellten Teppichs, die noch verwebt und vernäht werden müssen.

Angelo spürt Elodies Angst, als wäre es seine eigene, während sie ihm berichtet, wie ihr das Cello geraubt wurde, wie sie nach der Verhaftung des Wolfs um die Sicherheit ihrer Mutter hätte fürchten müssen, wenn sie nach Venedig zurückgekehrt wäre. Sie war stundenlang durch die Straßen von Genua gestreift, bis sie irgendwann an dem riesigen Hafen der Stadt gestanden hatte. An den Kais hatten zahlreiche Schiffe gelegen. Die größeren wurden von deutschen Offizieren belagert, aber sie hatte ein Schild bemerkt, auf dem die Abfahrtszeiten einiger kleinerer Fähren angegeben waren, die die ligurischen Dörfer ansteuerten. Sie hatte nicht klar denken können, hatte nur gewusst, dass sie sich irgendwo in Sicherheit bringen musste. Rapallo, Portovenere, die Orte waren ihr alle unbekannt. Sie hatte sich aus dem einfachen

Grund für das Schiff nach Portofino entschieden, weil es das nächste war, das ablegen sollte.

»Ich fühlte mich halb tot, als ich auf dem Schiff saß«, sagt sie. »Ich hatte gerade miterlebt, wie ein guter Freund abgeführt wurde, und dann hatte mir dieser Deutsche auch noch mein Cello abgenommen …«

Seit Angelo weiß, dass Elodie Musikerin ist, betrachtet er ihre Hände mit ganz anderen Augen. Die Kraft und die Eleganz ihrer Finger besitzen jetzt eine viel tiefere Schönheit. Mehr als alles andere möchte er ein neues Leben mit ihr beginnen.

»Wenn der Krieg vorbei ist, werden wir deine Mutter besuchen«, verspricht er ihr. »Und wir werden ein neues Cello für dich finden. Aber jetzt musst du ihr schreiben und sie wissen lassen, dass du in Sicherheit bist. Und sobald das Kind da ist, fahren wir nach Venedig.«

Als er mit so viel Zärtlichkeit von dem Kind spricht, das in ihr heranwächst, hört sie eine neue Melodie in ihrem Innern. Musik, die nicht mehr voller Trauer, sondern voller Hoffnung ist.

Vanna stellt ihren Korb ab und betrachtet die Hände der beiden, die aussehen wie die ineinander verschlungenen Wurzeln zweier Bäume.

»Ich habe deinen Rat beherzigt, Vanna«, sagt Elodie. »Er weiß jetzt alles.«

Vannas Augen leuchten. »Ausnahmsweise war ich einmal die Kluge.«

Angelo lächelt. »Ja. Und jetzt musst du ihr noch sagen, dass sie keine Angst vor dem Rest der Familie zu haben braucht.«

»Natürlich nicht. Sie werden alle froh sein, dass du endlich wieder lächeln kannst, Angelo. Und mach dir auch über die Leute im Dorf keine Gedanken, Elodie. Bei dem Elend, das der Krieg über uns gebracht hat, wird niemand auf die Idee kommen, eine hübsche Schwangere schlecht zu behandeln. Die Leute werden sich alle freuen, dass der Dorfarzt endlich wieder eine Frau hat.«

Elodie und Angelo sehen einander an.

»Morgen ist Heiligabend. Ihr seid zum Abendessen eingeladen«, sagt Vanna, bevor sie geht. »Ihr seid unser aller Weihnachtsgeschenk.«

An diesem Abend führt Angelo sie in das Zimmer, wo seit Jahren Dalias Briefe die Wände schmücken. »Ich kann dich nicht zum Schlafen mit hierher nehmen. Das scheint mir nicht recht«, sagt er, während er ihren Gesichtsausdruck mustert. »Aber vielleicht können wir die Briefe ja überstreichen. Ich habe noch einen Eimer weiße Farbe im Schuppen.«

»Nein«, sagt sie leise. »Das alles gehört zu deiner Geschichte.«

Sie fürchtet sich nicht vor dem Zimmer. Im Gegenteil, es bewegt sie tief. Sie trägt ja auch noch immer Lucas Liebe in sich. Sie kann all seine Worte aufsagen, als wären sie Liebesbriefe, mit denen ihr Herz gepflastert ist.

Wenn sie hier bei Angelo bleiben und mit ihm und Lucas Kind ein neues Leben beginnen will, müssen sie die Vergangenheit des anderen achten, nicht auslöschen.

Sie schweigt einen Moment lang, dann geht sie in die Küche. Durch die Fenster fällt das Mondlicht herein, während Elodie in der Küche einen Behälter mit Mehl vom Regal nimmt und es mit Wasser mischt, um Leim anzurühren.

Sie nimmt einen Backpinsel aus der Schublade, steckt ihn in ihre Tasche und holt aus dem kleinen Zimmer, in dem sie die vergangenen beiden Monate geschlafen hat, ihre geliebten Notenblätter und ihre Ausgabe von *Der kleine Prinz*.

Er sieht wie gebannt zu, wie sie das tut, was Dalia vor Jahren getan haben muss. Mit einer Schere schneidet sie die Partitur in kleine Teile, die aussehen wie Wolken aus schwebenden Noten. Als sie ihrem geliebten Buch mit der Schere zu Leibe rücken will, hält Angelo sie auf und bietet ihr sein Exemplar an.

Wortlos akzeptiert sie sein Angebot und lässt Lucas Buch unversehrt. Sie schneidet die farbigen Illustrationen des kleinen Prinzen aus, Bilder von seiner Landung auf verschiedenen Planeten, von dem Fallschirm aus fliegenden Vögeln, von den Freunden, die er auf seiner Reise kennenlernt: die geliebte Rose, der Elefant, die Schlange und der Fuchs. Sie schneidet die magischen Affenbrotbäume aus, die Asteroiden und die Sterne. Sie denkt an das Kind, das in ihr heranwächst, und daran, wie es vielleicht eines Tages die Zimmerdecke betrachten wird. Und sie muss lächeln, als die Wände nach und nach zum Leben erwachen.

Zu sehen, wie sie dort mit der Schere und einer Schüssel Leim kniet, wie sie die Wände mit Schnipseln ihrer Vergangenheit bedeckt, sorgsam darauf bedacht, keinen seiner Briefe an Dalia zu überkleben, berührt Angelo tief.

Es ist, als würden seine Vergangenheit und seine Zukunft zu einem Ganzen verschmelzen.

Nachdem Elodie ihr Werk vollendet hat, schlüpft sie zu Angelo ins Bett.

»Jetzt werden wir unter einer gemeinsamen Geschichte schlafen«, sagt sie. »Das ist nur recht.«

Angelo legt eine Hand auf ihren Bauch. Er empfindet nichts als Liebe und Dankbarkeit. Endlich ist die Wunde in seinem Herzen geheilt.

Und sie schlafen ein unter einem neuen Himmel, einem Himmel aus verblassten Briefen, schwebenden Noten und Papiersternen.

Danksagung

Die Idee zu diesem Roman entstand, nachdem ich auf einer Dinnerparty eine außergewöhnliche Geschichte über den Vater einer Freundin gehört hatte. Im Zweiten Weltkrieg war er als junger Mann, auf der Flucht an einen sicheren Ort, in einem kleinen Dorf an der italienischen Küste von einem stämmigen Mann gerettet worden. So wie Angelo im Roman, tauchte der Fremde an einer belebten Schiffsanlegestelle just in dem Moment auf, als der Vater meiner Freundin seinen gefälschten Ausweis zückte, um ihn einem deutschen Offizier auszuhändigen. Der Mann rief laut: »Mein lieber Vetter, ich erwarte dich schon seit einer Woche!« und rettete ihn damit vor einer näheren Überprüfung durch den Offizier. Und er gewährte ihm Unterschlupf während des Kriegs. Ich danke Judy Goldsmith dafür, dass sie mir diese Geschichte erzählt und damit den Anstoß für diesen Roman gegeben hat.

Nachdem ich diese Geschichte gehört hatte, wusste ich sofort, wie mein neuer Roman beginnen würde. Ich war fasziniert von der Begegnung zweier Fremder an jenem Nachmittag an der Anlegestelle: der eine auf der Flucht und belastet mit einem Geheimnis, und der andere, der intuitiv dessen tiefsitzende Angst erfasst. Das war mein Ausgangspunkt für die beiden zentralen Charaktere in *The Garden of Letters:* Elodie, eine Frau, die einen sicheren Zufluchtsort braucht, aus Gründen, die sich im Laufe der Handlung eröffnen, und Angelo, der ruhelose Arzt, der wegen seiner tragischen Vergangenheit unbedingt anderen Menschen helfen will.

Seit ich schreibe, habe ich meistens die Themen Malerei und bildende Kunst in meine Romane eingeflochten. Diesmal jedoch wollte ich über eine andere Form der Kunst schreiben: die Musik. Ich wollte nicht nur beschreiben, wie ein Musiker die Welt erlebt, sondern auch ein eher mystisches Element erforschen – wie es uns Menschen gelingt, uns ohne den Gebrauch von Worten zu verständigen. Auch wenn ein Großteil des Romans von der Verwendung verschlüsselter Codes durch die italienische Resistenza im Zweiten Weltkrieg handelt, beschäftigt er sich auch damit, wie wir Menschen nur mit den Augen oder der Körpersprache kommunizieren und uns in die Lage versetzen, eine Geschichte zu erzählen, ohne ein Wort zu reden.

Wie in all meinen Romanen basieren viele der Nebencharaktere auf historischen Personen. Während meiner ersten Recherchereise nach Verona wurde ich von meiner hervorragenden Übersetzerin und Stadtführerin Katia Galvetto in die Synagoge der Stadt mitgenommen. Dort entdeckte ich die Gedenktafel für die jüdische Lehrerin und Widerstandskämpferin Rita Rosani, die einen Trupp Partisanen in diversen Scharmützeln gegen die Deutschen angeführt hat. Auch wenn umfangreiche Recherchen von

Frau Galvetto nur wenige Informationen über Rita Rosani zutage gefördert haben, wollte ich meinen Lesern von ihrem Mut und ihrem heldenhaften Tod im Alter von vierundzwanzig Jahren auf dem Monte Comune im September 1944 erzählen, ein Jahr später als in meinem Roman.

Brigitte Löwenthal, Berto Zampieri und Darno Maffini waren ebenfalls reale Personen, alle aktiv in der Veroneser Resistenza. Mithilfe von Katia Galvetto konnte ich Professor Vittore Bocchetta kennenlernen, der mittlerweile neunzig Jahre alt, aber noch sehr agil ist, seinerzeit ebenfalls Mitglied der Resistenza und Kampfgefährte von Zampieri und Maffini. Nach der Begegnung mit ihm nahm dieser Roman allmählich Form an. Später erfuhr ich, dass Brigitte Löwenthal und Berto Zampieri nach dem Krieg geheiratet haben. Brigittes Eltern jedoch schluckten Zyanid-Kapseln; sie wählten den Freitod, um dem Transport in ein Konzentrationslager zuvorzukommen.

Die Geschichte von Lena, die zuerst geblendet und dann vor dem Haus ihrer Eltern erschossen wird, geht zurück auf die Folterung und anschließende Ermordung der Partisanin Irma Bandiera, über die in Leon Wecksteins Buch »200 000 Heroes« berichtet wird, das sich mit dem Verhältnis zwischen italienischen Partisanen und dem amerikanischen Auslandsgeheimdienst OSS im Zweiten Weltkrieg beschäftigt. Dieses Buch war mein Wegweiser während meiner Recherchen über diese aufwühlende Geschichtsperiode.

Ich bin einer Reihe von Personen, die mich bei der Entstehung des Buchs unterstützt haben, zu großem Dank verpflichtet. Viele italienische Freunde haben mir sehr dabei geholfen, dass der Roman die historischen Fakten korrekt wiedergibt und ein realistisches Bild von Italien zur Zeit des Zweiten Weltkriegs vermittelt. Rita Annunziata aus Bellagio in Italien, die von meinen kleinen Kindern nach wie vor »Nonna« genannt wird, hat mir wesentliche Informationen darüber zukommen lassen, wie das Leben eines Arztes in Italien während des Zweiten Weltkriegs aussah. Michela Cocchit traf mich liebenswürdigerweise in Bologna und übersetzte eine Ausstellung über die Schriftstellerin Laura Orvieto, wodurch ich einen unschätzbaren Einblick in das Leben eines Mädchens in Italien zur Zeit des Faschismus und des Zweiten Weltkriegs bekam. Mein besonderer Dank gilt Emmanuela Negri und Raffaele Colucciono vom Konservatorium in Verona, die mir erklärt haben, wie die musikalische Ausbildung einer Cellostudentin während des Kriegs aussah, und Deborah Venditti für ihre Erklärungen zum Teatro Bibiena. Außerdem Elena Gatz und Lucia Roditi Formeron für ihre erhellenden Geschichten über die jüdische Gemeinde in Verona.

Ich danke Constanza Bertolotti, die mich vor allem mit Informationen über die Resistenza in Mantua versorgt hat. Ich bedanke mich für die herzliche Unterstützung von Conte Gherardo Scapinelii Di Legugigno, der mir viele Geschichten aus dem Leben seiner Familie in Kriegszeiten erzählt und mich dankenswerterweise einer ganzen Reihe Menschen vorgestellt hat, allen voran Vanna und Marina Magrini und der venezianischen Patrizierfamilie Zorzi; es war besonders N.H. Pieralvise Zorzi, der mir viele Familienfotos gezeigt und Geschichten erzählt hat, die mir ebenfalls ein anschauliches Bild der Resistenza vermittelt haben. Dann möchte ich mich ganz besonders herzlich bei Giovanni Pelizzato bedanken, stolzer Besitzer des Buchladens La Toletta in Venedig, den er von seinem Großvater übernommen hat. Er hat mir von dessen Mitgliedschaft in der Resistenza erzählt und davon, wie Bücher benutzt wurden, um Codes zu übermitteln und Pistolen zu verstecken. Er hat mich zu der Figur des Luca im Roman inspiriert.

Vivienne Courtney war mir behilflich, indem sie mir ihre Erfahrungen als junge Cellostudentin mitgeteilt hat, während Stewart Wallace mich mit seinen Kenntnissen in Bezug auf das Komponieren von Musik unterstützt und Tina Josinskiy geschichtsdienliche Anekdoten aus ihrer Kindheit in Italien zur Zeit des Krieges beigesteuert hat. Dank auch an Stephen Gordon und Howard Fox, die die musikalischen Codes für mein Buch entwickelt haben, und an meinen Vater, Paul Richman, der mir bei Fragen zum Thema Musik beigestanden hat. Ebenso gilt mein Dank Charles Goldstein, Contessa Enrica Rocca und James Mondex samt seinem Mitarbeiterstab bei der Mondex Corporation, die ihre Kenntnisse und Kontakte in Bezug auf die von den Nazis gestohlene Kunst für die Recherche zu diesem Roman zur Verfügung gestellt haben.

Ich will mich außerdem herzlich bei Antony Currie für sein ernsthaftes und gründliches Lektorat wie schon bei all meinen anderen Büchern bedanken sowie bei Nikki Koklanaris für seinen medizinischen Sachverstand, sein umfassendes Feedback und für seine hilfreichen Kontakte in Bezug auf die medizinischen Themen zu den Ärztinnen Alice Cootauco und Judith Rossiter. Bei meinen allgemeinen Recherchen hat mir dankenswerterweise Maryelizabeth Koepele sehr geholfen. Natürlich muss ich mich an dieser Stelle bei allen bedanken, die die ersten Entwürfe des Romans gelesen haben, unter anderem bei Marvin Gordon, bei meinem Freund und Schriftstellerkollegen Martin Fletcher, bei Robbin Klein, Victoria Leventhal, Jardine Libaire, Tina Spitz und nicht zuletzt bei meinen Eltern, Ellen und Paul Richman. Eure wohldurchdachten Kommentare waren immer willkommen und lehrreich. Und dann noch ein besonderer Dank an Melanie Lawlessl, die sich hingebungsvoll um meine Kinder gekümmert hat, als ich in der Schlussphase des Schreibens in der Arbeit untergegangen bin.

Stephen Gordon, der wunderbarste aller Ehemänner, Heiligste aller Heiligen, und ein außergewöhnlicher Vater, der jeden Entwurf liest und sich glücklich schätzt, als Resonanzboden für mich dienen zu können, wenn ich Klarheit brauche; keins meiner Bücher wäre ohne ihn entstanden. Sally Wofford-Girand, meine großartige Agentin – bei ihr kann ich mich nicht oft genug bedanken. Jedes Mal sorgt sie dafür, dass meine Bücher einem weltweiten Publikum aus leidenschaftlichen Lesern zugänglich gemacht werden, und ich bin besonders dafür dankbar, dass sie mich in meinen Anfängen unterstützt hat, als ich gerade einmal fünfundzwanzig Jahre alt war. Ich danke Sam Fox dafür, dass sie den Titel für diesen Roman gefunden hat. Und zum Schluss einen ganz herzlichen Dank an die Herausgeberin und den Rest der Belegschaft von Berkley/Penguin, die sich immer ins Zeug legen, um das Beste aus meinen Büchern zu machen.